CW00567862

COLLECTION FOLIO

Pierre Pelot

Ce soir, les souris sont bleues

Denoël

Né en 1945, Pierre Pelot publie son premier roman vingt ans plus tard — un western, *La piste du Dakota*, aux Éditions Marabout. Depuis, 170 titres environ ont suivi, dans de nombreux genres : romans noirs (*La nuit sur terre*, *Le bonheur des sardines*), fantastique (*Une autre saison comme le printemps*), romans de science-fiction (*La guerre olympique*, *Les hommes sans futur*), romans publiés dans des collections pour la jeunesse (*La passante*), romans « ordinaires » (*Ce soir, les souris sont bleues*)... Traduit dans une quinzaine de langues, adapté à la télévision (*Fou comme l'oiseau*) et au cinéma (*L'été en pente douce*), il a écrit pour le théâtre *Les caïmans sont des gens comme les autres*.

Depuis une dizaine d'années, il travaille à la rédaction de la saga romanesque *Sous le vent du monde* qui retrace l'évolution de l'homme sur tout le paléolithique, et comportera cinq volumes, avec la collaboration scientifique d'Yves Coppens.

Il vit toujours dans les Vosges.

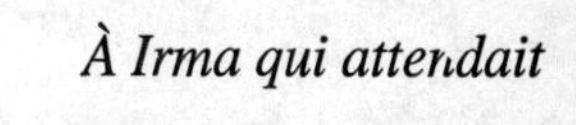

À Irma qui attendait

C'est au cours de cet été que tout le monde, là-haut, devint dingo, dans cette chaleur qui déferla et qui aurait fait fondre les pierres du chemin si les jours avaient compté une ou deux heures en plus.

Tout le monde, là-haut. Le jeune, et le vieux, et le gamin aussi : ces trois-là. Mais ces trois-là, c'était le monde.

Le silence était retombé.

Même les mouches semblaient ne plus avoir la force ni l'envie de voler ; elles bourdonnaient confusément aux fenêtres, suivant le tour des carreaux.

C'était un peu après que l'ombre eut glissé de ce côté-ci du bâtiment. Elian descendit de chez lui — au-dessus du garage — et sortit. L'esquisse d'un pas, suspendu une seconde, traduisit sa perplexité en lisière de la chaleur vibrante. Seuls des fous ou des gens en vacances pouvaient à l'évidence se remuer à plaisir dans les pesanteurs de cette fournaise.

Les paupières d'Elian, plissées et lourdes, encadrant le gris du regard méfiant, papillotèrent et se fermèrent à demi. Il écouta. La grimace appuyée avança comme un bec sous la moustache raide et compacte. Dans sa main droite, il tenait un illustré roulé très serré, avec lequel il se donna quelques légers coups sur la cuisse, avant de s'élancer et de traverser la lumière blanche en trois enjambées rapides, aériennes, comiques, qui le portèrent au-delà de l'angle du mur, en zone ombragée.

Là, il s'assit sur son tonneau jaune.

C'était un fût de deux cents litres qui avait contenu de la créosote, généreusement tavelé de rouille et qui puait toujours, surtout par temps chaud. L'odeur ne gênait pas Elian. Il ne manquait pas de s'installer à ce poste chaque fois qu'il se trouvait une occasion de tuer le temps à ne rien faire, et préférait le tonneau, avec un bout de planche de coffrage sous les fesses, au confort du banc de lattes placé sous la fenêtre, à une dizaine de mètres de là. Elian Toussaint s'adossa au mur du garage. La chaleur à fleur de crépi traversa aussitôt sa chemise, entre les bretelles en V de sa salopette. Il portait des espadrilles de toile noire, poussiéreuses, enfilées en savates ; la peau de ses chevilles apparaissait lourdement veinée et d'une blancheur éclatante, nette, sans tache, presque inhumaine, qui s'assortissait mal au visage buriné du bonhomme, à la pigmentation rougeaude de ses mains. Ses talons dénudés se balancèrent l'un après l'autre et frappèrent doucement, à petits coups discrets, le tonneau.

Un scarabée d'émeraude traversait la cour, étincelant, son ombre entre les pattes. Du seuil de la maison où il feignait d'être assoupi, couché sur le flanc en travers de la pierre usée, le chat rayé de jaune aperçut l'insecte, se contenta de le suivre des yeux, et quand la « demoiselle » quitta son champ de vision le chat cligna et referma lentement les paupières.

Il y avait trois lézards sur la façade de la maison, entre les fenêtres de l'étage et l'œil-de-bœuf du grenier, deux autres, au-dessus de la grand-porte du garage.

On entendit cliqueter la chaîne ou le collier de Titi, quelque part au fond de la pénombre fraîche du garage.

Le bruit qui s'était tu juste avant la sortie d'Elian en pleine lumière — les rires, l'impact des pierres dans l'eau, les aboiements — monta de nouveau, tournant, roulant dans les airs… et il atteignait Elian sur son tonneau en pleine face. Le bruit rebondit contre le mur chaud, ainsi que d'un bord à l'autre des montagnes enserrant le val de Goutte-Cerise ; il se forgea comme une sorte de méchant écho assourdi, qui, à défaut de s'élancer vers le bleu parfait du ciel embrasé, dégringola et s'insinua parmi les feuilles immobiles des arbres et les aiguilles de bronze des épicéas.

Ils étaient trois : deux garçons et un chien. Le chien s'appelait Dick (une espèce de boxer) ; brailler ce nom toutes les quinze secondes, et sur tous les tons, constituait apparemment pour les deux garçons l'expression même de l'Amusement dans son idéale exemplarité. Dick sautait, aboyait, courait après les pierres que l'un ou l'autre des garçons lui lançait dans l'eau, quelquefois les rapportait (ainsi qu'on l'exhortait à le faire), s'ébrouait, s'agitait, bondissait, aboyait, aboyait et aboyait.

On était mercredi. La première fois, c'était dimanche, à cette heure-là — un peu avant quatre heures —, et déjà Elian se trouvait sur son tonneau jaune à attendre l'arrivée de la famille Violet (puis il y avait eu ce coup de téléphone prévenant de leur retard) ; ils avaient fait leur apparition, non pas venus du chemin mais remontant la berge : les deux garçons vêtus de T-shirts et de shorts blancs, chaussés de blanc, ayant déjà crié « Dick ! » quatre cent mille fois en moins d'une minute, et ce sacré Dick qui jappait. Le joyeux trio s'était arrêté ici, juste sous le ravin, face au poste d'observation d'Elian — vers lequel ils n'avaient d'ailleurs pas jeté un coup d'œil, exactement comme s'il n'existait pas —, et s'étaient donc mis à chambouler les pierres du ruisseau. À cinq heures, après avoir dressé pratiquement la moitié d'une véritable digue, les deux garçons vêtus de blanc suivis de l'impétueux Dick s'en étaient retournés par où ils avaient surgi — suivant la berge, disparaissant sous la ligne des buissons. Le lundi à quatre heures, ils étaient de nouveau là, pour reprendre et poursuivre le même jeu. Le mardi, pareil.

Et aujourd'hui, mercredi.

Dans la chaleur d'août, les claques sourdes des pierres entrechoquées dans les éclaboussures, les cris des gamins et les abois frénétiques de ce satané Dick s'entrecroisaient en rebondissant ; restait l'espoir, diaboliquement stérile jusqu'alors, de voir au moins un des deux garnements tomber le cul au jus. Mais jusqu'à présent, non.

Bien que tamisée par l'ombre du garage à cette extrémité de la cour, la chaleur se mit à peser. Des mouches s'étaient réveillées spécialement pour venir tourniquer autour du visage d'Elian ; il les chassait distraitement d'un geste mou de la main tenant le magazine roulé. La queue du chat rayé de jaune battait dans son sommeil comme sous l'emprise d'un tic nerveux. De loin en loin, Elian bombait le torse, creusait les reins jusqu'à provoquer cette grimace douloureuse qui accompagnait toujours le redressement de son dos.

Non fauchée (elle ne l'était jamais plus), l'herbe des prés qui descendaient vers le ruisseau et remontaient de l'autre côté sous le chemin forestier en lisière de sous-bois, se dressait blême et sèche, absolument immobile, comme des traits de craie sur fond pastel. Le ciel pesait de tout son poids bleu sur le val, entre les voussures de la montagne chargées d'odeurs de résine, d'humus et de taillis. Aucun bruit ne parvenait du bourg, ni de la route à trois cents mètres de là, invisible derrière les haies et les tranches de bosquets — pourtant si proche quand les pétarades des vélomoteurs semblaient s'égrener dans la cour même de la maison. D'ailleurs, aucun bruit de nulle part, ni de la route et du bourg de la vallée, ni des bâtiments de la colonie de vacances au carrefour de la route communale et du chemin du val.

Rien que ces deux garnements et leur chien…

Elian finit par jeter au sol le magazine dont il n'avait pas lu une ligne ni regardé une illustration. Il essuya longuement ses paumes moites et maculées de peluches de papier sur les cuisses de sa salopette propre, y laissant de larges marques grisâtres.

Titi était remonté du fond du garage pour s'écrouler sur le béton chaud du seuil de la grand-porte, pas loin de sa gamelle. De temps à autre, il levait la tête, la laissait retomber dans un cliquetis de collier, en soupirant.

Elian aperçut Cinq-Six-Mouches qui passait dans une trouée d'arbres, sur le chemin forestier, juste en face — et il dit entre ses dents :

— Tiens, voilà Cinq-Six-Mouches.

Et souleva un coin de fesse pour laisser filer un vent discret, et se pencha de côté dans le mouvement pour donner un coup d'œil en arrière, au-delà de l'angle du mur, en direction de Titi, comme s'il eût voulu faire croire au chien que la remarque s'adressait à lui et qu'il n'avait pas le moins du monde parlé tout seul.

Titi observait deux mésanges qui sautillaient autour de sa gamelle au fond couvert de vieux riz collé et sec ; il bougeait la queue ou frissonnait d'une patte, à cause d'une mouche.

Il était absolument impossible de ne pas identifier Cinq-Six-Mouches, si loin que le regard eût pu l'attraper. Atteignant ce degré d'acidité, le vert du blouson de survêtement que portait le gamin n'était plus une innocente couleur.

Elian se tordit le cou un peu plus, suivant d'un œil mi-clos la progression du gamin qui courait sur le chemin — qui apparaissait et disparaissait entre les feuillages.

Arrivé en face de la maison, Cinq-Six-Mouches s'arrêta sur le bord du chemin forestier. Elian sut très exactement ce qui se passait dans sa tête — car à la verticale précise d'un trait imaginaire tiré entre le gamin et lui, à la moitié de sa longueur, au creux du val les deux garçons vêtus de blanc et leur chien s'ébattaient dans le ruisseau, à l'emplacement de ce qui avait été un gué et qu'ils avaient démoli sans même s'en rendre compte.

— Et alors ? marmonna Elian. Tu vas te laisser impressionner par ces zozos ?

Il savait que le gamin n'avait pas son pareil pour se laisser impressionner par dix fois moins que cela. Il soupira. Cinq-Six-Mouches reprit sa course sur le chemin, plutôt que de couper au court et dégringoler à travers prés, comme il l'eût fait si le paysage avait été vide. Il allait s'obliger à un détour de plus de trois cents mètres pour reprendre l'autre chemin — celui de la maison — après avoir traversé la Goutte sur le pont de troncs. Elian grommela, se tassa légèrement sur lui-même puis se racla plusieurs fois la gorge pour manifester sa désapprobation.

Le chien des vieux Tolet (la maison près du pont, dont on apercevait, entre les ramures, le faîte du toit et la cheminée qui fumait été comme hiver, jour et nuit) salua de ses trois aboiements caractéristiques le passage du gamin ; quelques secondes plus tard, le blouson vert apparaissait au bas de la côte.

Elian descendit de son perchoir.

— Pourquoi que t'as pas traversé tout droit ? dit-il malicieusement. Te voilà aussi essoufflé que si t'étais dix fois trop petit pour respirer ton contenu. C'est les zozos, là, qui t'ont fait peur ?

Cinq-Six-Mouches luisait de transpiration. La taille fraîche de ses cheveux tranchait plus blanc que blond sur son visage rond et rouge. Le pourtour de sa bouche et ses joues, ainsi que ses mains, étaient maculés de jus de myrtille ; sur ses jambes maigrichonnes, un entrelacs violacé, tramé de griffures, lui dessinait des chaussettes en lambeaux tirées plus haut que ses genoux couronnés ; son short bleu, un rien trop vaste, portait au fondement le sceau de la brimbelle écrasée — la seule pièce non souillée de son vêtement était l'éblouissant blouson *vert.* Il tenait à la main un vieux pot à lait de deux litres si bosselé et cabossé qu'il en restait à peine cylindrique, dont le couvercle gauchi pendouillait en tintinnabulant au bout de sa chaînette : les myrtilles tassées au fond du pot le remplissaient au petit tiers. Ce que remarqua Elian d'un coup d'œil plongeant.

— T'as pas cueilli davantage ? T'en as pas trouvé ?

— Si, dit Cinq-Six-Mouches. J'avais presque plein.

— Et t'as mangé un litre de brimbelles ?

— Non.

Le gamin planté là ruisselait, essoufflé, l'air bizarre.

— J'en ai renversé en courant.

— T'en as renversé en courant ? dit Elian, le sourcil droit exprimant une sévérité caricaturale. Et qu'est-ce que t'avais à galoper comme ça ? T'as vu trente-six renards enragés ?

— J'ai été piqué par des guêpes, dit Cinq-Six-Mouches.

Il grimaça, exprimant la crânerie stoïque, après cette peur irréfléchie, jaillissante, qui l'avait propulsé d'un seul jet sur ses jambes de sauterelle du point de la cueillette où les insectes l'avaient piqué jusqu'ici, où il pouvait enfin souffler et s'abandonner aux conséquences de l'événement, en sécurité. Elian s'accroupit.

— T'as été piqué par une guêpe ?

Cinq-Six-Mouches fit comme s'il relevait, d'un geste machinal, sa frange de cheveux disparue depuis que, deux jours auparavant, M. Tin le coiffeur, comprenant trop tard que le gamin ne voulait pas de coupe en brosse, avait tenté au mieux de réparer les dégâts entamés ; il désigna son front nu et dit de son étonnante voix grave :

— Je pense que j'ai marché sur un nid, dans les brimbelliers…

— T'as *mangé* sur un nid ?

— Marché, corrigea Cinq-Six-Mouches sans rire.

Ses yeux brillaient et son menton tremblait un peu. Il avait la langue et les dents toutes bleues.

— Boui-boui-boui…, dit Elian. On voit bien la piqûre, et le dard, là… On dirait même que t'es en train d'enfler, camarade. Nom d'une bête en bois. C'est rien. On va voir ta tante, elle va t'arranger ça.

Cinq-Six-Mouches émit un « oui » aspiré. Il avait l'air prêt à mourir sur place plutôt que de lâcher son pot au petit tiers rempli, et il attendit, avant de bouger, qu'Elian se redresse en expirant avec force, puis le suivit vers la maison, à travers la cour. Le chat rayé de jaune avait disparu.

Elian dit, l'air de ne pas vraiment poser la question :

— Pourquoi que t'es pas descendu tout droit et que t'as fait le grand tour ? C'est les deux zozos dans la Goutte avec leur chien qui t'ont fait peur ?… J' dois dire que c'est vrai : manquerait plus que tu te fasses mordre ! dans quel état on va finir par te rendre à tes parents, nom de Dieu, mon garçon... Où qu'ils se croient, ces zozos-là ? Tu les connais pas ?

Il demandait une fois par jour au moins depuis dimanche. Cinq-Six-Mouches dit que non tout en esquivant d'un retrait vif de la tête une chiquenaude amicale d'Elian — depuis que celui-ci avait prononcé le mot « enfler », c'était visible et ça se dépêchait de gonfler sur le front de l'enfant.

La haute maison étroite, dont les pignons avaient été surélevés jadis, semblait exsuder par son crépi une variété particulière de silence sec et brûlant ; non pas le silence coutumier aux trop chauds et vibrants après-midi estivaux, quand tous les sons éparpillés ne font que se reposer en attendant l'instant où ils pourront de nouveau prendre leur envol ; quelque chose d'autre, en moins ou en plus, on ne le définissait pas *a priori* ; le silence des choses et des instants finis, retombés partout alentour, gangue invisible, lourde, serrée, qui semblait non pas uniquement *peser* sur l'endroit mais *émaner* de partout pour se concentrer là, se brisa en milliers de fragments, dès que le gamin et l'homme eurent franchi le seuil en écartant le rideau de perles de bois colorées.

Dans le couloir d'entrée, au bas de l'escalier que Cinq-Six-Mouches n'était plus autorisé à dévaler en sautant une marche sur deux — comme il aimait tant le faire même après cette magistrale gamelle de l'an passé qui lui avait coûté deux dents de lait —, ni couché sur la rampe, Elian appela :

— Irène ! Il y a ici vot' neveu qui aurait besoin de vos soins !

Le ton désamorçait ce que le propos pouvait contenir d'alarmant ; l'homme et l'enfant échangèrent un regard, Elian cligna de l'œil et posa sa main sur la tête du gamin qui fit juste une brève grimace — légère.

Jamais Cinq-Six-Mouches n'avait résolu de façon satisfaisante cette énigme du vouvoiement entre Tatirène et l'« oncle » Elian ; il était bien obligé de se contenter du « parce que » invariablement obtenu de tout le monde en réponse à l'interrogation. Parce que. Parce que, sans doute, Tatirène ayant été l'épouse de Bertrand Toussaint durant dix ans avant d'en être la veuve depuis vingt, Elian n'était même pas un oncle véritable — sinon pour Anjo —, mais le vulgaire et banal frère du tenant du titre décédé. « Parce que Onc' Elian c'est qu'un faux parent », avait sentencieusement laissé tomber une fois Georgette du haut de ses quatre ans, dans le sombre de la chambre à coucher, un soir que les bavardages entre Cinq-Six-Mouches et ses deux sœurs abordaient le problème ; si le rire d'Evie, la sœur aînée, allumé par cette explication, avait par contagion provoqué celui de la petite — première étonnée d'avoir émis une drôlerie —, Cinq-Six-Mouches, lui, n'avait pas eu le cœur à partager l'hilarité des filles ; ce *faux parent* s'était fiché dans un coin de son cerveau et causait parfois encore, tout enguirlandé du rire-grelot d'Evie, comme une espèce de douleur.

— Qu'est-ce qu'il s'est *encore* fait ? dit Tatirène.

Ils sursautèrent quand la voix s'éleva toute proche, sur leur droite, et quand le soleil déferla violemment par la porte ouverte dans le couloir, comme si son incandescence contenue et comprimée dans la pièce eût fulguré dix fois plus ardemment qu'au-dehors. Irène se tenait dans l'encadrement de la porte de l'appartement du rez-de-chaussée qui aurait pu être celui d'Elian six mois par an mais qu'il avait depuis longtemps choisi d'abandonner à l'occupation des touristes, au souvenir de leur passage comme à l'attente de leur venue. Dans l'aveuglante lumière brillante de poussières en suspension, l'ombre dure et tranchée de la femme vêtue de noir coula sur Elian et Cinq-Six-Mouches, se resserra sur ce dernier lorsqu'elle s'agenouilla devant lui. L'expression catastrophée de son visage changea à peine après qu'elle se fut pourtant rendue à l'évidence : cet enfant, dont elle avait la responsabilité d'un bord à l'autre des vacances, ne saignait pas, ne s'était apparemment rien cassé ni démonté, ni déboîté — l'expression de la femme ne changea pas davantage après qu'Elian eut annoncé sur le ton de la blague :

— Il couve les nids de guêpes ! Va falloir qu'on lui trouve un autre nom que Cinq-Six-Mouches, j' crois bien !

— Ce serait pas plus mal, dit Irène.

Poussant l'un, entraînant l'autre, dans la cuisine ensoleillée, elle ouvrait un placard, déchirait le coton, l'aspergeant de vinaigre, tamponnant ensuite généreusement et vigoureusement le front du gamin — qui s'agrippait toujours à l'anse de son pot de myrtilles. Sur tout cela s'égrenait le cours à la fois tranquille et haché d'une conversation bondissant d'une personne à l'autre sans qu'aucune des trois se souciât vraiment que ses propos fussent entendus et encore moins compris. Tatirène :

— Il se tuera. Il va finir par se tuer, le malheureux. Lève-moi un peu ta tête, là... Comment est-ce que tu as fait ton compte pour te faire piquer par cette guêpe ?

— J'ai pas fait exprès, dit Cinq-Six-Mouches.

Que personne n'écouta. Elian :

— Je les regarde depuis presque une heure. Ou plus. J' me demande bien d'où ils viennent, avec leur sacré clebs aboyeur... Quel plaisir qu'on peut prendre — si quelqu'un de futé peut me l' dire ! — à entasser des pierres dans ce ruisseau ? On dirait qu'ils veulent faire une retenue d'eau. Une piscine, ma parole, peut-être bien qu' c'est ça, oui, et qu'y vont se *mette* à s' baigner là-dedans, un de ces quat' matins !... D'où qu'ils sortent, ces deux zozos avec leur espèce de sacré Dick qui peut pas voir une pierre tomber dans l'eau sans se jeter dessus en aboyant... Vous entendez pas les aboiements ?

Et Irène :

— Et maintenant, quelle heure il est ? C'est quand les messieurs-dames vont arriver enfin que tu choisis de te faire piquer, toi ! Et tout en sueur, en plus. Regardez-le... Où est Anjo ? Anjo a dit qu'il irait les chercher à la gare en voiture. Mais où est-ce qu'il a filé ? Il aurait pas oublié, dites ?

Elian laissa glisser un regard pensif sur la tête humectée du gamin ; il dit :

— C'est une vraie vinaigrette, que vous lui faites là... Déjà qu'avec ce qui lui restait de cheveux... ça va lui faire comme une vraie salade d'endives sur la tête...

— Mais arrêtez donc de faire marcher cet enfant ! dit Irène. (Et les poussant dehors, disant :) Tiens ton coton de vinaigre sur ta piqûre, toi, allez, hop ! (Tous trois quittant la pièce, Cinq-Six-Mouches le premier, maintenant d'une main le coton sur son front, un œil fermé.) Comment tu peux encore avoir envie de venir ici, mon gamin, avec tout ce qui t'arrive dès que tu fais un pas ? et tout ce que ces deux-là, Anjo et celui-ci, te font pas entendre quand ils s'y mettent... (Puis, dehors, passé le rideau de perles de bois, Irène immobilisée, les yeux clignant, sur le seuil :) Va pas te casser une jambe, ou quelque chose, maintenant... Essayez donc un peu de le surveiller, vous, en attendant qu'ils arrivent.

— S'il aime bien venir ici, dit Elian, c'est pas difficile à comprendre : c'est qu'il en entend dix fois moins que chez lui, avec ses sœurs. Et il lui arrive pas plus de malheurs qu'ailleurs... C'est pas moi qui l'ai baptisé « Cinq-Six-Mouches ».

— Si, dit Cinq-Six-Mouches.

— Alors, bon. Mais Anjo t'appelle « Léon », c'est pas mieux.

— Il appelle tout le monde Léon, des fois même toi, dit Cinq-Six-Mouches.

— Est-ce qu'il n'aurait pas oublié d'aller à la gare ? s'inquiéta de nouveau Irène. Anjo n'est jamais là quand on voudrait être sûr qu'il va faire ce qu'il doit.

Suivi docilement par le gamin, Elian fit quelques pas à travers la cour et s'immobilisa dès que son regard, coulant par-dessus le bord du ravin, lui permit d'apercevoir les lanceurs de pierres. Ses paupières s'alourdirent ; une extrême contrariété descendit sur ses traits fripés, puis fondit.

— Quatre heures, c'est à cette heure qu'ils s'amènent, et ils se mettent à patauger et construire des barrages. Si on ne sait pas que le clebs s'appelle Dick et qu'il écoute rien, c'est qu'on est franchement sourd… Avec leur culotte et maillot blancs… pas un des deux qui soit tombé une moitié de fois le cul dans l'eau, penses-tu, nom d'une bête en bois ! Ce serait toi, Cinq-Six-Mouches, tu te serais noyé en lançant ton premier caillou… Et à cinq heures, hop là ! les voilà partis, comme si leur autorisation d'emmerder les gens dépassait pas une heure par jour. D'où c'est que sortent des zozos pareils ? C'est des touristes, ou bien des jeunes en vacances chez des parents à eux, par ici ? Ou de la colonie ?

— C'est bien de vous, dit Irène, de vous tourmenter pour des gens qui s'amusent dans un ruisseau.

— Je me tourmente rien du tout. Si j'étais une truite de ce ruisseau, là, oui, je me tourmenterais. Il y a mille façons de jouer dans un ruisseau sans chambarder toutes les pierres, chaque jour depuis dimanche entre quatre et cinq heures de l'après-midi. Des fois cinq heures et demie.

— Je voudrais bien qu'Anjo y pense, à cinq heures et demie, dit Irène. Parce que c'est l'heure du train.

Les yeux d'Elian brillèrent ; la bonne moitié des rides et craquelures sur ses joues rasées de près (alors qu'on n'était ni jeudi ni dimanche) disparut. Il dit :

— Ne vous tracassez pas pour Anjo ni pour le train. Ils savent tous les deux ce qu'ils ont à faire.

— On peut être à peu près sûr que le train arrivera sur ses rails et pas par la route, oui, dit Irène.

Ce n'était pas un vrai sourire, mais quelque chose descendit sur ses traits, adoucissant le tracé des lèvres ; elle hocha la tête et dit :

— Oh, bien entendu... c'est pas de vous qu'on peut s'attendre que vous lui mettiez du plomb dans la tête...

Le chat rayé de jaune sortit de l'ombre du couloir et vint se frotter contre ses chevilles, puis il s'assit en considérant d'un air hautain l'homme et l'enfant au centre de la cour, comme s'il avait pris son parti dans cette conversation entre eux et la femme au sujet d'Anjo — il ignorait les « psssttt ! » discrets que se mit à lui lancer Cinq-Six-Mouches sans remuer les lèvres ; il ne les entendait pas.

— Vous avez le meilleur des fils qu'on puisse avoir, dit Elian. Le meilleur fils, tout le monde sait ça, vous la première.

— Oui, dit Irène. J'aimerais quand même bien qu'il se rappelle ce qu'il doit faire au train de cinq heures et demie.

— Vous tracassez pas, dit Elian (qui regardait de nouveau en direction du ruisseau, si bien qu'il ne la vit pas rentrer dans la maison). Vous êtes toujours à vous tracasser pour des... (il entendit retomber en s'entrechoquant les perles de bois du rideau, et s'interrompit. Il dit :) On les paierait pour trimbaler d'un mètre des pierres moitié moins grosses, ils t'enverraient chier...

Il soupira avec componction, fit trois pas en direction du garage où Titi attendait, revint à Cinq-Six-Mouches.

— Alors, comme ça, dit-il, je dois te surveiller pour que tu te casses pas une patte avant l'arrivée de la nouvelle fournée — t'as entendu, hein ? (Il cligna de l'œil.) Fais voir cette piqûre ?

Cinq-Six-Mouches retira le coton réduit sous la pression du creux de la main à une sorte de pastille plate et molle ; une gouttelette de vinaigre coulait droit vers le coin de son œil, Elian la fit exploser d'une pichenette précise. L'enflure avait pris la taille d'une pomme sauvage, déformant l'arcade sourcilière. Elian poussa sous sa moustache un sifflement impressionné.

— Ça te fait mal ?

— Un peu, grimaça Cinq-Six-Mouches, inquiété par l'admiration de mauvais aloi qu'il avait décelée dans le sifflement.

— Tu vas être chouette, sourit Elian. Amène-toi, camarade. C'est pas de vinaigre qu'il te faut sur une pareille « tatiotte ». C'est du *poreau.*

Après un ultime coup d'œil en direction du ruisseau en contrebas, il s'occupa donc de Cinq-Six-Mouches, puisqu'il n'avait rien d'autre à faire... Comme il n'avait rien eu d'autre à faire, de toute façon, depuis midi, après qu'Anjo eut pris sa voiture pour s'en aller Dieu sait où, d'où il n'était toujours pas revenu ; si peu à faire qu'il aurait pu tout aussi bien aller cueillir des brimbelles s'il l'avait voulu, au lieu de quoi il avait fait toilette pour l'arrivée enfin confirmée de ces touristes d'août qu'on attendait depuis déjà trois jours ; puis il avait lu un peu des aventures de Blek le Roc jusqu'à la venue des zozos, il était allé prendre son poste comme s'il espérait encore que sa seule présence perchée sur ce tonneau eût une chance de les faire décamper…

S'occuper de Cinq-Six-Mouches consista à faire un tour dans le potager pentu derrière la maison, où il coupa deux feuilles de replant de poireau qu'il écrasa entre ses doigts et appliqua sur la piqûre.

— Ce qui nous fait, annonça-t-il sans rire, du *poreau*-vinaigrette.

Cinq-Six-Mouches sourit de toutes ses dents bleues.

— Écrabouille-toi ça là-dessus, et attends que ça passe, dit Elian.

Puisqu'ils se trouvaient sur place, ils firent une courte promenade dans les allées, à la recherche d'éventuelles courtilières. Elian bavardait sous sa moustache, s'adressant au gamin, ou à lui-même, ou aux légumes — ou à la Providence quand il dit : « C'est vrai que j' préférerais qu'Anjo n'oublie pas l'heure du train… Et que j'aimerais mieux aussi qu'il tombe jamais sur des flics qui soient pas ceux d'ici, avec sa voiture qu'on lui a repris son permis, comme on est tous les deux à le savoir ! » Puis Cinq-Six-Mouches dit, comme s'il avait passé son temps à ne songer qu'à cela en attendant le bon moment :

— Je sais plus ce que j'avais dit, mais c'était un jour où j'étais énervé, et toi, t'as dit : « Oh, çui-ci, il est pire qu'un monstre ! Regardez-le ! il est pire que cinq-six-mouches enfermées dans un bocal ! »

Elian fit celui qui doutait :

— Ah oui ? Tu crois ça !

— Oui. C'est vrai. Je me rappelle bien.

On pouvait courir loin — se disait parfois Elian — avant de trouver un autre gamin de dix ans comme Cinq-Six-Mouches, avec une voix aussi grave et le souci d'écorcher aussi peu les mots.

Quand ils eurent fait le tour du jardin, Cinq-Six-Mouches était pareil à lui-même, sauf que tous les efforts déployés depuis une demi-heure pour empêcher l'évolution de l'enflure n'avaient visiblement servi à rien. De plus, il boitait.

Elian lui demanda comment il avait pu, dans une allée de jardin et en moins de vingt pas accomplis à une allure de limace, se faire une entorse — Cinq-Six-Mouches avoua à retardement que les guêpes ne l'avaient pas uniquement piqué au front.

« Donne-moi ça », dit Elian en débarrassant Cinq-Six-Mouches de son pot à lait qu'il posa au pied de l'échelle ; il ajouta : « Grimpe ! » et regarda, d'un air vaguement accablé, s'élever le gamin aux cuisses maigrichonnes qui jaillissaient comme deux baguettes du short trop large (empoignant à son tour l'échelle, et montant derrière le gamin, il songeait : pas étonnant que les guêpes se soient enfournées là-dedans comme les étincelles d'un feu dans un conduit à fumée…).

Cette échelle avait été placée là provisoirement, vingt ans auparavant. Pour Cinq-Six-Mouches, elle possédait une particularité qui n'était pas loin d'être magique : elle conduisait à la très réelle habitation d'un adulte qui ressemblait à une sorte de cabane de rêve, un véritable repaire, une tanière, une grotte sur une île.

Toute la surface de l'étage, le volume compris entre le plancher au-dessus du garage et les pans du toit, composait le domaine d'Elian Toussaint.

On émergeait dans cet univers par la trappe sous la fenêtre du pignon nord — qui donnait sur les pentes sylvestres et le petit sentier sinuant parmi les broussailles après avoir quitté la cour de la maison et longé le garage. Dans les secondes suivantes la sueur vous inondait : il régnait, sous les tuiles, une chaleur d'enfer. Restait à ne pas se laisser impressionner par l'environnement ; il suffisait de trouver son chemin jusqu'à l'« appartement » proprement dit du maître des lieux.

Donc : remonter vers l'autre pignon. Louvoyer entre les amoncellements, les entassements de choses, les hétéroclites compositions d'objets se dessinant sous les strates de pénombre ; serpenter parmi les cadres de bicyclette, les machines à coudre, jantes de voiture — un train de direction complet —, moteurs en pièces, vieux outils aratoires divers, lames de faux, fers de houes, dents de râteaux et crocs de herses, « tacounets » originellement destinés à sécher les aulx, les échalotes, les oignons, et remplis dans le cas présent de boîtes métalliques « Banania » et de bocaux eux-mêmes bourrés de boulons, de vis, de bidules… et les piles de magazines saucissonnées en croix par de vieilles ficelles graisseuses de harnais de métier à tisser, les meubles auxquels il manquait un tiroir ou dont le dessus de marbre noir était brisé, mais les morceaux conservés et joints, les chaises bancales et dépareillées, travailleuse de couturière, panneaux et corniche d'armoire, fauteuil déformé, fourneau à la parure carrelée de faïence emmaillotée de cordes, réchaud à gaz… puis traverser les ossatures de chevrons qui dressaient au milieu du fatras le squelette des cloisons, sous les quadrillages de lattes des plafonds toujours en attente de leur revêtement et auxquels pendaient des paniers, des vieux vêtements, des bouts de corde, une gourde en matière plastique et une autre en métal rouille, un cor de chasse privé d'embouchure…

C'est ainsi que l'on se retrouvait devant une cloison, achevée celle-ci, infranchissable donc, sinon en utilisant très académiquement la porte prévue à cet effet.

Du « dehors », la pièce ressemblait à une grosse boîte posée en bout des combles, son ossature tapissée de laine de verre et de plaques de polystyrène — on poussait la porte.

— Allez, p'tit gamin, en avant, dit Elian.

Il dirigea, par les épaules, Cinq-Six-Mouches vers son lit de camping aux couvertures froissées.

La pièce était grande, certes, mais pas moins encombrée que son approche. Un vague courant d'air lambinait de la fenêtre grande ouverte à la porte, glissant le long des murs de frisette de pin et faisant frémir les coupures de journaux punaisées. De tous les meubles et objets divers qui embarrassaient l'endroit, celui qui attirait infailliblement l'œil n'était pas le plus extravagant, ni même le plus en vue, mais sans aucun doute le plus net, étincelant comme un bijou dans le contre-jour entre le haut bois de lit et le mur : un vélo rouge, demi-course solide d'un certain nombre d'années d'âge, certes, mais d'allure tout à fait respectable encore. En le voyant, on se disait très naturellement que la place de ce vélo ne pouvait être ailleurs, bien sûr, entre deux échappées extérieures, deux triomphes sous les cris enivrants qui montent des lignes d'arrivée…

Elian s'approcha de la fenêtre qui donnait sur la cour, contempla la maison et, au-delà, l'embranchement du val sur la vallée moyenne. Les hautes montagnes proches étaient voilées d'un bleu léger qui trichait sur leur distance réelle. Il regarda le chemin qui grimpait vers la maison, jaillissant du bosquet en bas de la pente, et suivait, approximativement parallèle, le tracé du ruisseau. Des odeurs jaunies, vaguement vertes, flottaient dans le silence immédiat — les rengaines des grillons, les *tchipetis* d'oiseaux, le bruit des maillons de la chaîne du collier qui heurtait le sol du garage quand Titi laissait retomber sa tête de chien ensommeillé. Elian soupira :

— Sont partis…

Les paupières sévèrement plissées, il revint à Cinq-Six-Mouches qui s'était allongé et attendait sur son lit de camping aux ressorts grinçants, le short baissé sur son derrière rougi.

— Tu veux donc plus montrer tes fesses à ta tante, c'est ça ? dit Elian, penché pour l'inspection, les mains appuyées en travers des cuisses.

— Je voulais pas qu'elle me dise de retourner chez nous, dit Cinq-Six-Mouches de sa voix grave et profonde.

— Pour deux ou trois piqûres de guêpes ?

— Ça peut être grave, dit Cinq-Six-Mouches sur un ton sinistre. Une fois, Evie a été piquée derrière l'oreille, ici, et elle a dû rester au lit deux jours.

— Ouille ? s'étonna Elian. (Il se redressa en grimaçant à cause de son dos.) C'est grave si elles te piquent dans la bouche, dit-il. J' m'étonne d'ailleurs que ça soit pas arrivé à ta sœur, à force de l'avoir toujours grande ouverte… (Cinq-Six-Mouches sourit sans joie.) Mais toi, là où ça t'est arrivé, tu peux enfler tout ton saoul, t'auras une fesse comme un melon, c'est tout (clignant de l'œil :) et plus de trou du cul.

Il prit ensuite une expression figée, un air d'absolu sérieux que Cinq-Six-Mouches soutint sans ciller.

— Boui-boui-boui…, dit-il. J' me rappelle un temps où qu'on pouvait encore bien se faire bouffer par les guêpes sans que ce soit un drame. Évidemment, ça faisait quand même mal. T'as mal ? (Le gamin tordit une moue discrète sur le bout de ses lèvres.) Mais aujourd'hui, on dirait que même les guêpes changent. Qu'elles deviennent mauvaises… Un de ces quatre, les abeilles pisseront du vinaigre au lieu de faire du miel.

— Tu le diras à Tatirène ?

— Non, bougre de galichtré… On dirait bien qu'aujourd'hui une ou deux piqûres suffisent à vous faire gonfler comme un ballon… C'est vrai qu'y en a qui meurent, t'as raison de dire que ça peut être dangereux, mais c'est plutôt avec les frelons. C'était pas un frelon, des fois, t'es bien sûr ?

La mimique ordinairement soucieuse du gamin s'incrusta davantage dans ses traits rougeauds, tandis qu'il essayait de savoir si Elian plaisantait ou non. Le bonhomme affichait un masque impénétrable qu'il conserva tout en s'occupant du gamin, dont le regard resta collé à chacun de ses gestes.

Elian s'énerva un peu après sa bouteille de gaz qui n'allait pas tarder à expirer ; il parvint néanmoins à faire bouillir une décoction de fleurs de sureau d'un sachet déniché au fond du demi-corps de buffet Henri II qui lui servait de placard fourre-tout. Il appliqua la bouillie en compresses chaudes, quasiment bouillantes, sur les endroits sensibles, cela très sérieusement et sans sourire du tableau qu'offrait Cinq-Six-Mouches… Il lui demanda — distraitement — s'il voulait voir la télé, mais oublia de l'allumer après que le garçon eut répondu oui. Il s'arrangeait toujours pour ne pas s'éloigner trop de la fenêtre, et finalement se planta carrément devant, mains dans les poches, surveillant le chemin, tandis que les compresses refroidissaient et dégoulinaient sur l'enflure et dans la raie des fesses de l'envenimé. La doucereuse senteur des fleurs de sureau macérées rampait au ras du sol, écrasée par la chaleur.

— C'est pour Anjo que tu te fais du souci ? demanda Cinq-Six-Mouches.

Les épaules d'Elian se soulevèrent puis retombèrent.

— Est-ce que tu vois quelqu'un ici qui se fait du souci pour quelque chose ?

— Je crois bien, oui.

Elian grommela. Il se tenait de trois quarts par rapport au gamin à plat ventre sur sa couche, au pied du grand lit de merisier ; on apercevait l'angle dur de sa pommette et l'amorce de sa paupière lourde retombée sur un regard qui ne riait pas.

— Onc' Elian ?

— Mbouais ?

— Je crois bien que tu te fais du souci, oui... Où est-ce qu'il est, Anjo ?

Nouveau mouvement d'épaules d'Elian.

— Qui peut jamais savoir où est Anjo, à partir du moment où vous ne l'avez plus sous les yeux ?...

Elian quitta la fenêtre, fit un crochet par l'évier sur lequel il prit un verre rincé dans le bac d'essorage débordant de vaisselle ; il emporta le verre jusqu'à la cuisinière à feu continu qui lui servait de plan de travail, recouverte d'un édifice d'ustensiles plus ou moins — mais pas toujours, ni obligatoirement — culinaires, duquel Elian extirpa un litre de boisson trouble. Il remplit son verre de kéfir et but une gorgée. Il regardait le gamin, songeur.

— T'es sûr que t'as jamais entendu parler d'eux ? dit-il.

Cinq-Six-Mouches ne chercha pas deux secondes de qui il était question.

— J'ai jamais entendu parler d'eux. Je les connais pas, je te dis. Qui c'est qui aurait pu me parler d'eux ?

Les paroles eurent pour effet de plisser le front d'Elian et de peser sur ses sourcils, dessinant une expression qui mêlait la gravité suspicieuse à un indéniable étonnement.

— C'est ma foi vrai, nom de Dieu, convint Elian. Quel âge tu as, maintenant ?

— Dix, tu sais bien.

— C'est exactement ça, approuva Elian. Quand ton cousin Anjo avait dix ans, lui... Je veux dire : est-ce que c'est bien qu'un gamin de dix ans reste comme tu le fais à voir personne, du grand des jours, de toutes ses vacances ?

— C'est pas vraiment personne, rectifia Cinq-Six-Mouches. Il y a toi, et Anjo, et Tatirène. Et puis les Bocon-de-juillet.

Elian hocha la tête en souriant ; l'expression de grand souci qui lui était tombée dessus pour le vieillir de quelques années, pendant un instant, s'envola. Il cligna de l'œil, but son kéfir et posa le verre vide sur la table. Il repartit vers la fenêtre.

— C'est vrai, dit-il. Les Bocon... les Bocon-de-juillet... On ne peut tout de même pas oublier M. et Mme Bocon, la grand-mère Bocon et les deux garçons Bocon.

Cinq-Six-Mouches laissa échapper ce bruit grave et bref qui était une espèce de soubresaut hilare dont il avait, seul, le secret.

— J'aimais bien la grand-mère Bocon, et M. Bocon, dit-il. Et les deux garçons aussi. Ça fait du monde.

— Nom d'une bête en bois, dit Elian.

Chacun dégusta en connaisseur le même morceau de silence commémoratif insinué dans la pièce. Elian soupira, répéta en un souffle ravi :

— Ah... nom d'une bête de bois...

Et Cinq-Six-Mouches ·

— Tu crois que les nouveaux seront aussi bien ?

Elian redescendit sur terre. Il croisa ses doigts et les fit craquer en projetant ses paumes vers l'avant.

— Qui peut savoir ? On peut jamais dire qu'on en trouve deux tombés du même moule… Quoiqu'il y ait bien sûr quand même un peu de ça, dans le simple fait que c'est tous des touristes et qu'ils viennent ici pour respirer l'air pur et tous ces trucs qu'ils vous racontent généralement dès le premier jour… Mais on peut quand même jamais trop dire, tu sais bien… Par exemple, au début, qui aurait cru que ce sacré Bocon pourrait être un pareil boute-en-train ? (Il cligna de l'œil :) J' peux te l' dire : certainement pas Mme Bocon !

Cinq-Six-Mouches refit le coup de cette note grave et rigolarde.

— Ils ont des drôles de noms, cette année, dit-il. D'abord Bocon, et ensuite Violet.

Il semblait avoir oublié ses piqûres, ses enflures (ou alors il tenait absolument à entretenir une conversation anodine, simplement bavarde, pour maintenir l'esprit d'Elian éloigné de ses soucis ?).

— Mon garçon, dit Elian, le nom d'un bonhomme, c'est certainement la dernière chose qu'on puisse lui reprocher. Si j' m'appelle Toussaint, j'en suis pas plus responsable que toi de t'appeler Paul Lobe. Paul Lobe, bon sang, comme moi Elian Toussaint, et comme y a des Bocon et maintenant des Violet. C'est pas les pires. J'ai connu des Larcut et des Tirelette. Violet, c'est pas le pire… tout ce que tu peux te dire, c'est que c'est pas parce qu'ils ont un nom pareil que ça les met à l'abri des problèmes, apparemment, vu que ça fait déjà pas loin d'une semaine qu'on les attend…

— Peut-être qu'ils ne seront encore pas là aujourd'hui…

— Si, dit Elian. *Eux,* ils seront là. (Il consulta sa montre.) Et probab' même qu'ils y sont déjà…

Il y eut un temps mort. Cinq-Six-Mouches regarda Elian sans ciller, puis il ferma les paupières, avec une expression apaisée.

— Tu mettras le disque des vieilles chansons ? quémanda-t-il.

C'est alors qu'on entendit sonner le téléphone dans la maison, trois coups qui pétrifièrent Elian devant sa fenêtre, raidi, le souffle suspendu dans le silence qui suivit — puis Irène passa le seuil en faisant voler le rideau de perles. Elle fit trois pas dans la cour où l'ombre tournante de la maison traçait maintenant deux territoires égaux, et l'appela — lança son nom sur un ton pointu qui s'émoussa net — juste avant de l'apercevoir à sa fenêtre.

— J' suis là, dit Elian.

Irène regarda autour d'elle de telle manière que son attention ne paraissait pas particulièrement attirée par le haut du chemin ; elle regardait sans vraiment voir et comme on le fait machinalement dans l'espoir (pourtant vain) d'être interpellé par quelque signe. Et l'amertume gagna Elian, lui emplit la bouche. Il dit :

— P't'être qu'il est juste un peu en retard…

— Un peu en retard, dit Irène. M. Violet et sa famille viennent d'arriver au train et ils n'ont pas trouvé Anjo qui devait les attendre pour les emmener ici, comme convenu. Il vient de téléphoner et il n'a pas l'air très content de ses vacances qui commencent mal après un après-midi de trajet. Et Anjo est un peu en retard...

— On n'a qu'à lui envoyer Milo.

— C'est ce que j'ai dit à M. Violet. Je lui ai dit de nous excuser pour le contretemps, que je lui envoyais un taxi à nos frais. Qu'il patiente... Reste à espérer que Milo est là, et qu'il est libre. Je vais lui téléphoner.

— Mouais, c'est ça, dit Elian.

Irène traversa le soleil et entra dans la maison.

Immobile jusqu'au dernier tremblement des perles du rideau, Elian lâcha un gros soupir qui parut le dégonfler en partie ; il s'assit de biais sur la tablette de fenêtre de façon à pouvoir simultanément surveiller le dehors et laisser traîner un œil dans la pièce.

— T'as déjà vu ça ? dit-il. M. Violet est déjà pas content de ses vacances qui ont même pas commencé.

— Pourquoi qu'Anjo est pas à la gare ? demanda Cinq-Six-Mouches sur un ton redevenu plutôt mou.

— T'en sais autant que moi... T'as entendu ta tante, comme moi... Est-ce que je sais, moi, pourquoi qu'Anjo est pas là où il devrait ? Est-ce que je sais où ce bougre est encore allé traîner comme s'il cherchait vraiment à ce que des gendarmes qui le connaîtraient ni d'Ève ni d'Adam lui mettent la patte dessus à cause de son permis de conduire qu'ils lui ont retiré... Des fois, j' me dis que sa mère a pas complètement tort de se faire de la bile pour lui, dans le fond, et qu'il pourrait quand même avoir un peu plus de plomb dans la tête… Des fois, j' me demande comment qu'il fait pour avoir trente ans.

En bas, Irène passa la tête à travers le rideau de perles de la porte.

— Milo va aller les chercher !

— Eh bien, c'est parfait ! approuva Elian (qui attendit que les perles se stabilisent après le retrait de la tête d'Irène, avant de s'adresser à Cinq-Six-Mouches :) T'étais là quand il est parti ce midi, toi ? Tu l'as entendu dire qu'il allait quelque part ?

Cinq-Six-Mouches expulsa bruyamment l'air de ses joues gonflées, en signe d'ignorance. Anjo n'avait pas pour habitude d'entretenir son jeune cousin de ses projets — il n'avait pas pour habitude de remarquer *vraiment* la présence ou l'absence de Cinq-Six-Mouches.

Hochant la tête, Elian quitta la fenêtre et vint s'agenouiller auprès du lit de camp.

— Allez… on va t'enlever ça de la cafetière, dit-il en retirant le cataplasme aplati de fleurs de sureau. Garde encore un peu l'autre, et puis on t'en remettra plus tard. Tu resteras tranquille ici ce soir, d'accord ? Va pas te montrer à la famille Violet avec cette tête que t'as : ça serait complet pour achever de leur gâcher leurs vacances.

Cinq-Six-Mouches sourit. La partie droite de son front était à présent si enflée — et constellée de petites fleurs de sureau — que l'arcade sourcilière menaçait de retomber sur l'œil.

À croupetons, coudes aux cuisses et mains croisées, Elian pointait sur le gamin un regard qui ne cillait plus.

— La question que je me pose, dit-il sans que l'on vît bouger ses lèvres sous la moustache, c'est la suivante : est-ce que ce sacrédié de gaillard serait pas des fois en train de boire un verre chez Martinette ? Et est-ce que ce serait pas là qu'il faudrait aller le chercher ?

— Pourquoi que tu téléphones pas, Onc' Elian ?

— Téléphoner ? Avec quel téléphone, malheureux ? celui de ta tante ? (Il haussa une épaule, expira avec bruit, donna l'impression ensuite de réfléchir ardemment à la solution du problème ; puis :) Qu'est-ce que t'as à me reluquer en rigolant ?

— Je rigole pas, dit Cinq-Six-Mouches. De toute façon, tu y vas presque chaque soir.

Il ferma les yeux.

— Qui va où presque chaque soir ?

Cinq-Six-Mouches fit l'effort de rouvrir sa bonne paupière.

— Toi. Chez Martinette.

— Et c'est tellement rigolo ?

— Non, dit Cinq-Six-Mouches, épuisé. (Changeant de sujet à la hâte, il demanda :) Tu as pas vu *l'héron,* après midi ?

Elian se redressa en faisant craquer les articulations de ses jambes.

— Quels ronds ! Qu'est-ce que tu racontes ?

— L'héron. L'oiseau.

— Ho ! Ho ! Ho ! s'exclama Elian.

Il ramassa sur la table la compresse de vieilles fleurs de sureau qu'il jeta dans la poubelle sous l'évier. Cinq-Six-Mouches, qui avait refermé les yeux, demanda :

— Tu l'as pas revu ?

— Non. J' dois dire que j'y ai pas prêté attention particulièrement. J'avais à attendre les Violet, et après voilà que les zozos sont arrivés avec leur chien — Dick — dans le ruisseau. Est-ce que tu peux écouter ce que je vais te dire ?

— Oui. Quoi ?

— Ne glousse pas comme une vieille poule noire à chaque fois qu'on dit « violet », qui est le nom de ces gens, et personne n'y peut rien, comme je viens de t'expliquer. Si tu veux mon avis, avec des gens pareils qui ont l'air de se mettre en colère pour un rien, il y a des choses avec lesquelles il vaut mieux ne pas essayer de rire. Et j'ai bien dans l'idée qu'ils vont être des emmerdeurs, ceux-là. J'ai comme dans l'idée.

Elian fit cette remarque de conclusion sur un ton presque bas ; le visage du gamin n'eut pas un tressaillement.

— C'est vrai ? dit-il.

— Quoi donc ?

— L'héron. Tu l'as vraiment vu, l'autre jour ? C'était bien un héron ?

— J'ai l'habitude de te raconter des histoires ? dit Elian.

Cinq-Six-Mouches eut un sourire grave et lent, étiré dans les parenthèses bleues de brimbelles.

Là-dessus, Elian se versa un autre verre de kéfir. Le bocal de la prochaine tirée était posé sur sa table de chevet, avec la figue pas loin de remonter à la surface. Il sirota à petits coups, tout en se remémorant les cas de figure typiques parmi les séjours d'un certain nombre d'estivants, sélectionnant dans ses souvenirs les exemples d'emmerdeurs patents qu'à l'évidence M. Violet *ne pouvait* battre, si grognon fût-il parce que personne ne l'attendait sur le quai de la gare.

Au bruit de moteur d'automobile peinant dans la côte du chemin, Elian bondit… et jura de dépit avant d'atteindre la fenêtre.

Ce n'était pas Anjo mais le taxi de Milo avec son chargement de Violet.

Cinq-Six-Mouches ouvrit l'œil (celui des deux que l'enflure frontale n'enfouissait pas sous son repli) et se dressa sur sa couche dans un grand bruit de ressorts grinçants. Il était seul dans la pièce. Les voix qu'il entendait monter dehors ne l'avaient pas tiré d'un sommeil profond, comme il le crut une seconde, tout simplement arraché aux brumes légères de l'endormissement où il était tombé en chute libre dès après le départ d'Elian. Sa tête pesait, autant en raison de l'enflure qu'à *l'intérieur.* Il était chaud de la racine des cheveux à la pointe des orteils, et des frissons lui couraient sous la peau.

Il descendit du lit de camping, dont les gémissements de ressorts emplirent la pièce et s'envolèrent par la fenêtre…

Tatirène était sortie pour les accueillir ; c'était facile de deviner ce geste qu'elle venait d'achever, retirant son tablier, derrière le rideau de perles, et puis lissant les mauvais plis qu'aurait pu prendre sa robe, enfin s'assurant du plat de la main que les boucles de sa nouvelle coiffure n'étaient pas dérangées. L'Onc'

Elian surgissait par la porte du garage, au passage lançait à Titi l'ordre de se taire, et il entrait en scène sa main tendue…

La conversation tournait déjà en plein soleil alors que les portières du taxi n'étaient pas seulement ouvertes.

Elian s'agitait ; il avait l'air ravi : rien de commun avec cet homme suspicieux qui bougonnait en supputant des noirceurs quelques minutes auparavant. Puis les Violet descendaient du taxi de Milo, et M. Violet, qui avait tenu la place à côté du conducteur, ne s'était pas encore aperçu qu'une bonne partie des poils de chien recouvrant le siège se trouvaient maintenant sur son costume beige un peu froissé par le voyage ; Mme Violet et sa fille étaient à l'arrière.

Milo sortit les bagages du coffre, tandis que Tatirène et Elian souhaitaient la bienvenue aux Violet, s'excusaient (surtout Tatirène, mais n'empêche qu'Elian acquiesçait) pour le contretemps fâcheux de la gare. Mme Violet disait que ce n'est rien, monsieur poussait des soupirs, soulagé d'être enfin arrivé à bon port, il parlait du voyage en train vraiment pénible par cette chaleur, depuis Paris — ils étaient passés par Paris —, et surtout depuis Épinal jusqu'ici dans la micheline ferraillante qui se traîne et s'arrête à tous les patelins (il dit *pate-lin*), etc.

A priori, ils n'avaient pas des airs d'emmerdeurs. Mais — il faut l'avouer —, tellement satisfaits d'être là qu'ils en oubliaient de récriminer, ne pensaient plus à « ces vacances gâchées avant même d'avoir commencé ». Cela se passait comme à chaque arrivée de nouveaux. Ils avaient l'attitude de n'importe qui : ils regardaient autour d'eux, dans leur proche périphérie puis de plus en plus loin alentour, faisant connaissance avec l'environ, tout en s'efforçant de rester poliment discrets et d'écouter néanmoins ce qu'Elian et Tatirène disaient.

Milo qui se démenait comme quinze voulut porter les bagages dans la maison, mais l'Onc' Elian s'interposa, disant qu'il allait s'en charger ; Milo laissa tomber la valise à terre — et il se décida enfin à partir.

Ils accompagnèrent du regard la voiture qui s'éloignait et descendait le chemin, disparaissait au bas de la côte, derrière les arbres du petit virage à hauteur du pont sur la Goutte, devant la maison des vieux Tolet. Après quoi, ils se remirent à discuter tout en jetant des coups d'œil ici et là.

Ce qu'elle n'avait pas cessé de faire, *elle,* depuis la seconde où elle avait posé le pied hors de la voiture, et sans desserrer les dents, sans dire un mot, peut-être même pas « bonjour » en réponse, quand Tatirène et Onc' Elian lui avaient serré la main — laisser flotter et planer son regard alentour. Sans se fatiguer à paraître discrète et polie. C'était sa faute — d'après ce que Cinq-Six-Mouches avait cru comprendre — s'ils avaient trois jours de retard. À la voir, on n'en était pas surpris : elle avait vraiment l'allure (pour Cinq-Six-Mouches en tout cas) de quelqu'un qui fait manquer à ses parents, trois jours de suite, le train pour les vacances — c'était inexplicable mais flagrant. Et c'était certainement sa faute si M. Violet avait l'air fatigué à ce point, la peau de sa figure grise aussi fripée que son costume beige ; au moins autant sa faute à elle — se dit Cinq-Six-Mouches désarçonné et fumant de fièvre — que celle attribuée à grand cri au voyage éprouvant en autorail. Oh oui.

Car Cinq-Six-Mouches, dans le premier temps qui suivit son apparition, se demanda *qui* elle était. On lui avait parlé de la *fille* des Violet. Les *filles*, c'était du stade nourrisson jusqu'à un an ou deux (environ ?) au-delà d'Evie. Mais *celle-ci* était une *jeune fille*. D'au moins vingt ans sinon plus, avec une peau si blanche dans cette robe comme rétrécie, trop étroite pour elle, une robe toute blanche également, bizarre, et ses cheveux d'un noir de corbeau luisant, son regard qu'elle laissait couler, à peu près aussi noir que sa chevelure, et cette allure comme du silence incarné en plein soleil — c'était très étrange. Les ombres étaient tout à coup des trous.

Puis Cinq-Six-Mouches réalisa qu'elle regardait en direction de la fenêtre au-dessus du garage depuis un moment, qu'elle ne pouvait donc regarder *que* lui pour avoir cette expression, et il sentit une rougeur qui n'était pas celle de la fièvre se répandre sur son visage tandis qu'il se rejetait en arrière (rouge ! rouge de honte et de gêne, comme si elle avait pu voir à travers le mur dans quelle position il se trouvait !) et filait, les genoux au menton, comprimant à deux mains sur sa fesse douloureuse la compresse de fleurs de sureau tout à fait, elle, refroidie. Et s'abattit sur son lit de camping dans un grand bruit de ressorts, pesant et malheureux d'un seul coup comme une pierre. Les yeux clos, il la voyait toujours plantée dans la cour, blanche, si blanche, non pas descendue du taxi de Milo avec les autres mais surgie du sol, personnifiant avec une évidence brutale tout ce qu'on a passé sa vie jusqu'alors à deviner : le caché, le mystérieux, l'invisible, qui vous font tourner vivement la tête, dans la nuit, et croire que ce n'était rien.

Plus tard, Elian poussa la porte. On entendait siffler un merle comme un dératé dans l'arbre-de-la-tour-aux-pneus de Cinq-Six-Mouches, l'arbre aux trois troncs, derrière le garage. Cinq-Six-Mouches demanda d'une voix très profonde :

— Alors, c'est des emmerdeurs ?

— Va savoir, dit Elian.

Il semblait de nouveau préoccupé ; absent d'ici mais sacrément présent ailleurs.

Ce fut avec un égal automatisme gestuel qu'il changea le cataplasme du gamin et prépara le repas. Il lançait de fréquents coups d'œil par la fenêtre et marquait des temps d'arrêt au milieu d'un mouvement, comme s'il fouillait dans ses pensées et ne savait laquelle choisir. Il fit jouer le disque de vieilles chansons, se souvenant tout à coup, sans doute, que le gamin le lui avait réclamé bien avant l'arrivée des Violet — mais sans reprendre avec Paul Meurisse les paroles de *Margot la Ventouse.* Sans doute fit-il cela — jouer le disque — simplement pour le bruit, et n'avoir pas à discuter. Le disque tourna un bon moment en silence sur le vieil appareil qui n'avait pas d'arrêt automatique.

Anjo n'était toujours pas là.

Cinq-Six-Mouches demanda de cette voix de rogomme si étonnamment basse pour les cordes vocales d'un garçon de dix ans :

— Comment sont les souris, ce soir ?

C'étaient deux souris taillées dans cette pierre qui change de couleur selon le degré d'humidité de l'atmosphère, un bibelot trônant avec d'autres du même tonneau sur le poste de télé antique.

— Bleues, dit Elian. Il va faire beau, encore.

— Salut, les gars, dit Elian.

— Salut, Elian, dirent les gars.

De ces jeunots — certains que deux générations séparaient de ses rides —, tous connaissaient Elian ; pour chacun, il était un peu l'oncle, et lui, bien sûr, n'ignorait pas de qui ils étaient les fils : il retrouvait sous leurs traits d'anciennes et parfois vieilles présences aimées qui lui avaient souri à cet âge-là.

Une trentaine de bicyclettes, mobylettes et motos s'appuyaient, quelquefois s'entassaient, contre les bacs à fleurs plantés de pétunias rachitiques, et dressaient une frise de guidons autour de la terrasse légèrement surélevée. Trois tables sur sept étaient occupées. Une douzaine de garçons et filles (deux filles : les gamines de La Turlette, reconnut immédiatement Elian) s'étaient groupés sur les marches, fumant des cigarettes et faisant rouler des cannettes entre leurs paumes. Il y avait trois autres groupes distincts, entre la terrasse et la route, ou un peu à l'écart : des types accoudés bras croisés sur leur guidon et s'équilibrant tantôt sur l'une et tantôt sur l'autre de leurs jambes écartées — c'étaient ceux-là qui avaient regardé s'approcher Elian et répondu à son salut.

— Et alors, les gars ? dit Elian.

Il se planta à deux pas du premier groupe de motards, les mains glissées dans la bavette de sa salopette. Il mâchouillait ce tronçon de cigare noir — à présent pâteux — qu'il s'était fiché entre les dents dès qu'ils avaient eu fini de manger, Cinq-Six-Mouches et lui, pour aider la patience quand il avait commencé d'admettre que ce qu'il attendait surtout était moins le retour d'Anjo que la tombée de la nuit...

Avec la fin du jour, les bruits de la vie claquemurés par la chaleur aveuglante à l'intérieur des maisons, enfouis sous terre ou repoussés au creux de la première ombre, s'étaient relevés pour se disperser entre les pans brumeux des montagnes ; les bruits s'étaient mis à flotter et rebondir, pareils à ces semences de printemps duveteuses qui volettent et semblent ne jamais devoir tomber ni se poser nulle part, ni trouver de meilleur chemin où s'insinuer que celui des fenêtres entrouvertes ; les bruits avaient rempli de petites bouffées pulsantes l'obscurité graduellement installée comme une force rampante et tranquille, après quoi ils s'étaient envolés de plus en plus haut vers le ciel où surnageait le dernier relief du jour piqué d'étoiles rares, clignantes, dures. Lassé de rallumer pour la vingtième fois son tronçon de cigare, Elian était descendu et avait marché vers les bruits de la nuit. Faire cela, c'était ne plus vraiment attendre.

— On dirait que vous faites des têtes d'enterrement, les gars, dit-il.

Le motard le plus proche, son casque intégral toujours sur la tête, avec la visière simplement relevée, dit :

— Ce sera vendredi, l'enterrement, probable.

Elian chercha son regard dans l'ouverture sombre du heaume de matière plastique rouge, sous le vantail nouvelle manière de plexi.

— Qu'est-ce que tu racontes ? L'enterrement de qui ?

— Ajont, dit le motard.

Le nom jeté contre la base du casque ressemblait trop à un autre : le cigare s'immobilisa... Puis Elian se remit à le « margoler » plus énergiquement que jamais. Il les écouta raconter — c'était comme s'ils avaient tous été directement témoins de l'événement... exactement comme Elian aurait l'air d'avoir été témoin lui-même, quand il raconterait, quelques instants plus tard et dans les jours suivants jusqu'à ce que la fraîcheur de l'actualité se fane et meure. Le fils Ajont, le dernier — celui qui avait une R 12 verte —, dix-neuf ans tout rond. Ce n'était même pas sa moto, mais celle de son frère qu'il avait empruntée. Il avait manqué le virage des Grandes-Lesses pour aller couper littéralement en deux une voiture de Hollandais. Aucune victime grave parmi les Hollandais.

— Est-ce qu'Anjo serait pas ici ? demanda Elian autour de lui.

Mais il avait bien remarqué l'absence de la voiture parmi celles, garées dans un désordre absolu, sur le parking. On lui lança quelques réponses négatives, ou bien, quand il croisait un regard, il avait droit à une mimique ignorante. Il quitta les motards désœuvrés que la mort brutale du benjamin Ajont avait visiblement choqués et rendus apathiques pour un temps, traversa la terrasse, ses mains toujours glissées dans la bavette de la salopette, le cigare noir, tordu, de plus en plus mal-en-point mais néanmoins braqué droit devant. Il salua les attablés dans la lumière crue des globes extérieurs, leur répondait par un signe de tête vigoureusement — quoique négligemment — affirmatif, quand ils lui demandaient s'il se sentait en forme pour le 15. Un peu, oui ! il se sentait complètement en forme.

Il se sentait en forme comme chaque année, rien ne changeait. S'il n'ignorait pas qu'il lui faudrait bien un jour se résoudre à ne pas prendre le départ, il n'accordait pas de véritable réalité à cette échéance.

Et il entra dans la salle du café, un papillon nocturne farineux prisonnier de ses cheveux.

L'établissement était scindé en deux parties distinctes, chacune accessible par l'une ou l'autre des portes d'entrée de la façade. Il y avait — porte de droite — le restaurant et ses cuisines, occupant approximativement un quart de la surface de rez-de-chaussée ; et il y avait — porte de gauche — le reste. Le reste comprenait le café, le bar, le robot musical — « curiosité locale unique », comme l'affirmaient non seulement les pancartes publicitaires accrochées dans le lieu mais aussi deux grands panneaux peints par Léon Dubreuil en personne, plantés sur le bord de la nationale aux entrées nord et sud du village —, ainsi que l'estrade de l'orchestre, la salle de danse, les flippers et jeux électroniques, le bowling. Un billard américain massif, trônant entre le bar contre la cloison des cuisines et le robot musical, séparait le café du dancing. Dans l'angle derrière l'estrade d'orchestre se trouvait l'escalier qui montait à l'étage, aux chambres de l'hôtel — et celles, privées, des propriétaires.

Il n'était pas onze heures, la clientèle était encore importante, à première vue : toutes les tables occupées, des buveurs au bar et des joueurs au billard. Le juke-box braillait une de ces chansons d'été auxquelles on s'expose, dirait-on, dès qu'on tourne le bouton d'un appareil électrique, quel qu'il soit. Des jeunes faisaient les imbéciles sur la piste de danse ; on entendait rouler les boules du bowling, mitrailler les jeux électroniques et cliqueter des flippers. C'était un de ces vacarmes paisibles dont on se demande, à la réflexion, comment on peut non seulement les supporter, mais encore y pénétrer avec plaisir et s'y trouver à l'aise.

Elian laissa courir un regard rapide sur cette faune composée d'un tiers d'inconnus pour deux tiers d'habitués — mais ne vit pas Anjo. Des types, au bar, discutaient avec Martinette ; Elian se hissa sur le seul tabouret libre et Martinette vint vers lui.

Clignant une paupière, l'œil pratiquement fermé, elle retira la cigarette du coin de ses lèvres et l'écrasa dans le cendrier — depuis longtemps, à cette heure-là, le rouge à lèvres ne marquait plus les filtres des Stuyvesant mentholées ; sa paupière droite se rouvrit, quoiqu'un peu lourde. Elian observait de nouveau la salle. À une table proche, deux filles le regardaient avec insistance, en lui souriant ouvertement, surtout la rousse aux cheveux ébouriffés (à moins que cela ne fût une coiffure étudiée). Elian fit revenir son attention du côté de Martinette : elle achevait de remplir le verre d'eau plate, sur le sirop de fraise, ajouta un glaçon, posa le verre devant lui, et ses bracelets s'entrechoquèrent — au moindre geste, ils tintinnabulaient.

— Tu as su, pour Ajont ? dit-elle.

Une fois de plus, le nom surprit Elian qui hésita une fraction de seconde.

— Tout le monde en parle, il me semble, dit-il avant de retirer d'entre ses dents le morceau de cigare infect qu'il posa dans le cendrier trop plein — Martinette prit le cendrier et le vida ; Elian but une gorgée ; Martinette reposa le cendrier devant lui.

— Oui, dit-elle. Tu as une bête, quelque chose, dans les cheveux. Il faut dire qu'il y a de quoi en parler, non ? Dix-neuf ans.

Elian passa une main aux doigts écartés dans ses cheveux, réduisant pratiquement les ailes de la phalène en poussière, et ce qui subsistait de l'insecte tomba au sol.

— Sans doute, dit Elian au bout d'un petit temps. À quelle heure ça s'est passé ?

— Vers six heures, six heures et demie, je crois.

— Nom de Dieu, quand même… À se demander ce qui pousse tous ces Hollandais à rouler sur nos routes à c' t' heure-là, juste au moment où un p'tit gars a décidé de faire un tour sur la moto d' son frère. À se demander. Non ?

— Pas plus tard que ce matin, il était assis là où tu es, dit Martinette. Et il a bu une bière avant de repartir dans sa R 12 verte avec ses ailes qu'il était en train de poncer.

— Il poncera plus, dit Elian.

Martinette alluma une autre cigarette et souffla la fumée vers le plafond patiné. Elle alla récupérer son verre et revint vers Elian. Elle versa deux doigts de vin blanc dans le fond du verre ; ses mains tremblaient, mais pas au point de renverser une seule goutte de vin. Elian l'observait d'un œil imperturbable. Il but une gorgée d'eau colorée de sirop de fraise, elle une gorgée de vin blanc sec. Elle conserva son verre en main et parcourut la salle de son regard gris qui filtrait entre les paupières mi-closes. Des spectateurs enthousiastes poussaient des cris d'encouragement destinés à un joueur de billard.

Elle tira sur sa cigarette. Fumait beaucoup trop — lui répétait cent fois par jour son frère.

Certains disaient « chez Martinette » et d'autres « chez Léon » ; d'autres enfin « aux Charbonniers » — c'était selon. À lui seul, Elian composait une quatrième catégorie, qui ne disait rien du tout — excepté quand il pensait devoir se justifier aux yeux de Cinq-Six-Mouches… — il venait.

Rares étaient ceux qui pouvaient affirmer avoir surpris Martinette plus d'une dizaine de fois dans l'univers du dehors, à cent mètres et davantage au-delà des murs de son commerce ; rares les témoins, mais tout aussi rare l'événement. Au nombre de ces femmes sur qui l'âge se remarque moins à la profondeur des rides qu'à ce soin qu'elles apportent à leur maquillage. Ailleurs, elle avait l'air d'une étrangère en visite, avec ses paupières charbonneuses ou un peu trop bleues, ses lèvres un peu trop rouges, ses coiffures blond cendré aux boucles impeccables, ses vêtements toujours clairs ou vivement colorés, « jeunes » ; d'une étrangère ces mains aux doigts bagués, aux poignets chargés de bracelets ; d'une étrangère, hors les lumières amicales du bar, le gris fané du regard et la commissure légèrement retroussée des lèvres assortis en un sourire un peu froid.

Mais ici — dans ce bar et cette salle enfumée, ce bruit, cette musique hachée par les exclamations des joueurs de flipper ou de billard, le choc des billes et celui des boules contre les quilles du bowling, *ici* —, parfaitement chez elle et à sa place centrale. Elian disait :

— On se dit que, des fois, c'est pas plus mal de ne pas avoir de gosses... Pour les voir finir à dix-neuf ans, aplatis par des Hollandais en vacances...

— Sans l'ombre d'un doute, approuva Martinette, avec ce regard si ostensiblement heureux qu'elle avait en fin de journée.

Elian posa son verre et ses coudes devant lui, sur le zinc ; il pétrissait mollement ses avant-bras dénudés, l'un et l'autre, alternativement ; il avait de longs doigts aux ongles carrés et sombres. Martinette servit d'autres bières sur un plateau à Santos le Fils qui vint lui-même les chercher au bar et salua Elian d'un signe de tête :

— La forme, Elian ?

— Comme toujours, gamin... Dis-le à ton père !

Santos le Fils rejoignit la table qu'il occupait avec des amis, après avoir adressé un gros clin d'œil complice à Elian. Santos le Père était depuis toujours un des rivaux d'Elian Toussaint, pour la victoire de la course annuelle des vétérans, le 15 août — Santos le Père, Georges Dourier, Aimé Delavie, Léon Dubreuil, Elian Toussaint : le dernier carré des *véritables* vétérans !…

Revenue à hauteur d'Elian, d'un geste si machinal qu'il fallait probablement l'attendre, le guetter, pour le remarquer, Martinette saisit la bouteille — *sa* bouteille —, la déboucha, versa deux doigts dans son verre, la reboucha, la reposa, prit le verre. N'y but pas.

— C'est une sacrée journée qui vient de passer, dit Elian. Vous êtes complet, ici ?

Elle fit oui d'un bref hochement de tête.

— Pour trois semaines pleines.

— Le gamin a trouvé le moyen de marcher sur un nid de guêpes en cueillant des brimbelles, et Irène était tout ce qu'il y a d'énervé. Les Violet sont arrivés, enfin, et, bon sang, on les attendait presque plus — je sais pas ce qu'ils nous réservent. Tout ça dans la même journée. Sans compter ces bougres de bâtisseurs de barrages en costume blanc qui sont revenus jouer dans le ruisseau… Tu es sûre que tu sais pas qui ils sont, toi non plus ?

— Pourquoi *moi non plus* ?

— Comme ça… Personne ne sait.

Elle but une gorgée de vin, reposa le verre. Sur le bord d'une étagère à bouteilles, elle attrapa son paquet de cigarettes, son briquet.

— Elian Toussaint, dit Martinette — elle le fixa dans le blanc des yeux sans rien ajouter.

— Mbouais, fit Elian.

Il se redressa en grimaçant sur son tabouret, inspecta la salle dans les miroirs, entre les bouteilles derrière le bar, de part et d'autre de Martinette ; il soufflait à petits coups sur sa moustache, joues rondes graduellement dégonflées. Encadré par une bouteille de Johnny Walker et une de Martini Bianco, le regard de cette fille rousse, coiffée comme si on avait donné des calottes à tour de bras dans des ressorts plantés sur sa tête, était toujours tendu vers lui ; sa compagne noiraude se pinçait le nez dans un mouchoir en papier ; l'une et l'autre n'avaient certainement pas vingt-cinq ans. Même pas vingt, peut-être. La rousse avait un carton à dessin vert appuyé contre sa chaise. Elian dit :

— Ton sacré frère travaille encore à cette heure ?

— Il y avait quatre ou cinq couverts en plus des pensionnaires, oui. Des « passage ».

Une chose qu'Elian n'avait jamais comprise — ni admise ? — était qu'on pût franchir très intentionnellement le seuil du restaurant *Les Charbonniers,* venant de *loin,* pour la cuisine de Léon Dubreuil ; qu'on pût être de passage (c'est-à-dire se trouver, en général, non pas sur cette route, mais sur la nationale, à dix kilomètres au moins d'ici), et plutôt que d'assouvir sa fringale dans un des nombreux restaurants qui pouvaient vous tomber sous la main, sur vingt kilomètres avant le col et l'Alsace, *se retrouver ici* dans ce qui ressemblait tout de même plus volontiers à une gargote qu'à un trois-étoiles, au beau milieu d'une vallée étroite, secondaire et écartée, isolée, mal desservie par une route en lacets méchamment serrés que les conducteurs du cru négociaient la plupart du temps sans ralentir comme s'ils étaient seuls au monde et comptaient bien le rester en cas d'affrontement avec un occasionnel vis-à-vis. Pourquoi ? comment pouvaient-ils se retrouver assis à une table du restaurant *Les Charbonniers,* une truite à l'oseille dans leur assiette ? Qui le leur avait suggéré, clients de passage qu'ils étaient, nom d'une bête en bois ! leur avait suggéré *ça* et pas autre chose ?

— Il était énervé, aujourd'hui, dit Martinette, dans une grimace autour de sa cigarette. Il a râlé depuis ce matin.

— Ça le change... Il râlait contre quoi ?

— Contre rien et contre tout. J'imagine que c'est la chaleur... Au bout d'un certain temps, ça ne lui vaut rien.

— Hé-hé ! ricana Elian.

Il descendit de son tabouret et dit :

— On est rentré à l'école le même jour, lui et moi — quand je pense à ça, c'est comme si je sentais monter la fièvre d'une bonne crève. Ça doit donc faire dans les quarante-quatre, quarante-cinq ans que je l'entends râler... Si c'était vraiment la chaleur qui en était responsable, on vivrait dans un fameux désert. Pire que le Sahara, j' te le dis... Il était pas plus haut que ça, le premier jour d'école, et tu sais contre quoi il a trouvé à râler ?

— Oui, dit Martinette qui avait entendu raconter l'histoire un bon millier de fois.

Elian plissa les paupières, hocha la tête et l'observa un court instant en silence ; elle écrasa sa cigarette et reprit son verre, qu'elle tint dans sa main droite, à hauteur de son visage, soutenant son coude au creux de sa paume gauche. Quarante-neuf ans. Comme Irène — nées toutes deux le même automne de la même année. « Et moi, cinquante », songea Elian. C'était étrange comme Irène paraissait à la fois moins marquée par le temps et plus âgée. On avait tout à coup envie de détaler très loin — le plus loin possible sous l'immense voûte étoilée du ciel, hors de vue de quiconque et à commencer par soi-même ! — quand on pensait à cela, quand ce genre de comparaison vous tombait sur la tête…

Elian consulta sa montre et dit :

— Tu n'as pas vu Anjo ? Tu saurais pas où il peut être fourré, par hasard ?

Martinette tordit ses lèvres rouges.

— Tu n'es pas le seul à lui courir après, dit-elle.

Elian tourna la tête en direction de ce point que fixait Martinette. La fille rousse souriait de toutes ses dents éclatantes — qu'elle semblait posséder en surnombre —, sans que cela traduisît pour autant un vrai plaisir, ni même un pauvre petit symptôme de joie — Elian le comprit au bout de quatre secondes —, à la cinquième, il se demanda où il l'avait déjà vue, convaincu de l'avoir déjà rencontrée, peut-être ici, peut-être ailleurs, avant ce soir.

— Vous ne me reconnaissez pas, dit-elle en élargissant encore ce qui n'était pas vraiment un sourire joyeux. Vous êtes l'oncle de Jean-Noël, n'est-ce pas ?

Elian se demanda — vraiment — de quelle espèce de Jean-Noël il pouvait bien avoir oublié qu'il était l'oncle.

— Anjo. Vous êtes l'oncle d'Anjo, dit la fille rousse.

Il hocha affirmativement la tête et la fille rousse parut soulagée tandis que, paradoxalement, son sourire se désagrégeait. C'était une de ces grandes pouliches hurlantes de santé pour qui Anjo éprouvait fréquemment des attirances, entre deux détours par les blondeurs fragiles et les brunettes rigolotes. Elle tenait son carton à dessin sous un bras. Son ami avait une tête en moins de haut, une demi-hanche et un sein complet en moins de large, avec des yeux très pâles au-dessus du mouchoir en papier qu'elle pinçait sur son nez.

— Annie, dit la fille rousse (et même un peu rouge). Vous savez, je suis auxiliaire à l'école maternelle.

— Mais vos parents sont pas d'ici, dit Elian.

Il ne se trompait pas : elle était de Bas-Champs, à dix kilomètres ; elle travaillait ici depuis deux ans mais habitait toujours là-bas, pour le moment, avec sa mère ; sa copine s'appelait Mireille, la voiture était à elle (à Mireille) car Annie ne savait pas conduire, c'est-à-dire n'avait pas son permis, vous comprenez ?

— Sûr que je peux comprendre ça ! dit Elian

Mireille, donc, avait véhiculé son amie Annie jusqu'ici, dans la vallée des Charbonniers, au café de Martinette où elle devait retrouver Anjo, et comme il était prévu que ce dernier la reconduirait plus tard à son domicile de Bas-Champs, Mireille, en principe, était censément libre de rentrer chez elle sans attendre, dans sa petite voiture, pour soigner son allergie aux effluves d'herbes coupées — vous comprenez ?

— Bon sang, dit Elian. Vous êtes ici à attendre depuis combien de temps ?

— Depuis au moins huit heures du soir, dit Martinette avec une légère intonation admirative au creux rauque de la voix.

Elles attendaient depuis au moins huit heures du soir, oui, puisque c'était l'heure du rendez-vous, en fait elles étaient arrivées à sept heures trente après avoir quitté Bas-Champs une demi-heure auparavant.

— On a un cours de peinture, le mercredi, commenta Annie la rousse. C'est une amie qui le donne. Aujourd'hui, ça a été terrible, à cause sans doute de la chaleur, hein ? (Mireille l'enrhumée approuva.) Ou bien parce que cet arbre qu'on a à peindre depuis juillet, ça commence à nous enquiquiner. L'arbre de printemps.

Elle marqua un temps et son sourire flamboya. Elian ne ressentait strictement aucun intérêt pour quelque arbre de printemps que ce fût. Ni d'hiver. Il écoutait un mot sur trois, à cause — surtout — de la fascination qu'exerçaient de pareilles dents blanches et une semblable coiffure flamboyante et tire-bouchonnée.

Il fallut à Annie la rousse — au moins aussi bavarde, à elle seule, que tous les petits enfants de la classe maternelle dont elle était maîtresse auxiliaire en période scolaire — dix bonnes minutes pour expliquer qu'elle était donc comme les autres très énervée par cet arbre de printemps qu'elles essayaient de peindre depuis trois semaines, qu'elle, ne souhaitant qu'une chose et c'était retrouver Anjo comme prévu, avait donc demandé à Mireille de la conduire ici, qu'elles avaient vu en passant l'accident sur la route, qu'elles étaient arrivées ici tout à fait sous le choc de cette vision affreuse, qu'elles avaient attendu et qu'Anjo n'était pas là, qu'elles allaient devoir retourner à Bas-Champs — surtout Mireille — et est-ce qu'il savait, lui, en tant qu'oncle de l'intéressé, où était passé Anjo ?...

La réponse d'Elian se composa d'un haussement d'épaules, quelques regards compatissants, une expression d'ignorance absolue, une poignée de paroles en moins de trente secondes :

— Annie, hein ?... C'est vrai, oui, maintenant je vous reconnais... J'ai bien peur que vous ne deviez vous en retourner, vous et vot' amie, sans attendre plus longtemps. J' l'ai pas vu depuis ce midi, Anjo, et si je suis venu ici, c'est comme vous, pour le chercher et en espérant que je le trouverais. L'ennui, c'est que quand il disparaît comme ça, ça peut des fois prendre du temps.

Annie la rousse dit : « Oh, oui ! » et elle avait un grand sourire qui ne souriait pas. (Il faudrait demander à Anjo quelle particularité il préférait chez cette pin-up : les hauts talons qu'elle portait avec des jeans moulants sur les hanches desquels se dessinait la ligne du slip ? son débardeur mauve échancré à bon escient sur une poitrine libre de toute entrave comme de tout soutien ? son « sourire » ? son nez saupoudré d'éphélides ? ses yeux ? sa chevelure volcanique ? ou l'ensemble ?) Elian but une gorgée de sirop de fraise.

— Eh bien, au revoir, dit-il.

— Au revoir, dit Martinette.

Ils suivirent des yeux les deux filles qui s'en allaient, l'une portant son carton à dessin comme une amazone vaincue son bouclier, et c'était difficile de ne pas s'intéresser surtout aux hanches de cette guerrière rousse (inutile de poser des questions idiotes à Anjo, après réflexion).

— Quand même, dit sombrement Elian, je me fais du souci. Tout le monde l'admet que ça a été une journée énervante. Et lui, il disparaît carrément, il se fiche bien qu'il devait aller attendre à la gare des touristes d'août. Il se fiche bien que sa mère se ronge les sangs et que des jeunes filles fassent des kilomètres pour venir le retrouver. Il disparaît au beau milieu d'une journée comme celle-ci, nom de Dieu, pleine d'accidents.

Il se dressa dans son lit, le souffle court et bruyant.

C'était bizarre, autour de lui, le monde en noir et blanc.

« Cinq-Six-Mouches ! Hé-ho ! Cinq-Six-Mouches ! »

Qui l'avait appelé ? Qui d'autre que l'Onc' Elian et Tatirène connaissait ce surnom ?

Cinq-Six-Mouches se leva, descendit de son lit en prenant garde de ne pas trop faire grincer les ressorts. Le noir et blanc environnant était très contrasté ; lumières et ombres dures, tranchées, pénombres et clairs-obscurs usés jusqu'à la trame. Un flot de lune entrait par la fenêtre ouverte et se déversait sur le bric-à-brac de la pièce. Le lit d'Elian était vide, couverture et draps froissés comme à l'accoutumée, avec des ombres pareilles à des remous figés.

Cinq-Six-Mouches tressaillit — battements de cœur catapultés au fond de la gorge — quand l'ombre portée d'une des chauves-souris chassant dehors traversa sous ses yeux la blancheur de l'oreiller. Cette fois, il crut entendre rire, ce qui ne fit que prolonger sa pétrification.

Comme le rire d'Evie.

Tout comme il était presque certain maintenant d'avoir entendu le rire d'Evie cet après-midi-là, quand les guêpes l'avaient piqué. Il l'entendait toujours et encore (bien sûr qu'elle n'était pas véritablement présente, mais son rire, oui, tandis qu'il bondissait comme un diable parmi les brimbelliers, courait vers la maison de Tatirène et d'Onc' Elian… et le rire bondissait avec lui !) ; Evie avait le rire le plus terrible qui soit, quand elle s'y mettait : elle plissait le nez et les yeux, elle ouvrait la bouche comme pour se préparer à mordre, et ça faisait de l'ombre tout autour de vous… Parfois, Cinq-Six-Mouches s'interrogeait. Il se posait d'inavouables questions. Il se demandait si Evie — sa sœur Evie ! — ne se comptait tout simplement pas au nombre des fantômes qui rôdaient dans la cave de cette maison toute neuve, dont 'Pa était locataire, construite sur les ruines de celle qui avait brûlé avec les garages Voke.

Sans l'ombre d'un doute, Evie se trouverait parmi ceux qui n'allaient pas manquer de se dresser en travers de sa route afin de contrecarrer sa recherche du héron. Surgie d'un buisson comme de nulle part, éclatant de rire et chantant à tue-tête : « Cinq-Six-Mouches ! Cinq-Six-Mouches ! Cinq-Six-Mouches ! »

L'Onc' Elian avait vu le héron. Cinq-Six-Mouches, lui, n'en avait aperçu que l'ombre, et cela suffisait grandement pour qu'il se sente définitivement impressionné. C'était le soir de ce dimanche où les « Violet du mois d'août » auraient dû arriver. Cinq-Six-Mouches jouait dans sa tour construite en vieux pneus superposés dans le trident des troncs de l'aulne, derrière le garage et l'appartement d'Elian, au bord du petit sentier qui filait vers la forêt. Il jouait qu'il était pilote d'avion de chasse, comme dans ce film sur Guadalcanal qu'il avait vu un jour à la télé, et l'ombre immense, déployée, pareille à celle d'un *véritable avion,* avait glissé sur lui. Il avait levé la tête et vu *quelque chose* qui disparaissait au bord du ciel, dans les feuilles de l'arbre miroitantes de soleil. Trois secondes après, l'Onc' Elian faisait son apparition, agitant l'illustré qu'il tenait par un angle — il devait être en train de lire, assis sur son tonneau jaune, quand l'ombre était passée.

— Bon Dieu, gamin ! tu as vu ? Un héron ! Tu l'as vu ?

Elian, au pied de l'arbre, avait raconté pendant dix bonnes minutes combien c'était rare et même exceptionnel de voir un héron, ici, à présent, à quel point il ne fallait même pas envisager de trouver son nid. Cinq-Six-Mouches écoutait, perché sur ses pneus empilés dans l'arbre, avec encore dans la mémoire la lente et soyeuse caresse par laquelle le passage de l'oiseau avait littéralement sanctifié l'instant. Il avait déjà compris que l'événement lui offrait l'occasion inespérée de se distinguer et d'accomplir enfin autre chose que des bêtises : il trouverait l'oiseau rare, il le protégerait des massacreurs...

On l'appela encore — cette fois, il ne s'abusait pas... il en était convaincu... Il marcha — flotta —

jusqu'à la fenêtre ; l'enflure des piqûres de guêpes ne le gênait plus.

Ce qu'il vit ne l'étonna point, en dépit du caractère profondément étranger de la scène ; quelque chose en lui recommandait le stoïcisme, l'impassibilité.

La cour devant la maison de Tatirène était violemment éclairée. La fille se tenait debout au centre de l'arène. Pour elle seule, eût-on dit, le grand projecteur lunaire brûlait, pendu tout en haut du ciel au-dessus des odeurs de verdure, bien qu'il fût invisible — la véritable source de lumière était la lampe extérieure, au globe de verre dépoli, scellée dans le mur sur le linteau de la porte d'entrée. Cet éclairage la frappait dans le dos et laissait deviner le dessin de ses cuisses sous la robe blanche, cette même robe qu'elle portait quand elle était arrivée en fin de journée. Ses cheveux longs et noirs tombaient sur ses épaules nues, encadraient son visage ; la frange qui lui mangeait le front s'arrêtait à un centimètre au-dessus de la ligne des sourcils fournis. Elle était si pâle ! si pâle qu'on eût dit un de ces maquillages de Pierrot — vaguement inquiétant. La lampe de la porte était protégée par un grillage de fil de fer dont l'ombre dessinait sur la cour un grand filet — et la fille était debout dans ses mailles. Son regard était une barre sombre levée vers la fenêtre et le gamin ; Cinq-Six-Mouches, penché, les mains à plat sur le rebord de ciment encore tiède, vit s'élargir son sourire sur les lèvres épaisses, vit s'entrouvrir la bouche gourmande aux dents vigoureuses, éclatantes.

— Cinq-Six-Mouches, dit-elle. Que fais-tu ? Dépêche-toi, voyons !

Au fond de lui, question et injonction l'intriguèrent moins que de s'entendre interpeller une fois de plus par le surnom.

— Tu veux que je monte ? que je t'aide ? proposa-t-elle.

Elle se tenait dans les mailles du grand filet dessiné sur le sol blême de la cour, son ombre projetée vers le garage. Où donc était passé l'Onc' Elian ? Où donc était passé Anjo ? Cette fille qu'on n'attendait même pas une semaine auparavant était-elle donc folle pour s'imaginer en droit de monter, sans autre forme de cérémonie, dans l'appartement d'Elian Toussaint ? En son absence ?

Cinq-Six-Mouches dévalait l'échelle. Il courait pieds nus sur le sol bétonné du garage vide. Quelque chose bougeait sur le banc de lattes, à l'autre bout de la cour, sous les fenêtres de la maison ; il reconnut du coin de l'œil la silhouette jaunâtre du chat qui se coulait et s'éloignait. Titi n'était plus à l'attache — sa grande laisse, moitié chaînette, moitié ficelle, reposait au sol comme une longue mue de serpent filiforme — et certainement pas non plus dans les environs : ou bien il se trouvait en compagnie d'Elian, ou bien il avait filé tout seul pour une petite virée de ferme en ferme, ainsi que cela lui prenait de temps à autre.

« Et moi, se disait Cinq-Six-Mouches, jamais je n'aurais dû me montrer à cette fenêtre ! Jamais je n'aurais dû l'écouter quand elle m'a ordonné de descendre ! » Se disait : « Est-ce qu'elle m'a ordonné de descendre ? »

Il se tenait devant elle. C'était extraordinaire. Comment pouvait-elle — si pâle, si blanche — projeter une ombre si dure et noire ? Il se tenait figé dans cette lourde noirceur. Ce n'était pas du tout la même ombre que celle du héron.

— Bien sûr, sourit-elle, ce n'est pas ton vrai nom.

Il dit bien sûr que non, dit qu'en réalité il s'appelait Paul Lobe, et qu'il avait dix ans, et une sœur de douze, Evelyne, qu'on appelait Evie, et une autre de cinq, Georgette, qu'on appelait Georgette ; il dit que sa maman était la sœur d'Irène, qu'Irène avait été mariée au frère d'Elian, ce qui fait qu'Elian n'était que l'oncle d'Anjo — mais c'était pourtant comme s'il était l'oncle de tout le monde.

— Mais que fais-tu ici, toi ? demanda-t-elle.

— C'est les vacances, dit Cinq-Six-Mouches.

C'était comme cela, précisa-t-il, pendant les vacances, toujours. En tous les cas depuis que 'Pa avait décidé qu'on vivrait dans cette maison neuve au bord de la route (louée au frère Voke en attendant d'avoir sa propre maison) et dans laquelle, lui, Evie, n'aimait pas trop se trouver.

— Ah, bon ? fit-elle. Et pourquoi ?

Il le savait — il savait qu'elle était du genre à adorer ces histoires-*là.* S'accroupissant pour se placer à sa hauteur, elle avait la cuisse droite à l'horizontale, l'autre genou pratiquement en terre ; allez savoir pourquoi il octroya à cette position toute la grâce du monde.

— C'était une maison où deux frères habitaient, récita Cinq-Six-Mouches. Il y en avait un qui était un peu... dérangé, je crois. Et l'autre est venu habiter là avec sa copine, après que leur mère est morte, je crois bien. Et ça n'allait pas avec les gens du garage d'à côté. Si bien que tout a brûlé un jour, et qu'il ne reste plus que le dérangé. Voilà. Ils n'ont pas reconstruit les deux garages, juste un. Et la maison aussi, c'est là qu'on habite. Evie *adore* ça, elle *adore* habiter au village, et surtout près d'un garage, elle *adore* les odeurs. Elle aime bien aussi se dire qu'il y a ces deux morts sous nos pieds, comme elle dit, dans la cave. Un jour, elle voulait creuser la terre battue pour retrouver des bouts.

La fille souriait.

— Je sais où est le nid du héron, dit-elle. Tu veux bien que je t'aide à le trouver, n'est-ce pas ?

S'il voulait bien ! Et puis il s'aperçut qu'il lui faisait face en slip et maillot de corps taché de myrtilles écrasées.

— Mais tu dois m'aider, toi aussi, dit-elle. Regarde. Ce n'est pas compliqué.

Elle se releva, fit trois pas dansants pour aller s'agenouiller au pied du mur du garage. « Regarde ! » Elle plongea les doigts dans le mur ; ses ongles étaient comme les dents de fer d'une binette, un sarcloir.

— Attention ! dit Cinq-Six-Mouches. Je sais ce qu'on trouve parfois dans les murs de torchis !

Il l'avait appris à l'école : jadis, les gens emmuraient dans le torchis des chats noirs vivants, afin d'éloigner le mauvais sort.

Il grattait avec elle. Il fallait faire vite, à présent, car on entendait le moteur de la voiture qui approchait. Faire vite avant qu'Anjo ou Dieu sait qui arrive et s'aperçoive de ce qu'ils étaient en train de faire. Leurs doigts grattaient, creusaient, effritaient le torchis dur comme la pierre — ce n'était pas un chat noir qu'ils découvraient mais la main crispée d'un homme.

Cinq-Six-Mouches devenait glacé, transpercé d'horreur brute ; le vacarme grandissant du moteur lui arrachait les tympans. Ainsi que le rire d'Evie — ce ne pouvait être qu'Evie. La fille, elle, le regardait d'un air profondément désolé.

Assis au pied de son lit, il respirait à petits coups précipités ; l'air franchissait l'étranglement de sa gorge en émettant des bruits rauques. Le drap trempé de sueur s'était entortillé autour de ses jambes comme une corde. Il serrait à deux mains, comme il se serait agrippé à un morceau d'épave en plein naufrage, le cadre tubulaire de sa couchette… Bouche grande ouverte, la langue et le palais plus secs que du vieux carton, il coula alentour un « demi-regard » écarquillé — son autre œil disparaissait totalement sous le pli éléphantiasique de l'enflure — s'ajoutant à cette déformation du faciès, les cheveux hérissés ou coupés trop court, collés et englués de transpiration, et l'éclairage blafard dispensé par le dehors sur son expression ahurie…

Lourd, chaud, cela pulsait, vaguement douloureux sur son œil fermé… et cependant s'installait la sournoise impression que l'œdème se cristallisait, se métamorphosait, devenait les pigments d'une sale couleur, mi-vert, mi-bleuâtre, coulant et se déversant comme d'un grand sablier à l'intérieur de son crâne.

Mais voilà qu'il était debout, et du coup les battements sourds de son cœur résonnaient dans tout son corps, aussi fort et pesamment dans sa fesse gonflée, un peu ballante, que dans sa tête. Il traversa la flaque de lumière nocturne décapante qui brillait sur le parquet et éclaboussait le bric-à-brac de la pièce. Tandis qu'il marchait vers la fenêtre, boitant un peu — après avoir laissé tomber derrière lui le drap de lit duquel il était parvenu à se désentortiller —, il entendit Titi qui s'agitait au bout de sa laisse, qui lançait même deux de ces aboiements brefs réservés aux amis, et Cinq-Six-Mouches songea : « L'Onc' Elian est donc revenu », réalisant l'extravagante absurdité de la réflexion un quart de seconde après l'avoir pensée. Le moteur de la voiture tournait au ralenti.

La tablette de la fenêtre sur laquelle il s'appuyait n'était que tiède mais il en retira ses doigts comme si le bois eût été matière brûlante.

Des chauves-souris dévidaient les fils embrouillés de leurs vols aveugles, en chasse dans l'air doux. Des mouches tournaient comme des remous dans la lumière de la lampe, au-dessus de la porte de la maison de Tatirène ; venues des prés et des pans de forêt avoisinants, les odeurs glissaient.

Elle avait quitté sa robe blanche.

Elle portait une sorte de peignoir rouge avec des ramages sombres ; toute une gamme de reflets cascadaient dans les plis du vêtement. Ainsi parée, avec son visage pâle au regard profond, aux lèvres grandes et marquées, avec ses cheveux de jais, elle évoquait une Orientale, mystérieuse, comme Cinq-Six-Mouches en avait vu dans des films. Une inconnue plus inconnue que jamais. Une inconnue qui se trouvait debout dans la cour au milieu de la nuit, pieds nus, mains dans les poches de son peignoir chatoyant, aussi décontractée que si elle était sortie de chez elle en pleine journée — suffisamment à son aise pour se balader pieds nus et pour avoir allumé la lampe extérieure, même pas douze heures après son arrivée : ce qui s'appelait — songea distraitement Cinq-Six-Mouches — « prendre possession du territoire ».

Elle n'était pas seule. Il y avait également, au centre de la cour, la voiture d'Anjo. Avec Anjo dedans, en T-shirt blanc orné de cette marque de bière imprimée en demi-cercle de lettres fanées sur la poitrine, une main sur le volant : l'autre coude, et la moitié du torse — les lettres NBOURG, de la marque de bière — ainsi que la tête, à l'extérieur par la vitre baissée de la portière. Anjo discutait avec elle, séparé d'elle par moins de trois mètres.

Mais Cinq-Six-Mouches n'entendit pas ce qu'ils se disaient. Au bout d'un moment — dont il eût été bien incapable de préciser la durée exacte —, il se demanda s'ils se disaient, après tout, quelque chose, car les seuls bavardages qu'il percevait, prêtant l'oreille, étaient ceux, amplifiés, des grillons et sauterelles, ceux des chiens qui se racontaient d'un bord à l'autre de la nuit cette histoire traditionnelle et secrète que les chiens se racontent depuis toujours.

Ils avaient levé la tête dans sa direction avec un bel ensemble ; ils le regardaient.

Cinq-Six-Mouches s'entendit appeler Anjo, ce qui ne pouvait être qu'une hallucination auditive : ses lèvres étaient closes, serrées.

Transi de honte soudaine, il recula. Fermant sa paupière valide, retenant son souffle, il recula, raide et crispé des orteils aux narines pincées, il recula pour disparaître à jamais. Le bord de son lit heurta ses mollets. Il se laissa tomber et rebondit un peu, une fois, dans un grand bruit de ressorts-tendeurs martyrisés. Puis il resta allongé et inerte, respirant par la bouche grande ouverte, fumant de fièvre ; trois minutes plus tard il s'était endormi.

Elian rôda un moment autour du billard, dans la périphérie de cette lumière d'aquarium réverbérée par le tapis vert. Les tables proches, du côté de la salle et au pied de l'estrade sur laquelle se dressaient les mécaniques inertes du robot musical, étaient toutes occupées par de longs adolescents plutôt maigres et de courtes adolescentes frisées plutôt trapues, qui échangeaient ces agressives piques saupoudrées de hennissements en rafales que sont, aux confins des deux âges, les manifestations de l'humour et du rire. Elian s'était planté sous la moustache un de ces tronçons de cigare abominablement tordus et noirs ; il mâchouillait avec une expression consciencieuse qui se figeait brusquement quand le procédé d'une queue frappait une bille avec un claquement sec, et jusqu'à ce que cette bille, sa course terminée, ait retrouvé son immobilité, ou qu'elle ait disparu dans une des poches — alors, le bout de cigare reprenait son va-et-vient d'un bord à l'autre de la moustache en balai-brosse.

Jean-Luc Laventure achevait une partie avec ce type aux lunettes de soleil. Il affichait plus ostensiblement que jamais son écrasante décontraction et, chaque fois que son regard croisait celui d'Elian, il émettait un clin d'œil, sans que son expression, au demeurant très affaissée, exprimât une particulière amabilité.

Laventure, deux ou trois fois l'an, assis à sa table solitaire sous la rampe du bowling, exécutait volontiers la démonstration de ce qu'on appelait désormais « la coupe Laventure ». Il craquait une allumette, l'approchait en souriant de ses cheveux épais comme une toison de mouton : cela faisait une ronde flamme, l'homme s'auréolait d'une sainteté fugace et d'une odeur de cochon grillé ; quand il jugeait que la « coupe » avait carbonisé le volume adéquat de chevelure — cela se jouait à la fraction de seconde —, il y battait des mains et étouffait la flamme, redemandait un verre sous les applaudissements, tandis qu'il achevait de grésiller du chef et que s'élevaient de ses boucles d'ultimes fumerolles.

Pour l'heure, il gagnait au billard. L'autre avait dans les trente, trente-cinq ans, déjà la belle panse tendue d'un vieil amateur de bière ; de temps à autre, il remontait sur son nez les lunettes noires qui glissaient, à l'aide du talon de sa queue ; il portait un maillot de corps rose délavé, taché de sueur sur les flancs et dans le dos, de vastes blue-jeans qui lui pendaient sous le cul et tire-bouchonnaient des genoux aux savates.

Elian connaissait le type de vue, sans plus — il faisait partie de cette équipe d'ouvriers-couvreurs, d'une entreprise du nord du département, qui travaillaient à la réfection du clocher depuis une quinzaine de jours. C'était drôle — songeait Elian — de le regarder se casser les nerfs à s'imaginer toujours et encore qu'il pourrait peut-être un jour battre Jean-Luc Laventure au billard…

Laventure envoya au dodo les trois dernières billes, sur des rails. Il croisa le regard d'Elian et cligna une paupière :

— Et alors, Elian ?

— On fait aller, dit Elian, au passage.

Jean-Luc Laventure le gratifia d'une série de papillotements de ses yeux rougis ; il saisit la canette posée sur une table proche et la leva en direction d'Elian. Pour la première fois, il prendrait le départ de la course du 15 août. C'était un adversaire imprévisible. Elian l'estimait cent fois moins redoutable sur un vélo qu'au billard, et si la vie de patachon qu'il menait depuis quarante ans ou presque n'avait à l'évidence pas altéré ses réflexes ni émoussé son acuité visuelle quand il se penchait sur un tapis vert, cette mansuétude ne s'appliquait pas forcément aux jambes lorsqu'elles devraient pédaler.

Il aspira sa bière en deux gorgées qui ne laissèrent pas une goutte, ni une bulle de mousse, au fond de la bouteille ; il reposa la canette précautionneusement sur le bord du plateau de la table, en compagnie de sept ou huit autres cadavres. Puis il eut un hochement de tête, un sourire à la fois fataliste et ravi, quand l'ouvrier du clocher qui avait remis une pièce de monnaie et venait d'actionner la tirette récupéra les boules et les plaça sur le tapis, dans le triangle de bois patiné. Il commanda une bière. Cligna de l'œil à l'adresse d'Elian qui s'éloignait — en réponse, Elian fit aller et venir son morceau de cigare, vigoureusement, d'un bord à l'autre de sa moustache, et en même temps de haut en bas.

Quatre pas et deux minutes plus tard, campé au beau milieu de cet espace, que l'on pouvait aussi bien appeler un passage, reliant la salle de café à la piste du dancing, Elian se décida à allumer le Toscani, sur lequel il dut tirer comme un fou. Les dernières notes d'une chanson braillée par le juke-box retombèrent dans le brouhaha des conversations, les cliquetis et staccatos des flippers rangés le long de la cloison du restaurant. Au fond, un groupe quittait le bowling — deux gars et une fille ; ils passèrent devant Elian et un des garçons le salua d'un signe de tête, qu'Elian lui retourna. La piste de danse était strictement vide, dix fois plus déserte dans cette ambiance de fête dont elle était exclue — cette rengaine qu'on entendait sur toutes les radios depuis un mois s'envola une fois de plus du juke-box. Vides, désertées comme des vestiges, l'estrade de l'orchestre et les chaises alignées sur deux côtés de la piste, sous le vernis des panneaux décoratifs, peints sur bois, représentant des scènes de chasse auxquelles se mêlaient des jeunes filles en robes vaporeuses, ravies et effarouchées…

— À quoi tu rêves ? fit la voix dans son dos.

Elian cessa d'aspirer sur son cigare pour soupirer en biais dans un coin de moustache. Il dit :

— J'étais en train de me dire, tu vois, que c't'endroit me semblait plus grand, bien plus grand, quand c'étaient tes parents qui s'en occupaient. J' le voyais immense, pour tout dire… Et maintenant, regarde ça…

— Que je regarde quoi ? dit Léon.

Elian haussa une épaule ; il chercha ses mots.

— Tout cet encombrement, dit-il enfin dans le refrain de la chanson crachée par le juke-box. Toutes ces choses entassées dans un si petit endroit, finalement…

Il désigna d'un mouvement du menton la piste de danse, devant lui. Léon Dubreuil fit un pas en avant qui l'amena à hauteur d'Elian, et lui aussi contempla sans mot dire, un instant, ce no man's land dans le décor, au centre de tous les bruits déferlants et rebondissants. Léon avait poussé la porte de sa cuisine (comme un long couloir derrière le bar) pour surgir entre deux flippers dans le dos d'Elian. C'était bien de lui, cette façon d'apparaître enveloppé de lourdes senteurs de friture, mains ouvertes sur les hanches, coudes écartés pareils à des moignons d'ailes semi-déployées, et puis de grommeler finalement, après avoir froncé les sourcils sur un long moment de réflexion ardue :

— Où que tu vois des choses entassées, toi ?

— Dans ta maison, Léon. Dans ta maison, dit Elian.

L'épais sourcil du propriétaire des lieux s'affaissa un peu plus.

— Qu'est-ce que tu veux dire par là ? demanda-t-il, sur ce ton ordinairement soupçonneux qu'il employait même s'il ne faisait que s'enquérir de la direction du vent.

L'œil vague, Elian fit des bruits avec ses lèvres, l'expression bien abritée sous la moustache.

Pauvre Léon.

Un jour, il s'était suicidé.

Ce n'était vraiment pas sa faute s'il s'était manqué. Les gens le surnommaient « Beurre-Noir » ou « Bien-Vivant », mais ne se seraient pas risqués à le lui crier en face : il n'avait pas un caractère à tolérer les sobriquets, même amicaux, même affectueux.

Elian se sentit un peu triste sans raison, avec le goût du tabac mâchouillé qui tournait franchement à l'aigre et lui emplissait la bouche de salive ; ça lui arrivait parfois, ça passait habituellement vite — il essaya de se souvenir du temps où cet endroit ne lui semblait pas *encombré,* ni trop petit, avec *toutes ces choses entassées*... et s'il y parvint sans difficulté, cela ne dissipa pourtant pas plus vite cette brume de tristesse qui flottait dans sa tête, quoiqu'il pût, d'une certaine manière, sourire au-dedans de lui en regardant tourner ce bouchon de tristesse.

— Et alors, tes gens sont arrivés ? demanda Léon.

Elian s'écouta répondre sur un ton correct et neutre, passable, qui convenait remarquablement à Léon. Oui, « ses gens » étaient finalement arrivés. Le père, la mère, la fille... Elian ne regardait rien en particulier, sinon le fond de la piste de danse vide ; dans son dos grondait le brouhaha du café, avec, comme des clappements de langue, le choc des billes sur le tapis vert ; il avait croisé ses mains sous la bavette de sa salopette. Il savait que s'il tournait la tête il croiserait dans les dix secondes le regard un peu inquiet de Martinette — donc, il ne tournait pas la tête. Il discutait sagement avec Léon sans tourner la tête, et voilà tout.

Pauvre Léon.

Pas une fois où, chaque jour, après avoir eu envie de lui tordre le cou, Elian ne conclût de la sorte : pauvre Beurre-Noir, pauvre Bien-Vivant.

« Beurre-Noir », sans que cela eût le moindre rapport avec sa cuisine et cette manière, dont il s'était fait une spécialité, de cuire les truites de rivière. Quant à « Bien-Vivant », tout simplement parce que les témoins n'avaient pas oublié — et ne s'étaient pas privés de raconter — sa réapparition en plein café, ce jour-là, le visage couvert de sang, criant : « Je suis bien vivant ! Je suis bien vivant ! », terrorisant tout le monde à commencer par sa sœur, alors que personne n'avait seulement entendu péter le coup de 22 long rifle farceur qui avait fait ressortir la balle par cet œil droit qu'il dissimulait depuis sous un bandeau noir ou un cache collé au verre de ses lunettes, quand il les portait — il ne les portait pas ce soir. De la sueur brillait dans les plis de son front.

— Ils ressemblent à quoi ? demanda-t-il.

Elian haussa une épaule après l'autre.

— À quoi tu voudrais qu'ils ressemblent ?

— En tout cas, moi, dit Léon, tu peux être certain que je leur aurais fait comprendre… (Elian le regarda, attendit.) Les dates, c'est les dates, dit Léon. Tu crois que c'est à cause de la fille, s'ils étaient en retard ? C'est toi qui m'as dit qu'elle n'était pas prévue, au début. Normalement, non ?

Elian l'observait. Cela semblait extraordinaire quand on l'apercevait dans la rue, ou ailleurs, sans ce torchon blanc graisseux qu'il pinçait dans sa ceinture en guise de tablier. Il était né la même année qu'Elian ; ils avaient grandi, ils étaient allés à l'école ensemble ; le premier jour, assis à la même table, Elian avait prêté son mouchoir au pauvre Léon, après que celui-ci eut planté son doigt dans l'encrier de porcelaine, n'ayant jamais vu ni d'encre ni ce genre d'objet. Cela avait commencé il y a longtemps. *C'est à cause de ça,* songeait Elian, *à cause de ça...* Il regardait remuer les lèvres de Léon.

Et l'autre, enfin, lâcha la plaisanterie totalement vénéneuse pour laquelle il était venu se planter sous le nez d'Elian, avec les mains aux doigts écartés sur ses hanches :

— À part ça, en forme ? C'est cette année, on m'a dit, que tu suivras la course dans le camion de l'accordéon-club ?

Ajoutant :

— Si c'est vrai, ce serait une bonne décision, je pense... Je t'ai vu hier, ou avant-hier — ou bien c'était y a trois jours ? Tu t'es entraîné, pas vrai ? t'as pris la route des Fonds. Je t'ai vu qui appuyais sur tes pédales comme un malheureux. Tu veux que je te dise, Elian ? t'avais des semelles de plomb, mon vieux. Franchement, c'est ce que je me suis dit en te voyant. Ça faisait pitié.

Le filet de petite tristesse qui avait serpenté sans raison reconnue dans les pensées d'Elian se tarit graduellement, au fur et à mesure que les paroles tombaient des lèvres de ce pauvre Léon. Son tronçon de cigare se remit à danser, animé par une nouvelle conviction, tandis que sous les paupières lourdes le regard s'était rallumé. Il dit :

— J' sais pas qui a pu te parler de l'accordéon-club, ma foi. Ça devait être quelqu'un de sacrément bien informé. J' l'ai pas dit à grand monde.

Léon ouvrit un œil immense, une bouche assortie. Pendant trois secondes ébahies, il n'osa croire ce qu'il entendit, alors qu'il n'avait pourtant pu s'empêcher d'y croire durant la moitié de ces trois secondes — et se donnant mentalement des coups pour l'expiation de cette première défaillance, puis de la seconde, car c'en était bien une que de s'apercevoir toujours avec dix kilomètres de retard malheureux quand Elian le menait en bateau.

— C'est les gens qui parlent, dit-il d'une voix mal assurée.

Elian ne le lâchait pas des yeux, en ayant pourtant l'air de ne pas s'appesantir, comme s'il ne pouvait s'en empêcher, victime d'une sorte de fascination, ou comme si c'était lui qui avait quinze questions à poser maintenant sans savoir par quel bout les prendre.

— Nom de Dieu ! soupira-t-il, fatigué. C'est sans doute vrai que les gens parlent... Et on peut pas leur coudre le bec... On peut pas non plus les empêcher de savoir pile de quoi il retourne, de temps à autre, tu crois pas ?

— Qu'est-ce que tu veux dire par là ?

— Tu le sais bien, voyons, dit Elian.

Léon laissa tomber lentement les mains de ses hanches. Celles d'Elian (les mains) se cachaient toujours derrière la bavette de sa salopette ; on voyait bouger les doigts, comme s'il se pianotait sur l'estomac. Léon soutint sans ciller le regard d'Elian ; il rompit d'un sourire et dit :

— Tu crois que je marche, hein ? Tu t'imagines que je vais marcher ?

Quand Elian Toussaint se donnait la peine d'exprimer l'incompréhension ahurie, ce n'était pas bâclé à la va-vite.

— Ça va ! dit Léon. Arrête ton cirque !

Quand Elian Toussaint se donnait cette peine, cela prenait facilement de l'étoffe, avec de fort probables rebondissements à la clef.

— Que j'arrête ce cirque ? Quel cirque ?

— Allez, ça va, dit Léon, je marcherai pas. Et tu sais bien que personne ne…

— Que tu marches ou pas, mon vieux, je m'en fous. Je veux même pas savoir dans quoi, ni ce que t'as dans la tête, au fond. Tout ce que je sais, c'est que je comprends rien à ce que tu racontes, et que peut-être les gens ont pas tout à fait tort de raconter des choses. Et alors, pourquoi ils se gêneraient, pas vrai ? J'ai cinquante ans, non ?

— Ça va…

— Cinquante ans, et toi aussi, mon vieux. Toi aussi, l'oublie pas. La vraie différence entre nous deux, c'est qu'y en a un qui écoute ce que les gens disent sur l'autre pour venir ensuite le raconter à l'intéressé. Mouais. Tandis qu' le deuxième, il écoute, et il entend bien entendu lui aussi c' que disent les gens, et pis c'est tout. Il va pas le répéter à l'autre. Tu comprends ?

Le sourcil expectant de Léon pesait lourd ; la sueur brillait sur son front dégarni, toujours plissé. Il agita les mains, les doigts, ne sachant à quoi les occuper, et finit par lisser le devant de son torchon-tablier.

— Seulement, dit Elian, il y a une chose que les gens savent pas.

Léon attendit.

Quatre jeunes gens rejoignirent ceux qui depuis un bon moment conciliaient étonnamment une attitude plutôt excitée avec des expressions d'ennui absolu, claquant à coups de paume les flancs bariolés des flippers.

L'attention d'Elian revint à Léon, qui soupira. Elian dit :

— Est-ce que t'aurais pas vu Anjo, des fois ? C'est pour le chercher et le trouver que j'étais ici ce soir, et pas pour aut' chose.

— Qu'est-ce que les gens savent pas ? dit Léon.

Mais quand Elian Toussaint s'y mettait, s'il le voulait, cela pouvait durer une heure.

— Léon Dubreuil, par pitié, de quoi tu parles ?

— C'est toi qui parles ! C'est toi qui dis que... qu'il y a une chose que les gens savent pas... et puis tu fais des mystères et tu me demandes si j'ai pas vu Anjo, et tu...

— Ah oui. Justement, dit Elian. Anjo et moi, on va leur en mettre plein la vue.

— Pour la course ?

— Hé, hé, hé, dit Elian en clignant de l'œil.

— Anjo n'a pas l'âge de courir.

Deux des jeunes, aux flippers, avaient dressé l'oreille. Elian leur adressa un clin d'œil, à la manière un rien systématique de Jean-Luc Laventure. Les jeunes lorgnaient Léon en souriant dans son dos.

— Sûr qu'Anjo n'a pas l'âge de courir, dit Elian.

— Il est rentré, dit un des jeunes, le plus grand et costaud de tous, tenant son casque de moto à deux mains contre son ventre. Anjo, dit-il à Elian. Tu nous as demandé après lui, tout à l'heure... On l'a vu rentrer prendre le chemin de là-haut, on a reconnu sa voiture. Y a de ça un quart d'heure, peut-être plus.

Elian retira le cigare de sa bouche et le considéra un court instant, à dire vrai sans grande envie ; il garda le morceau de Toscani pincé entre deux doigts.

— Bien sûr qu'Anjo fait pas la course, dit-il à Léon. Il s'occupe de moi, c'est un sacré mécanicien... Nom d'une bête en bois, ça fait depuis ce midi que j'attends qu'il rentre, et il a même oublié d'aller accueillir ces sacrés touristes qui arrivaient au train.

De cette main qui tenait le cigare infumable, majeur raidi, il piqua le creux de l'épaule de Léon, qui sursauta et recula d'un demi-pas. Dans l'œil unique du pauvre Beurre-Noir se lisait maintenant l'exaspération — bientôt la rage étouffée d'en être arrivé là une fois de plus, d'avoir tout écouté jusqu'au bout, tout bu jusqu'à la lie, et sans pouvoir dire en fin de compte si Elian avait prononcé deux paroles sensées à la suite l'une de l'autre, et à quel moment du discours se situaient éventuellement ces paroles. Léon avait retiré le torchon-tablier de sa ceinture et s'essuyait nerveusement les mains. Elian le piqua une seconde fois de son doigt tendu, toujours au creux de l'épaule, ce qui provoqua chez Léon un mouvement vif de recul accompagné d'un bref grognement exaspéré. Il fit mine de lever son torchon, prêt à frapper, prévenant ainsi un troisième piqué du doigt brandi. Le regard d'Elian, tout à coup, flambait. Il dit, agitant sentencieusement son cigare dont l'extrémité poisseuse brillait comme un bijou :

— Les gens peuvent raconter ce qu'ils veulent. Quelquefois, c'est la vérité, d'autres fois c'est des conneries. Dans les deux cas, qu'est-ce qu'on peut y faire, je te demande un peu, mon pauvre Léon ?

— Je suis pas ton pauvre Léon, dit Léon tout en regardant virevolter le bout du cigare et les doigts crochus sous son nez.

— Je te demande ce qu'on peut y faire… Eh bien, demande-moi-le, et je te réponds : rien. Laisser dire, laisser faire. Tout ce qu'il y a de certain, par contre, c'est que ce soir le fils d'Ajont que tu connais bien, aussi bien que moi, et on connaît tous les Ajont dans les vingt kilomètres à la ronde, ce gamin-là donc s'est tué en loupant un virage et en poussant sa moto dans une famille d'Hollandais en train de rentrer chez eux. Vrac ! une voiture d'Hollandais d'un côté, et un gamin sur la moto d' son frère de l'autre. Voilà une chose qu'est sûre et certaine, ce soir, nom de Dieu, Léon. Et pis une autre : c'est que cette année comme les autres, j' courrai cette course, et toi aussi, et cette année comme les autres, mon cochon, en dépit de c' que les gens disent dans ton bistrot ou aux tables de ton restaurant, ce sera encore moi qui te montrerai mon cul sur la ligne d'arrivée. Quoi que t'en dises. Semelles de plomb ou pas. Parce que c'est comme ça que ça s'est passé pendant neuf ans, et qu je vois pas pourquoi ça changerait la dixième année… et c' que moi j' te dis, c'est que tu en perdrais plus facilement l'aut' œil que tu me montrerais ton cul, toi, à deux kilomètres d'ici, sur la ligne, le jour de la course ! Tu crois que tu l' réussiras un jour, mon pauvre Léon, t'as bien raison d'y croire, si ça t'aide à tenir debout… Seulement voilà : y a dix ans que je suis monté pour la première fois au départ de cette course et t'as pas pu t'empêcher d'y revenir, en espérant qu'on oublierait p't'être ce que t'avais pas réussi à prouver la première année. Et la troisième, pareil, sauf qu'y en avait deux à faire oublier. Et ainsi de suite, avec à chaque coup une année de plus pour alourdir le ballot… Le plus rageant, hein, dans c't' histoire, c'est même pas que je gagne, que je gagne depuis neuf ans, c'est que depuis tout c' temps tu sois deuxième !… À chaque mois d'août qui nous revient, t'en es vert comme un *poreau* quinze jours d'avance ! t'as la mauvaiseté qui te ressort par les pores, que tu peux pas t'empêcher, que tu peux pas le cacher ! T'as beau essayer, non, tu peux pas, t'y arrives pas, c'est pas la peine, t'es bien trop près d'être sur le point d'éclater… Et t'es là, tu sens que le jour approche, tu crois que tu vas enfin pouvoir me coiffer au poteau comme ça fait un an que tu l'espères depuis la dernière fois où que t'y es pas arrivé. Mais rien du tout ! Et tu commences donc à être sûr qu'une fois de plus ça se produira pas. Nom de Dieu, Léon, t'y peux rien, tu peux pas t'en empêcher : v'là que tout le fiel que t'es rempli se met à te transpirer par tous les pores. Au moindre geste que tu fais avec tes mains, t'en asperges tout le monde !

Sonné, Léon regardait ses mains. Il avait blêmi sous les joues et autour des lèvres qui, d'exsangues un court instant, étaient passées à une pâleur violacée d'assez vilain effet. Les jeunes gens rassemblés autour des flippers se désintéressaient complètement de leur partie, depuis un moment — au-dessus de leur groupe montèrent quelques exclamations épatées.

— Qu'est-ce qui te prend ? dit Léon d'une voix étranglée. Qu'est-ce que tu veux dire par là ?

Il s'efforça de soutenir sans faillir l'éclat diaboliquement amuse — comme si toute cette horreur n'était qu'une vaste plaisanterie — de l'étincelle au coin des paupières d'Elian.

Trois ou quatre rires, un sifflement, s'égrenèrent et tranchèrent l'ambiance retombée, du côté des tables voisines du billard. Pour la centième fois de la soirée, la rengaine du juke-box poussa ce cri d'attaque précédant d'une fraction de seconde la mise à sac d'une pauvre et courte plage de silence.

Elian regardait l'homme borgne, songeant : « C'est à cause de moi qu'il a fait ça » et essayant d'y croire. Sa main qui brandissait le tronçon de cigare en un geste très moyennement porteur de menace redescendit lentement, ses doigts s'ouvrirent et le mégot tomba à terre.

— Hé ! fit Léon.

— Mbouais, dit Elian. C'est exactement ça : t'asperges tout le monde.

Il replaça sa main libre dans la bavette de sa salopette, tourna les talons et s'en fut. À son passage, Jean-Luc Laventure qui venait d'envoyer la sept dans une poche d'angle sous le nez de son adversaire sourit de toutes ses dents, levant un œil, qu'il cligna.

— Qu'est-ce qui te prend ? criait le frère de Martinette. Où que tu te crois, ma parole ?

Et c'était vrai que le lieu avait quelque chose de très encombré. Trop de choses entassées pêle-mêle, trop de couleurs délayées par le temps, sans avoir pour autant perdu leur criarde agressivité, trop de présences et celles du moment mélangées aux fantômes.

Derrière le bar, Martinette serrait les lèvres, ses lèvres rouges, au maquillage partiellement bu, dissous par le vin blanc ; elle tenait dans sa main droite qui ne tremblait pas un verre aux trois quarts plein. Elle regarda passer Elian, et porta le verre à ses lèvres quand son œil se posa sur elle. Naturellement, il paraissait ravi — il l'était, à n'en pas douter. Elle le regarda s'éloigner et sortir, et quand il eut passé la porte elle reposa son verre, évita soigneusement de laisser dériver par mégarde son attention du côté de la piste de danse.

L'odeur des prés grimpait jusqu'au ciel, emplissant la nuit sans lune ; l'odeur de l'herbe revigorée par cette presque fraîcheur qui sourdait des plis et creux noirs de la terre, après que les torrides haleines du jour eurent échaudé la vallée. Dessous l'herbe, l'odeur de la terre, fragrance de ténèbres qui ne se livre pas forcément à tout odorat. Avec aussi les effluves en lambeaux provenant d'un excédent de regains secs, quelque part, qu'on avait embrasé durant la journée et dont le souvenir consumé stagnerait dans l'air immobile jusqu'au prochain petit matin.

Elian rentrait chez lui, nez en avant, à grandes et souples enjambées. Sa chemise immaculée prenait un aspect opalin dans la luminescence qui tombait des étoiles. Sous la semelle des espadrilles qu'il traînait en savates, les pierres du chemin roulaient et s'entrechoquaient : des bruits de rien capables pourtant de déranger le grand ordonnancement de la nuit, en provoquant les aboiements du chien des vieux Tolet, et ces aboiements rebondissant contre les flancs des montagnes, d'une vallée à l'autre, tirèrent de leur qui-vive une douzaine de congénères immédiatement solidaires qui joignirent leur voix à la protestation.

— Ferme donc ta gueule, Tolet ! lança Elian, en passant.

Au milieu de la côte, il ralentit l'allure, le temps d'un froncement de sourcil, en constatant que la lumière à la fenêtre de la cuisine d'Irène, à l'étage de la maison, était éteinte. Il grogna dans sa moustache et accéléra le pas… il en était presque à courir, avec une étonnante et spectaculaire souplesse qui lui donnait l'aspect d'un long insecte rebondissant, quand il pénétra dans la cour. Il se figea.

Titi trotta jusqu'à lui et sauta dans ses jambes pour l'accueillir — on l'avait détaché. Assis sur le pare-chocs arrière de la voiture, bras croisés et coudes aux genoux, sur le seuil du garage, Anjo avait tout à fait l'air d'attendre patiemment le retour d'Elian. Dans la nuit, le blanc de ses yeux creusait étrangement le bronzage sombre de son visage.

— Tu m'attendais ? dit Elian.

Anjo regardait le chien, ou Dieu sait quoi au sol. Il releva le front, avec, de nouveau, ses yeux comme une blessure livide.

— Hein ?

Ses dents traçaient une seconde plaie blafarde ; il garda la bouche ouverte, ce qui ne lui donnait pas forcément une expression de grande intelligence.

Elian produisit, entre le soupir et le ronflement, un bruit indéfini — puis il se racla bruyamment la gorge, soupira et scruta l'entour, d'un regard qui prenait son temps… La maison dormait. Au rez-de-chaussée comme à l'étage, aucune lumière aux fenêtres derrière les volets mi-clos. Elian quitta la façade des yeux, et reporta son attention sur Anjo, qui n'avait pas bronché, toujours assis coudes aux cuisses sur le pare-chocs, toujours la tête levée comme si on lui avait brisé la nuque, avec toujours cette sotte expression qui tombait de sa bouche ouverte.

Des pétarades motorisées s'élevèrent, au-dessus des arbres noirs, de cette fausse cour devant le café de Martinette ; les motos s'éloignèrent et il fut possible de suivre leur trajet un moment, à l'oreille, jusqu'à ce que le bruit s'estompe, fonde au cœur de la terre noire ou des étoiles.

— T'as appris ça ? dit Elian. Pour le gamin Ajont ? Celui qu'avait cette R 12 verte.

— Si j' l'ai appris ! dit Anjo. Je passais sur la route cinq minutes après que c'est arrivé. J' l'ai même vu dans l' fossé… J'aurais pas su qui c'était, j' peux t'assurer que je l'aurais pas reconnu. Nom de Dieu, ça fait froid dans le dos.

— Tu viens avec moi ? Si on reste à discuter ici, on va réveiller tout le monde dans la maison.

— Tout l' monde dort pas, dit Anjo.

Il regarda ailleurs, allez savoir quoi. Il avait décidément un drôle d'air.

— J' tiens pas à en avoir la preuve, dit Elian, qui entra dans le garage où il s'enfonça.

Anjo bougea enfin, se redressant en creusant les reins ; il s'appuya des deux mains sur ses genoux et fixa la maison, fasciné. On entendait Elian farfouiller au fond du garage ; Anjo tourna la tête, comme le chien, en direction du bruit, et, comme le chien, attendit. Elian fit sa réapparition, tenant une botte de caoutchouc dans chaque main ; sur le seuil du garage, il retira ses espadrilles et planta ses grands pieds blancs tout nus dans les bottes. Anjo et le chien Titi l'observaient sans broncher.

— Tu viens pas ? dit Elian.

Anjo piocha de la tête dans le vide. Il chaussa ses tongs informes et suivit. Ses blue-jeans délavés faisaient des taches pâles sur les cuisses et on pouvait lire la marque de bière écrite en arc de cercle sur la poitrine de son T-shirt, aussi facilement qu'en plein jour — il n'y avait pourtant toujours pas le moindre filet de lune.

Ils descendirent en file indienne par le ravin, en bout de cour du côté du val, qui tombait pratiquement à la verticale sur la pente du pré, suivant l'étroit sentier aux lacets imprimés par de multiples passages.

Le chien trottait devant. Au milieu du ravin, Elian s'arrêta et dit :

— Ta mère sait que t'es revenu ?

— J' pense que oui, dit Anjo.

— Tu penses que oui ou bien t'es certain ?

— Elle était à la fenêtre de la cuisine quand j' montais la côte, et c'était allumé.

— T'es pas allé lui dire bonsoir ?

— Non.

— Elle était pas très contente, dit Elian. Pour les Violet que t'as oublié d'aller chercher.

— Les violets…

— Les estivants, dit Elian. Les locataires d'août. Ils sont là, finalement.

— Ouais, dit Anjo. Je sais.

Ils marquèrent une seconde pause au bas du ravin. Le ruisseau clapotait et gargouillait dans les hautes herbes brûlées. Elian sortit d'une poche de sa salopette une lampe-torche, qu'il n'alluma pas, avec laquelle il se mit à frapper en cadence, mollement, le côté de sa cuisse.

— Mouais, tu sais, dit-il. Bon Dieu de bête en bois, où que t'étais passé ? À l'heure du train, tout le monde se demandait c' qui t'était arrivé… Et encore, Irène se doute pas qu' tu risques à tout bout de champ de tomber sur des flics qui te connaîtraient pas et qui te demanderaient ton permis — nom d'une bête en bois. Même moi, j' me demandais. J' mentirais en te disant qu'Irène était ravie.

— Ma foi, dit Anjo, j' saurais pas dire exactement où j'étais à l'heure du train… Sauf que j'y ai pensé avant et que je me suis dit que j'y serais pas à temps.

— Tu pouvais pas téléphoner ?

— Oui… sans doute que j'aurais pu… Et alors, j' suis tombé sur cet accident d'Ajont, et ça m'a retourné.

Elian émit une sorte de hoquet amer.

— Quand j'ai entendu « Ajont » — c'est un des gamins devant chez Martinette qui me l'a dit —, bon sang, j'ai cru une seconde qu'il avait dit « Anjo ». Et nous qu'on se demandait depuis midi où t'étais passé…

— C'était pas moi, dit Anjo.

Elian le dévisagea en silence et cessa de battre sa cuisse avec la lampe. Après un temps, il recommença.

— Ben, oui, dit-il. Je l' vois bien que c'était pas toi. Qu'est-ce que t'as, Anjo ?

— Hein ?

— Rien, dit Elian.

Ils marchèrent jusqu'à la rive du ruisseau. Les herbes hautes fouettaient leurs jambes ; le chien, invisible, avançait sous les larges feuilles d'une espèce de rhubarbe sauvage. La musique de l'eau couvrit celle des sauterelles et grillons.

— Regarde-moi ça, dit Elian.

De sa lampe, qu'il n'avait toujours pas allumée, il désigna le barrage de pierres dressé par les zozos. L'entassement traversait le ruisseau et là où les pierres avaient été prises se creusait une cuvette de retenue, en amont.

— Ils sont encore revenus aujourd'hui, dit Elian.

— Ah oui ? fit Anjo — et il regardait les pierres comme s'il ne comprenait plus rien à rien.

— Oui… Bon, dit Elian. Tu viens, ou bien tu m'attends ?

Anjo mit ses mains dans ses poches et dit :

— J' pense que j' vais t'attendre. Avec mes savates, je peux guère avancer, là-dedans.

— Alors tu restes avec le chien.

— Ouais. C'est ça. J' reste avec le chien.

— Bon, dit Elian.

Puis il dit : « Bon, d'accord », et remonta le cours du ruisseau sur une vingtaine de mètres, suivant la berge, tout en se disant que les accidents de la route avaient un très mauvais effet sur Anjo, car son attitude lui rappelait le jour où il était revenu d'Allemagne après ce qui lui était arrivé là-bas sur cette autoroute — autobahn, comme ils disaient dans ce pays, d'après Anjo. Les tiges de ses bottes claquaient vigoureusement à chaque pas. À un moment, il se retourna et vit qu'Anjo, dans son T-shirt blanc, n'avait pas bougé d'un pouce, debout à hauteur du barrage de pierres — il se dit que le fils Ajont devait vraiment ne pas être beau à voir. Il parcourut encore quatre ou cinq mètres et s'enfonça dans un fourré de saules et de rejets d'aulnes.

Au cœur de la broussaille, Elian s'accroupit sur la berge, braquant la lampe-torche qu'il alluma : l'éclair de lumière rebondit en mille et un fragments brisés à la surface des vaguelettes — c'était bien suffisant pour que son œil exercé constate que les pierres plates qui bouchaient et camouflaient le vivier maçonné n'avaient pas été déplacées, recouvertes d'une quinzaine de centimètres d'eau ; juste un flash, et ses éclaboussures n'étaient pas toutes emportées par le courant que, déjà, Elian redressé traversait le fourré, après avoir éteint la lampe, revenait sur ses pas et surgissait de nouveau à découvert. Il n'avait touché à rien. Il sortit de quelque part — sans aucun doute une poche — un nouveau tronçon de cigare.

Anjo considérait le barrage de galets mouchetés comme s'il ne parvenait toujours pas à situer cet endroit dans sa mémoire.

— Hé ! dit Elian.

Anjo tourna la tête vers lui.

— Mmm ?

— Ils n'ont rien trouvé, dit Elian sur un ton à la fois satisfait et étonné. S'ils continuent, ils finiront bien par mettre le nez dessus. Tu crois que quelqu'un aurait pu les envoyer ici exprès ?

— Pourquoi ça ?

— Pour faire chier. Quelqu'un qui saurait qu'on a des truites ici et qui se servirait de ces deux zozos en culottes blanches avec leur chien... Tu crois que quelqu'un comme Léon pourrait faire ça ?

Anjo réfléchit. Il haussa une épaule, fit un bruit de pet avec ses lèvres et interrogea :

— Tu t'es engueulé avec lui ce soir ?

— Non, dit Elian.

Pendant un quart d'heure environ, Elian sauta et se démena sur le barrage de galets qu'il démolit à coups de pied lancés à droite, à gauche, poussant et faisant rouler les pierres d'un bord ou de l'autre... Il jurait quand ses semelles de caoutchouc glissaient sur les rondeurs des moellons et faillit perdre l'équilibre plus d'une fois avant d'en avoir terminé ; en moins de trois minutes, l'eau fraîche était passée par-dessus les tiges et avait empli les bottes. L'amoncellement fut éparpillé. Des racines et des affleurements de roc, en amont de ce qui avait été le barrage, se retrouvaient maintenant hors de l'eau d'une dizaine de centimètres. Sa logorrhée de cascade guérie, l'eau convalescente avait retrouvé le ton de la conversation courante ; sous la surface iridescente, les pierres dispersées faisaient taches, comme les ventres blancs de poissons morts et ronds, inertes sur le fond.

— L'ennui, dit Elian en sortant du ruisseau, c'est qu'on risque de les voir prendre ça pour un jeu. Si ça leur passe par la tête, ils peuvent se mettre dans l'idée d'arriver un jour à sept heures du matin pour construire un vraiment gros barrage, en ramassant tous les cailloux sur un kilomètre. Quelque chose qu'on aura du mal à démolir en une nuit pour faire comme si de rien n'était.

Anjo avait observé l'agitation qui s'était emparée d'Elian sans broncher ni dire un mot. Il sursauta, comme s'il s'éveillait, lorsque Elian, pour vider l'eau de ses bottes, prit appui d'une main sur son épaule. Quand il penchait la tête d'une certaine façon, on voyait briller la peau de son crâne — même sous la simple luminescence des étoiles — à travers les cheveux noirs et crépus : à trente ans, Anjo commençait de se déplumer. Il renifla et dit :

— Ça sent quoi ? Y a une odeur.

— Des vieux regains qu'on a brûlés… J'ai vu quelqu'un qui te cherchait, tout à l'heure. Il y a pas si longtemps… J' crois bien qu'elle s'appelle Annie. Il me semble.

Elian marqua un temps. Puis :

— Hé-hé-hé, dit-il.

Sans réaction du côté d'Anjo.

— Une sacrée rouquine, dit Elian. Elle m'est tombée dessus avec son grand sourire, et même que Martinette a p't'être pu se demander pendant une seconde ce qui se passait. Hé-hé !... Elle t'attendait là-bas depuis tout l' soir, à ce qu'il paraît.

— Oui, dit Anjo. Ben, j'ai pas pu venir.

— C'est exactement ce qu'on a cru comprendre, exactement. On a été un certain nombre de gens, aujourd'hui, à être comme qui dirait réunis par la même pensée : ta mère, moi, la famille Violet, cette rouquine...

— J' pense que oui, dit Anjo.

Elian fronça les sourcils. Il scruta un instant le visage sombre de son neveu — puis :

— Bon Dieu de bête en bois, qu'est-ce qui s'est passé, Anjo, mon garçon ? Est-ce que des flics qui te connaîtraient pas t'auraient mis la patte dessus pour te demander ton permis de conduire ? T'as eu un accident ?... T'as quelque chose à voir avec celui du fils Ajont ?

La dernière interrogation tombée au bout de la rafale déstabilisa Anjo le temps d'un léger sursaut.

— Qu'est-ce qui te prend de me poser des questions pareilles ? Pourquoi que tu veux que j'aie eu un accident ?

— Je l' veux pas du tout, mon garçon, qui t'a dit que je l' voulais ? C'est juste que t'as une bon Dieu de drôle de tête... le même air que quand...

— Bon, coupa Anjo. On a terminé, ici ?

Le chien faisait des aller-retour sur une dizaine de mètres, parmi les petits buissons qui parsemaient la rive et l'herbe drue, bleue dans la nuit. Paupières plissées, Elian inspecta une dernière fois l'entour, principalement le cours, au garrot desserré, du ruisseau ; il balança la tête de haut en bas.

Ils repartirent en file indienne, dans l'ordre inverse de l'aller — Anjo, Elian et le chien. Les tongs d'Anjo claquaient sous ses talons, les pieds d'Elian chuintaient dans ses bottes ; seul, Titi se révélait parfaitement silencieux.

— Qu'est-ce qu'il a, le gamin ? dit Anjo pardessus son épaule.

— Le gamin ?

— Paul. Qu'est-ce qu'il a à se mettre à ta fenêtre pour faire des grimaces aux gens ?

— Pourquoi Cinq-Six-Mouches ferait ça ? dit Elian.

— C'est bien ce que j' te demande, dit Anjo.

Ils étaient arrivés au bas de la montée du ravin.

— Je vois pas comment il ferait ce que tu dis dans l'état où il est, dit Elian.

Anjo s'arrêta. La lanière d'une de ses tongs venait de craquer. Il constata l'irréparable sans brailler le moindre juron — sans rien manifester.

Elian se mordit le coin de la lèvre, sous le couvert de la moustache. Il se souvenait parfaitement qu'Anjo avait cet air-là quand il était rentré d'Allemagne où il avait tiré neuf mois de prison, après qu'ils l'eurent finalement arrêté au bout de ces dix kilomètres en état d'ivresse et à contresens, sur l'autoroute ; mais il avait surtout et davantage cet air-là *avant* de partir pour l'Allemagne où cette histoire d'autobahn et de prison lui était arrivée...

— Dans quel état qu'il est ? demanda Anjo, sa chaussure à la main. Le gamin.

Elian raconta les guêpes, en quelques phrases ; Anjo sourit un peu : c'était la première fois depuis l'instant où Elian l'avait retrouvé assis sur le pare-chocs arrière de sa voiture.

De nouveau, on entendait surtout criqueter les sauterelles, et moins la chanson du ruisseau. Elian dit sur un ton désinvolte :

— J'aurais aimé que tu sois là ce soir. Pour te faire une idée de ce type, ce Violet... Savoir ce que t'en pensais. Moi, j'ai pas vraiment d'idée. Il boit de la Suze à l'eau, c'est ce qu'Irène leur a proposé et il a accepté. Un professeur maigrichon avec une petite bedaine, qui boit de la Suze à l'eau, qui arrive en vacances à moitié mort de fatigue et avec trois jours de retard... Je sais pas ce qu'on pourra tirer de ça. D'après toi ?

Anjo grimpait. Il ne répondit rien.

— Ce sera pas comme en juillet, dit Elian. Ni comme ceux du mois d'août de l'année passée, ou de Pâques... C'est une impression que j'ai... J'ai hâte que tu les voies, demain.

Il fut obligé de presque courir pour suivre Anjo.

Au sommet du ravin, Anjo expira à petits coups bruyants, puis il se planta là et attendit, au bord de la cour. Il n'avait certainement pas l'expression de quelqu'un qui pouvait avoir écouté le tiers, ni même le simple dixième, de ce qu'avait raconté Elian durant la grimpée ; il avait l'expression de quelqu'un qui n'entend rien d'autre, de toute façon, que ce qui lui tourne dans la tête.

— T'as pas l'air dans ton assiette, dit Elian. Sans blague.

Anjo secoua les épaules, manifestant un soupçon d'irritation :

— Bon alors salut, dit-il d'un trait, et Elian agita les doigts en réponse.

Anjo s'en fut, sa chaussure fichue à la main. Il traversa la cour, mais pas pour rentrer à la maison ; il alla s'asseoir sur le banc, où il attendit (peut-être que la nuit s'écoule d'un seul coup), les jambes allongées, et cette savate démantibulée qu'il ne lâchait plus, posée sur ses cuisses.

C'était la nuit du mercredi au jeudi. Elian ne devait pas *comprendre* avant le lundi suivant, et entre-temps un certain nombre de choses se produisirent, si bien qu'au bout du compte c'était trop tard. Le mécanisme s'était mis en marche.

Quand Elian retira sa seconde botte, après avoir rattaché Titi, il vit bouger quelque chose au coin de la maison ; c'était le chat rayé de jaune qui sautait sur le banc et s'approchait prudemment d'Anjo. Et Anjo le laissait venir, Anjo ne le chassait pas.

En principe, Elian s'astreignait chaque année à une mise en condition quotidienne sérieuse, deux semaines avant le jour J. Il avait cette fois dérogé à la règle, d'abord pour des raisons physiquement indépendantes de sa volonté — ils avaient fêté comme de vrais cascadeurs la fin de séjour et le départ des Bocon-de-juillet —, ensuite pour cause de tracasseries professionnelles liées au retard des Violet.

Avant l'arrivée des Violet, Elian n'était monté sur son vélo qu'une fois, pour couvrir le trajet de la course, ce jour-là où Léon Bien-Vivant prétendait l'avoir vu « pousser sur ses semelles de plomb ».

Il s'entraînait sur une bécane très banale, sans gloire ni prestige, qui le véhiculait, dans les temps ordinaires, d'un bout à l'autre des années.

L'autre vélo, l'associé, le complice, attendait dans l'appartement, entre le lit et la cloison — Elian ne lui concevait pas d'autre parking, bien qu'il ne fût pas simple de monter le demi-course à l'étage par l'échelle, ni de l'en descendre...

Elian suait.

Ses cheveux agglutinés laissaient voir la peau de son crâne et faisaient comme de méchants coups de pinceau blêmes…

Il était descendu au village en pédalant pépère, talons en dedans, genoux en dehors, ou ne pédalant pas du tout, les doigts sur les poignées de freins qu'il actionnait souvent, c'est-à-dire chaque fois qu'il passait à hauteur d'une maison devant laquelle une connaissance était aperçue. À présent, finie la promenade ; si faible qu'elle fût, la déclivité de la route s'était, dans ce sens-là, changée en côte, et chaque tour de pédale nécessitait les efforts conjugués d'un nombre impressionnant de muscles, des mollets aux épaules : Elian suait.

Elian suait, le vélo grinçait — tous deux grimpaient accouplés.

C'était encore une de ces journées de chaleur blanche et bleue. La canicule qui embrasait l'air immobile menaçait de ne pas s'éteindre avant longtemps. Les gens disaient « au prochain changement de lune, peut-être » ; il devait avoir lieu dans huit jours. Les mêmes odeurs sèches flottaient en permanence dans l'air chaud, à midi comme à minuit ; la succession des jours et des nuits faisait songer à un long regard entrecoupé de clignements de paupières plus ou moins appuyés ; le soleil se levait chaque matin avec, eût-on dit, quelques heures d'avance, sur des ruisseaux sans brume et des prés sans rosée.

Ils seraient une quinzaine de concurrents, cette année encore, alignés au départ dans quatre jours, sur la place de l'église. Pour l'instant, la ligne blanche n'était pas encore tracée et le spectacle n'avait pas lieu sur la place, mais bien *au-dessus* : les ouvriers couvreurs travaillant à la réfection du clocher ; la tête vous tournait au bout d'une minute à regarder ces équilibristes évoluer tout là-haut sur les échafaudages étroits. Une quinzaine de concurrents, donc, et parmi eux quelques nouveaux inscrits, mais aucun de véritablement dangereux pour Elian — se disait-il. Des comiques qui participaient davantage pour la rigolade et le vin de groseille aux étapes que pour remporter la victoire finale. Elian, ce n'était pas pareil. Elian ne pouvait plus se permettre de courir pour le simple plaisir — ces choses-là vous sont interdites quand vous êtes depuis dix ans l'homme à abattre.

Très important : le départ. S'extraire de la mêlée, prendre la fuite immédiatement, attaquer la première côte — la rue même de l'église — et soutenir l'effort tout au long de la ligne droite jusqu'à la banderole de la première étape, à l'ancien *Café Devel.* Une première étape d'un kilomètre et demi. Pas plus. Pas moins *non plus.* Bonne distance pour la mise en train de tous ces rudes mollets…

Au carrefour, la route prend le nom de rue des Portes, ensuite on longe le cimetière, on passe devant l'ancien cinéma à l'abandon. Dix mètres encore et l'on aperçoit la banderole — 1re ÉTAPE. Elian pédalait avec modération. Ne pas se déchirer le ventre, surtout pas ; avec l'autre vélo, tout ira comme sur du velours. Combien se doutent à quel point cette aimable farce peut faire souffrir un dos tordu ? Anjo va-t-il rester longtemps à tourner comme un chien sur le point de vomir des herbes ?… Elian appuie sur les pédales, mais toujours sans forcer vraiment ; il roule à une allure qui lui permet non seulement de répondre aux saluts mais d'échanger trois phrases, presque de vraies conversations, avec les connaissances sur le bord de la route ; il n'a rien d'une fusée, ne se défonce pas, et néanmoins transpire, de grosses gouttes dégringolent de ses tempes sur ses joues non rasées de deux jours ; le vieux vélo grince, son garde-boue arrière brinquebale dangereusement, la pédale de gauche couine à chaque révolution, et tout cela engendre une série de petits bruits qui ponctuent et rythment les pensées d'Elian — ce sont des pensées qui tournent et reviennent incessamment, elles s'élèvent, retombent, toujours les mêmes, accrochées aux événements des derniers jours, ou projetées dans la perspective d'un unique événement à venir.

Il s'éveilla. Son attention fut immédiatement attirée par les deux taches de couleurs hurlantes dont le gamin était vêtu (dans le plein fouet du soleil matinal, le bleu du short était à peine plus sage que ce *vert* époustouflant du blouson) — impossible d'échapper au réveil. Il se dressa sur un coude.

La fenêtre était grande ouverte. Des mouches bourdonnaient déjà dans la lumière dorée. Quant aux bruits du dehors, ils étaient pratiquement inexistants — sauf si l'on tendait l'oreille : lointains braillements intermittents du ruban mécanique de la scierie débitant des pièces de bois ; le maigre vrombissement poussif d'une mobylette qui grimpait vers le fond de la vallée ; et puis des rires, des cris, des morceaux de chansons flottant au-dessus des bâtiments de la colonie de vacances, au carrefour de la route de la vallée et du chemin du val de Goutte-Cerise. Elian consulta sa montre-bracelet : il était à peine 7 h 30.

À cette heure-là, d'ordinaire, le gamin dormait encore à poings fermés. Voilà qu'il se tenait le dos raide sur sa chaise, placée devant la fenêtre, et contemplait l'extérieur. Comme un spectateur au balcon. Il accorda un coup d'œil à Elian, qui s'asseyait dans son lit, laissa tomber un laconique : « 'jour, Onc' Elian », reporta son attention sur le dehors. Il n'avait tourné la tête que d'un rapide quart de tour, suffisamment pour qu'Elian constate que l'enflure n'avait pas véritablement diminué au cours de la nuit (il se souvint de la réflexion d'Anjo, la veille, à propos du gamin qui se serait installé à la fenêtre pour envoyer des grimaces à la ronde…).

— Qu'est-ce que tu fabriques déjà debout ? dit Elian.

Et Cinq-Six-Mouches, gravement :

— Rien.

Ce qui n'était, à l'évidence, que la stricte vérité.

Elian se leva. Il enfila chemise et salopette, rejoignit le gamin, sur ses grands pieds nus terriblement blancs.

— Comment vont tes piqûres ? demanda-t-il en lui posant une main sur la tête et en tournant pour évaluer les dégâts en face.

Cinq-Six-Mouches fit une moue accompagnée d'une sorte de haussement d'épaules.

— Tu veux déjeuner ? proposa Elian — en bâillant.

— C'est fait, dit le gamin. Tout à l'heure.

Son regard encore bancal levé vers Elian exprimait une perplexité interrogative… qu'il bascula tel quel par-dessus le bord de la fenêtre et fit glisser jusqu'à Anjo, assis sur le banc contre le mur de la maison de Tatirène — les volets au rez-de-chaussée étaient clos, ceux de l'étage ouverts.

— J'ai rêvé, cette nuit, dit le gamin sur un ton détaché. Je crois bien que j'ai eu de la fièvre, et j'ai été réveillé des tas de fois. Après, il faisait jour et je ne pouvais plus dormir… Qu'est-ce qu'il a, Anjo, Onc' Elian ?

— Pourquoi Anjo aurait quelque chose d'*esstrordinaire* ?

— Il était là, comme ça, quand je me suis levé. Il est assis sur le banc et il ne fait rien.

Elian cligna les paupières. Il dit d'une voix éteinte, et sur un ton bizarre, comme s'il s'adressait à une personne invisible :

— Et pourquoi on trouverait tout à coup *esstrordinaire* qu'Anjo fasse rien ?…

— J'ai vraiment rêvé des choses pas agréables, dit Cinq-Six-Mouches. Des cauchemars.

Elian eut beau tailler son regard le plus finement possible, dans la lumière qui lui arrivait droit dessus, il ne parvint à remarquer le moindre détail probant qui révélât qu'Anjo avait passé toute la nuit sur ce banc, sans broncher, jusqu'à maintenant ; ni davantage rien qui apportât la preuve qu'il ne l'avait pas fait. Anjo était assis à côté de son ombre étalée de travers, les épaules rejetées en arrière, coudes au dossier, mains pendantes, ses pieds nus posés sur les tongs comme sur des patins. Il regardait le paysage, devant lui, la colline d'en face encore plongée dans l'ombre de l'étroit vallon, avec la ligne du chemin forestier comme une pâle cicatrice traversant la bruyère, le soleil qui avançait sur la crête, coulait, se répandait et faisait flamboyer les quelques bouleaux déjà jaunis par la sécheresse. Il affichait cet air préoccupé, qui composait son expression courante.

— Tu sais, dit Cinq-Six-Mouches, l'Écomusée où on a été avec l'école à la fin de l'année… Tu te rappelles ?

— Mmm. J' pense que oui, dit Elian. Ce village en Alsace où les cigognes restent toute l'année ?

Cinq-Six-Mouches secoua vigoureusement la tête, de haut en bas. Quand il regardait Elian, il était obligé de fermer son œil valide ébloui par le soleil.

— Oui, c'est ça. C'est un village qu'ils ont refait là. Ils ont pris des vieilles maisons un peu partout où elles étaient encore, pas trop fichues, et ils les ont démolies. On nous a expliqué. Et pis ils les ont transportées en pièces détachées jusque-là, pour les reconstruire.

— Anjo ! appela Elian. Hé-ho !

Anjo tourna la tête, leva les yeux.

— Hé-ho ! dit Elian.

Anjo répondit, d'un geste de marionnette : son avant-bras droit monta, sa main s'agita, puis le tout retomba.

— Ça va ? dit Elian.

— Ouais, dit Anjo.

Il attendit un instant et, comme Elian n'ajoutait rien, se replongea dans la contemplation de la colline d'en face : il avait l'air de découvrir seulement son existence ou d'attendre qu'elle s'écroule.

— Est-ce que Tatirène travaille le matin ou l'après-midi ? demanda Elian à Cinq-Six-Mouches.

Le gamin ferma l'œil, ébloui une fois encore. Après quoi, la paupière remplie de larmes et papillotante, il regarda de nouveau Anjo, lui aussi — il dit :

— Elle est en vacances depuis trois jours.

— C'est vrai, dit Elian... Est-ce que tu l'as vue ce matin, depuis que t'es là à cette fenêtre comme si tu guettais l'arrivée d'une armée d'ennemis ?

— Oui. Elle a ouvert ses volets.

— Est-ce qu'Anjo était là sur ce banc quand t'as pris position ici ?

— Je crois, oui.

Elian fit une grimace de profonde réflexion.

— Onc' Elian, dit le gamin.

— Mmm ?

— Dans les vieilles maisons de l'Écomusée, il y en avait avec des murs en torchis. Tu sais ce que c'est ?

— Évidemment que j' sais.

— Ils nous ont dit qu'en démontant les murs en torchis des maisons, on retrouvait des chats, dans le torchis. Des chats noirs qui avaient été enfermés vivants dans les murs. C'était pour... contre les mauvais sorts... Tu crois qu'on pourrait enfermer des gens dans les murs, comme les chats ?

Elian soutint le regard déformé, embué, du gamin. Il se gratta longuement le gras du mollet avec le gros orteil recourbé de son pied gauche.

— Qu'est-ce que vous avez tous, en ce moment, dit-il sur un ton qui n'interrogeait pas.

Irène, en été, s'autorisait le port de blouses gaiement colorées, quelquefois même dans les tons vifs, à impression de ramages ou de fleurs — mais toujours, cependant, sur ses robes, jupes, corsages ou pantalons noirs.

Elle avait passé sa première robe sombre à la mort de l'enfant. On s'était dit que la vie du premier fils et celle de l'époux à ses côtés finiraient bien par lui faire replier le drapeau de la tristesse, mais deux années plus tard c'était Bertrand Toussaint, le mari, qui mourait ; elle n'avait pas trente ans. Il lui restait Anjo.

C'était une blouse dans les tons mauves, avec des torsades de feuilles violettes. Elian trouvait que ces couleurs lui allaient bien — depuis longtemps, il ne cherchait plus de quelle façon le lui faire savoir autrement qu'en commettant la folie de le lui dire tout simplement. Et cette nouvelle coiffure aussi lui allait bien, les cheveux raccourcis, légèrement frisés, et non plus tirés en arrière et noués sur la nuque. Ça la rajeunissait. Tout le monde avait dû le lui dire, à l'usine. Bouclés dans une semblable coiffure, les fils gris qu'elle ne cherchait pas à cacher sous la teinture n'étaient plus synonymes d'âge ou de vieillesse.

Mais elle avait les traits creusés. Fatiguée. Ces trois semaines de congés ne lui feraient pas de mal.

Elle lui avait proposé un verre de vin, qu'il avait accepté — largement coupé d'eau — et sirotait sans soif. Devant la fenêtre ouverte sur le chemin, elle se tenait déhanchée et appuyée d'une cuisse contre l'évier, au-dessus duquel elle dénoyautait les quetsches. La lame du couteau qui fendait le fruit raclait le noyau avec un bruit de dent sur un os ; presque à chaque fois, Irène réagissait à ce bruit par un léger mouvement avancé du maxillaire inférieur.

Elle avait quarante-neuf ans. Depuis vingt ans veuve, depuis vingt ans seule dans son lit chaque nuit, et lui presque la moitié du temps seul dans un lit d'une pièce unique construite en guise d'appartement au-dessus d'un garage, à moins de dix mètres, même pas veuf, bêtement « vieux garçon », rien ni personne à accuser, à maudire, sinon et surtout soi-même.

Il but un peu de ce vin de table coupé d'eau qui ne rafraîchissait même pas. Qu'il trouvait aigre, maintenant.

Quand elle aurait fini de dénoyauter les quetsches, elle se passerait les mains sous le robinet. Elle retirerait sa bague de fiançailles, qu'elle portait toujours quand elle était à la maison, la déposerait sur le réfrigérateur. Elle ferait la pâte pour la tarte, sur la table saupoudrée de farine. Il y avait toujours du dessert, chaque jour, quand Cinq-Six-Mouches était là.

Elian se tenait assis à l'autre bout de la table, avec un grand silence paisible dans les yeux, et il aspirait l'humidité du vin qui suintait de sa moustache — voilà tout ce qu'il trouvait à faire.

Le poste de radio à transistors d'Anjo, posé dans le fouillis entassé dans l'entre-deux-corps du buffet, diffusait en sourdine un bulletin d'informations dans lequel les gens de Paris parlaient de la chaleur et de l'été en termes alarmistes, comme s'il s'agissait d'une catastrophe climatique, prétendant que la canicule rendait fous les habitants des villes et les poussait à se tirer dessus à coups de fusil.

— Eh bien ! dit Elian — qui libéra, en expirant bruyamment, sa respiration contenue alors qu'il écoutait les nouvelles.

Il reposa son verre sur la table. Irène tranchait la dernière quetsche dont elle jeta les deux parties dans la casserole, et le noyau dans la passoire avec les autres noyaux et les fruits blets et tachés. Elle ouvrit le robinet, passa ses mains sous le filet d'eau.

Elian soupira encore en se levant, comme s'il produisait un rude effort.

— Le vin est encore bon ? demanda Irène.

Il répondit par l'affirmative. C'était lui, dit-il, qui n'avait pas soif, et de toute façon, par ce temps, il valait mieux boire autre chose.

Elle avait fini de se passer les mains sous le filet d'eau, les essuya dans un torchon propre. Elle retira la bague de fiançailles, qu'elle posa sur le réfrigérateur.

Accompagnant son hochement de tête d'un regard appuyé, Elian désigna le plancher — il dit :

— Ils ne font guère de bruit, en dessous. Ils dorment encore ?

Irène ouvrit un placard, en sortit une grande jatte de terre cuite, le paquet de farine ; elle posa le tout sur la table.

— La dame et la fille, peut-être bien que oui, dit-elle. Je ne sais pas. Mais le monsieur, lui, je suis sûre que non.

Elle les désignait toujours ainsi : *la dame, le monsieur,* jusqu'à ce que les relations atteignissent éventuellement le stade d'une certaine familiarité ; alors s'ajoutait le nom : *Mme Unetelle, M. Untel.*

— Il est parti faire une promenade, je crois bien, et je ne pense pas qu'il soit revenu. Je l'ai vu s'en aller, par le petit sentier, vers la forêt.

Elian enfourna ses mains sous la bavette de sa salopette. Il s'approcha de l'autre fenêtre donnant sur la cour. Il pouvait voir, derrière le garage, en perspective fuyante entre les trois troncs de l'aulne où Cinq-Six-Mouches avait construit une « tour » avec quatre vieux pneus, le sentier qui filait à travers les buissons, accroché à la pente, vers la forêt du fond de val. Il pouvait voir également, dans les reflets lumineux des croisées de son appartement, la tache verte du blouson du gamin qui allait et venait, occupé à quelque mystérieuse et apparemment frénétique besogne. Il crut percevoir la mélodie d'une de ces anciennes chansons que le gosse avait découvertes au début de l'été et qu'il se serait passées à longueur de jour sans se lasser.

— Qu'il n'aille pas se perdre le premier jour, dit Elian. M. Violet.

Irène versait de l'eau dans la farine creusée en fontaine. Elle pétrissait, avec les copeaux de matière grasse, la pâte qui lui collait aux doigts.

— C'est pas quelqu'un qui a l'air de facilement se perdre, estima-t-elle. Il est parti d'un bon pas, sans avoir rien demandé, et je le vois bien revenir par l'autre côté après avoir fait le tour de la montagne comme un rien. En plus de ça, un matinal : c'était juste après qu'Anjo est parti. Vous étiez chercher le lait.

— Y en a quand même des plus malins que lui qui se sont perdus, dit Elian. Je nous vois bien faire une battue pour retrouver ce petit M. Violet, qui s'imagine que c'est ici comme dans les couloirs de son appartement.

Il s'aperçut qu'au fond une telle éventualité l'enchantait. Et davantage encore l'hypothèse d'une battue dont ils reviendraient bredouilles — il eût été bien en peine d'expliquer cette animosité soudaine à l'égard du « petit M. Violet ».

Quand Cinq-Six-Mouches disait « non » sur ce ton posé, tranquillement définitif, de sa voix grave qui ne faillait pas, c'était tout à fait inutile d'insister.

— Qu'est-ce que tu crois ? dit Elian. Que tu vas faire peur à cette pauvre femme ? Bon sang de bête en bois, si tu cours pour traverser la cour, elle te verra même pas.

— Non, dit Cinq-Six-Mouches.

Soutenant à pleine main la compresse imbibée de décoction de fleurs de sureau contre l'enflure en surplomb au-dessus de son œil, il alla s'asseoir au pied de son lit de camp, qui bascula, et Cinq-Six-Mouches se retrouva assis par terre. Personne ne rit.

— Bon, dit Elian.

Il s'approcha de la fenêtre et jeta un coup d'œil à Mme Violet qui dressait le couvert sur la table du Jardin. « Bien sûr, madame ! Aucun problème ! » avait-il dit quand cette femme à la quarantaine potelée, charmante dans sa robe bain de soleil jaune comme une jonquille, lui avait demandé s'il était possible de déjeuner dehors — et il s'était précipité dans le hangar, avait sorti la table de bois laquée blanc, et l'avait installée devant le banc de lattes sous les fenêtres du rez-de-chaussée. Mme Violet, dont la progéniture et le mari demeuraient invisibles, effectuait des aller-retour entre la table et l'intérieur de la maison, portant les bouteilles, la cruche d'eau, le pain, les assiettes, un gros saladier rempli de verdure, d'œufs durs et de tomates coupées en quartiers, etc.

— Tu ne crois pas que sa fille pourrait l'aider ? dit Elian. Elle m'a l'air d'un fameux numéro, celle-là.

Il ne vit pas le regard assassin qu'allez savoir pourquoi Cinq-Six-Mouches lui lança, en partie de sous la compresse, tout en s'asseyant de nouveau, prudemment cette fois, au milieu du lit pliant qu'il avait redressé.

— Et d'abord j'ai pas faim, dit le gamin.

M. Violet sortit de la maison, apparaissant comme par magie. Il avait la calvitie luisante, polie par un joli coup de soleil, les avant-bras roses ; ses cheveux rares semblaient humides, comme s'il sortait de sous la douche. Comparé au petit bonhomme fripé tombé du taxi de Milo, c'était un autre homme. En short à peine trop large d'une taille, la même teinte rose qui marquait ses avant-bras semblait avoir coulé, en deux traînées parfaitement symétriques, sur le devant de ses cuisses, jusqu'à ses genoux : en dessous, c'était blanc et gribouillé de poils roussâtres. Il aperçut Elian, lui adressa ce souple jeté du bras que les explorateurs, sur les gravures, pratiquent abondamment pour saluer les indigènes lorsqu'ils débarquent dans les tribus.

— Bonjour, monsieur Toussaint ! lança-t-il à pleins poumons.

— Mbouais, dit Elian. Bonjour.

Quand les locataires occupaient le banc de la façade sud et que le degré d'intimité n'autorisait pas encore aux invitations réciproques, les propriétaires se rabattaient sur la petite cour que l'on disait de « derrière la maison », sur la façade latérale nord. Il y avait, ici, une table de lourds bastings créosotés qu'Elian, au mois de mai, retartinait rituellement d'une nouvelle couche protectrice, printanière et fongicide, ce qui obligeait, pour chaque pique-nique, à l'emploi d'une épaisse nappe de toile cirée, quasiment une bâche, étouffant en partie les fumets goudronneux. En plein été, pis encore quand l'été devenait synonyme de fournaise, la toile cirée jouait bien mal son rôle d'éteignoir olfactif ; on la déployait cependant par réflexe hygiénique.

Un banc de même style, c'est-à-dire massif, était adossé contre le mur, dépourvu de dossier : deux planches épaisses soutenues par trois larges pattes pleines. Un autre, identique, lui faisait face de l'autre côté de la table. À cette saison, la cour de derrière était à l'ombre de neuf heures du matin à cinq heures de l'après-midi. Il y faisait agréablement bon, c'était l'endroit qu'avait choisi le chat rayé de jaune pour se réfugier, sous les groseilliers. Quand on se tenait le dos au mur, on voyait le jardin qui étalait sur la pente ses plates-bandes, carrés et rangs de verdure d'une délicieuse fraîcheur visuelle — en bout d'allées, l'eau dans les boîtes de conserve enfoncées dans la terre s'était évaporée, et dans deux d'entre elles des courtilières tombées au fond des pièges « grabotaient » pitoyablement le métal chaud et rouillé.

Ils avaient descendu le repas dans une charpagne à bois pendue à une corde, par la fenêtre de la chambre d'Irène, pour éviter les allées et venues dans l'escalier — ainsi que l'éventualité, plus que probable, de croiser vingt fois les touristes dans le couloir d'entrée commun.

Elian étouffa un rot qui lui gonfla les joues et la moustache. Sur le visage d'Irène, après chaque bouchée, se creusaient un peu plus, eût-on dit, les marques revenues de son âge vrai. Elle était assise dans un fauteuil de camping, à une extrémité de la table, Elian sur le banc contre le mur ; ils ne parlaient pas. (« Est-ce qu'elle comprendra jamais un jour que ça ne sert à rien ? » se demandait Elian, incapable, lui, de ne pas laisser glisser vers elle des regards évidemment soucieux qu'il s'efforçait de rendre désinvoltes, quand elle les surprenait.) Puis on entendit la voiture qui grimpait la côte du chemin.

Un grand nombre de rides profondes disparurent du visage d'Irène. Il y eut d'autres bruits, provenant du côté opposé de la maison : le crissement des graviers de la cour sous les pneus, la portière claquant, les quelques mots lancés à Titi qui jappa trois fois.

Anjo fit son apparition à l'angle de la maison, arborant un grand sourire et un T-shirt trempé. Le sourire était principalement destiné à sa mère et ne dura pas plus de deux secondes. Il se glissa sur le banc, à côté d'Elian — qui aurait aussi bien pu ne pas exister.

— Vous avez commencé ? dit-il.

— J'en sais trop rien, dit mollement Elian. En tous les cas, on a pratiquement fini.

Il n'y avait sans doute pas plus imperméable qu'Anjo à ce genre d'esprit, quand il s'y mettait. Elian l'observait du coin de l'œil en train de se servir deux malheureuses cuillerées de légumes.

— T'es allé te baigner ? dit-il.

Irène se leva, disant :

— Tu ne manges pas plus que ça ?

— Pas faim, dit Anjo.

Elle transvasa les crudités dans l'assiette de son fils, comme si elle n'avait rien entendu — sans qu'il proteste, d'ailleurs : il regardait tout simplement s'amonceler la nourriture. Elle s'éloigna, disant : « Vous couperez la tarte », et passa l'angle de la maison, emportant le saladier, son assiette, ses couverts et la cruche d'eau vide.

Anjo écarta sa platée. Il but une gorgée de vin. Trois abeilles quittèrent le massif de phlox au fond de la petite cour pour s'intéresser de plus près à la tarte. Un peu plus tard, il y avait des guêpes aussi. Ils observèrent un moment le manège des insectes, tout en s'humectant les lèvres à petits coups, avalant des gorgées de salive parfumée d'un peu de vin. On entendait crier et rire au-dessus des arbres, dans la cour lointaine de la colonie de vacances du carrefour. Puis il y eut davantage de guêpes que d'abeilles. Elian les dispersa d'un geste lourd, nonchalant, en aller-retour au-dessus de la tarte ; il tira le plateau à lui et découpa des parts. Les guêpes revinrent.

L'association d'idées était limpide, qui poussa Anjo à questionner :

— Et l'autre Albert, il est reparti chez lui ?

Elian expliqua en quelques mots l'irréductible volonté exprimée par Cinq-Six-Mouches de ne pas se montrer aux « étrangers » dans son état.

— J' vais lui monter un bout de tarte, d'ailleurs, conclut-il.

— Tu feras gaffe aux guêpes, dit Anjo.

Il plaisantait peut-être.

— Qu'est-ce que t'as fichu avec ton maillot, trempé comme t'es ? dit Elian.

— Oh… c'est rien. Des copains, chez Martinette, tout à l'heure, qui se sont bagarrés avec des carafes d'eau. C'est presque sec.

— Chez Martinette…

— Ouais. J'y suis passé… Je croyais te trouver.

— Tu m'as trouve ici.

— Ouais.

Le chat rayé jaune sortit de sous les groseilliers, et s'approcha prudemment, comme si le sol risquait d'exploser à chaque fois qu'il y posait la patte. Les deux hommes regardèrent le chat, qui les regarda et miaula.

— Je vais plus travailler cet après-midi, annonça Anjo. Ni même pendant quinze jours. J'ai une feuille, de Dani le Rouge. J'ai été le voir ce matin.

— Ce matin ?

— Oui. J'étais au boulot quand ça m'a repris. Mal aux reins… Mais déjà hier soir, j'avais mal.

— On a tous un point fragile, dit Elian. Toi, c'est les reins.

— J' crois bien, dit Anjo.

Elian reposa son verre. Il prit une pièce de la tarte qu'il amputa d'une première bouchée… acheva en une seule fois. Il essuya ses doigts sur sa salopette. Le chat rayé de jaune sauta sur l'angle de la table à portée de main d'Anjo qui parut ne pas l'avoir remarqué ; comme personne ne lui disait rien ni ne le repoussait, l'animal s'assit, surveillant à la fois Anjo et la tarte. Paupières plissées sur ce regard affûté qu'il avait tourné en direction du chat, Elian dit :

— J'ai encore jamais vu un toubib prétendre qu'on n'a pas mal aux reins comme on le lui dit, et vous refuser une feuille d'arrêt de travail. Ce vieux Dani le Rouge moins qu'un autre… Comment il va ?

— Il a l'air d'aller… Par ce temps-là, c'est pas rouge ni violet qu'il est. Je ne sais pas. Faudrait inventer une couleur.

— T'inquiète pas pour lui, dit Elian.

Anjo n'avait pas touché au contenu de son assiette et considérait la tarte d'un air absent. Coudes sur la table, il tenait son verre à deux mains, choquait le bord à petits coups contre le devant de ses dents. Elian eut un léger hochement de tête, pensif.

— J'ai pas encore d'idée, dit-il. C'est p't'être encore un peu tôt pour se faire une opinion. Ça m'a l'air d'être un type qu'aime bien la marche à pied. Il a cavalé toute la matinée, et il est resté frais comme une rose.

— Qui ça ? dit Anjo.

Elian resta imperturbable un moment ; il fit « pssschhh ! » à l'adresse du chat rayé de jaune qui s'arrêta net dans sa progression vers la tarte, hésita — « pssschhh ! » dit Elian une seconde fois — et sauta à terre. La musique s'envola par la fenêtre de l'appartement au-dessus du garage et la chanson tourna dans le soleil avant de s'écraser dans la cour :

On l'app'lait Margot la Ventouse
Elle avait des yeux de velours
Elle était p'tite, un peu tartouze
Mais elle chantait la nuit, le jour

proclamaient les paroles chantées par Paul Meurisse.

Elian soupira ; il sortit de la poche poitrine de sa salopette une moitié de cigare qu'il inspecta longuement avant de la coincer entre ses dents sans l'allumer. Il dit :

— Peut-être qu'il aura faim quand même, pour de la tarte…

— Il est si arrangé ? demanda Anjo.

Elian haussa une épaule.

— Il est enflé.

Il se leva. Anjo était assis, à penser Dieu sait quoi, avec son « mal de reins » et sa feuille d'arrêt de travail de quinze jours dans sa poche de pantalon ; il était là à fixer droit devant lui en choquant légèrement son verre contre ses dents découvertes — cela pouvait donner l'illusion d'un sourire.

Un peu avant quatre heures, Elian qui venait du hangar longea la cour, marchant rapidement, un journal de bandes dessinées roulé dans une main.

Sur le banc de devant, Irène et Mme Violet étaient assises, dans la frange d'ombre qui commençait de s'élargir au bas du mur, de ce cote-ci de la maison.

Il se hissa sur son tonneau, s'adossa au mur chaud de l'angle du garage ; ouvrant son journal au hasard, il y laissa tomber un œil.

Les autres se trouvaient Dieu sait où — c'est-à-dire qu'ils n'étaient pas visibles dans les environs immédiats. Cinq-Six-Mouches jouant toujours les anachorètes ; Anjo probablement retiré dans sa chambre (quand il traversait épisodiquement ses crises de lombalgie dont on n'avait jamais réussi à diagnostiquer la vraie cause mais qui l'empêchaient tout de même de travailler, il avait plutôt intérêt à se tenir tranquille dans les premiers jours, et à ne pas courir par monts et par vaux, dans tous les azimuts) ; M. Violet avait disparu. Elian l'avait aperçu une ou deux fois en cours d'après-midi ; ces apparitions, qui ponctuaient de longues périodes d'invisibilité absolue, se produisaient à des endroits inattendus, comme derrière le hangar, farfouillant dans les bouts de planches et morceaux de tôle entassés entre la baraque et le talus. Elian ne se trouvait pas suffisamment rapproché pour engager un dialogue qui ne soit pas crié ; il n'avait pas tenté de faciliter ce possible dialogue, qui n'avait donc pas eu lieu. C'était encore le temps de l'observation prudente.

Il trouvait à ce propos que Mme Violet allait rudement vite en besogne — et qu'elle était orfèvre en la matière, pour qu'Irène se soit laissé engluer aussi vite. Il n'en revenait pas.

À quatre heures passées de quelques minutes (Elian vérifia à sa montre), les zozos s'amenèrent, précédés par Dick qui bondissait dans les hautes herbes en aboyant. De blanc vêtus, comme il fallait s'y attendre, parfaitement nets et sans tache, ils marquèrent un temps d'indécision sur le bord du ruisseau, à considérer d'un œil qu'on devinait contrarié l'éparpillement de leur construction de la veille dans les eaux claires parcourues de chuchotis moqueurs. L'expectative ne fut pas bien longue. Les deux immaculés zozos retirèrent chaussures et chaussettes blanches qu'ils déposèrent soigneusement sur une touche de la berge ; ils entrèrent dans l'eau, derrière le chien qui les éclaboussa, en faisant de grands gestes de balanciers avec leurs bras écartés — puis ils se baissèrent, se relevèrent, se baissèrent, se relevèrent, se baissant pour saisir une pierre, se relevant pour la jeter à deux pas, et une autre, et une autre, afin d'élever dans le courant un joli barrage.

Sur son tonneau, Elian n'était pas sûr qu'ils eussent seulement levé le nez une seconde ou lancé un regard dans sa direction, en haut du ravin. Une heure durant, il ne tourna ni la tête ni une page de son magazine.

Un peu avant dix-sept heures, M. Violet qui rentrait d'une balade de trois kilomètres, aller et retour jusqu'à la coopérative, aux épaules son sac à dos rempli et aux mains deux cabas débordants, fit une pause en haut de la côte du chemin, sourit aux deux femmes toujours assises sur le banc — trouva Elian dans cette position figée, sur son tonneau, en train de lire, apparemment, une histoire passionnante dans son illustré.

Et puis ce fut le soir. Et, le soir, Cinq-Six-Mouches assis près de la fenêtre dit de sa voix grave :

— On ne l'a pas vue de la journée.

— Qui ça ? dit Elian.

— La fille. Elle est restée enfermée.

— Enfermée…

— Elle est restée dans la maison.

— Peut-être qu'elle est comme toi, dit Elian en regardant changer la lumière sur le sommet de la montagne. Peut-être bien qu'elle a été piquée par des moustiques la nuit dernière, par exemple, et que la voilà défigurée du bas des fesses jusqu'en haut de la tête…

Et puis le lendemain et les jours suivants.

S'il dit qu'il ne l'a pas vue, on peut être quasiment certain qu'elle n'est pas sortie, c'est vrai : Cinq-Six-Mouches a passé le plus clair de son temps à l'affût de sa fenêtre, pense Elian. Il pense à mille et une choses, soit au moins quatre ou cinq emberlificotées les unes dans les autres au fond de sa tête en feu. Il se dit qu'en vérité on ne l'a guère vue davantage au cours des jours suivants, et jusqu'à aujourd'hui. « On » c'est-à-dire lui, en tout cas. Il pense, ou plus exactement se laisse chavirer et emporter par des remous d'images mentales qui tournent devant ses yeux, avec des accélérations étrangement identiques à celles qu'il communique aux roues du vélo grinçant quand il appuie plus fort sur les pédales.

Le jour de la course, il aura l'esprit à peu près vide, comme balayé par un grand coup de vent, emporté au-delà des bruits, des cris, des rires, des flonflons et des applaudissements.

La seconde étape, c'est déjà une autre paire de manches.

C'est habituellement au cours de la seconde étape que la plupart des concurrents comprennent véritablement — si besoin est — qu'ils participent d'*abord* à une manifestation clownesque ; quelques-uns continuent de croire qu'il s'agit *aussi* d'une vraie course, une épreuve qui appelle un vainqueur et des laissés-pour-compte ; ceux-ci qui le veulent se mettent donc en tête de devenir le nécessaire gagnant. Depuis neuf ans, c'est toujours le même qui s'y colle, et qu'une jeune fille, porteuse d'un faisceau de glaïeuls, embrasse quatre fois sur les joues ; depuis neuf ans, les quelques suivants voués aux lots de consolation, qui se sont imaginé participer réellement à une compétition sportive, persistent à croire que leur tour viendra l'an prochain s'ils sont toujours de ce monde. Cette deuxième étape est pratiquement décisive.

Son vainqueur, sauf incident, ou accident, sera en principe celui de la cinquième et ultime, sous la banderole ARRIVÉE. Dans la cacophonie pulsante de la fête foraine installée, avec, pour l'occasion, la kermesse des Aides familiales, de part et d'autre de la route.

Un kilomètre deux cents de faux plat sournoisement vide-souffle, de virages succédant aux virages, étirés et brise-jarrets, de bas-côtés gravillonneux casse-gueule... Et s'il n'y avait que la route, déjà bien dure aux vieux muscles de quarante à soixante-dix ans ? mais juste avant c'était la première halte de la première étape et sa distribution de vin de groseille que les vétérans pédaleurs se font un devoir, une obligation, d'ingurgiter sous prétexte de soif à tuer. Mais, complice des vieilles habitudes ancrées, la soif est bien dure à tuer, à l'ombre de ces âges : on y consacrera quelques kilomètres d'efforts méritoires, encore...

Présentement, Elian n'eût pas recraché sa part du nectar de groseille. Il suait d'abondance ; la transpiration poissait ses sourcils qu'il épongeait tantôt sur une épaule, tantôt sur l'autre. Il avait cru ne jamais voir se dresser la scierie. C'était plus raide que les années précédentes. À chaque fois plus raide, bon Dieu de bois — pensait-il.

Plus raide, oui... d'année en année... mais ce salaud de Bien-Vivant ne rajeunissait pas lui non plus.

Il passa sans ralentir, tête droite, appuyant un peu plus fort sur les pédales, à hauteur du *Café Mairguerri* qui serait dans quatre jours l'arrivée de la seconde étape.

Un kilomètre deux cents... Et dire qu'en une journée de course les participants au Tour de France en parcouraient parfois deux cents, au bout desquels ils étaient toujours vivants, prêts au départ du lendemain...

L'enterrement eut lieu le vendredi après-midi à seize heures ; depuis au moins dix ans, le curé ne pratiquait plus de cérémonies funèbres le samedi, ce qui bloquait la limite autorisée des décès sur la matinée du jeudi si vous ne vouliez pas être condamné post-mortem au rabiot d'un week-end en surface. Il y avait foule, l'église était bondée pendant l'office, et pas simplement parce qu'il y faisait frais : à l'extérieur, en plein soleil, au moins autant de personnes piétinaient, surtout des hommes ; plus tard, au cimetière, un grand nombre n'avaient pas encore franchi la porte d'enceinte que depuis longtemps la colonne des sortants s'égrenait devant les membres de la famille pour la distribution des embrassades et poignées de main des condoléances.

Au retour, aucun des trois ne dit mot. Anjo avait boité vaguement durant le trajet processionnel de l'église au cimetière, un peu moins quand il en revint, du cimetière à l'église. Il avait cet air sombre et buté qui lui servait aussi à exprimer la douloureuse tristesse, et serrait le volant à pleines mains ; il avait tombé sa veste de complet dès qu'il était entré dans l'étuve de la voiture, et moins d'une minute après des taches de transpiration marquaient les aisselles de son polo bleu. Irène avait pris place à côté de lui ; elle était vêtue de son tailleur noir circonstanciel, pour l'usure duquel on pouvait accuser équitablement la propreté et le temps ; la pauvre avait bien entendu pleuré deux heures durant, ses paupières et narines étaient rougies, elle reniflait encore de loin en loin, à petits coups discrets ; tous les enterrements produisaient sur elle un effet désastreux ; elle n'en manquait évidemment aucun. Sur la banquette arrière s'étalait plus ou moins Elian, assis de travers afin de pouvoir allonger ses jambes, liquéfié de chaleur dans son costume — dont il avait lui aussi retiré la veste — et sa chemise blanche « de sortie » un peu étroite, cloquée de gris rosâtre aux endroits où elle lui collait à la peau ; sa moustache tombait lourdement ; il avait le blanc de l'œil un peu rougi.

Cinq-Six-Mouches se tenait pratiquement à l'endroit exact qu'il occupait quand ils l'avaient quitté quelques heures auparavant, au bord du ravin, sur le sentier — un passage étranglé, entre le garage et la pente —, et vraisemblablement prisonnier du même jeu, dont il ne dévoilait qu'une pantomime mystérieuse, les mains pleines de bâtons et baguettes à l'écorce décorativement épluchée, utilisant ces « armes » pour se défendre, dans un profond silence, contre ces vagues invisibles qui l'assaillaient de toutes parts. Quand il vit la voiture, il se débarrassa magiquement de tous ses ennemis, laissa tomber ses piques, lances, sagaies, javelots et bâtons votifs, et s'approcha.

M. Violet se trouvait également au bord du ravin. Son coup de soleil avait atteint le nez et les pommettes, le peignant pour une guerre qu'il eût pu, sans démériter, traverser au côté de Cinq-Six-Mouches. Il souriait, les mains dans les poches de son short immense.

Succédant à cette horreur qu'était l'enterrement d'un jeune homme de pas vingt ans, tué sur la moto de son frère contre une voiture remplie de Hollandais, ils représentaient tous les deux — le gamin et Violet — l'exemplaire incarnation de l'axiome qu'un esprit d'à-propos trouvera toujours l'opportunité de citer au moment où le silence menace : *la vie continue.* Comme si on ne le savait pas.

— Tu vas voir, dit Elian, que je vais bientôt le retrouver assis sur mon tonneau.

Parce qu'il ne voulait pas affronter la tirade de considérations profondes que Violet n'allait pas manquer de réciter s'il se risquait à sa portée, Elian bifurqua et grimpa à son appartement sans s'attarder. Il se changea et redescendit plus tard.

Cinq-Six-Mouches se trouvait dans sa tour de pneus entre les troncs de l'aulne, quatre mètres au-dessus du sol.

— Alors, dit Elian.

Évidemment, il savait déjà. Il n'avait pas manqué de scruter longuement le ruisseau, du bord de la cour en haut du ravin.

— Ils sont venus, dit Cinq-Six-Mouches. (Il ajouta :) Qu'est-ce que tu crois qu'ils feraient, si une fois on leur laissait leur barrage ?

On voyait bouger les doigts pianoteurs d'Elian, sous la toile bleu-noir de la bavette de sa salopette. Il considérait pensivement, d'un œil à demi fermé, Cinq-Six-Mouches qui là-haut laissait pendre ses bras pardessus le bord de l'empilement des pneus dans le trident des troncs. Il mâchonnait un demi-cigare tout neuf.

— Eh bien, moi aussi, j' me demande, dit Elian. Seulement, j'ai quand même bien d'aut'choses à faire que m'occuper sans arrêt de ces deux zozos, tu crois pas ?

Cinq-Six-Mouches ne répondit pas — Cinq-Six-Mouches n'entendit pas. Du haut de son perchoir, Cinq-Six-Mouches fixait la cour, par-dessus le toit du garage, et dans la cour, de ce côté-ci de la maison, au bord du chemin, la jeune fille prenait place à la table de bois laqué blanc à côté de M. Violet, son père.

— Elle est sortie, souffla gravement Cinq-Six-Mouches. La fille… Elle est là !

— Nom d'une bête en bois ! dit Elian sur un ton qui s'efforçait de retenir le rire. On croirait qu'elle te fait un drôle d'effet, non ?

Cinq-Six-Mouches baissa les yeux. Il dévisagea posément Elian, si bien que celui-ci, au bout de trente secondes — ce qui est très long quand on est dévisagé par un enfant perché dans une tour de vieux pneus érigée entre les trois troncs d'un arbre —, se demanda ce qu'il fichait là, dans la position du renard de la fable.

— Oui, dit le corbeau d'une voix terrible, sérieuse et grave, un peu éraillée.

Il commença avec la brouette.

Sans mot dire à personne, Elian traversa la cour à grandes enjambées et s'arrêta devant la porte maintenant cadenassée du hangar, entre le garage et le talus. Il eut quelque difficulté à faire jouer le vieux cadenas rouillé, retrouvé le matin même au fond d'une boîte de « trucs qui peuvent encore servir ». Puis il revint, poussant la brouette qui roulait « en boitant » depuis qu'Anjo l'avait laissée un jour trop près d'un feu de vieilles cochonneries, et que le pneu de caoutchouc plein avait en partie brûlé.

Elian fit le tour du garage et emprunta le passage étréci qui devenait un sentier après avoir été le chemin puis la cour ; sitôt passé le garage, il tourna et roula vers les tas de bois sous le talus, dans une excavation de la pente. Le bruyant sillage qui marquait son passage avait naturellement provoqué l'attention des Violet — il avait évité de tourner la tête dans leur direction — comme il attira celle du gamin dans son arbre. Elian ne lui accorda pas plus d'intérêt que s'il eût été une feuille jaunissante parmi toutes les autres attendant l'automne pour tomber.

C'était un tas de bois qui avait été dressé près de deux ans auparavant : des branches de hêtre, de charmille et de chêne, coupées en un mètre de long, dont la grosseur moyenne était celle d'une cuisse. Sur les deux cordes du volume global, un petit stère était composé de quartiers éclatés de troncs.

Elian fit glisser la première des tôles ondulées qui recouvraient le bois ; elle dégringola avec un bruit d'orage. Il posa trois rondins longitudinalement dans la brouette, en guise de ridelles, doublant ainsi la surface porteuse, puis il empila les suivants en travers. Quand le chargement eut atteint un poids jugé raisonnablement transportable, Elian empoigna les brancards. Les premiers cahots en jetèrent une partie au sol mais Elian ne s'arrêta qu'en bord de ravin — au centre approximatif de la cour, et pratiquement dans l'alignement, à vol d'oiseau ou à jet de pierre, de ce sacré barrage reconstruit par les zozos sur le ruisseau comme si de rien n'était. Il se mit sans attendre à empiler les rondins au sol, reformant l'entassement, non pas en parallèle avec le bord du ravin mais, au contraire, perpendiculairement, ce qui allait infailliblement dresser une des extrémités du futur tas en surplomb au-dessus de la pente raide. Afin de soutenir l'assise de cette extrémité, Elian planta dans le sol deux rondins ; il les planta en appuyant dessus à la main, puis en tapant un peu à l'aide d'un troisième rondin.

Les Violet, sur le banc — monsieur et mademoiselle — et sur une chaise, madame —, le regardaient faire. Quoiqu'il soit inexact de prétendre que la fille s'intéressait vraiment à cette agitation : elle croquait pensivement des radis, avec une mimique plutôt méchante, comme si elle s'infligeait le grignotement de quelque friandise cyanhydrique.

Cinq-Six-Mouches était descendu de son arbre. Complètement dégonflé, au moins dans la partie visible la plus élevée de sa personne, et tout à fait présentable en dépit de sa coupe de cheveux, il se tenait dans la belle lumière du soir et regardait se démener Elian. Visiblement sans bien comprendre, mais ne désespérant pas d'y parvenir.

Cet échantillonnage de couleurs qu'il offrait à toutes les appréciations attira l'attention, un court instant fascinée, de la jeune fille Violet nouvellement livrée au-dehors... et cette pétrification, toute de blancheur quasi spectrale, aspira à son tour le regard du gamin, qui croisa celui de la jeune fille, qui plus exactement tomba dedans. Le pauvre Cinq-Six-Mouches se préparait instinctivement et hardiment à l'effort surhumain qui l'extirperait du piège, mais ce fut elle qui rompit, tournant la tête comme si elle n'en pouvait supporter davantage après cet échange brûlant — et croquant un autre radis. Le gamin en resta hébété.

Tandis qu'Elian s'en repartait, le dos tordu, une épaule plus basse que l'autre et poussant sa brouette curieusement assortie à son allure — à se demander lequel des deux grinçait.

À la fenêtre de la cuisine de l'étage, il y avait Anjo, l'air ahuri, c'est-à-dire plus vivant qu'il ne l'avait paru depuis longtemps. Irène appela Cinq-Six-Mouches, qui ne se fit pas prier et détala vers la maison…

Elian avait transbahuté fébrilement une bonne demi-toise de bois, de l'ancien tas démantelé au nouveau en formation qui s'élevait dos au vide, quand Anjo et Cinq-Six-Mouches, la bouche à peine essuyée sur un revers d'avant-bras après la dernière bouchée, s'amenèrent. Anjo farfouillait dans ses dents avec sa langue, tout en émettant des bruits sifflants d'aspiration.

Les Violet dégustaient une glace et lorgnaient sans discrétion le trio à la brouette ; on devinait un millier de mots en train de se presser derrière leurs lèvres, pour la première phrase, n'importe quoi, d'une « conversation » prête à jaillir… Le trio à la brouette semblait ne rien remarquer. Quant à la fille, elle avait une espèce de regard translucide et cinglant qui se posait, glauque, fixe, comme un papillon achevant un vol plané et s'immobilisant sans replier ses ailes ; elle fumait des cigarettes longues qu'elle tenait entre trois doigts, le pouce taquineur pour secouer la cendre.

— Qu'est-ce que tu fous ? demanda Anjo entre deux torsions de langue exploratrice sur le flanc des molaires.

Elian dit :

— Faudra bien le scier un jour, ce bois, avant qu'il pourrisse derrière le hangar. Je pense que pas plus tard que demain j' vais demander à Boldi de venir, s'il peut, avec sa scie automobile.

— Ça t'a pris d'un coup ?

— Comment, d'un coup ? dit Elian. Ça fait deux ans qu'il est là, ce tas de rondins. Un an qu'il est plus que sec. T'appelles ça « d'un coup » ?

Anjo adressa un vague coup d'œil critique aux piquets enfoncés dans le talus.

— T'as pas peur que ça se casse la gueule ?

— C'est jusqu'à demain, dit Elian. Dimanche matin, au plus tard.

Ils firent des « voyages ». Elian et Cinq-Six-Mouches chargeaient et déchargeaient la brouette ; Anjo la trimbalait. Une fois le tas élevé à plus d'un mètre cinquante, Anjo s'occupa aussi d'entasser les morceaux de bois qu'il prenait des mains d'Elian — qui finit par se résoudre à tout simplement reculer d'un pas pour surveiller.

Cinq-Six-Mouches déployait une énergie folle, rouge comme une pivoine. Il n'avait pas retiré son blouson, ni même descendu de dix centimètres sa fermeture Éclair. Elian, qui le voyait s'agiter et ne manquait aucun des coups d'œil qu'il glissait subrepticement, avec une régularité de métronome, vers la table et le banc des Violet, ravalait charitablement le moindre sourire qui eût été mal interprété.

Et puis M. Violet s'approcha, n'y tenant plus, mains dans les poches, avec une nonchalance qui cachait honteusement mal la présence d'un vrai petit geyser bouillonnant en lui ; il proposa de joindre ses efforts de néophyte à l'entreprise, tandis que son épouse et sa fille quittaient la table qu'elles avaient débarrassée. Elian lui répondit, sur un haussement de son épaule la plus basse : « Si vous voulez », ce qui fournit à M. Violet l'occasion attendue, et parut brutalement écraser Cinq-Six-Mouches d'une fatigue jugulée avec vaillance jusqu'à cet instant ; comme M. Violet qui avait pris sa place se débrouillait au moins aussi bien que lui, il se désintéressa du jeu, alla s'asseoir sur le seuil du garage, avec Titi, d'où il put surveiller à la fois la maison de Tatirène et l'élévation progressive de deux toises de bois qu'Elian avait choisi de déplacer au bord de ce ravin. Tout en effritant de l'ongle la croûte d'une vieille égratignure sur son genou.

Un moment, Elian hésita entre deux sujets possiblement praticables, sans parvenir à se décider pour celui qui avait le plus de chances d'alimenter judicieusement la conversation.

C'était après qu'Antonin Violet leur eut souhaité le bonsoir, apparemment très satisfait d'avoir manipulé à lui seul, montrant sa bonne volonté et son savoir-faire, quelques stères de bois. Ç'avait été l'occasion rêvée d'une vraie prise de contact, mais Elian n'offrit même pas à l'occasionnel manœuvre bénévole de s'humecter le gosier avec un de ces verres de vin qui se savourent en compagnie. Violet s'en fut, après leur avoir serré la main, à Cinq-Six-Mouches aussi, et il avait l'air ravi.

Après quoi Elian se mit à réfléchir sérieusement, et c'est ainsi qu'il trouva, en conclusion, que cette métamorphose de son neveu en bonnet de nuit ne pouvait être causée que par une histoire de fille, une histoire de fesse n'ayant pas abouti. Anjo n'avait pas son pareil pour conduire trois ou quatre attelages à la fois ; comment s'étonner que l'embardée inattendue de quelque rétive, de temps à autre, déstabilisât tous les équipages ?

Ils étaient assis au pied de l'arbre de Cinq-Six-Mouches, le dos au tronc et les jambes étendues qui dessinaient un éventail déployé sur le gazon couvert de débris d'écorce. La nuit tombait alentour. Le visage d'Anjo commençait de ressembler à celui d'un Noir, avec ses dents et ses yeux blancs qui tranchaient sur la peau bronzée. Des odeurs de moisissure presque fraîches flottaient dans l'air à demi roussi d'un reste de couchant : des odeurs en provenance du tas de bois démantelé, derrière eux, et de cette surface noire découverte sur le sol.

Ils avaient allumé, l'un une moitié de cigare, l'autre (qui ne fumait habituellement pas) une gauloise variqueuse extraite d'un paquet roulé en boule puis jeté dans le ravin. Cinq-Six-Mouches persistait à rester là : ne fumant pas, il se donnait des claques. Plusieurs fois, Elian lui avait suggéré, d'un ton détaché, le confort de son lit : on n'expédiait pas si benoîtement le gamin dans les draps, sans raison majeure, au beau milieu d'un soir d'été et à moins de onze heures ; Elian laissa entendre que des piqûres de moustiques pouvaient être désagréables : le vacciné avait connu les guêpes, il n'entendit même pas.

Les chauves-souris gribouillaient en silence, sur le fond du ciel incomplètement ennuité, les sursauts plongeants, hystériques de leurs vols de chasse. Les premiers chiens insomniaques commençaient de s'adresser les répliques de ce long dialogue qui rebondirait jusqu'à la dernière étoile allumée de la nuit.

Ils regardaient le haut mur noir au beau milieu du paysage, tout nouvellement construit : deux toises de rondins entassés en tremplin lancé vers le ciel où l'étoile du Berger scintillait déjà. Comme une machine de guerre dressée, en attente…

— Comment qu'elle s'appelle, cette fille ? dit Elian.

Et comme Anjo n'avait d'autre réaction qu'un bâillement, poursuivit :

— Cette rouquine… une bien belle plante, ma foi.

Anjo réagit :

— Qu'est-ce que t'as avec elle ?

— Sacrément rien, dit Elian. Sauf que je l'ai vue, l'autre fois, ce soir-là où qu'on t'attendait… Je l'ai trouvée sympathique. Un peu bavarde et exaltée, qu'on dirait, mais sympathique. C'est bien ce qu'on demande d'abord à une rouquine pareille, non ? d'être sympathique, je veux dire.

— Ouais, dit Anjo.

Comme si c'était une réponse. Il avait décidément plus que jamais cette « tête de retour d'Allemagne », et si quelque chose ne devait absolument pas se reproduire, c'était bien cette folie qui vous pousse à de telles extrémités, de telles imbécillités au volant d'un camion qui ne vous appartient pas, pour lequel vous n'avez d'autre permis de conduire que celui de votre voiture qui ne suffisait certainement pas à cette équipée sur les autoroutes d'outre-frontière…

— Et celle-ci ? dit Elian.

Il cligna de l'œil et sourit à Anjo, dans le soir épais que les couches imbriquées de chaleur, susurrements d'insectes et odeurs façonnaient. On ressentit, presque palpable, le ralentissement intrigué dans la respiration d'Anjo.

C'était l'idée. En quelque sorte, provoquer un intérêt sournoisement déviationniste, en utilisant pour une première charge ce qui se trouvait à portée de main — pratiquement.

— Celle-ci quoi ? grommela Anjo.

Elian désigna la maison, de l'autre côté de la cour et du nouveau tas de bois, au-delà du garage : il agita un peu son cigare dans cette direction.

— Elle ne serait pas sympathique, celle-là ?

Cinq-Six-Mouches se leva. Une énorme goutte de silence s'écrasa, comme ces premières larmes d'une averse chaude, dans les secondes tendues d'un orage sans tonnerre. Cinq-Six-Mouches dit :

— Son nom, c'est Mylène. Elle s'appelle pas *celle-là,* d'abord !

Il s'élança. On l'entendit courir sur le gravier ; le bruit surprit Titi, qui aboya.

Après quoi, Elian tenta de rire un peu. Il produisit des raclements de gorge.

— Nom d'une bête en bois, dit-il. T'es donc pas de l'avis du gamin, Anjo ?

— Quel gamin ?

— Comment, quel gamin ? Cinq-Six-Mouches, tiens !

— Quel avis ?

— J' crois bien, bon sang, qu'il est un peu amoureux de cette fille, voilà. On dirait bien, il me semble.

Le blanc des yeux d'Anjo se figea, puis disparut, puis réapparut. Puis Anjo se dressa sur ses jambes, pas assez lentement pour que ce fût désinvolte, ni suffisamment vite pour traduire une franche irritation. Un mouvement qui ne signifiait rien de bon, en somme.

— Qu'est-ce que c'est que cette connerie ? grogna-t-il.

Il s'en alla, s'évapora, atomisé par une magie semblable à celle qui avait emporté le gamin une minute auparavant, laissant Elian sur son cul, assis au pied de l'aulne à trois troncs, son cigare imbécile brandi au bout d'un poing dérisoire (qui, d'ailleurs, avait plutôt l'air d'une main tendue) qui retomba. « Qu'est-ce que c'est que cette connerie ? » Sur un ton qui, lui non plus, ne signifiait rien de bon.

Qui signifiait *tout,* au contraire !

La troisième étape ne comporte que des virages sur huit cents mètres. Elian en avait parcouru sept cents quand il manqua ce tour de pédalier, appuya trop lourdement en pensant à autre chose, quand sa semelle d'espadrille glissa et quand il se cogna rudement le devant du tibia sur l'arête de la pédale. Quand il faillit tout bonnement se casser la gueule.

Mais la révélation soudaine, éclatant tel un flash sur les remous des pensées ressassées et le moutonnement des images sans cesse revenues, avait beaucoup plus d'importance que cette embardée sur le bas-côté, cette chute évitée d'extrême justesse. Car il avait *compris* ; il avait attendu jusqu'au lundi pour comprendre, nom d'une bête en bois, ce qui était arrivé à Anjo.

Comprendre que c'était grave.

Poussant la bécane couinante, Elian parcourut à pied les derniers cent mètres, jusqu'au café des *Charbonniers* — qui serait l'arrivée de la troisième étape de la course.

On était loin de midi, il s'en fallait d'une heure et davantage, ce qui n'empêchait pas une demi-douzaine d'assidus saisonniers de se trouver au poste devant un pastis qui n'était déjà plus celui de l'avant-garde... Elian planta son vélo parmi les quelques-uns entassés à un bout de la terrasse. Il salua les buveurs de pastis, eux-mêmes amalgamés à l'autre bout, sur la partie ombragée, mais refusa d'un geste définitif les invitations à se joindre à eux. Il se demanda si la bande de gais compères avait pu voir comment il s'était emmêlé les pédales... au sens quasiment propre du terme. Pourtant, les sourires ne semblaient pas trahir d'autre effet que celui de l'alcool anisé, ainsi que la paisible conscience de tout individu en congés payés...

Elian boitait. Il boitait bas, tout en se dirigeant vers l'extrémité du bar, cap sur son habituel tabouret, sous l'œil intrigué de Martinette.

Il régnait dans la salle une fraîche pénombre d'église. Le juke-box se taisait, les flippers aussi, la gueule aux dents basculantes du bowling était fermée. Peut-être que tous les cliquetis électroniques qui déferlaient en staccatos incessants à partir d'un certain moment de la journée étaient retombés par terre au bout de la vieille journée d'hier, et puis, ce matin même, balayés avec la sciure humide.

Un couple de très jeunes mangeait une glace à la table la plus retirée, au pied du robot musical. Le billard dormait sous sa toile. À sa place habituelle, près de la porte, se trouvait Millepertuis, déjà vaguement avachi mais encore capable de porter à ses lèvres le canon de rouge qui était sa nourriture ordinaire sans en renverser une goutte.

Martinette, au bar, bricolait la machine à café. On entendait Léon Bien-Vivant Dubreuil chantonner dans sa cuisine — dont la porte était ouverte à l'autre bout du bar, du côté des flippers — en duo avec la radio.

— Salut, Millepertuis ! lança Elian.

Il se hissa sur le tabouret, grimaçant avec une ostentation caricaturale et tenant sa jambe raide.

— Donne-moi quelque chose à boire, pria-t-il avec un rien (en trop) de pathétisme.

— Bonjour, Elian Toussaint, dit Martinette.

— Bonjour, oui...

— Du frais ou du fort, Elian Toussaint ?

— Donne-moi un grand panaché... Ce vieux clou n'est plus bon à rien, qu'on dirait, pour peu qu'on veuille le pousser. Nom d'une bête en bois, il a bien failli me péter une jambe.

Martinette posa devant lui un grand verre de bière claire pétillante et moussue. Elle était coiffée d'un foulard coloré, en large bandeau, qui lui donnait, assorti à ses boucles d'oreilles massives et clinquantes, des airs de bohémienne. Elle n'était pas encore vraiment maquillée, lèvres à peine rouges, paupières à peine bleues, son vrai visage exhibé à partir d'une certaine heure, pour la nuit, toujours en gestation. Se penchant par-dessus le comptoir du bar, elle observa Elian qui retroussait la jambe de sa salopette, et découvrit l'estafilade d'une quinzaine de centimètres qui lui pelait l'arête du tibia, rose et laquée dans les poils noirs ; la chair écorchée ne saignait pas.

— Comment tu as fait ça ? demanda Martinette.

Elian fixait la plaie, une grimace pétrifiée descendue sur ses traits, le teint un peu gris ; il leva les yeux sur Martinette, la regarda comme si elle était faite, tout à coup, de verre semi-opaque, et qu'il tentait de déchiffrer à travers son corps les inscriptions sur les étiquettes des bouteilles rangées derrière elle. Après avoir avalé bruyamment une gorgée de la salive au goût métallique qui lui emplissait soudain la bouche, il dit :

— Il est arrivé quelque chose à Anjo. J'aurais sans doute pu lui éviter ça. Je ne sais pas comment. Mais je l'ai pas fait. Et maintenant, les choses sont là.

Martinette pâlit légèrement — mais c'était une femme qui ne se déstabilisait pas pour quelques mots.

— Il faut mettre du mercurochrome là-dessus, dit-elle, extirpant sa bouteille d'alsace, entamée en permanence, du compartiment réfrigérant sous la table de plonge du bar.

Elle se versa un demi-verre, en but une première gorgée prudente, sortit son paquet de cigarettes de la poche poitrine de sa chemise d'homme. Elle alluma une Stuyvesant, jeta l'allumette dans le bac à plonge, la récupéra et la déposa dans un cendrier. Elian l'observait.

Évidemment, son sacré Léon de frère, telle une grosse mouche bleue attirée par une sucrerie, choisit de faire son apparition à cet instant. Il s'approcha en essayant d'avoir l'air à la fois aimable et détaché, mais sans pour autant saluer Elian, qui le lui rendit bien : il y avait beau temps que les deux hommes n'échangeaient plus ni bonjour ni bonsoir, en admettant qu'ils l'eussent jamais fait.

— Du mercurochrome pour qui ? Sur quoi ? dit-il.

Il vit la jambe découverte d'Elian et s'immobilisa comme s'il craignait que la plaie ne lui sautât au visage.

— C'est une histoire entre Anjo et lui, expliqua Martinette.

Léon Bien-Vivant hocha la tête. Il portait un torchon plutôt sale en guise de tablier, en tenait un autre plutôt moins sale dans sa main gauche ; il s'accouda de ce bras-là au comptoir du bar. « Pourquoi ce type se serait suicidé par ma faute comme il l'a prétendu ? » s'interrogeait souvent Elian, quand il dévisageait l'autre comme maintenant. Sauf que maintenant il ne se disait pas cela du tout, mais trouvait que Léon ressemblait dans cette position à un soigneur dans un angle de ring, à attendre la reprise suivante — et puis il essaya de s'y retrouver dans ses pensées et dans deux ou trois autres qui appartenaient plutôt à Martinette mais qui, pour une obscure raison, avaient choisi de venir s'embrouiller dans sa tête à lui. Léon se joignit à la mêlée :

— C'est toi qui lui as appris à bambocher, et t'étais le premier à rire de ses frasques, pas vrai ? Tu lui as sans doute appris aussi comment se battre et comment faucher les jambes de son adversaire avec la forme brute, en hêtre, d'un manche de hache : c'est ce que je l'ai vu faire, ici même, et il n'y a pas si longtemps, un soir... Quand on sème ce genre de truc, Toussaint, c'est normal qu'un jour ou l'autre ce qui en a germé vous empoisonne l'existence. C'est normal que ça vous retombe sur la gueule.

Martinette exhala violemment un jet de fumée, par le coin de la bouche et les narines ; écrasant la cigarette à peine embrasée dans le cendrier, en deux ou trois coups rageurs, elle dit :

— Léon, s'il te plaît ! Ça ne te regarde pas, et ce qui est arrivé à Anjo ne veut pas dire que quelqu'un lui a appris je ne sais quoi avec un manche de hache. Va chercher le mercurochrome.

— Nom de Dieu, dit Elian, tandis qu'avec une même solennité il laissait retomber le tuyau de sa salopette sur sa jambe râpée et se redressait le plus droit possible sur son tabouret. Je ne veux pas de mercurochrome, tout va très bien. Qu'est-ce que ce type raconte, avec ses histoires de manche de hache ?

— Une *forme* de manche de hache, précisa Léon Bien-Vivant Beurre-Noir Dubreuil. Même pas dégrossie. Avec des angles vifs.

— Est-ce qu'il ne pourrait pas aller faire le pitre devant ses fourneaux ? dit Elian en fixant Martinette. Anjo ne ferait pas de mal à une mouche, ne le mêlez pas à cette histoire sans savoir.

— Qui a mêlé Anjo à quelle histoire ? demanda Martinette.

Elle but une gorgée, reposa son verre. Son frère la gratifia d'une œillade désapprobatrice — à cent vingt ans, il ferait encore ça.

— Cette espèce de merde de semelle en ficelle d'espadrille a glissé, dit Elian. Et c'est ce qui arrive quand on veut pousser un vieux clou pourri qui n'a pas de cale-pieds. Je me suis foutu la pédale en plein au-devant de la jambe, et c'est tout.

Elian laissa Léon débiter ses fadaises laborieuses — du style conseiller à Elian de chausser des pointes pour faire du vélo, etc. Le lourd personnage eut cependant l'habileté d'en faire l'expression d'une aimable plaisanterie entre bons amis et n'envisagea même pas de se forger un public. Et puis deux des types de la terrasse entrèrent, un peu bruyants, un peu chahuteurs, facilement accapareurs d'attention, et s'installèrent à une table au fond, commandèrent des pastis. Pendant que Martinette les servait, Elian et Léon se firent face, visages impassiblement muets. Ce n'était pas bien difficile de soutenir sans broncher le regard d'Elian, plutôt flou, sinon carrément absent. Martinette revenue, Léon retrouva son sourire

« aimable », dit : « Bon… Eh bien… » et s'en retourna donc à ses casseroles.

Elian but son panaché d'un trait. Il contempla la mousse qui coulait à l'intérieur du verre vide. Martinette allumait une autre cigarette, se resservait une lampée de vin blanc.

— Je crois que c'est exactement ça, dit Elian. J' pense qu'il a pas mis longtemps à tomber amoureux d'elle. Mais nom de Dieu de bois, qu'est-ce qu'ils ont tous en ce moment ?

— Qui ça, tous ? voulut savoir Martinette.

Elian lui adressa un coup d'œil plat.

— Hein ? Personne. Anjo. J' parle d'Anjo. Tu m'écoutes, ou t'as la tête ailleurs ?

— Et de qui Anjo serait amoureux, alors ?

— De cette fille, sacrénom, naturellement. Mylène Violet. La fille du prof.

— Ha-ha, dit Martinette.

L'attention d'Elian, qui rebondissait n'importe où, se stabilisa sur Martinette. Il dit :

— Oui. Ha-ha. Parfaitement.

Martinette but une petite gorgée de vin blanc frais, qu'elle garda un court instant dans la bouche avant de l'avaler.

— Est-ce qu'elle en vaut la peine, au moins, cette fille de professeur ? On ne l'a jamais vue ici, jusqu'à présent. À moins que ce ne soit pas un endroit pour une demois…

— J'peux pas dire que je l'aie vue souvent là-haut moi-même… Et peut-être bien que ce n'est pas *non plus* un endroit pour elle…

— Ça, dit Martinette, c'est bien possible que ce soit un endroit pour personne, là-haut, sinon vous autres. On sait plus trop ce qui s'y passe exactement, mais ça m'a tout l'air de n'être pas très catholique.. Voilà maintenant qu'on parle de tas de bois qui s'envolent presque davantage qu'ils ne s'écroulent…

Elian n'avait pas entendu.

— Mais c' que je sais, dit-il, c'est qu'il y en a un qui l'a vue. Maintenant je le sais. Nom d'une bête en bois, pourquoi que je m'en suis pas rendu compte plus tôt ? Ce soir-là, je voulais faire marcher le gamin, et voilà l'autre qui réagit *lui aussi* comme si c'était après lui que j'en avais… l'autre je veux dire Anjo… pourquoi que… comment que j'ai pu ne pas comprendre ?

— On se le demande, estima Martinette avec un hochement de tête.

Elle souriait, couvant Elian d'un œil indulgent.

— Ce que j'ai fait, dit Elian, nom de Dieu, tout ce que j'ai trouvé à faire ce soir-là, ça a été d'aller rejoindre le gamin pour lui raconter deux ou trois bêtises, comme si j' m'excusais. Et, depuis, il fait d'ailleurs quand même plus ou moins la gueule… De toute façon, il y a eu tous ces trucs qui auraient pu être dramatiques, et samedi et dimanche sont passés comme si on les voyait pas, en somme. Et nous v'là lundi, et tout à coup je me rends compte que ce qui est tombé sur Anjo n'est pas une maladie comme je croyais, une des tracasseries ordinaires pour des histoires de fesses. Voilà que ça me saute au visage, et c'est une sacrée évidence, alors que je suis en train de pousser sur mes pédales comme un damné, et crac !

je manque, en plus, de me péter la gueule et une jambe ! N'empêche que je crois bien que je me suis secoué l'os, parce que j'ai sacrément mal.

Le bleu profond de son regard tourna bizarrement, dans l'interstice étréci des paupières, aux nuances du glauque.

— Et comme un imbécile, qu'est-ce que je faisais ? Parce que je croyais qu'il s'agissait d'une banale histoire de fille, pour lui changer les idées, c'est moi qui lui proposais de s'intéresser à cette gam… cette jeune… cette fille. Rien qu'un peu et gentiment, attention ! C'est une cliente, la fille d'un client, qu'aurait pas l'air d'accord, visiblement, pour que… nom de Dieu, hein ?

— Ça t'a gêné, toi, Elian Toussaint, que ce soit des fois la femme d'un client, et qu'il ne soit pas du tout d'ac…

— Martinette, s'il te plaît, ce n'est pas le moment de mélanger tout, s'il vous plaît !… Même le gamin qui en a la tête tournée ! Ça ne pouvait pas ne pas intéresser l'autre, hein ? Tu parles ! Mais c'était déjà fait, oui, c'était déjà fait, p't'être bien depuis belle lurette ! Nom d'une bête en bois de bon Dieu, Martinette, c'est absolument impossible — redonne-moi un verre — c'est absolument impossible et impensable ! Qu'est-ce que t'en penses ?

— Comment veux-tu que je pense quelque chose d'un tel charabia, dit patiemment Martinette.

Elle lui servit un second demi très panaché comme il les aimait. Les joueurs de flipper commandèrent une autre tournée. Il arriva de jeunes motards, qui avaient fait partie d'une sorte de haie d'honneur à l'enterrement du fils Ajont, et qui s'installèrent au bar, ce qui fit dévier la conversation d'Elian pendant quelque temps — le temps qu'il prit à siroter son verre —, puis deux motards allèrent investir un autre flipper, et le troisième, resté au bar, pivota sur son tabouret pour les suivre des yeux.

— J'en suis malade de penser ça, dit Elian en baissant la voix.

— Je ne vois pas pourquoi se mettre dans un tel état, raisonna Martinette (elle tentait, de la pointe rouge généreusement onglée de son auriculaire, de retirer un cil, une cendre, une poussière à la surface du vin de son verre). C'est quand même pas la première fois qu'Anjo tombe amoureux ! Et puis, *et puis,* qu'est-ce que ça peut bien te faire, Elian Toussaint ? Une fois de plus, c'est pas ton fils, et il a trente ans.

— Ce que ça peut me faire, hein ?

— Exactement.

Elle finit par vider son verre dans le bac de plonge ; le rinça et se versa une nouvelle demi-rasade.

— Tout à fait exact, dit Elian. C'est pas la première fois que ce grand con tombe amoureux. Ça lui est sans doute arrivé des centaines de fois — disons des dizaines — et ça portait pas à conséquence… Tout dépend de… comment que je pourrais dire ça ?… de l'*intensité.* De c' point d' vue de l'intensité, ça lui est arrivé une fois et, quand on l'a revu plus de neuf mois plus tard, il commençait seulement à plus trop y penser, et il avait toujours cette sale gueule qu'il recommence à avoir en ce moment.

Martinette soutint le regard fataliste d'Elian.

— Cette espèce d'Ingrid ? dit-elle.

Il fit oui de la tête.

— Pas exactement « Ingrid », dit-il. Plutôt « Ingrund », « Ingrund » — mais on disait Ingrid… Et je vois les choses sur le point de se répéter — tu peux admettre qu'il y a de quoi se faire du souci. (Martinette ne dit pas le contraire.) Mais enfin… j' suis certain que c'est c' qui se passe… en même temps, c'est différent de l'autre fois.

— Différent ?

Elian secoua — encore et énergiquement — la tête, de haut en bas.

— Mouais… C'est pas comme s'il était tombé dans un paquet d'orties, comme l'autre fois… On peut pas dire qu'il ait le feu au cul, pas de la même façon, en tout cas. Il a pas sauté dans sa voiture ni dans un camion qui lui appartient même pas pour filer à l'aut' bout de la terre… Mais c'est quand même bel et bien une espèce d'incendie, qu'on pourrait dire, tu vois ? et qui le ronge du dedans.

— C'est les pires, dit Martinette.

Elle le regardait droit dans les yeux, tranquillement.

Quand il eut fini de réfléchir aux prochains mots qu'il comptait prononcer, sans que cela eût satisfait ses exigences, Elian s'avisa qu'elle présentait une expression légèrement ironique, et n'avait pas cillé depuis bien longtemps.

Martinette dit :

— Et pourquoi est-ce qu'il aurait sauté dans sa voiture pour filer… puisqu'elle est là. Puisqu'elle est *encore* là.

— Nom d'une bête en bois de nom de Dieu, bien sûr, dit posément Elian.

— Qui est cette fille ? Qu'est-ce qu'elle dit ?

Elian écarquilla de grands yeux stupéfaits.

— J'en sais sacrément rien… ce qu'elle dit. J' l'ai peut-être vue quatre fois depuis qu'elle est là, et j' me rappelle pas l'avoir entendue prononcer un seul mot… J' pense pas, du reste, qu'Anjo l'ait vue beaucoup plus de trois ou quatre fois lui aussi… Même son père, le prof, qui n'est sans doute pas aussi « indifférent » que j' le craignais, même lui n'en parle pas. De sa femme et d' tout le reste, oui, mais de sa fille, non. Comme si elle avait… comme si elle existait pas…

— Qu'est-ce que tu en sais, demanda Martinette. Qu'est-ce que tu en sais qu'Anjo l'a pas vue plus que ça ?

L'expression ébahie d'Elian s'agrandit d'une longueur tombante de maxillaire inférieur ; il s'ébroua, soupira, passa une main aux doigts largement écartés dans ses cheveux, se gratta le sommet du crâne, la nuque ; il haussa les épaules en un pesant mouvement d'impuissance.

— J'en sais rien. Je sais rien du tout… En fait, je sais rien du tout, voilà la vérité. La vérité, c'est que je sais rien du tout et que je suis là à me faire des idées.

Les motards revinrent au bar, après n'avoir pas gagné le droit de secouer gratuitement les flippers plus longtemps. Ils commandèrent tous des sandwiches et des bières, offrirent un verre à Elian. Ils parlèrent un peu de la course et des concurrents — Elian écoutait, disait oui, disait non, laissait tomber une expression toute cousue. Ils parlèrent également de la sécheresse subrepticement installée, mine de rien, sous les rieuses prodigalités du soleil ; certaines sources, dans les « parcours » des hauts, ne donnaient plus une goutte…

Les motards s'en allèrent en recoiffant leur casque. Elian se rendit aux W.-C., boitant à peine… Se tenant de la main droite, la gauche sur la hanche, il pissa ce qui lui parut être quatre fois le volume de bière et limonade ingurgité depuis une heure, fixant à hauteur d'yeux, sur le mur, le graffiti qui proclamait depuis au moins trois ans sur un ton légèrement fané maintenant *Tous ceux qui pissent debout sont enculables* — l'apophtegme ne l'impressionnait plus.

Il réintégra le bar et son tabouret, devant un énième demi, servi depuis un quart d'heure, qu'il n'avait pas touché, et il attendit que Martinette fût de retour de la cuisine du restaurant où elle était allée avaler un morceau en guise de déjeuner. Il était treize heures, un peu plus.

— Bon, dit-il. Je m'en vais.

Il sortit une poignée de monnaie, compta des pièces qu'il posa sur le zinc. Quelquefois, il réglait ses consommations, et Martinette ne faisait pas plus de commentaires que lorsqu'il s'en allait sans retirer les mains de ses poches. Il se coula en bas du tabouret. À cette heure-ci, il supposait qu'ils avaient fini d'avaler les sempiternelles endives en salade, sur la toile cirée de la table de la cour de derrière. Elian ne se sentait pas capable du stoïcisme requis pour ne rien laisser paraître de ce qu'il soupçonnait — ce qu'il avait compris — face à Anjo.

— Qu'est-ce que tu vas faire ? s'enquit Martinette.

Il mentit, grimaçant :

— Sais pas… J' vais voir tout ça.

Bien qu'il eût naturellement déjà son idée. Et son projet salvateur germé dans son esprit de Croisé…

— Salut, Millepertuis ! claironna-t-il en sortant.

Dehors, le soleil l'aveugla. Il marcha à grands pas, son ombre courte claquant à ses pieds comme la salopette sur ses mollets, vers son vieux vélo sans cale-pieds effondré là où il l'avait lâché. Deux scarabées se hâtaient comme lui dans la poussière blanche plombée de lumière. Sur le mur, un grand lézard immobile en travers et au-dessus de la seconde lettre de l'enseigne écrivait CHARBONNIERS sans « H » mais avec deux « A ». Les poignées de matière plastique rouge du vélo brûlaient — Elian chaussa correctement les talons de ses espadrilles et enfourcha l'engin — la selle aussi…

Différentes musiques s'échappaient des fenêtres ouvertes aux volets à demi tirés : une station de radio au rez-de-chaussée des touristes, deux autres (un poste dans la cuisine et le second dans la chambre d'Anjo) à l'étage des propriétaires ; quant à ce qui se faufilait sous le volet roulant de l'appartement du garage pour tomber, dehors, en larges arabesques sous la somnolence de Titi, cela ressemblait bien à un vieux disque, une vieille chanson interprétée par Paul Meurisse… Cependant, le volume sonore de chacune de ces mélodies n'était pas suffisamment élevé pour qu'on les perçût toutes amalgamées en une seule cacophonie ; par un étrange effet de contraste opposant ces effluves musicaux au vide dans lequel ils planaient sous le soleil brûlant, la désertisation de l'endroit n'en paraissait que plus effective et irrémédiable, comme si les êtres humains qui occupaient la place, *avant,* et qui avaient tourné les boutons de ces appareils diffuseurs de rengaines, s'en étaient trouvés terriblement punis, victimes de quelque maléfice dont l'accomplissement n'avait eu qu'un seul témoin, rayé de jaune et félin, couché sur le rebord de la fenêtre du garage, et qui, présentement, regardait s'approcher Elian avec comme un sacré sourire entendu dessiné sur ses joues de chat, et ne raconterait rien.

De loin en loin, le trille lancé par un grillon roulait dans l'herbe et dévalait un bout de pré. Les oiseaux somnolaient, perchés et cachés dans des nids de fraîcheur relative soumise au plus infime courant d'air.

Il y avait, sur la table de jardin laquée en blanc, éblouissante, une bouteille d'eau minérale au quart pleine, oubliée dans le soleil, et deux de ces magazines que Mme Violet feuilletait habituellement durant une bonne partie de ses après-midi.

Le tas de bois sur le bord du ravin avait subi une totale transformation : premièrement, il était plus long (trois mètres environ) que haut (moins d'un mètre) ; secondement, son orientation différait tout à fait de celle du premier (dont il ne subsistait aucune trace en tant que tas proprement dit) : non plus téméraire, arrogant et perpendiculaire à l'arête du ravin, mais sagement parallèle. Une bonne toise de rondins, au moins, était encore éparpillée le long du ravin et sur la bande de pré, en bas, jusqu'au bord du ruisseau — et même quelques-uns dans l'eau, à demi immergés, accrochés aux racines de la berge, trois ou quatre de l'autre côté…

Elian marqua une courte pause pour calmer les battements de son cœur emballé, promenant son regard sur cet alentour frappé d'abandon. Pendant un instant, le seul véritable *bruit* remarquable dans le tissu de vibrants chuchotis d'insectes fut ce couinement intermittent du vélo qu'Elian poussait à travers la fournaise de la cour. Titi était couché contre une roue de la voiture d'Anjo, en retrait de la ligne de démarcation, côté ombre, de ce qui eût pu passer pour une véritable ablation de lumière ; il ouvrit un œil, battit de la queue trois fois, presque quatre…

Elian gravit pesamment les barreaux de l'échelle-escalier. Il régnait sous la pente du toit une température de four.

Dans la pièce unique de son « appartement », c'était un peu moins étouffant ; il y avait même une très légère circulation d'air. Le disque sur l'électrophone jouait *La Guitare à Chiquita* ; la télé était allumée, mais le son coupé. Cinq-Six-Mouches pondait des œufs de ferme tout droit tombés des plus valeureux culs de poule qui soient.

Elian observa le gamin un instant, sans mot dire.

Les petits accrochages et heurts divers n'étaient finalement pas rares entre Cinq-Six-Mouches et lui, au cours d'un hébergement d'été de celui-là par celui-ci ; c'est-à-dire qu'il n'y avait ni accrochages ni heurts *vrais,* puisque tout dépendait essentiellement des bonnes ou moins bonnes dispositions et de la susceptibilité de Cinq-Six-Mouches, alors qu'Elian attendait généralement que « ça passe », comme si de rien n'était. « Ça passait » en une heure ou trois jours. Quelquefois, Cinq-Six-Mouches, particulièrement offensé peut-être, s'en repartait chez lui où on l'attendait bien sûr — Evie la première — avec des questions sur les raisons de son retour, tellement de questions jamais satisfaites (quoi qu'il y répondît) que c'en était rapidement insupportable et que notre voyageur renouait son balluchon et revenait frapper à la trappe de l'Onc' Elian ou à la porte de Tatirène, ce qui faisait dire à l'un comme à l'autre : « Eh bien, te revoici ? », et lui répondait : « Oui », sur un ton grave mais heureux, et tout continuait.

Il était évidemment hors de question que Cinq-Six-Mouches cette fois-ci quittât le champ de bataille pour aller respirer autre part, inconcevable qu'il pût respirer moins mal ailleurs qu'ici…

Quand Cinq-Six-Mouches pondait, c'était deux ou trois douzaines par séance, quelquefois quatre. Elian — naturellement — lui avait appris. C'était un de leurs secrets, partagé en trois parts avec Anjo. Bien évidemment, Tatirène n'en savait rien, et il était exclu d'en dire la moitié d'un mot à Evie, même un de ces jours maudits (c'est-à-dire pratiquement tout le temps) où vous auriez vendu sans hésiter votre âme au diable en échange d'un moyen de lui clouer le bec.

Il avait un carton de trois douzaines à sa gauche, et à sa droite un panier garni de paille dans lequel il plaçait les œufs de ferme qu'il venait de fraîchement pondre, au fur et à mesure qu'il les sortait du carton de gauche, et après qu'ils étaient passés, entre ses mains, par une rapide mais efficace séance de maquillage. Cinq-Six-Mouches travaillait avec du coton en guise de pinceau, et vous aurait expliqué en trois mots pourquoi c'était le mieux — tout comme un ébéniste vous dira pourquoi un vernissage correct doit se réaliser au tampon —, avant de fignoler l'aspect rustique de la teinture au thé à l'aide d'un vieux blaireau à barbe. Il utilisait de la colle dite instantanée pour les brindilles de foin ou de paille qu'on ne manque jamais de trouver sur un ou deux spécimens, dans la demi-douzaine. Marc de café et gouache achevaient de composer sa palette de faussaire oologue.

Elian achetait les cartons à Gros Michel, le boucher. (Gros Michel faisait des tournées dans tous les écarts avec sa camionnette, et prétendait que nul n'était à l'abri de ses services.) Il avait eu ces trois douzaines-là, que Cinq-Six-Mouches était occupé à transformer en produits label rouge, en promotion, deux jours auparavant, le samedi…

La première chose que fit Elian, après avoir observé Cinq-Six-Mouches un court instant de cet air à la fois satisfait et impressionné, consista à traverser à grands pas la pénombre lumineuse de la pièce, provoquant l'envol d'une myriade de grains de poussière dorée, jusque devant l'évier où il décrocha la serviette de toilette de son piton à l'intérieur de la porte du placard, et s'essuya, s'épongea le visage, la nuque, le cou ; la deuxième chose fut de se servir un verre de kéfir et le siroter, toujours un œil sur le gamin installé à un bout de la table avec son attirail de peinture et ses œufs — avec en fond sonore *Le Paradis perdu* par Lucienne Delyle. La troisième chose fut une question :

— Tu veux quelque chose à boire ?

Cinq-Six-Mouches badigeonnait de thé fort et noir, à l'aide de son coton, la coquille pâle d'un produit impeccablement calibré, tirant la langue avec application. Il fit non de la tête. Il avait retiré son blouson, et arborait un maillot de corps bleu et jaune comme en portent les boxeurs à l'entraînement. Il dit :

— Un journaliste est venu pour te parler.

— Ah ouais ? dit Elian.

— Ouais, dit Cinq-Six-Mouches.

Il posa l'œuf devant lui, le coton dans le verre de thé avec l'infusette qui trempait dans le liquide froid, s'essuya les doigts dans le chiffon déployé sur ses genoux en guise de tablier. Ses deux pieds reposaient sagement, dans des sandalettes de matière plastique grise, accrochés par les talons aux barreaux de la chaise.

— C'était pour le journal, précisa-t-il.

— Ça a fini de nous étonner, de la part d'un journaliste, dit Elian.

Il se tapotait l'extrémité du nez avec son verre et attendait d'attraper le regard du gamin par-dessus le bord, mais Cinq-Six-Mouches se conduisit comme s'il n'avait rien entendu qu'Elian eût prononcé depuis un siècle.

Chaque année, quelques jours avant la course, les journalistes défilaient. Des types qu'Elian n'avait jamais vus auparavant et ne revoyait plus après — excepté le correspondant local d'un des deux journaux régionaux, mais encore fallait-il assimiler Nono à un journaliste.

Finalement, Elian demanda :

— C'était qui ?

— Je sais pas, dit Cinq-Six-Mouches.

Il avait choisi un bout de paille qu'il effilait dans la longueur, sur un morceau de planchette, avec une lame Gillette. Il le tronçonna en petits fragments.

— C'était Nono ? Nono Mondi ?

— Je le connais pas.

— C'était quand ?

— Ce matin. Avant de manger. Juste avant.

— Alors, ça devait être Nono, dit Elian.

Il se versa un autre verre de kéfir et s'approcha de la table, regarda le gamin coller artistiquement des fragments de paille sur l'œuf, comme cela se trouve quand ils proviennent de la chaude moiteur d'un nid. Cinq-Six-Mouches utilisait une épingle, avec laquelle il déposait de minuscules points de colle sur la coquille encore humide de teinture de thé ; il fallait ensuite appliquer le brin de paille de manière qu'il adhère parfaitement, mais la règle était modulable, et on devait savoir que, selon sa taille, il était normal au contraire qu'un fétu se détachât partiellement au cours des manipulations subies par l'œuf…

Cinq-Six-Mouches déposa l'œuf terminé avec la première douzaine, dans le panier garni de paille. Il en choisit un autre dans le carton, d'une blancheur toute citadine qu'il se chargeait de transformer en hâle indubitablement campagnard.

— C'est rudement bien, dit Elian. Une bonne idée que t'as eue là, de remplacer le brou de noix par ton histoire de thé et de marc de café.

— Ça traversait la coquille, le brou de noix.

— Une bonne idée, sans blague… Je crois pas que j' saurais faire la différence moi-même, et je me demande si la poule qui les a même pas pondus se laisserait pas avoir à les reconnaître pour les siens. Qu'est-ce que t'en penses, toi ?

— Je crois que je vais arrêter d'en faire, dit Cinq-Six-Mouches, sur ce ton sourd et tranquillement déterminé qu'il prenait quelquefois.

D'abord Elian tenta de manœuvrer à son idée, en demandant où était Anjo (pratiquement certain de ne pas l'ignorer) mais Cinq-Six-Mouches ne se laissait pas si aisément détourner d'une décision prise.

— Après ceux-là, j'en ferai plus d'autres.

— Qu'est-ce que c'est que cette idée ? dit Elian.

Le nouvel œuf naturalisé cul-terreux avait bruni sous le tamponnage de thé ; le gamin estompait les bavures en prenant largement son temps.

— C'est pas une idée. C'est ce que j'ai décidé de faire, après ceux-là.

— Bon sang, dit Elian, j'ai bien l'impression que c'est ce que t'as déjà annoncé y a pas trois minutes… Si t'as quelque chose sur le cœur, mon garçon, vas-y, n'attends pas, ne tourne pas autour du pot comme tu le fais.

Cinq-Six-Mouches lui jeta un coup d'œil rapide et vaguement excédé. Puis il récita tout d'une traite, quoique posément, ponctuant avec clarté, sans excessive précipitation :

— C'est pas bien de faire croire ça à M. et Mme Violet, que c'est des œufs qui viennent de la ferme Renautval. Ni les légumes que tu as dit que tu leur vendrais, ni la viande de cochon ou de veau. C'est ce que tu lui as dit samedi. Tu lui as dit que tu pouvais lui vendre tout ça, plutôt qu'il aille l'acheter à la coopérative ou n'importe où, s'il voulait.

— Je me demande un peu ce qui te défrise, dit Elian. J'en achète moi-même, des légumes et des œufs, et des côtelettes de cochon ou de veau, au vieux Renautval. J'en ai plein un congélateur au fond du garage.

— C'est pas ce que tu vends aux touristes. Ces œufs-là, c'est pas ceux que t'achètes pour nous.

— J'ai bien l'impression que t'as raison, dit Elian. À voir le mal que tu te donnes…

Cinq-Six-Mouches poursuivit sans trembler l'effilement à la lame de rasoir d'un nouveau brin de paille. Si les paroles d'Elian pouvaient prêter à la blague, une indéniable gravité, presque sombre, pesait dans ses yeux et sur l'expression globalement fatiguée qui imprégnait ses traits. Il soupira, reposa son verre à l'extrémité de la table, glissa ses mains derrière sa bavette de salopette — disant :

— Comment ça se fait-il que tout ça te gênait pas au mois de juillet, y a pas seulement trois semaines ?

de vendre des œufs qui venaient tout droit de la même sacrée pondeuse... Hein, mon garçon, si tu prenais la peine de m'expliquer ça ? Qu'une chose est acceptable en juillet, et interdite en août, je veux dire...

— Les Bocon rigolaient, dit le gamin. Ils criaient sur tous les toits qu'ils n'avaient jamais mangé de leur vie des œufs aussi bons, qu'on sentait presque les graines qui avaient nourri les poules...

— Tu verras que le prof aura la même opinion. Il le dira même mieux. Ce qui compte, c'est l'impression que se font les gens, pas vrai ? Si c'est une bonne impression, qu'est-ce que ça peut faire, le moyen ? Si les gens se mettent à adorer les œufs et les côtelettes que vend Gros Michel simplement parce qu'ils croient que ça vient de la ferme Renautval, où est le mal ; du moment qu'ils adorent ?

— J'en ferai plus, dit Cinq-Six-Mouches, déterminé et retenant son souffle en étendant un fil de colle sous le trait de paille qu'il appliqua ensuite sur la coquille.

— Et quand c'est que ce scrupule t'est venu, mon p'tit gamin ?

— Qu'est-ce que c'est, « scrupule » ?

— C'est quand que t'as eu cette idée, j' veux dire, en quelque sorte, de me laisser pondre moi-même ? C'est quand que ça t'a traversé la tête ?

Cinq-Six-Mouches examina son ouvrage d'un œil critique, toujours très professionnel en dépit de cette décision qu'il avait prise — il le déposa dans la paille du petit panier qui contenait maintenant davantage de produits purement fermiers que le carton de gauche n'en comptait de honteusement industriels. Il dit :

— C'est pas comme les Bocon, et M. Violet ne rigole pas pareil. Il est content que tu sois copain avec lui après ce qui s'est passé samedi et ce que t'as dit qu'il avait fait, *lui.*

— Je me demande un peu ce qui s'est passé samedi, et ce que j'ai dit qu'il avait fait.

Cinq-Six-Mouches le précisa sans se faire prier :

— Le tas de bois qu'on avait fait la veille comme t'avais dit s'est écroulé dans le ravin jusqu'au ruisseau, au moment où les autres étaient arrivés en bas avec le chien.

Elian hocha la tête. Une rapide lueur amusée traversa comme malgré lui l'obscurité profonde de son regard.

— C'est ma foi vrai qu'ils ont eu de la veine… et moi aussi, parce que pour un peu j'étais embarqué dans l'avalanche…

— Et tu as dit que c'était sa faute à lui, à M. Violet qui était là. Tu lui as demandé de t'aider… mais c'était pas pour t'aider.

— Qu'est-ce que c'est que cette histoire, sans blague ? dit Elian…

— Je t'ai vu, dit Cinq-Six-Mouches. Et c'est après ce que t'as fait que t'es devenu copain avec M. Violet et que tu t'es mis à lui dire que tu pouvais lui vendre des légumes, des œufs et de la viande de la ferme Renautval. Et il a dit oui.

— Est-ce que je l'aurais forcé à le faire avec un fusil dans le dos, par hasard ? Est-ce que j'aurais pu faire ça, des fois, absolument sans m'en apercevoir ?

— Tu étais au bord du ravin sous le tas de bois et tu as bricolé les piquets qui le soutenaient. T'as dit à M. Violet qui était là de secouer le tas pour voir si ça tenait, et il a pesé un peu dessus, mais pas très fort…

— Nom d'une bête en bois ! suffisamment fort pour que ça dégringole ! Je sais pas comment il a pu s'y prendre : j'ai tout simplement pas encore compris.

— C'est toi qui as enlevé le piquet, et tu as sauté de côté, dit Cinq-Six-Mouches. Juste comme les autres étaient dans le ruisseau depuis cinq minutes.

— Et j'aurais fait une acrobatie pareille, au risque d'être embarqué avec cette avalanche de presque deux toises de bois ?

— Ensuite, tu as dit à M. Violet qu'il avait dû rudement pousser fort, et il était tout vert tellement il avait eu peur de ce qu'il avait fait. Après, quand vous avez rigolé, tu l'as appelé Samson, et tu lui as dit, pour les légumes et les œufs et la viande, plutôt que d'aller faire ses courses à pied à la coopérative — c'est ce que tu lui as dit.

Elian tendit l'oreille et fronça les sourcils. Il fit : « Chhttt » en posant un doigt verticalement dressé contre sa moustache, s'approcha de la fenêtre en marchant curieusement de côté.

— Qu'est-ce qu'on entend ? dit-il dans un souffle, l'oreille tendue.

Il était relativement fréquent qu'il entendît un *bruit* qui lui coupait la chique en pleine conversation, ce qui se révélait tout à fait énervant et perturbateur, car vous aviez à la suite de cette interruption toutes les peines du monde à renouer le fil…

— C'est le disque qui est fini, dit Cinq-Six-Mouches.

Le disque tournait toujours, et un léger chuchotis s'élevait des entrailles du vieil électrophone.

— Je te mets l'autre côté ? proposa Elian.

Cinq-Six-Mouches dit que c'était comme Elian voulait, et sans doute ce dernier ne voulait-il pas, ou alors oublia-t-il dans les trois secondes suivantes : il ne quitta pas la fenêtre — non seulement ne la quitta-t-il pas pour s'occuper du disque, mais il y prit position, assis de travers sur la tablette comme il le faisait souvent pour observer l'extérieur… quoiqu'en ce moment l'observation du dehors se trouvait sérieusement réduite par l'entrebâillement du volet roulant à projection… Elian choisit de concentrer son attention à l'intérieur de la pièce, sur le gamin attablé, qui, lorsqu'il sentit le regard d'Elian flotter de nouveau dans son alentour immédiat, dit :

— Et M. Violet a été rudement content que tu sois copain avec lui, après ce que tu avais dit qu'il avait fait. Et il a dit oui, pour les œufs et le reste.

— Bon Dieu de bois ! grommela Elian. Comment que tu pourrais comprendre que le prof est *vraiment* content, et qu' c'est bien tout c'qui compte, hein ?… Si t'as décidé d'arrêter de pondre, arrête… (Il se calma.) Arrête ça, qu'est-ce que t'attends ? Laisse tomber tout ce bazar.

— J'avais dit que je ferais ceux-là, dit le gamin. Et si t'as plus envie, toi, ou pas le temps, tu pourras demander à Anjo. Il en a déjà fait. Il me l'a dit.

— Il t'a dit ça quand ?

— Un jour. Je sais plus. Il m'a dit un jour qu'il les faisait bien mieux que moi. Il voudra certainement.

Et comment (se demanda Elian) un gamin de même pas onze ans pouvait-il s'exprimer avec une voix si grave ?... Comment pouvait-il afficher cet air d'en avoir deux ou trois autres en même temps que l'air de rien ?

— Anjo, dit Elian. Mouais... Il faudrait bien qu'on en parle, d'Anjo. Il était là, ce midi ?

Cinq-Six-Mouches balança un petit coup de tête affirmatif. Il faisait tomber des gouttes de thé sur une coquille encore pâle, comprimant le coton doucement, et il tournait l'œuf sous la coulée, ce qui donnait à la coloration des marbrures plus ou moins foncées qu'il estomperait plus tard.

— P'tit gamin, dit Elian, essaie un peu de te rappeler ce qui s'est passé *exactement* le soir de ce mercredi dernier où t'as été piqué par des guêpes et où les Violet sont arrivés. Tu te rappelles ?

— Oui.

— Tu te rappelles qu'on attendait Anjo, ce jour-là, et qu'il est rentré bien tard dans la nuit. Tu te rappelles ? T'as dû le voir rentrer, pas vrai ? Il m'a dit qu'il t'avait vu à la fenêtre et que tu faisais des grimaces.

— J'ai jamais fait de grimaces !

— C'est bien c' que j' pense, bonhomme, et t'étais dans un tel état d'enflure que t'en avais pas besoin. Tu l'as vu ? J' veux dire : Anjo, tu l'as vu ?

— J'ai jamais fait de grimace, répéta Cinq-Six-Mouches, offusqué. Pourquoi qu'il a dit ça ?

— Parce qu'il l'a cru, probab'. Il l'a dit sans penser à mal, j'imagine. Quand j' suis rentré, il était là, assis, et il était tout secoué par l'accident du jeune Ajont, et en plus il t'avait vu à la fenêtre en train, comme il l'a cru, de faire des grimaces. Tout ça lui a mis la tête à l'envers… et j'arrive plus à me souvenir d'une chose : est-ce qu'il m'a parlé de cette fille, ou non ? J' crois bien que oui. Il me semble… Est-ce qu'il m'en a parlé, et si oui, pourquoi qu'il l'aurait fait ?

— Il était avec elle, dit Cinq-Six-Mouches. Elle avait une robe rouge, une robe de chambre. Quand il est revenu, elle était dehors. Il a discuté avec elle et je me suis réveillé, c'est pour ça que j'étais à la fenêtre.

Elian ouvrit la bouche, la referma ; sous la moustache, le mouvement s'aperçut à peine. Il opina très lentement du chef, tel un vieux jouet dont le ressort arrive en fin de révolution.

Ainsi donc, il aurait suffi qu'il pose la question à Cinq-Six-Mouches, le lendemain de cette nuit-là… Beaucoup plus simplement encore, suffi qu'il devine, qu'il comprenne que la mort du jeune motard n'était pas de taille à déboussoler pareillement Anjo…

C'était donc *ça*.

Elian cessa de hocher la tête. Il dit — il ne semblait pas s'adresser spécialement à quelqu'un :

— Mon garçon, j'ai dans l'idée qu'Anjo est comme qui dirait mal parti… Comme dans l'idée qu'il est bel et bien tombé amoureux de cette fille-là, et ça lui est arrivé dessus comme une enclume lâchée du deuxième étage d'une maison. On ne rigole plus, on ne s'amuse plus avec des sottises, ah ça, non ! c'est plus l' moment, je te le dis... Si c'est comme je le pense, on s'en va au-devant de jolis ennuis, et je parle même pas d'Anjo qui, lui, est déjà en train d' marcher dedans... Nom de Dieu, ça lui ressemble ! Il a vu cette fille ce soir-là, dans sa robe de chambre rouge, comme tu dis... et ça a suffi. Anjo est fabriqué comme ça.

Elian quitta la fenêtre. Il marcha dans la pièce, allant et venant. Cinq-Six-Mouches le suivait des yeux, son œuf dans une main et le coton dans l'autre. Elian s'arrêta, le temps d'attraper le regard clair du gamin dans le sien, sombre — le temps de dire :

— Sans doute que pour toi aussi, malheureux, que tu l' saches ou non, ça a suffi. Malheureux de malheureux ! Mais toi, mon pauv' gamin, ça n'a sacrément pas d'importance, excuse-moi bien d' te l' dire comme ça. Malheureux de malheureux !

Il reprit sa déambulation. Cinq-Six-Mouches posa l'œuf et le coton. Au-dessus de la pâleur de ses joues, deux taches fortement rubescentes grandissaient sur la rondeur des pommettes.

— Bon sang de nom de Dieu de bois, dit Elian. Il va falloir trouver un moyen. Il va falloir qu'on le tire de ce pétrin — il est tombé en plein dedans. Il n'en sait même rien, si ça vient juste. Il est là et il rôde. Où qu'il est ?

Cinq-Six-Mouches haussa une épaule et avança les lèvres, en signe d'ignorance.

— Il rôde, il est pas loin, dit Elian. Il est encore là, évidemment. Malheureux de malheureux. Les filles comme elles arrivent, et ça suffit. Elles sont là. On sait pas comment ça s' passe, on sait pas comment ça marche… quand on regarde ça de l'extérieur, on comprend pas, bien entendu, on s' dit : « Qu'est-ce qui s' passe ? Qu'est-ce qui arrive ? Pourquoi que c'est plutôt comme ça et pas comme ça ? On a facilement une solution possible, nom de Dieu, c'est toute la différence entre regarder ça de l'extérieur et, comme qui dirait, le vivre du dedans. Du dehors, c'est pareil, sauf qu'on n'a pas d' solution. Pas la même, en tout cas…

— Pourquoi qu'Anjo est tombé dans un pétrin ? demanda gravement Cinq-Six-Mouches.

Elian tressaillit et parut s'extraire d'un rêve éveillé. Puis il frissonna — pourtant, il transpirait à grosses gouttes. Il s'essuya le front d'un revers de main qu'il considéra, songeur, d'un air à la fois souriant et tout le contraire d'amusé.

— Pourquoi qu'Anjo est tombé dans le pétrin, hein ? Nom de bois, parce que c'est son genre, voilà. Y en a que c'est leur genre, quoi qu'ils disent ou fassent, qu'ils s'y prennent comme ils voudront, j' pense qu'ils n'y échappent pas. Elle était là ce soir-là en robe de chambre rouge, et hop ! Le pétrin c'était ça. P't'être à cause de la robe de chambre rouge, va savoir. Hein ?… Nom d'une bête en bois, Cinq-Six-Mouches, et même que tu sais…

— Je m'appelle pas Cinq-Six-Mouches !

— …que tu sais déjà tout à fait c' que j' veux dire. Cinq-Six… Mouais, voilà… P't'être bien qu'Anjo, tout d'un coup, va nous sortir qu'y s'appelle pas Anjo. Va savoir. Dans l' fond il aura raison, ma foi :

c'est vrai qu'y s'appelle pas Anjo. Il s'appelle Jean-Joël. C'est quand il était p'tit qu'il disait « Anjo ».

— Qu'est-ce que c'est que ce pétrin ?

— J'y arrive, camarade... Après tout, t'es bien assez grand pour entendre une histoire comme celle-là, pas vrai ? puisque t'es assez grand pour avoir appris l' premier d'entre tous le prénom d'une fille qu'a deux fois ton âge, pauvre malheureux Cinq-Six-Mouches... une sacrée fille qui se promène la nuit en robe de chambre rouge sous les f'nêtres de ceux qui demandent qu'à en devenir cinglés... Ah, nom de Dieu.

— Quelle histoire ?

— Tu veux l'entendre, hein ?... Oh, c'est pas bien compliqué. Un jour, c'était pas une Mylène qu'était en vacances dans la région — même pas chez nous, juste dans la région. Elle s'appelait Ingrid, pas exactement Ingrid mais j' l'appelle comme ça pour faciliter. Anjo a toujours aimé ça, tu sais bien. J' veux dire courir ici et là derrière les estivantes, pour peu qu'elles aient un joli p'tit... Pour s'amuser, la plupart du temps. Pour s'amuser... Cette fois-là, ça lui est tombé dessus sans crier gare. Ils appellent ça un coup de foudre — moi, j' me demande si ça mérite un nom. Y en a que ça met K.-O. très simplement, et qui s'en remettent, heureusement, plutôt vite. Y en a d'autres qu'en deviennent marteaux. Bien sûr qu'Anjo ferait plutôt partie d' la deuxième catégorie... C'était une Allemande. Elle est partie au bout du mois d'août. Anjo aussi. En plus, il prétendait connaître l'Allemagne, à cause de son morceau de service militaire... Mais il avait pas prévu qu'il la suivrait : il était cinglé. En Allemagne, j' pense que c'était déjà pas facile d'être autre chose qu'allemand, mais en plus, cinglé pour une Ingrid — ou quelque chose d'approchant —, c'était carrément pas simple. J' crois bien que l'Ingrid était pas aussi toquée de lui que lui d'elle, en somme — c'est souvent comme ça que ça s' passe, dans ces histoires de coup de foudre... Il y est resté dix mois, il a bien failli devenir *vraiment* fou. J' pense qu'il y a quand même pas mieux qu' son pays natal pour devenir fou, tant qu'à faire. Mais non. Il a appris quatre mots de leur langue. Sur les dix mois, il en a passé neuf en prison — et c'est après ça qu'on lui a retiré son permis de conduire qu'il avait eu bien du mal à avoir pendant son service militaire, mais sacrément moins de mal que s'il avait essayé dans le civil. Bref. Neuf mois de prison pour une Ing...

— En prison ? dit Cinq-Six-Mouches, écarquillant d'énormes quinquets.

— C'est ça. Parce qu'ils ont des fameuses autoroutes, là-bas, mais on n'a pas plus le droit qu'ici de les remonter en sens inverse au volant d'un camion qui vous appartient pas, sans permis poids lourd et complètement saoul. Les Allemands rigolent pas avec ça.

Elian fixait devant lui d'un air absent, puis il cilla et redescendit sur terre. Il vit le gamin plisser des paupières en ravalant une moue plus ou moins discrète d'incontestable incrédulité.

— Eh oui, dit Elian... Qu'est-ce que j'ai besoin de te raconter ça ? soupira-t-il. Ce qui est certain, c'est qu'avec Anjo t'as un fameux rival. Pour ce qui est de se laisser aller tout à coup à devenir cinglé — au point que plus rien d'autre compte — à cause d'une fille, il en connaît un rayon... Malheureux de malheureux. Et moi, j' tiens pas à ce que ça recommence : je te le dis.

— Est-ce qu'il a tué la fille allemande ? demanda le gamin.

— Hein ?

— Est-ce qu'il l'a tuée ? C'est pour ça qu'il est allé en prison ?

— Nom de Dieu ! dit Elian, les yeux au ciel.

Et Cinq-Six-Mouches sentit monter en lui cette vague de colère délicieuse sur laquelle il serra les dents. Il décida à cet instant ce qu'il allait mettre à exécution la nuit à venir. La nuit du lundi au mardi. Mais auparavant, comme il s'y était engagé, il termina tous les œufs.

Elian ouvrit les yeux un peu avant seize heures. Cinq-Six-Mouches avait quitté la pièce et rangé tout son attirail dans le carton, éteint la télévision muette, l'électrophone, remis le disque dans sa pochette fripée. Elian descendit du lit et planta vigoureuse ment ses pieds dans ses savates ; une chaleur épaisse collait ses vêtements sur sa peau, des fesses aux épaules, et la trace de moiteur était visible sur le drap de lit où il venait de se tenir allongé pendant presque deux heures, à se creuser la tête et finalement sombrer dans la somnolence. Il maugréa des choses. Un instant, il considéra les œufs, sur lesquels le vernis fixateur mat serait tout à fait sec dans vingt-quatre heures. Dommage que les passions s'en mêlaient — songea Elian.

Il se versa un demi-verre de kéfir qu'il but à petits coups ; de l'autre main, il décollait sa chemise de ses omoplates, entre les bretelles de sa salopette. Quand il eut fini de boire, il releva le volet à projection de cinquante ou soixante centimètres, de façon à se dégager un plus grand champ de vision ; le soleil coula par-dessus le volet et entra dans la pièce : une barre de lumière chaude qui coupait Elian à hauteur de la ceinture.

Il était seize heures et quart. Dans ce grand volume de silence égratigné, ici ou là écorché comme les genoux des enfants aux beaux jours venus, il y avait donc *un bruit* dont la coagulation semblait définitive, à présent — un sacré bruit à vous rendre fou qui ne saignerait plus dans les oreilles d'Elian, même s'il l'attendait toujours un peu et redoutait de l'entendre… Il se fit vaguement peur en feignant d'avoir perçu les abois hystériques de Dick… rien que pour le plaisir de reconnaître qu'il n'en était rien.

Il regardait cette portion de l'environnement immédiat encadré par l'entrebâillement du volet — ce qui ne composait pas exactement un paysage. Graduellement, les sons qui s'élevaient de cet espace s'estompèrent à ses oreilles. Mais ce n'était pas un malaise. C'était juste l'étonnement de découvrir une nouveauté dont on avise, à retardement, la présence assise depuis un certain temps déjà, sans qu'on l'eût remarquée. Vient la question qu'on se pose ensuite de savoir depuis combien de temps il en est ainsi à votre insu.

Irène et Mme Violet, sur le banc, papotaient. Les bras nus de Mme Violet, ainsi que son décolleté, après avoir traversé le stade de la cuisson franchement rouge, celui de la peau qui pèle par plaques, se stabilisaient dans un brunissement acceptable. Quant à Irène, la conversation lui suffisait, ce qui n'était guère dans ses habitudes, et elle avait laissé à la maison le tricot, le panier de couture ou ravaudages, les bassines de légumes à nettoyer, etc.

Le tas de bois, le long de la cour au-dessus du ravin, se reconstruisait petit à petit. Anjo s'y employait avec une énergie farouche : envolée jusqu'au moindre souvenir cette douloureuse lombalgie qui l'avait poussé à interrompre son travail, dans le cadre duquel il ne supportait plus les vibrations du camion pendant les trajets de livraisons. On le voyait sauter — quasiment plonger — dans le ravin, puis remonter jusqu'à la cour avec une brassée de rondins ramassés à trois ou quatre mètres de là, et de plus en plus loin sur la pente. Il les passait à Violet. Le prof suait d'abondance ; l'intérieur de ses bras était aussi rouge des griffures provoquées par les écorces râpeuses que l'extérieur comme tartiné de coups de soleil ; cela n'empêchait pas l'homme de sourire, et d'un sourire constant, qui persistait après que les grimaces d'effort furent tombées du visage rond plissé dans le soleil.

Au fond, près du ruisseau, dans les herbes généreusement foulées par l'aventure du tas de bois éparpillé, rondins et piétineurs confondus, Cinq-Six-Mouches donnait l'impression qu'il travaillait avec ce genre de soumission au fatum, sottement fière, que traduisent les photographies anciennes d'enfants employés en guise de chevaux, dans les mines. Mais surtout, il s'agitait. Il rassemblait les rondins, il en faisait des tas, il déplaçait ces tas un peu plus haut sur la pente en bordure du sentier, où Anjo pourrait les saisir plus facilement en une seule brassée ; allez savoir qui lui avait demandé de trimer de la sorte... personne, probablement, car au fond ce qu'il faisait là ne servait strictement à rien, sinon donner l'impression qu'il accomplissait l'essentiel de l'ouvrage...

Elle était également présente. Elle se tenait au bord du ruisseau, y était descendue Dieu sait quand et par où, à sept ou huit mètres du point que les zozos de Colidieux avaient bien failli transformer en retenue d'eau. Debout, mains dans les poches de son jean, elle portait un sweat-shirt aux manches larges et retournées au-dessus des coudes, d'un rose pâlot. Ses cheveux luisaient comme un vrai plumage de corbeau. Elle était sans doute la seule personne, en cet instant et à cinquante kilomètres à la ronde, dont la peau exposée à l'air fût d'une telle blancheur, non seulement sans brûlure mais sans la plus infime trace de hâle.

D'énormes anneaux brillants, métalliques, d'au moins dix centimètres de diamètre, pendaient à ses oreilles. Sa frange épaisse, gourmande, lui dévorait tout le front.

De ce tableau monta, cette fois, le malaise, qu'Elian fut seul à respirer, qu'il inhala par la bouche et qui lui plomba l'estomac.

« Nom de Dieu de nom de Dieu ! se dit-il. Qu'est-ce qu'elle a donc de tellement spécial qui fasse qu'Anjo ait l'air décidé à remonter deux toises de hêtre et de chêne au bord de la cour en un tournemain, rien que pour montrer qu'il a des muscles sous son maillot... et qui fasse qu'Anjo ait même embauché son père pour ça !... et qui fasse que ce bougre de petit malheureux de faussaire d'œufs repenti se démène comme si on l'y forçait, après l'avoir forcé à retirer son blouson vert... Qu'est-ce qu'elle a que je saurais donc plus voir, moi ? »

Il plissa les paupières. Il scruta.

Elle fumait une cigarette et jeta le mégot dans le ruisseau ; elle regardait les autres, ne leur disait pas un mot, pas plus que l'un d'entre eux ne lui adressait la parole.

Il se vit là, aussi nettement que si un moment de lui-même se fût trouvé déporté sur la périphérie d'un moment plus vaste, circulaire, au centre duquel ils continuaient d'exister, lui et les autres — il se vit les regardant — puis il se *rassembla,* le malaise enfermé sous sa peau.

Satisfait que deux garçons et un chien eussent eu suffisamment peur pour ne plus revenir jouer dans *son* ruisseau sous ses fenêtres... Tandis qu'alentour, sans qu'il eût bêtement cru la chose possible, tous ces gens qui vivaient pratiquement sous son toit, en tout cas à deux pas, avaient « fraternisé », existaient ensemble et aussi facilement que s'ils s'étaient toujours connus, accomplissaient des choses aussi étonnantes que bavarder de sujets apparemment très intéressants ou reformer ce tas de bois qu'il s'était donné bien du mal, lui, Elian, à dresser une première fois, et peut-être plus de mal encore à démanteler...

Violet dit quelque chose à Anjo, *qui rit très fort*, brièvement.

— Bon Dieu de bon Dieu, dit Elian.

Il n'en crut pas ses yeux ni ses oreilles. Ça avait un goût amer quand il déglutit.

Vers cinq heures, Elian enfourcha son vélo et poussa jusqu'à la ferme Renautval pour s'acheter des œufs et échanger quelques phrases avec quelqu'un de sensé. Il rentra après dix-neuf heures. Les parents du gamin étaient là. Charlène, la sœur cadette et attentionnée d'Irène, avait apporté des tonnes de framboises cueillies dans la journée, pour des confitures qu'il fallait se hâter de faire. Evie et Georgette piaillaient en compagnie de Cinq-Six-Mouches — qui avait bigrement rajeuni tout à coup et semblait avoir dix ans pile. Les Violet participaient à la réunion. Et puis Anjo, et Lobe aussi.

Mais pas elle.

Tout ce monde, tout ce raffut, au milieu de la cour embrasée par la lumière soyeuse de fin de jour.

Elian disait oui, disait non. Il surveillait Anjo du coin de l'œil, également le gamin. Il était bien évidemment le seul à entrevoir les grimaces de souffrance derrière ces sourires un peu niais qu'ils placardaient sur leur visage. Mais s'il savait certaines choses, il en ignorait d'autres, par exemple qu'un poison différent coulait dans ses propres veines — à moins qu'il ne s'agît du même, de concentration plus dense.

Le temps qu'avait passé Elian Toussaint allongé sur le dos dans le lit de cette chambre, mains croisées derrière la nuque, tantôt les yeux ouverts et le regard perdu au plafond, tantôt les paupières closes et somnolant, tout ce temps écoulé représentait un nombre impressionnant d'heures — toutes ces heures mises bout à bout pendant lesquelles il n'avait fait qu'attendre. Elian n'avait pourtant pas l'impression d'avoir perdu son temps, ni de s'être ennuyé en attendant. Quand il ne pensait pas pour combler l'attente, il dormait.

Il ouvrit les yeux. La lumière froide et tricheuse en provenance du dehors ennuité, qui se glissait par les interstices des volets, n'y suffisait pas. Elian tendit le bras au-dessus de sa tête, trouva la poire en bakélite du commutateur, pendue au bout du fil torsadé ; l'ampoule, sous l'abat-jour de verre dépoli qui stylisait un plissé de vague dentelée, s'alluma. La chambre, avec tous ses détails et stigmates de personnalisation éclos les uns après les autres, entassés, tapissés, posés, exposés, suspendus, épinglés, punaisés, vissés, cousus, brodés, lacés, peints, vernis —, la chambre se recroquevilla sur lui.

Il se sentit littéralement infiltré par une angoisse brutale, sous la pression d'une imminente révélation. Ces fragments de tristesse incompréhensible qui dérivaient depuis un certain temps à portée de conscience s'amalgamèrent et se collèrent à lui ; il ne comprenait toujours pas pourquoi.

Il manquait les dimanches. Les fêtes et les jours fériés. Il manquait un grand nombre de vendredis, la presque totalité des samedis. Ces jours-là, la chambre n'existait pas. C'était bizarre qu'un endroit pût ainsi fondre, disparaître et réapparaître ponctuellement dans le cours du temps.

Ç'avait été une habitude de trente ans.

Il ne se souvenait pas, en trente ans, avoir été témoin une fois d'un changement de tapisserie ; il ne se rappelait la peinture des plinthes et huisseries que dans cette nuance cacao, cette coloration dite « tête-de-nègre ». De la tapisserie fanée, quand on y prêtait attention, il émanait une indéniable *expression* de friabilité qui avait pourtant épargné les javelles d'épis et guirlandes de lierre s'élevant le long des murs à raison de quatre rangs par lé ; blondeurs et verdures un rien décolorées s'arrêtaient net, butant contre la bordure mordorée à vingt centimètres de l'angle du plafond. Ce plafond qu'Elian avait si souvent eu l'occasion de contempler, le plus souvent la nuit, éclairé par l'ampoule de 60 watts qui projetait de sous l'abat-jour en verre une rosace de lumière dégradée avec au centre un cache d'ombre circulaire, presque tous les jours de l'existence de cette chambre, pendant trente ans, tous les jours qui n'étaient pas les dimanches, jours de fêtes et jours fériés, ni quasiment les vendredis, ni totalement les samedis, ce plafond, donc, qu'Elian aurait juré avoir contemplé à satiété sans qu'il lui restât une chance, une possibilité d'y repérer une fêlure dans le plâtre ou une tache qu'il n'eût découverte depuis bien longtemps, révélait tout à coup un aspect laqué mat, satiné, légèrement jauni, mais sans plus, par tous les nuages de fumée de Toscani et de Stuyvesant qui s'y étaient écrasés.

La chambre avait dérivé à l'abri dans une bulle intemporelle, durant trente ans. Et c'était tout simplement monstrueux… La chambre, et ses occupants occasionnels — dont il était —, avait glissé dans le silence nocturne. La chambre avait tourné en rond, était montée et descendue, pareille à ces nacelles qui montent et descendent en tournant sur les manèges que prennent d'assaut des enfants déterminés et sérieux ; avait tourné, montant, descendant, en haut, en bas, tournant sur le manège à travers une interminable nuit composée de lundis, mardis, mercredis, jeudis, parfois vendredis et rarement samedis, en règle générale et avec bien sûr ces exceptions des périodes de travail intensif qu'on appelait paradoxalement les temps des vacances, et ce durant dix, vingt, durant trente ans. Pendant trente ans.

Elian se répéta mentalement les mots. Cette expression de trois mots. *Pendant trente ans.* Il prononça les trois mots, à mi-voix glissée sous sa moustache, et se demanda s'il était réellement en train de les dire. Pendant. Trente. Ans. Chaque mot son propre poids, chaque mot enchaîné aux autres, additionné aux autres.

Trente ans. Car il n'en avait pas dix-neuf, lui, quand le tas de planches déjeté par le vent de la nuit, les planches rendues glissantes et lourdes par la pluie du matin, s'était effondré sur son dos. Et quand il avait eu dix-neuf ans, à la fin de l'année, cela faisait près de six mois qu'il se trouvait hospitalisé, cela en faisait trois qu'Irène et Bertrand étaient officiellement destinés aux fiançailles et au mariage pour 1956, c'est-à-dire sans trop tarder, ainsi qu'ils vinrent le lui annoncer, main dans la main, comme s'ils n'avaient rien trouvé de mieux à lui claironner pour son dix-neuvième anniversaire, saluant l'ironie de sa part de responsabilité dans tout ceci — et « tout ceci » signifiant le mariage de son frère Bertrand avec Irène Valaga au début 56, et la naissance de Jean-Joël trois mois plus tard, et la suite y compris la seconde naissance l'année suivante et tout ce qu'il advint — car il se plaisait à croire que si ce tas de planches ne lui était pas tombé dessus pour lui casser le dos, il ne serait pas resté inactif. Et rien, se disait-il, n'eût été pareil — excepté la mort de Bertrand un 7 février 1966 ; il n'eût pas commencé de se persuader, quand il quitta son plâtre pour la noce, que sa vie dans quelque direction qu'elle aille emprunterait obligatoirement une voie de garage... et n'aurait pas songé, comme maintenant au cœur de cette nuit : « Trente ans », comme il aurait pu tout aussi bien penser « quarante », ou « cinquante », sans que cela fît de notable différence ; il s'agissait en tout cas d'un fameux bout de temps brusquement réduit à presque rien — et le malheur de la révélation voulait qu'on appelât ce presque rien une existence.

Il y avait largement de quoi rire ou se trancher les veines. Et toutes les traces de vie qu'on lisait dans la chambre — sur la tapisserie fanée ; sur le plafond craquelé ; sur le vernis briqué du mobilier sans autre style que celui, anonyme, d'une vague inspiration Arts déco milieu de siècle, la table aux rallonges inutiles, les chaises lourdes dont le dossier « sculpté » s'orne de l'inévitable pampre, le buffet et son dressoir aux portes vitrées voilées par un plissé droit ; et le napperon de dentelle au centre de la table, qu'une nièce a crocheté pendant les cours de T.P. l'année où elle a redoublé sa sixième... à moins qu'il ne s'agisse d'un travail d'aiguille acheté à l'exposition des travaux du troisième âge ?... voilà qu'on ne sait plus ; et les reproductions de *L'Angélus,* des *Raboteurs de parquet* et de *L'Église d'Auvers* dans leur cadre et sous-verre ; et même sur les objets, quelques-uns sur le bahut de ligne nettement plus « moderne » et totalement dépareillée ; et même sur les livres ; et sur le reste —, toutes ces traces étaient effectivement celles d'un presque rien de deux existences ; les traces figées d'existences étrangères que le moindre courant d'air menaçait d'effacer.

Elian se redressa. Il transpirait profondément, presque douloureusement, assis sur le bord de ce lit où il couchait six mois de l'année depuis trente ou au moins vingt-cinq ans... Les grincements du sommier achevèrent de creuser en lui, au fond de son estomac, une méchante sensation de vide ulcéreux ; il crut comprendre que c'était lié au fait qu'il les avait entendus cent mille fois.

Mais ce n'était pas un malaise. Ou alors il était passé sans s'arrêter.

Elian fixait les bariolages de lumière élastique sur le volet tiré.

En bas, la musique s'était définitivement endormie.

Succédant aux bourdons du boucan qui vibrait dans les murs et planchers, cette retombée de mauvais silence l'avait sans doute tiré d'une nouvelle dérive somnolente, arraché à l'emprise oppressante de la chaleur nocturne. Dehors, du côté de la route, monta un concert de voix excitées. Une moto qu'on ne parvenait pas à mettre en marche. Qui démarrait enfin, s'éloignait. Des portières de voiture claquées, encore des rires, des exclamations, encore des plaisanteries rebondissant d'un groupe à l'autre. Un grand cri pointu, le rire inextinguible d'une fille, qui devint presque douloureux et sur lequel la portière s'abattit comme un brutal éteignoir. Un coup de klaxon bref posa un point final à ce rituel des au revoir joué quotidiennement à la fermeture du café. Les silences ordinairement insomniaques qui courent les nuits d'août affluèrent et se répandirent.

Elian se rendit au cabinet de toilette contigu. Il alluma et fit face à un homme pâle, transpirant, aux cheveux courts et agglutinés, à la moustache drue accentuant la proéminence de la lèvre supérieure, qui le contemplait dans le miroir. Il lui trouva l'œil un rien injecté, le regard fatigué sous les paupières lourdes, beaucoup de poils gris dans cette moustache en balai.

Elian et l'homme dans le miroir sourirent mécaniquement.

Il y avait, de l'autre côté de la cloison, un cabinet de toilette identique, et son occupant faisait couler l'eau dans la baignoire, manipulait en les choquant un peu fort ces objets qu'on utilise dans un cabinet de toilette. Un homme à peine remonté du café et qui chantonnait. Qui pissa toute sa bière ingurgitée au cours de la soirée, à grand bruit de cataracte ; qui ensuite lâcha un interminable pet musical, puis émit à son endroit une exclamation sourde incontestablement admirative. Qui tira la chasse d'eau. Qui ensuite barbota dans la baignoire.

Elian se demanda un instant à qui ce pétomane pouvait ressembler. Il se demanda d'ailleurs à quoi ressemblaient la plupart des pensionnaires actuels de l'hôtel — il n'en avait remarqué véritablement aucun, tout juste les avait-il aperçus parmi la foule des clients du café ou sur la terrasse. Il se dit une fois de plus qu'un problème certain d'isolation se posait et pissa dans le lavabo, à hauteur duquel il n'eut qu'à se débraguetter, s'efforçant de ne pas répliquer au diluvien laisser-aller de son voisin par une même précipitation sonore. Après qu'il se fut reboutonné, il resta un instant à lorgner l'autre qui le reluquait dans le miroir, l'air plutôt faux jeton, et fit couler un peu d'eau dans ses mains, s'aspergea le visage ; il en but une gorgée, se rinça la bouche avec une autre et la recracha. Il se racla la gorge. Quand il quitta le cabinet de toilette, le voisin dans la baignoire, à un mètre de la cloison, avait cessé de chantonner et de péter dans l'eau.

— Mon Dieu ! s'exclama Martinette.

Elle referma la porte d'entrée, en même temps qu'Elian celle de la salle de bains. Martinette s'adossa au panneau. La chaleur avait empâté son maquillage, surtout les ombres bleues de ses paupières ; une fine sueur, comme une trace de poudre brillante, soulignait le pli creusé des ailes du nez aux commissures des lèvres.

— Je croyais que tu te lavais, dit-elle.

Elle pencha la tête à gauche et à droite, retirant ses lourdes boucles d'oreilles, qu'elle fit sauter dans le creux de sa main. De l'autre main, dont elle appuyait le revers sur sa hanche déjetée, elle tenait une boîte Tupperware enveloppée de papier d'aluminium. Elle ne quittait pas Elian des yeux, et on eût dit qu'elle le fixait surtout de sa bouche rouge comme un éclat, cette indéfinissable expression cinglante dardée dans sa direction.

— Pourquoi est-ce que t'es monté ? dit-elle en agitant ses boucles d'oreilles dans le creux de sa main. Tu vas rester ?

Elian soutint son regard un instant ; il soupira.

— Il me semble que je te l'ai dit, non ? j' te l'ai dit que je montais — non ?

— Il me semble à moi que je l'ai entendu, c'est vrai. Mais j'ai pas entendu que t'aies dit si tu restais ou non. Si tu l'avais dit, je le saurais. (Elle marqua une pause, puis :) Tu crois peut-être que je m'en rappellerais plus ? Que ça me serait sorti de la tête ?

Elian se souvint qu'il valait mieux ne pas faire certaines choses quand Martinette avait atteint ce stade — s'asseoir sur le lit, à plus forte raison s'y allonger, sans avoir enlevé ses « vêtements sales », comptait au nombre des tabous de circonstance. Il tourna donc autour du lit, passa devant Martinette qui le suivit d'un œil sévère, et alla s'asseoir sur une chaise à un bout de la table, près de la fenêtre.

— Je crois pas que quoi que ce soit puisse te sortir de la tête, dit-il.

— Ha, ha, ha, dit Martinette, à la fois souriante et sur un ton sinistre. Je te demandais simplement si tu restais.

Elle aurait pu le demander chaque fois, car Elian restait au moins aussi souvent qu'il partait. Mais elle ne posait la question que si elle avait atteint un stade, celui des tabous purement ménagers à ne pas transgresser, stade intermédiaire entre celui de la légère griserie rieuse et celui de l'amorphe abattement.

— Qu'est-ce que j'ai, maintenant ? demanda-t-elle.

Elian sortit un demi-cigare de la poche poitrine de sa salopette.

— Mais rien du tout, dit-il.

Il tournicotait le morceau de Toscani noir et tordu entre ses doigts. Le voisin de chambre quitta sa baignoire ; on entendit l'eau se précipiter en tourbillonnant dans les tuyaux d'évacuation. Le bruit en couvrit un autre, perceptible à condition de tendre l'oreille : les allées et venues de Léon, en bas, qui se laissait aller à siffloter et choquait des casseroles dans sa cuisine — dont un conduit d'aération passait dans le mur de la chambre.

— Ha, ha, ha, fit Martinette.

Elle ôta ses chaussures, en grimaçant. Puis elle déboutonna son chemisier d'une main que rendaient lourde et malhabile les boucles d'oreilles qu'elle y tenait toujours, en retira les pans de sa ceinture. Elle portait un soutien-gorge de dentelle noire ; on voyait ses seins bouger, quand elle avança vers la table sur ses pieds nus ; on voyait briller la sueur sur un petit bout de ventre rond qu'aucune vergeture n'avait jamais flétri. Elle posa sur le plateau verni de la table la boîte Tupperware ainsi que les boucles d'oreilles — et à peine eut-elle posé la boîte qu'elle la reprit, s'avisant à retardement qu'elle venait d'enfreindre un des tabous liés aux précautions de propreté.

Elian l'observait de son œil fatigué sous les paupières tombantes. Il se tenait accoudé sur ses cuisses, la tête légèrement inclinée de côté et le menton levé. Tripatouillant son bout de cigare.

Martinette pressa la boîte contre son ventre dénudé, entre les pans du chemisier ; ses yeux se fermèrent à demi, elle laissa échapper un léger gémissement, puis elle croisa le regard d'Elian et sourit sans gaieté, presque sans expression. Les muscles de ses cuisses se contractaient, visibles sous la jupe tendue, et cela semblait glisser, se propager comme une onde jusqu'à ses genoux. Elle était régulièrement en train d'affirmer qu'elle avait pris des kilos, commençait régulièrement un régime — Elian ne trouvait pas qu'elle eût grossi ni maigri depuis des années.

— Nom de Dieu ! dit-il. Arrête ça, tu veux…

Il se redressa et s'appuya au dossier de la chaise.

— Ha, ha, ha, dit Martinette — mais elle arrêta, quoique son sourire n'eût pas changé, ni son regard.

Elle traversa la pièce jusqu'au tas de journaux, par terre, dans l'angle du mur et du bahut, prit le premier venu sur la pile, puis revint à la table, toujours pressant la boîte contre son ventre, et en ondulant ostensiblement des hanches. Elle ouvrit le journal sur la table, continua de se tortiller un peu, mais Elian ne dit rien — ou plutôt il dit :

— Est-ce que tu as revu cette rouquine de l'autre fois, au café ?

Martinette cessa tout net de bouger les hanches ; dans l'échancrure de son chemisier, ses seins partiellement couverts de dentelle noire continuaient de palpiter. On voyait que son regard avait changé et qu'il était tout à coup aussi dur (et non plus seulement impénétrable) que le faux sourire de ses lèvres rouges. Elle posa la boîte sur le journal déplié.

— Quelle rouquine ? dit-elle sur un ton sec.

Et non plus « ha, ha, ha ».

— Bon, dit Elian. Cette fille, je ne sais plus comment elle s'appelait, Annie, je crois. Le soir où j'attendais Anjo — le soir du jour où les Violet sont finalement arrivés.

— Comment ils vont ? Comment va Anjo depuis ce matin ? demanda Martinette.

Elle s'assit, découvrit la boîte Tupperware de son papier d'aluminium qu'elle froissa en boule et posa sur le journal. Il y avait un demi-poulet froid dans la boîte et un petit ravier contenant de la mayonnaise. Martinette regarda le tout avec attention, puis elle tira de la poche de son chemisier son paquet de cigarettes avec la pochette d'allumettes glissée dans la cellophane.

— Comment va Anjo ? demanda-t-elle au poulet dans la boîte. Comment qu'il va, depuis que tu as découvert ce matin qu'il risquait de nous faire une grosse maladie d'amour ? Pauvre petit Anjo.

Elle alluma une cigarette, modela une coupelle avec la boulette de papier d'aluminium, dans laquelle elle déposa l'allumette. C'était difficile de la regarder sans que l'attention dérape très rapidement et finisse par se stabiliser sur un point de sa personne qui bougeait de manière bien attirante au moindre de ses gestes — secouer la cendre de sa cigarette suffisait.

— Il va bien, dit Elian. Il a mal au dos, mais il va bien. Et p't'être que je me suis trompé, après tout. C'est ce qu'on dirait.

— Ha-ha ? fit Marinette, ce qui n'avait aucune espèce d'équivalence avec son « ha, ha, ha ». Elle demanda : Tu as mangé ? Est-ce que tu as mangé ? Tu as faim ? Soif ?

— Non, dit Elian.

— Non, quoi ?

— J'ai pas faim. Ni soif. Et, oui, j'ai mangé, chez moi. Bon Dieu de bois, j'ai même mangé tout seul pour être un peu tranquille après cette journée… Les parents du gamin sont venus ce soir apporter des framboises à Irène… Est-ce que tu te souviens de cette rouquine ?

Martinette fermait un œil dans la fumée de cigarette. Elle préférait fermer un œil plutôt qu'éloigner la cigarette qu'elle tenait entre deux doigts tandis que le troisième, le pouce, s'appuyait au centre de sa lèvre inférieure.

— C'est possible. Je crois qu'elle est venue une ou deux fois avec une autre fille qui a l'air un peu nunuche. Je crois bien que je les ai vues une ou deux fois.

— Depuis l'autre soir ?

— Je sais pas… Je sais plus. Mais je l'ai vue deux ou trois fois. Cette rousse. Qu'est-ce que tu lui veux ?

— Moi ? dit Elian. Rien du tout. C'est Anjo.

— C'est Anjo, répéta Martinette, hochant la tête et faisant la moue. Une sacrée rouquine, dit-elle. Et avec beaucoup… beaucoup de *ça* (elle se cambra en agitant sa poitrine comme une danseuse de flamenco).

— Martinette, bon Dieu de bois ! dit Elian.

— Ha, ha, ha, dit-elle. Elle répéta : C'est Anjo…

Il se leva et se mit à faire les cent pas — elle le guettait du coin de l'œil, sans vraiment tourner la tête, au cas où il irait s'asseoir sur le lit sans avoir retiré sa salopette, ou déposerait n'importe où son demi-cigare infumable à présent qu'il l'avait tournicoté et manipulé tout ce temps.

— C'est exactement ça, Anjo, parfaitement, dit-il. Il m'a dit de te demander de lui dire qu'il voulait la voir.

— Anjo veut la voir. Et c'est moi qui dois la prévenir.

— En somme.

— Annie, n'est-ce pas ?

— La rouquine, oui. Me semble bien que c'est Annie.

— Anjo ne te l'a pas dit ? Il a dit « la rouquine » ?

— Évidemment qu'il m'a donné son prénom… Je pense. Je ne me rappelle plus.

— Nom de Dieu, dit doucement Martinette, qui, en règle générale, entendait suffisamment de jurons de toutes sortes à son bar, et à longueur de journée, pour éprouver à leur endroit une véritable répulsion.

Elian s'immobilisa. Il observa en silence, un court instant, Martinette qui avait allumé une autre cigarette au mégot de la précédente et fumait tout en s'attaquant au poulet rôti froid. Elle épluchait la carcasse de lambeaux de blanc qu'elle trempait dans la mayonnaise.

— Quoi « nom de Dieu » ? dit Elian.

— Quoi, nom de Dieu, fit-elle en écho et sur un ton très faussement, très dangereusement détaché.

— C'est à cause de ce mal de dos qu'il a, dit Elian. Et dans le fond, moi, je suis bien content que ce soit comme ça. Plutôt que comme j'en avais eu peur ce matin. Ça veut pas dire qu'il a pas un œil sur cette fille-là, mais si la rouquine l'intéresse encore, c'est que tout va bien. C'est que tout va bien, non ?

— Qu'est-ce que tu cherches à faire, Elian Toussaint ? Qu'est-ce que tu veux manigancer avec tes mensonges ?

Elle tenait sa cigarette entre deux doigts de la main droite, le lambeau de blanc de poulet entre deux doigts de la gauche, son regard allait de l'un à l'autre, hésitant.

— Mes mensonges ? dit Elian.

Il revint se planter devant elle, c'est-à-dire à l'autre bout de la table et à la hauteur de la chaise qu'il avait quittée. Martinette avala le lambeau de blanc de poulet juste avant que la mayonnaise forme une grosse goutte. Même ce simple mouvement-là faisait bouger l'endroit de sa personne plus que largement découvert par l'ouverture de son chemisier.

— Mes mensonges ! dit Elian qui avait pâli, et il essuya son front d'un revers de bras. Nom de Dieu, j'accepte pas qu'on aille dire que j' suis un menteur ! Même toi, Martinette !

— J'accepte pas qu'on m'adresse la parole avec des « nom de Dieu » quand je suis chez moi ! Même toi, Elian Toussaint ! Il n'y a pas de bar entre nous, en ce moment, et si tu as une assez grande gueule pour être le menteur que tu es, tu pourrais y mettre autre chose que des « nom de Dieu », Elian Toussaint !

— Bon, dit Elian. Alors je sais maintenant ce que je vais faire. Non seulement je dors pas ici, mais je discute même plus. Puisque je suis un menteur. Et je m'en vais. J' pensais que tu pourrais… Nom de D… nom d'une bête en bois, oui, j' pensais que tu aurais une idée, p't'être bien.

— Pour retrouver la rouquine ?

— Et c'est pas un mensonge ! aboya Elian. Si Anjo peut se rappeler cette fille, qu'est plutôt du genre qu'on se rappelle, alors c'est qu'il est pas assommé par l'autre. Alors, c'est qu'il est encore temps, oui, pas trop tard, pour lui éviter de faire des conneries. T'entends ? Ou bien t'as la tête trop pleine de brouillard pour comprendre ? Parce que je veux pas le voir refaire ses conneries comme une fois. J' veux pas que ça se reproduise… et c'est bien en train de se passer, nom de Dieu de nom de Dieu : ça se passe sous nos yeux… Des fois, j' me dis que c'est encore qu'un gamin, même s'il a trente ans, bordel ! Y a des gens qui sont toujours des gamins, quoi qu'on fasse, à n'importe quel âge.

— Est-ce que tu pourrais te passer de « bordel » et de tous tes « nom de Dieu », s'il te plaît ?

— Nom de Dieu de bordel, non, dit Elian. Et j' m'esscuse, mais je dirai c' que j'avais pensé dire calmement, c' que j'aurais fait si tu m'avais pas énervé comme ça !

— Je suis bien sûre que pas mal de gens restent comme des gamins à n'importe quel âge, dit Martinette. Justement, ça devrait te rassurer. C'est pas les gamins qui s'intéressent à ce…

— Nom de Dieu de bordel, si ! Justement !

Martinette hocha la tête.

— Alors, dit-elle, si tu ne peux pas t'en passer, évite de hurler. Évite de faire du scandale dans mon hôtel à deux heures et demie du matin.

— Et on pourrait même être très étonné de ce qui se passe dans la tête d'un gamin, c'est moi qui te le dis. Naturellement, tu vas encore t'imaginer que c'est un mensonge. Que j'exagère… Des fois, j' me dis qu'il pourrait bien se contenter de courir après les filles, c'est tout, et de prendre un bon temps comme ça. Courir après des rouquines… Nom d'une bête en bois, oui, c'est tout à fait le genre d'exercice qui lui est recommandé. J' parle d'Anjo. Juste des p'tits coups de cœur, et pis c'est tout. Nom de Dieu, pis c'est tout, là ? Y a des gens qui peuvent *pas* être amoureux, comme on dit, c'est pas plus compliqué que ça ! Y a des gens que quand ça leur prend, ça les rend fous. Voilà. On a déjà vu une fois, lui… C'est en train de remettre ça, et rien que parce qu'il a vu cette fille un soir où il était p't'être un peu secoué à cause de l'accident du jeune Ajont ! Nom de Dieu, on a quand même sacrément raison de dire que tous ces Hollandais qui viennent en vacances sont bons qu'à nous demander d'aller leur tirer la chasse une fois qu'ils ont laissé leur merde !

— Je n'ai jamais dit ça d'un Hollandais.

— T'en as jamais eu comme clients. Et c'est pas le problème. Le problème, c'est Anjo qui a vu cette fille pâle comme une couleuvre, alors qu'il était dans un choc, et depuis il déraille, et il va dérailler encore plus. Et le problème, c'est que j' veux pas revoir ça ! que j' voudrais même pas penser que ça puisse exister deux fois de suite. Pour une Mylène, parce qu'elle s'appelle Mylène, comme pour une Ingrid… Nom de Dieu, le problème c'est qu'il devrait bien voir un peu plus souvent de rouquines, et comment qu'il pourrait en voir, s'il bouge pas de là-haut à cause de son dos, et s'il passe son temps à remonter des bouts de bois du ravin ? Comment qu'il pourrait en voir, s'il ne regarde *que* cette petite noiraude ? s'il n'en voit pas d'autre qu'elle ? Mais forcément, si les rouquines se mettent à venir sur place…

— Essaie de crier moins fort, dit Martinette.

— J'ai fini. J'ai plus rien à dire. Ni même à dire quoi que ce soit, parce que je l'ai dit. J' voulais pas en parler de cette façon. J' voulais en parler calmement.

Martinette approuva de la tête. Elle ouvrit la bouche et fit aller sa langue d'un bord à l'autre entre ses lèvres rouges. Elle soutenait le regard d'Elian encore éclaboussé d'un reste d'emportement, mais ses yeux à elle étaient plus vides, opaques, plus durs que jamais.

— Pauvre salaud d'Elian Toussaint, dit-elle.

— Oui, certainement. Et tu peux dire aussi « pauvre con ». Qui croyait pouvoir parler intelligemment avec toi. Nom de D... ah, bon Dieu, Martinette ! Martinette.

— Martinette ! Martinette ! rechigna-t-elle — puis elle dit « Ha, ha, ha », comme si cela n'avait jamais exprimé qu'une immense détresse, un désespoir irrémédiable et total.

Elle alluma une nouvelle cigarette.

— Qu'est-ce que tu reluques ? demanda-t-elle.

— Je ne reluque rien.

— Qu'est-ce que tu viens lorgner ici ?... Bon sang, Elian Toussaint... Anjo par-ci, Anjo par-là... Anjo fait ceci, Anjo a dit ça... Anjo est comme ça, comme ci. Anjo, Anjo, Anjo, *Anjo !*

— Ça suffit, Martinette, je m'en vais. On peut pas discuter quand t'es dans cet état.

— Quel état ? Ne me parle pas de mon état, Elian Toussaint, si tu ne veux pas que je te traite de menteur ! Et puis, qu'est-ce que tu as à te donner toute cette peine pour ne pas laisser respirer ce garçon ? Qu'est-ce que tu as, au fond, à ne pas accepter qu'il soit amoureux quand il veut et de qui il veut ? Elian Toussaint ! qu'est-ce que tu as à vouloir lui choisir des rouquines à grosses fesses et gros nichons quand il veut goûter à une petite noiraude !

— Elle est pas si petite...

— Merde ! dit Martinette. (Elle se dressa sur ses jambes, mais trop rapidement, et se trouva déséquilibrée ; elle retomba assise, lourdement, ce qui mit en émoi la partie d'elle-même à peu près nue et visible entre les pans de son chemisier.) Merde et merde, je ne sais pas si elle est petite ou bossue, j'écoute ce qu'on me dit, je ne l'ai jamais vue et c'est toi qui m'as parlé d'une petite noiraude.

— Bon. Je m'en vais.

— Elian Toussaint ! Je n'ai pas terminé !

— Mais moi, j' m'en vais. Pas la peine de crier ni de faire du scandale au milieu de la nuit. On peut pas causer avec toi quand t'es dans c' t'état, Martinette, et je devrais le savoir, et j'aurais jamais dû, foutrement jamais dû essayer.

Mais il restait là sans bouger, en tout cas sans se déplacer en direction de la porte ; il portait le poids de son corps d'un pied sur l'autre en tripotant son demi-cigare. Martinette pointa sur Elian un doigt accusateur et le garda ainsi suspendu pendant un laps de temps qui parut très long et très silencieux, jusqu'à ce qu'une pesante fatigue descende sur ses traits, et alors elle laissa retomber son doigt.

— Elian, dit-elle, qu'est-ce que ça peut bien te foutre, *franchement,* que ce garçon soit amoureux ?

— Martinette, les grands mots…

— Les grands mots, dit-elle. Et qu'est-ce que ça peut bien faire à Elian Toussaint qu'on emploie les grands mots pour un autre, puisqu'il y a beau temps qu'on a renoncé à les employer pour lui ?

— J' m'en vais, cette fois.

— Je sais très bien ce qui te fait fuir, pas vrai ? (Elle pointa de nouveau son doigt, qu'elle agita mollement. Elle écrasa le troisième mégot dans le cendrier improvisé.) Oh, je sais parfaitement, oui…

— Quand un type est amoureux comme n'importe qui, ça me dérange pas. Quand il ne peut pas faire autrement que disparaître presque un an et semer des catastrophes, là, ça m'inquiète.

— Amoureux comme n'importe qui, dit Martinette, et elle hocha la tête. Je croyais… J'ai cru longtemps que tout était ta faute, et puis la faute de ton frère, et puis celle d'Irène…

— Nom de Dieu, Martinette !

— …et puis j'ai cru que c'était la faute de mon propre frère, ou celle, encore, d'un pauvre gosse mort en hiver… Mais non. Il me semble que c'est la faute d'Anjo. Peut-être tout simplement Anjo, et on dirait bien que plus il grandit, moins on est de taille et de force à lutter avec ce pauvre bébé…

— Tu sais ce que t'as, Martinette ? dit Elian. Quand t'es saoule, t'es jalouse. Voilà tout. T'es saoule à partir de huit heures du soir, et ça n'en finit plus. Quand est-ce que tu vas t'arrêter ?

— Parce que tu le sais pas ? s'exclama-t-elle. Tu pourrais pas me l'apprendre ?

Et quand il fut dans le couloir, il l'entendit au travers de la porte claquée, achevant de crier : « C'est bien toi qui m'as appris à commencer, non ? »

— Qu'est-ce que c'est que ce bordel ? dit Léon, ahuri et pétrifié dans l'escalier.

Elian ne le vit pas, ne le bouscula même pas, descendit quatre à quatre, propulsé sur ses longues jambes. « Hé ! » s'exclama Léon — à qui le client de la chambre 1, surgi sur le palier, demanda à quelle heure il envisageait de se taire et de laisser dormir les gens en paix.

Le chien des Tolet continua d'aboyer après qu'Elian lui eut intimé l'ordre, au passage, de fermer sa grande gueule. Il aboyait toujours, quoique sporadiquement, alors qu'Elian, dans la cour de derrière la maison, choisissait des graviers pour les lancer dans les volets d'Anjo. Il était presque la demie de trois heures — Elian n'en savait rien et ne s'en souciait pas.

Il lança un gravier, fit mouche bruyamment et attendit en retenant son souffle. Il en jeta un autre.

Le grincement du volet poussé par la main ferme d'Anjo s'étira dans la nuit à l'infini, provoquant une sorte de douleur à la racine des dents serrées d'Elian. Dans le garage à l'autre bout de la maison et de la cour, Titi poussa un jappement bref d'animal réveillé en sursaut, puis il grogna sourdement une ou deux fois pour manifester son appartenance à la race des veilleurs.

— 'C'qu'y a ? jeta Anjo comme en plein midi.

Elian émit dans sa direction une gesticulation vigoureuse qui lui donna un court instant, et c'était étonnant, l'apparence d'un Roméo hystérique et muet s'adressant à une Juliette mal-entendante à son balcon. Et Anjo devait être singulièrement éveillé, anormalement réceptif quand le gravillon avait percuté sa persienne, car il rejoignit Elian trois minutes plus tard sous l'arbre-aux-pneus de Cinq-Six-

Mouches ; il était nu-pieds, achevait de boutonner son pantalon et portait un de ces T-shirts qu'il affectionnait, avec une publicité de bière sur la poitrine.

— T'as l'air d'avoir croisé une fameuse bête, dit-il.

Il planta les mains dans la ceinture de son pantalon, sans avoir à rentrer un peu le ventre — il semblait avoir maigri, son visage dans la nuit claire était marqué par deux ombres profondes et triangulaires sous les pommettes — et attendit.

— C'est ça, dit Elian.

Il sortit de sa poche poitrine de salopette un tronçon de cigare ; Anjo attendait. Quand Elian eut tiré sur son cigare plusieurs fois, comme s'il voulait aspirer ses joues, et après qu'il eut aidé la fumée à se disperser en la fouettant de la main, il s'adossa au tronc de l'arbre et dit :

— Et alors, qu'est-ce que tu dirais d'une balade, demain ou après-demain, avec le prof ? Hein ?

Anjo s'était placé de telle façon sous la nuit, pour échapper aux effluves tabagiques, que l'ombre recouvrait son visage uniformément et qu'il fut donc impossible d'y lire la moindre réaction… quoique sa réponse en forme de lourd et profond silence traduisît vraisemblablement assez bien ce qu'il éprouvait. Quant au visage d'Elian, il était littéralement baigné par une vraie lumière angélique tombée des étoiles, et n'exprimait en vérité rien de fondamentalement énigmatique. Il dit :

— Attention, je vais te dire une chose : c'est pas n'importe qui et on ne va pas lui faire avaler n'importe quoi. J' pense que t'as peut-être pas pu t'en apercevoir tout à fait en rangeant ce bois avec lui… à moins que si ? Tu t'en es rendu compte ?… C'est pas à lui que tu pourras faire avaler une histoire de *darou* comme à certains, comme à ce sacré Bocon le mois dernier, par exemple. Y a un monde, j' dirais même presque un univers, entre quelqu'un du genre Bocon et quelqu'un du genre Violet. Et, par exemple, je peux te dire que s'il est arrivé ici avec plusieurs jours de retard, sans qu'il en ait d'ailleurs jamais donné la cause, comme si ça nous regardait pas… et c'est vrai que ça nous regarde pas au fond, ça nous suffit bien de savoir qu'il a eu des empêchements… Qu'est-ce que je disais, avant ?… Oui… je te disais que s'il est arrivé avec plusieurs jours de retard, il s'en ira pile le jour prévu, tu peux être sûr, et c'est pas lui qu'on aura influencé pour qu'il fasse du rabiot ; p't'être même que la goutte lui fait aucun effet, et p't'être même qu'il en boirait pas un verre rien que pour essayer. C'est un *professeur,* tu comprends ? Un professeur, c'est pas notre monde et c'est pas nos affaires. Sauf qu'il s'imagine à tort, peut-être, qu'on n'a pas nous non plus deux ou trois connaissances… Hé ! hé !… Alors, j'ai une idée. On va pas lui faire le coup du *darou,* ni rien de pareil — en plus qu'y doit savoir de quoi qu'il en retourne et qu'il est même fichu de te donner le nom latin en t'expliquant l'origine. Parce que c'est un savant. Nom d'une bête en bois, il en connaît sur la région quasiment plus que le vieux Renautval. T'as déjà entendu le vieux Renautval raconter des histoires du pays ? Il sait tout. Eh bien l'autre, le prof, c'est pas le même type d'histoires, c'est de l'Histoire en majuscule, c'est pas aussi régional que ce que raconte le père Renautval, mais il en connaît un fameux bout. Il m'a parlé des chanoinesses de Remiremont, qu'étaient là depuis 1200, je crois. Et des Celtes, avant… Y t'en a pas parlé, en remontant le bois, ou je sais pas quand…

» Alors c'est là qu'est mon idée. Écoute ça, Anjo… Un type qui en connaît autant sur la région et qui vient vous le raconter à vous comme si vous y étiez pas né, tout ça parce qu'il l'a lu dans un tas de livres, pareil que si y se lançait dans une expédition sur l'Amazone, un type comme ça se laisse pas passer. Non ? J'ai écouté tout ce qu'il me racontait comme si j'étais le meilleur de ses élèves, tu peux en être sûr. Ça lui faisait un sacré plaisir. J' disais « oui » et « non », j' disais « sans blague ? » et pis des « C'est bon Dieu pas vrai ! », et pis des « pas possible ! ». J' peux dire que je lui ai déjà donné du bon sang — et c'est après ça qu'il m'a acheté des œufs et des légumes : c'est lui qu'a pris la décision, pas sa femme. Je lui ai pas parlé de goutte de pomme, j' pense pas qu'y sache seulement c' que c'est… Donc, bref, j'ai eu c't' idée. Je lui ai parlé vaguement de cailloux bizarres, quand il me parlait de mes ancêtres les Celtes — je sais plus comment il les a appelés, mais ça doit correspondre à ce que j'avais toujours pris pour des Gaulois. « Ah, oui ? » qu'il a fait, quand je lui ai dit, pour les cailloux. « Des pierres levées » qu'il a dit. Et moi j' lui dis que ça m'en avait tout l'air… Et aussi qu'à ma connaissance tout l' monde se foutait de ces pierres levées, comme vous dites, autant que d' sa dernière chemise. Qu'il n'y a probablement pas plus de deux ou trois types pour les connaître, des chasseurs… On va l'emmener là-bas, Anjo, hein ? On va le promener, pas méchamment, jusqu'à la Tête-des-Fourneaux. Je suis bien certain que s'il est sûr de découvrir, avec sa connaissance, des cailloux qu'ont échappé depuis des siècles à la Science, il est capable de courir sur des vingt et quarante kilomètres… Au bout du chemin, j' veux voir comment qu'il s'y prendra pour avoir l'air de pas trop nous prendre franchement pour des cons… Tu crois pas ? T'en dis quoi, de cette idée ? On va l'emmener voir des menhirs à la Tête-des-Fourneaux. On peut mettre ça dans le vent demain… J' voudrais bien le voir, l'explorateur, après dix kilomètres de marche en forêt en dehors des sentiers… Qu'est-ce que t'en dis, Anjo ?

Anjo n'avait pas bronché, mains plantées dans la ceinture de son jean. Il se racla la gorge et dit :

— C'est pour me faire ce discours que tu m'as tiré du plumard à trois heures du matin ?

L'expression épanouie d'Elian s'estompa, comme si un grand nuage envahissait tout à coup le ciel d'un horizon à l'autre, son ombre sur les choses et les êtres à la surface de la terre…

— Sans déconner ? dit Anjo.

Elian fit comme s'il pouvait voir, et donc soutint, le regard d'Anjo ; au bout d'un instant, habitué à l'ombre, il décela ce qui lui fut un peu plus difficile à soutenir pendant un temps encore. Il finit par regarder ailleurs, et aspira un petit coup, pour rien, sur son cigare éteint qu'il ne ralluma pas.

— Et alors ? dit-il. Qu'est-ce que ça a d'étonnant, d'un seul coup ? Comme si on n'avait jamais profité de belles nuits comme celle-ci pour mettre au point une farce ?… et après, on avait une autre nuit pour la jouer, et après quelques-unes pour se rappeler. Non ? En tout cas, c'est ce qu'il me semble. Il me semble bien, oui, que c'était comme ça…

Il scrutait l'ombre et le visage immobile. Il ajouta :

— En tout cas, oui. Il me semble que c'était comme ça.

— 'Lian, dit Anjo, c'est simplement que j'ai pas envie de me taper *moi aussi* vingt kilomètres pour une connerie.

— Hé ! une connerie… La connerie, c'est quand on se place d'un certain point de vue. D'un autre point de vue, vingt kilomètres de promenade, c'est pas…

— J'ai pas envie de faire ça, 'Lian. Pas en ce moment.

Elian secoua la tête, puis gratta du bout de l'auriculaire la cendre dure du morceau de cigare ; il se remit à regarder ailleurs.

— Ouais, dit-il. Le gamin non plus.

— Le gamin non plus quoi ?

— Plus envie de pondre ses œufs, sourit Elian.

Il fit quelques pas qui l'amenèrent sur l'autre bord du petit chemin à flanc de coteau, bordé de noisetiers. Au-delà, ce n'était plus le ravin qui plongeait mais simplement la pente herbue, semée ici et là de halliers, de touffes broussailleuses. Dans une trouée de noisetiers, on apercevait au fond du val une portion de ruisseau argenté.

Elian se retourna, bouche ouverte, sur le point de dire quelque chose ; mais Anjo ne l'avait pas suivi et se tenait toujours dans la même position, les mains dans la ceinture de son pantalon, immobile. Elian soupira. Il prit le temps de rallumer son cigare, revint se placer sous l'arbre aux trois troncs, face à Anjo.

— C'est p't'être rapport à ce mal de reins, dit Anjo. Je me sens pas dans mon assiette.

— S'il te plaît, dit Elian, me parle pas de ton mal de reins. Pas à moi… Pourtant on dirait bien que t'es pas dans ton assiette, ça c'est vrai. Je sais c' que t'as, Anjo. Ça fait pas bien longtemps que j' l'ai compris, ça date même de pas plus tard qu'aujourd'hui — enfin : hier. Bon Dieu, mon garçon, esscuse-moi si j' vois pas ça d'un très bon œil.

— Qu'est-ce que j'ai ? fit Anjo.

Elian haussa les épaules. Il s'adossa au tronc.

— Bon, dit-il. J'ai eu une sacrée journée, qu'on dirait, et j'ai bien l'impression que la nuitée vaut pas mieux. Je pense que je vais aller retrouver mon lit, à présent.

— Qu'est-ce que j'ai ? fit Anjo sur un ton presque irrité.

Elian regarda ailleurs. Il renifla.

— Bon Dieu de bois, dit-il. Alors, qu'est-ce qu'elle a de plus, celle-ci, hein ? Qu'est-ce qu'elle t'a dit, et qu'est-ce qu'elle avait de spécial le soir où tu l'as vue ? Explique-moi ça, Anjo. Essaie au moins de m'expliquer.

Une bonne minute plus tard — pas moins — Anjo dit :

— J'en sais rien, 'Lian… Et pis même si j' savais, tu pourrais pas comprendre.

— C'est bien connu qu'il est con, 'Lian, dit Elian. J'ai comme l'impression d'avoir déjà entendu presque l'équivalent aujourd'hui.

— Elle était là dans ce peignoir rouge, et c'est elle qui m'a adressé la parole. J' pense pas qu'elle l'ait fait de nouveau depuis… Mais on a parlé. Elle avait cru voir un enfant monstrueux qu'on tenait séquestré, qu'elle a dit. On l'a vu à la fenêtre, qui faisait des grimaces et des bruits et qui m'appelait comme s'il était devenu fou. J' lui ai expliqué que c'était pas un monstre du tout, juste mon p'tit cousin. On a parlé. Tu sais ce qu'elle m'a demandé ?

— Non. Mais si tu me le dis, j' suis pas certain de pouvoir comprendre…

— Elle m'a demandé si je pourrais l'aider.

Anjo s'en tint là ; comme il donnait l'impression d'attendre qu'un effet se produise chez son interlocuteur, Elian laissa tomber :

— Qu'est-ce que je te disais ? Tu vois, ça me passe complètement au-dessus de la tête… Si tu pouvais l'aider à quoi ?

— Je sais pas. J'en sais rien. C'était… Elle a pas dit si je pouvais, mais si je *pourrais,* peut-être pour plus tard… Et j'ai dit qu' j'étais à son service, hein ? Elle est rentrée. Quand j' suis arrivé, elle était là comme si elle attendait que je vienne, sans blague, 'Lian. C'est une fille pas ordinaire… déjà qu'elle s'est imaginé que le gamin était un monstre et qu'on le camouflait… j' veux pas dire que c'est une idée extraordinaire, mais c'est quand même pas banal d'aller penser ça, non ?... Après, j' l'ai écoutée parler, j' sais même plus de quoi, et je sentais bien qu'elle avait quelque chose qui n'allait pas très fort... Dans le fond, je suis sûr maintenant qu'on n'a pas échangé plus de quatre phrases, et j' suis sûr que depuis on n'en a pas dit quatre autres... J' crois bien que j' l'ai dans la peau, 'Lian.

Elian garda le silence. Il ne sourit même pas.

Puis le murmure du ruisseau enfla, devint chuchotis, bavardage glougloutant sous la nef de la nuit. Juste au-dessus de la noire et ronde Tête-de-l'If, les étoiles pâlissaient. À deux pas, un grillon stridulait tout ce qu'il savait. Elian tourna la tête dans cette direction et retint sa respiration jusqu'à l'interruption du grillotement — une pause d'une fraction de seconde.

— J'ai lu quelque part qu'ils font ce bruit-là avec leurs pattes, je crois bien, dit-il. Ça doit leur coller quand même de belles crampes dans les mollets, tu crois pas, à jacasser comme ça ?

— Je sais pas si on t'a dit, dit Anjo, mais Nono est venu pour te voir, ce midi. Pour son journal.

— Je sais.

— Il doit revenir.

— Probable que oui.

— Bon, dit Anjo — et il retira les mains de la ceinture de son jean. Alors, c'est tout ce que t'avais à me raconter ?

— Probable que oui.

— Bon, dit Anjo.

Elian le regarda s'éloigner et l'écouta traverser la cour de graviers sur ses pieds nus. Il s'efforça de l'imaginer, lui *qui ne pouvait pas comprendre* — en train d'ouvrir sans bruit la porte d'entrée, de la refermer, en train de traverser le petit hall et de grimper l'escalier, et de réintégrer sa chambre, et de se coucher sur son lit, et de garder les yeux ouverts sur l'image d'un visage en suspension dans l'air trop dense de la pièce, le visage d'une malheureuse qui avait pris Cinq-Six-Mouches pour un monstre, qui s'exprimait comme une folle et certainement l'était un peu, et que lui, Anjo, avait transformée en princesse en péril — s'efforça donc de l'imaginer couché sur le dos, à attendre que le jour redessine une fois encore les meubles et les contours de la chambre après s'être glissé par le volet qu'il n'avait pas refermé.

« Tu m'as bien appris à commencer ! » avait dit Martinette. D'autres fois elle criait : « Pourquoi tu m'as laissé tomber ? Pourquoi tu m'as plus accompagnée, Elian Toussaint ? » Il ne répondait plus. Ensuite elle demandait pardon pour ce qu'elle avait dit, et c'était pire que de l'entendre crier.

Il se décolla du tronc. Le grillon continuait, imperturbable, infatigable, de pédaler sur son cri.

Elian grimpa lourdement à l'échelle du fond du garage, traversa d'un pas assuré par une grande habitude le capharnaüm de l'étage, jusqu'à sa porte.

Sans allumer, pour ne pas réveiller Cinq-Six-Mouches, il se rendit à sa fenêtre ouverte. Il n'avait pas sommeil, vraiment pas. Le volet roulant à projection était toujours dans la position où il l'avait laissé en partant la veille au soir. Puis une sorte de trou dans le silence, un trou plus silencieux que le silence attira son attention, et il réalisa que le lit de camp du gamin était vide. Il alluma ; il s'approcha du lit.

Les vols des phalènes, qui n'avaient pas attendu dix secondes pour se précipiter dans l'orbe lumineux de l'ampoule, gribouillaient d'ombres entrecroisées la feuille de cahier un peu tremblante entre les doigts d'Elian. Au centre de la page, on lisait :

je retourne avec mes parens ce soir
Ne me cherché pas

Et signé : « 5, 6 Mouche »

— Eh bien, voilà, grommela Elian.

Il soupira profondément, s'assit par terre, plia la page de cahier en deux, encore en deux.

Il n'y avait pas seulement des papillons de nuit mais des espèces de moustiques aussi, innombrables, qui volaient comme si on les eût projetés en tous sens avec une sarbacane, parfois touchaient le mur ou n'importe quoi et s'y accrochaient en repliant leurs grandes ailes vertes translucides.

Elian était réveillé depuis un certain temps, et quand il ouvrit les yeux il avait déjà l'intuition qu'une journée plutôt dure, tout à fait dans la continuité de la veille, l'attendait.

Un rêve désagréable, qu'il oublia instantanément, le tira du sommeil ; dans les secondes suivantes, le texte du message du gamin s'imprima au mot et à la faute d'orthographe près sur l'intérieur de ses paupières closes. L'intuition émergea. Fit naître une certitude, qui peu à peu s'épanouit — dont la graine avait été plantée au moment où il avait trouvé le papier. Il fut absolument certain que « ne me cherché pas » signifiait en réalité « ne me cherchez pas », ce qui s'adressait donc à tous et non pas uniquement à lui qui ne se trouvait pas là au moment du départ du gamin. Pourquoi donc Cinq-Six-Mouches écrivait-il ce billet *aux autres* ? S'il était véritablement retourné chez lui avec ses parents, *les autres* le savaient ; s'il s'était décidé après le départ des siens, drôle d'idée de prendre congé de cette manière. Dans chacun de ces cas, il y avait quelque chose de bancal…

L'odeur de framboises en train de cuire emplissait déjà la maison. Irène s'activait, en blouse bleu pâle à manches courtes, les mains gantées jusqu'au poignet du jus des fruits écrasés. Elle avait noué un foulard sur ses cheveux.

— Vous voulez du café ? proposa-t-elle sur un ton qui avouait son léger agacement de le voir tournicoter dans sa cuisine. Il y en a du frais dans la cafetière.

Et lui, picorant une framboise dans un des récipients qui recouvraient la table :

— J'ai bu le mien, merci. Qui c'est qui a cueilli tout ça ?

— Charlène, et ses gamines. Evie et la petite.

— Evie a encore le temps de cueillir des framboises avec sa p'tite sœur et sa maman, entre les couches de rouge qu'elle doit tartiner sur tout ce qu'elle a d'ongles ?…

— Je crois bien que même Lobe était de la partie.

Elian, un sourcil levé :

— Richard Lobe, à la cueillette des framboises ?

— En tout cas, il est allé les conduire et les rechercher en voiture.

— Ah bon, dit Elian, réintégrant le quotidien ordinaire.

— Il paraît qu'on en trouve beaucoup, vraiment beaucoup, cette année, dit Irène.

Elian demanda :

— Ils sont partis tard ? Hier soir, je veux dire.

— Non. Pas très.

— Et le gamin ?

Irène lui glissa un coup d'œil. Elle était en train de tordre à pleines mains le balluchon de linge gonflé de fruits, pour en extraire le jus, au-dessus d'une casserole. Le liquide rose, vineux, poisseux et odorant, coulait à travers la toile entre ses doigts ; la bague de fiançailles était posée sur le frigo.

— Quoi, le gamin ?

— Il aurait pas voulu s'en retourner avec ses parents ?

L'éventualité la fit sourire.

— Il y songera la veille de la rentrée des classes. Et encore, si on le lui rappelle.

« Nom de Dieu », songea Elian.

Un peu plus tard, il quittait la cour, pédalant sur son vélo ferraillant. Irène le vit dévaler la côte à vive allure, tressautant dangereusement (estima-t-elle) sur sa machine ; il descendait d'ordinaire la pente accompagné d'un long, long, très long couinement de freins, qui ne se taisait qu'en bas…

D'ailleurs, quand il fut de retour au bout d'une petite heure — en nage, et l'odeur âcre de la transpiration affleurant le geste, perceptible même au-dessus des effluves de cuisson des framboises —, elle dit :

— Je vous ai vu partir tout à l'heure. J'ai tendu l'oreille pour savoir si la sirène n'appelait pas au feu.

Il s'essuya le front dans son grand mouchoir. Il pensait : « Nom de Dieu, ma belle, c'était bien au feu que j'allais, et c'est le feu que j'ai trouvé ! Mais il ne manquerait plus que tu le saches, à présent ! »

— Je dois plus avoir de tellement bons freins, dit-il. (Elle parut satisfaite de l'avoir subodoré.) Où est Anjo ?

— Je pense qu'il dort encore. Pourtant, il n'est pas sorti hier soir.

Il vit la ride qui se forma au milieu de son front. Il ne voulait pas la voir s'inquiéter pour qui que ce fût, pas en ce moment. Pas l'ombre d'une inquiétude.

— C'est son dos, dit-il. Il se repose. Ça lui fait pas de mal.

Il s'efforçait de ne pas quitter la cuisine comme un bolide. Il tourna donc encore un peu ici et là, disant, pour finir, n'importe quoi : « Avec cette chaleur, je pourrais pas rester une minute de plus dans cette vapeur de framboises. » Il n'y resta pas cinq secondes. On entendit dehors, par la fenêtre ouverte, Violet qui saluait Titi et engageait avec lui une conversation de routine.

Elian poussa la porte, entra, referma la porte. Anjo, qui ne dormait pas — qui avait l'air ne n'avoir pas dormi plus de six ou sept fois dans sa vie —, se dressa sur les coudes au centre de son lit. Sa chambre était sombre et fraîche ; par le volet ouvert on apercevait un morceau du jardin, ainsi qu'un grand pan de pré déjà incandescent dans cette nouvelle journée de soleil.

— Qu'est-ce que t'as encore ? dit stoïquement Anjo. Quelle heure il est, maintenant ?

— Cinq-Six-Mouches. Le gamin ! dit Elian. Huit heures et demie. Cinq-Six-Mouches a mis les bouts.

Anjo avait maintenant l'air un peu idiot, un peu demeuré.

— Tu te couches habillé ? dit Elian. En me réveillant, je me suis douté que quelque chose tournait pas rond, nom de Dieu de bois, et j'ai encore relu ce billet, et puis j'ai filé jusque chez eux, au village, là-bas, et je leur ai fait croire que je m'entraînais pour cette sacrée course et que je passais par là... Bon Dieu, Charlène était à peine levée, avec la petite. Eh bien, il n'y est pas ! Nom de Dieu de bon sang de bois, il n'est pas chez lui !

Anjo n'avait plus l'air idiot, mais malheureux. Il hocha la tête de gauche à droite, difficilement.

— Évidemment qu'il est pas chez lui, dit-il sans réelle conviction.

— Bon ! dit Elian, comme s'il posait le mot, lourd et carré, sur le sol, afin d'empiler les suivants dessus. Nom de Dieu, Anjo. Alors, maintenant, écoute-moi bien.

Il raconta. Il montra le billet, le lut, puis l'ayant fourré sous le nez d'Anjo attendit impatiemment qu'il en eût pris connaissance avant de poursuivre sa narration. Il parlait d'une voix sourde, rauque, et sur un ton qu'il croyait certainement discret. Quelqu'un allait et venait dans la pièce du dessous. Ici et là, Elian marquait un temps et tendait l'oreille, puis, jugeant qu'il n'y avait rien à craindre, ou se comportant comme si, il reprenait. Il dit :

— Ce qui est sûr, c'est qu'il a filé entre le moment où ses parents sont partis hier soir et le moment où je suis rentré. Après que je t'ai laissé.

— Trois heures et demie, passées.

— Et alors je suis rentré et j'ai trouvé le billet. Nom d'une bête en bois, ce qui a bien pu lui passer par la tête, j'en sais rien. Il a fait son sac et il a filé. Anjo, est-ce que tu veux m'écouter ? Le gamin a mis les bouts et il a pris la précaution de nous laisser ce billet, et ce qui est certain c'est qu'il est pas retourné chez ses parents du tout ! Si c'est un jeu ou quoi, j'en sais rien. Seulement, il a pu lui arriver… je sais pas quoi non plus… Faut pas en dire un mot à Irène, t'entends ? Anjo, t'entends ? Faut pas. Pas un mot à ta maman, qui se fera du souci bien assez tôt. Si elle doit s'en faire. J'en ai pas dit un mot à sa mère non plus. Faut rien en dire, pas un mot, à personne !

— Qu'est-ce que t'as, alors, à m'en dire autant à moi, 'Lian ? dit Anjo. Parce que si t'as décidé de me tenir des discours à quatre heures du matin comme à huit, ou en vérité quand ça te chante, tu veux que je dorme quand ? Et toi, tu dors quand ?

— Bon sang de nom d'une bête en bois, Anjo, qui c'est qui pense à dormir ? J' te raconte ça à toi, et rien qu'à toi. On est deux à le savoir… Faut qu'on retrouve ce gamin avant qu'il soit trop tard, Anjo.

— Qu'est-ce que tu veux dire, « trop tard » ? fit Anjo sur un ton presque alarmé.

— Nom de Dieu, trop tard, j'en sais rien. Trop tard, c'est tout ! Il a p' t'être décidé d'aller faire un tour et j' sais pas ce qui a pu lui arriver… Je vois à peu près les balades qu'il peut faire dans les alentours. Il a pas dû s'éloigner bien loin la nuit, plutôt rester dans les parages… nom de Dieu, faut qu'on le retrouve, Anjo. Y a qu'à toi que j' le dis — et va le répéter à personne ou je te botte dix mille fois le cul. Le répète pas, t'entends ?

Anjo agita négativement la tête. Il bâilla à s'en décrocher le maxillaire, ensuite frotta longuement ses yeux que le bâillement avait emplis de larmes.

— Anjo !

Anjo soutint un court instant le regard sévère d'Elian. Il réprima un autre bâillement, sans décoller les lèvres ; il se laissa retomber sur le dos et mit les mains sous sa nuque.

— *Anjo,* dit Elian, sur ce ton très bas de hurlement concentré. Anjo, tu sais très bien que t'en dormiras que mieux la nuit prochaine. Arrête de t'allonger. Bouge ton cul, mon gamin. Faut que tu viennes avec moi, et on prendra Titi, pour retrouver Cinq-Six-Mouches.

— Qu'est-ce que c'est que ce nouveau jeu, merde, 'Lian ?

— Quel jeu ?

— Le jeu que joue le gamin, d'après ce que je comprends.

— J'en sais rien, Anjo. C'est p' t'être pas un jeu… J' te le dirai quand on l'aura retrouvé.

Anjo dit :

— Y va rentrer tout seul dans deux minutes, si ça se trouve.

— Et si ça se trouve, non. Si c'était ça, bougre d'âne, il m'aurait prévenu avant, tout simplement.

Anjo dit :

— C'est un jeu à la con.

— On est d'accord là-dessus, Anjo. Bouge ton cul.

— Qu'est-ce qui lui a passé par la tête. T'as une idée ?

Elian secoua ses épaules en guise de haussement.

— J'en ai sacrément aucune idée. Voilà l'idée que j'ai… Il faisait un peu la gueule, depuis un moment. Il voulait plus traficoter les œufs — nom de Dieu, même les poules de Renautval en pondaient pas des aussi beaux et vrais que lui. Bref des conneries comme ça…

Anjo mit un pied sur l'autre, le talon sur le gros orteil, et fit se balancer un peu l'édifice. Il avait les mains soudées derrière la nuque. Elian se tenait au centre de la chambre, sur la vieille descente de lit où l'avaient amené les trois pas définitifs qui avaient suivi son entrée ; il s'y cantonnait comme sur un petit radeau, comme si le parquet était encaustiqué d'une substance dangereuse pour ses semelles. Un peu partout traînaient des revues automobiles auxquelles Anjo était abonné, qu'il n'en finissait pas de feuilleter sans les lire (évidemment), en temps ordinaire ; la dernière, arrivée le samedi, se trouvait toujours dans son emballage plastifié. Anjo dit :

— J' vois pas très bien comment que Titi pourrait t'aider dans c't' affaire.

— C'est un chien.

— Mais sans doute qu'on est deux à l' savoir mieux que lui. Y pourrait bien renifler son propre trou d' balle une heure durant, il est plus tellement sûr de rien.

Au centre de sa descente de lit, Elian se tassa de quelques centimètres ; il chercha une occupation pour ses mains, et trouva les boutons sur les flancs de sa salopette : il les déboutonna, les reboutonna.

— Est-ce que t'aurais pas de cœur, Anjo ? dit-il. Est-ce que cette fille t'aurait rendu zinzin pour de bon toi aussi ?

L'œil d'Anjo tourna au noir.

— Comment ça, moi aussi ?

— Une fois de plus, dit Elian. Je voulais dire : une fois de plus. Est-ce qu'il faut que je te rappelle qu'on plaisante pas avec les autoroutes, en Allemagne ni ailleurs ? Par exemple. Est-ce que tout ça t'enlève toute trace de bon sens ?

— Est-ce que quelqu'un, ici, s'occupe de savoir où est passé le bon sens de ce petit con ?

— Bordel ! dit Elian. Il a dix ans ! On m'avait habitué à croire que t'en avais trois fois plus ! et p't' être que d'habitude ça sert à quelque chose !

— Sans blague ? dit Anjo avec beaucoup, beaucoup trop d'ironie et de vigueur pour qu'on ne sentît pas arriver la suite : Parce que toi qu'en as *cinq* fois plus, de l'âge, à quoi ça te sert ? À projeter deux toises de bois sur les p'tits-fils de Colidieux ?

— J'ai pas le souvenir qu'ils se sont présentés, avant d' faire ce qu'ils faisaient. J'ai jamais entendu que le nom de ce sacré Dick !

— ...ou bien à obliger un gamin à maquiller des œufs ? Et à venir me tirer du lit à trois heures du matin pour me proposer de couillonner un pauvre type qu'on lancerait à la recherche de faux menhirs ? ou même pas faux : inexistants ! Hein ? Et tu trouves que cinq fois l'âge de ce gosse ça sert à quelque chose de plus que trois fois ?

Elian regarda ses mains, dénicha un petit bout de peau sur le cal et se mit à l'éplucher.

— Et ton dernier truc, dit Anjo, c'est cette histoire. Qu'est-ce que ça cache ?

— Truc ? dit Elian. Ce que ça *cache* ?

— Nom de Dieu, dit Anjo, c'est pas le gosse qui a écrit ce billet ! Y a même pas une faute !

Ensuite, Elian dit qu'il le laissait réfléchir un quart d'heure et l'attendait chez lui, et Anjo dit qu'il avait bien peur que ce ne soit tout réfléchi mais qu'il allait réfléchir quand même un peu, rien que pour lui faire plaisir, et il répéta qu'il allait surtout réfléchir pour essayer de savoir ce que ça cachait et Elian répéta d'une voix tout ce qu'il y a de rauque, en ouvrant la porte, qu'il était, nom de Dieu, sérieux comme jamais, répéta d'une voix encore plus rauque : est-ce qu'on irait inventer des choses pareilles avec la vie d'un enfant — ce à quoi Anjo répliqua par un vent qui pouvait être bon signe, s'il était pensé, pour son moral et son sens de la repartie.

Mais Elian n'eut pas à patienter un quart d'heure. Il eut le temps de faire quelques allées et venues, retournant ceci et cela dans son appartement, ajoutant un peu au fouillis, à la recherche d'un indice, un détail qu'il avait peut-être négligé jusqu'alors et qui le mettrait incontestablement sur la bonne piste — il ne trouva rien ; l'unique résultat de l'investigation fut qu'il dressa une fois de plus l'inventaire de ce que le gamin avait emporté, c'est-à-dire son sac à dos contenant tout un bazar, sa gourde, son appareil photographique, un bout de pain, la moitié d'un paquet de sucre en morceaux, des gâteaux sablés… Quant à l'argent, il possédait un petit porte-monnaie en forme de ballon de rugby avec une fermeture Éclair, dans lequel Elian l'avait vu mettre un jour des sous troués qu'il lui avait donnés, mais il ignorait combien d'argent véritable contenait le ballon. Il ne l'avait d'ailleurs pas payé depuis un moment pour son travail sur les œufs.

Elian fourra le bas de sa salopette dans des chaussettes de laine, et le tout dans ses rangers. Il laça les godasses, ensuite les boucla, et quand il eut serré la dernière lanière il entendit Violet qui l'appelait, non pas du dehors, non pas sous sa fenêtre, mais depuis l'intérieur du garage, au pied de l'échelle sous la trappe. « Nom d'une bête en bois ! se dit Elian. Est-ce qu'il ne va pas bientôt *monter ici* et frapper à cette porte comme s'il était chez lui ? »

Il descendit l'échelle avec circonspection, taraudé par la prescience ravivée d'emmerdements imminents. Le coup d'œil qu'il jeta à Violet, au bas de l'échelle, lui fit comprendre que l'imminence redoutée était entrée dans le présent : Violet semblait lui aussi équipé de pied en cap pour la marche en forêt. Elian l'examina de bas en haut — c'était difficile de faire comme si on en voyait de semblables chaque jour. L'équipement de Violet comportait même l'indispensable bâton de marche, et vous pouviez parier qu'il avait sous son mouchoir, dans cette poche qui laissait voir l'extrémité de sa doublure dépassant du revers de son short sur sa cuisse, le couteau suisse à 36 lames et accessoires, avec lequel il avait taillé directement le bâton au hallier…

— C'est très aimable à vous, monsieur Toussaint, dit Violet.

— Très aimable à moi *quoi,* m'sieur Violet ?

Car il n'était jamais vraiment parvenu à s'y faire non plus : il les appelait « m'sieur » (ou m'dame) de la première à la dernière heure du séjour, c'était en quelque sorte leur indéfectible prérogative de clients, ceux avec qui une certaine distance avait été maintenue comme les autres, à qui ils avaient fait connaître l'eau-de-vie maison et qu'ils avaient entraînés dans des nocturnes mémorables — ceux avec qui ils avaient rudement bien rigolé — tous : m'sieur du début à la fin, sans exception.

— Voyez-vous, dit Violet, je me préparais à faire moi-même une promenade (il écarta les bras, prenant la pose une seconde et mettant en valeur la tenue censée prouver ce qu'il avançait) quand j'ai vu votre neveu qui m'a annoncé que vous ne demandiez pas mieux que de me servir de guide. Me voici.

Il avait trois ou quatre relevés de circuits pédestres forestiers fournis par le S.I. qui dépassaient de la poche poitrine de sa chemise. Un gilet lui battait le cul et tombait à mi-cuisse, noué par les manches autour de sa taille replète.

« Cette espèce de con ! » enragea mentalement Elian. Il songeait à Anjo.

— Guide ? dit-il.

— Pour les menhirs.

« Espèce de nom de Dieu de sale con ! » tempêta Elian. En son for intérieur, il était à peu près certain qu'Anjo n'avait pas raconté autre chose, ce qui était grandement suffisant et férocement inopportun ; il retrouva la parole et, pour l'alimenter, des bribes de ce qu'il avait vaguement gambergé à propos de menhirs, quand l'idée lui était venue. Il fit le modeste, celui qui s'interdit la prétention à la connaissance, il chipota. P't'être bien pas des menhirs, hé là ! dit-il. P't'être bien que des cailloux comme les autres…

mais, c'est sûr, à des endroits pas courants pour des pierres comme ça... Il dit :

— Sans compter que c'est pas tout près. Ni qu'on est sûr de tomber dessus et de les retrouver, avec les changements de la forêt. Dans ces coins-là, personne y va trop. C'est en dehors des coupes des bûcherons, des sacrés sales coins. On n'a p't'être guère de chances de mettre le doigt dessus.

C'était à peu près tout ce qu'il pouvait débiter en prévention de l'échec, pour se tenir à l'abri de la déception que manifesterait immanquablement Violet, et qui serait donc de sa seule responsabilité.

— Mais nous pouvons toujours essayer de trouver, n'est-ce pas ? dit Violet.

— Nom d'une bête en bois, m'sieur, c'est bien ce qu'on va faire, dit Elian.

Conseillant au bonhomme, sur cette affirmation, de se munir d'un casse-croûte et de quoi boire, car ils pourraient fort bien être en vadrouille toute la journée — songeant : « Nom de Dieu, j'espère bien que non ! J'espère bien qu'avant midi t'auras les jambes en dessous du menton, qu'on aura retrouvé le gamin et que tu demanderas qu'à rentrer ? » Ils partiraient dans une demi-heure, au plus tard. « Grand-peine si ça me donne pas le temps de mettre la patte sur cet abruti, et de lui faire regretter cette blague », se dit Elian.

Il n'eut pas à chercher, ni même à attendre : l'abruti se présenta de lui-même à l'instant où Violet écartait le rideau de perles en bois pour entrer dans la maison. Il demeura un court instant, mains dans les poches, sur le seuil de la porte, à regarder vers l'entrée du garage où Elian fit son apparition dans le soleil ; il s'amena aussitôt. Elian lui trouva une mine et une allure véritablement mal fichues.

— Qu'est-ce que tu penses de ça ? dit Anjo.

Il soutenait le regard lourd d'Elian, bien en face, plus comme s'il ne le voyait pas que comme s'il le bravait ; il dit :

— C'est bien ce que tu voulais, non ? Et alors, pourquoi pas d'une pierre deux coups, hein ? Fais comme si tu cherchais des menhirs. À vous deux, c'est bien le diable si vous dénichez pas le p'tit con. J'ai réfléchi, tu vois ? Et j' me suis dit qu'après tout c'était bien possible qu'il ait fait ce numéro.

— Ne va pas dire un seul mot, ni même la moitié d'un à ta mère, t'entends, Anjo ! Ne va pas encore lui mettre du souci en tête avant qu'on le retrouve !

— Ou avant qu'on te demande comment que t'as pu le laisser filer…

Elian contint et relâcha doucement sa respiration. Il dit :

— J' te trouve bien changé, mon garçon. J' trouve que cette fille a une bien mauvaise influence sur toi. J' pense que c'est pas le moment, bien sûr, sans quoi t'aurais mon pied dans l' cul.

Anjo fit une grimace énervante et molle.

— On dirait que je l'ai échappé belle, alors.

— Ça s' pourrait bien, dit Elian.

Il s'extirpa du regard tout fripé et ensommeillé d'Anjo pour regarder en direction des fenêtres de l'étage de la maison, par lesquelles s'échappaient en glissages les odeurs de confitures. On entendait parler Irène ; on l'entendit pousser un rire. Elian fronça un sourcil :

— Qui c'est qui est là-haut ?

— M'dame Violet, dit Anjo. Elle apprend à faire la confiotte.

— Et toi ?

— Qu'est-ce que j'ai encore, moi ? J'ai pas eu une bonne idée, pour Violet ?

Elian essaya de savoir combien d'autres bonnes idées Anjo avait en tête, cachées derrière celle-là. Il n'en trouva qu'une à peu près certaine.

— Mouais, fit-il. Tu vas rester ici, bien entendu… J' veux dire : tu viens pas avec nous ?

— Vous êtes deux, dit Anjo. Emmène-le où tu veux, et où tu penses que Paul a pu s' planquer. Moi je vais aller par là… (Il désigna le vague, de l'autre côté du val.) Ça fera deux équipes, en quelque sorte.

— Boui-boui-boui, en quelque sorte, marmonna Elian. Fameuse bonne idée.

Anjo approuva de la tête. Il sourit. Rien à voir avec ce sourire carnassier habituel dont il n'était jamais avare, surtout quand il manigançait une blague. À peine découvrit-il ses dents blanches, et à peine avaient-elles l'air d'être blanches.

— Si elle demande pourquoi il ne vient pas tourner autour des confitures, dit Elian, t'auras qu'à raconter qu'il est avec nous, que t'en es pas sûr mais que tu crois. Qu'il est avec nous chercher des menhirs… d'accord ? Dis-lui ça avant d' partir à sa recherche, en quelque sorte en deuxième équipe. D'accord ?

Anjo recommença à mordiller l'intérieur de sa lèvre inférieure, au coin.

— L'ennui, dit-il, c'est que j'arrive pas bien, au fond, à savoir si c'est pas une de tes blagues à la noix.

— Tu serais dans ton état normal, dit Elian, tu saurais. Parce que tu serais encore capable de réfléchir.

Songeant, tout en regardant partir Anjo vers la maison : « La preuve que tu l'es pas, dans ton état normal, c'est que tu râles même pas. On est là à t'asticoter à propos de cette fille et ça te fait ni chaud ni froid. Tu râles même pas. » Le rideau de perles retomba.

Elian considéra d'un air absent Titi qui se grattait frénétiquement une piqûre de puce sous le cou, et lui dit quand il se fut calmé : « Ah ! nom de Dieu, mon pauvre vieux ! » sur un ton de confidence complice, en soupirant. Cherchant des yeux le chat rayé de jaune, il ne l'aperçut nulle part.

C'est à cet instant que Nono-du-journal arriva, comme il avait promis qu'il viendrait, et tomba donc à un moment particulièrement mal choisi. « Est-ce qu'on avait besoin de celui-ci ? » s'interrogea Elian.

Nono lui annonça pour commencer qu'il ne lui trouvait pas l'air en grande forme.

— J'allais partir, dit Elian. Je pourrais pas jurer que t'arrives bien. Salut, Nono.

Il se laissa secouer par la poignée de main pleine d'énergie de l'autre. Violet sortit de la maison, son bâton de marche dans une main, un chapeau de toile aux bords rabattus en cloche sur la calvitie et, accroché à l'épaule, une sorte de sac à dos en forme de gros gousset, rose franc, qui appartenait, dit-il, à sa fille, c'était tout ce qu'il avait déniché pour embarquer le casse-croûte.

— Sans blague, dit Nono. Sérieusement, 'Lian, je vous trouve plutôt une sale gueule.

Il l'appelait 'Lian et le vouvoyait.

Nono s'imaginait véritablement journaliste et il était capable de mériter physiquement le sujet d'un papier. Bondissant sur l'occasion comme s'il s'agissait du scoop de l'année, il avait cependant averti honnêtement qu'il risquait de ne pas les accompagner jusqu'au terme prévu de l'équipée : ça l'aurait arrangé qu'on découvrît les pierres levées avant midi (Elian répondit deux ou trois choses vagues, et une très claire qui engageait vivement à ne pas croire aux miracles) ; et il était allé prendre son appareil photographique dans la voiture. Violet n'y voyait pas d'inconvénient.

— Qu'est-ce que c'est que cette histoire de menhirs et de dolmens ? demanda Nono, à la première occasion.

Ils avaient pris le sentier qui succède au chemin, derrière la maison, et qui grimpe insensiblement jusqu'au-dessus de la Baraque-des-Gardes. Elian avait prévu de revenir ensuite par les lisières : c'était une promenade courante de Cinq-Six-Mouches. Le trio s'était scindé en deux : en tête, Nono et Elian, puis Violet à dix pas, bientôt vingt, trente pas. Nono menait l'allure, Elian le soupçonna d'avoir un peu forcé, tout simplement pour se trouver hors de portée de voix et d'oreilles de Violet, afin de poser sa question comme il venait de le faire. Elian s'arrêta, pour attendre son locataire estivant.

— On a parlé de pierres levées, dit-il. De rien d'autre.

— Et c'est quoi, ces pierres levées ? dit Nono.

Il avait un peu plus de trente ans, un visage carré et sanguin, une calvitie précoce ; il exerçait la profession officielle de professeur d'éducation physique au collège, ses activités journalistiques n'étant que secondaires bien que passionnelles. Appuyant son regard bleu sur Elian, il attendit une réponse ; il était capable de réitérer cent fois la question s'il le fallait, jusqu'à ce qu'il obtienne satisfaction.

— Il pourrait y avoir, ici, des pierres… des espèces de monuments qui datent des Celtes, des Gaulois, dit Elian. Ça te la coupe, non ?

Nono se composa effectivement la tête de quelqu'un à qui ça la lui coupait. Il observa l'entour d'un œil circonspect. Que voyait-on ? De la verdure jaunissante dans les ondoiements de chaleur, des prés en friche et qui formaient une cuvette à l'évasement étréci, aux parois de plus en plus raides ; la forêt d'un ton bleu-vert estompé par la sécheresse de l'air, et aussi des buissons partout qui poussaient en totale liberté, levaient des haies touffues au long d'anciens marquages de cailloux délimitant des parcelles de pâtures ; des buissons qu'on ne taillait plus, ni qu'aucune gourmandise bovine ne venait élaguer quotidiennement. Le sentier n'avait pas un mètre de large ; en bien des endroits, sur son tracé, les noisetiers, les charmilles tordues et les ronces formaient une manière d'entrelacs que la lumière traversait telle une pluie dansante. Elian et Nono s'étaient arrêtés à mi-pente d'une longue portion de sentier dépourvue de tonnelle sauvage buissonneuse, à hauteur d'une plaque rocheuse affleurante qui émergeait des touffes de bruyère et de brimbelliers. Violet sortait de la broussaille en tunnel ; il les vit qui l'attendaient et leur adressa un moulinet tranquille de son bâton de marche, l'air de dire « J'arrive ! ».

Nono dit :

— Non seulement je vois pas mal de cailloux qui datent probablement d'encore plus loin, et même d'avant la préhistoire, peut-être bien, mais je dois dire que je savais même pas qu'il y avait eu des Celtes dans le coin.

Il regarda Elian qui, lui, regardait venir Violet.

— T'as qu'à lui demander, dit Elian.

— Oh ! j'en doute pas !... Si on me le dit j'en doute pas... Et vous sauriez où se trouvent ces vestiges ?

— Quel vertige ?

— Vestiges, dit Nono. Avec un « s ».

Il avait sorti son mouchoir de sa poche, propre et encore plié, l'utilisa en tampon pour éponger la sueur dans l'encolure de son polo. Il déplia ensuite le mouchoir et le passa sur son crâne dégarni. Elian le regarda faire sans un sourire.

— Je pourrais en dire deux mots dans mon papier, si vous voulez, suggéra Nono.

Sa bouche se souleva aux commissures, rapidement, et il cligna de l'œil. Elian n'eut d'autre réaction qu'un plissement lourd et lent des paupières.

— Mais pas méchamment, hein ? assura Nono. Vous me connaissez.

Évidemment, qu'il le connaissait… comme il le raconta un peu plus tard à Violet, quand celui-ci les eut rejoints et après qu'ils se furent remis en marche l'un derrière l'autre et, cette fois, sans que se creuse le moindre écart.

Chaque année — dit Elian pour Violet qui marchait devant lui, premier du groupe —, Nono se croyait obligé d'écrire plusieurs articles pour le journal régional, ce qui faisait de la course cycliste du 15 août, une semaine avant la date et un ou deux jours après encore, l'événement rédactionnel de l'agence d'arrondissement. Non seulement des articles — historique, anecdotes, « indiscrétions », préparatifs, portraits « typiques » des concurrents, nouveaux et anciens —, mais des photos aussi. Il en avait couvert plusieurs pages, au finale, et c'était sans nul doute la période de l'année pendant laquelle il se sentait le plus indubitablement journaliste, immergé au cœur même de l'événement. Comparés à ce mois d'août, Noël, la fête patronale, les remises de médailles au monument aux morts le jour de la commémoration de la Libération, n'étaient que pâle et insipide gnognote, pipi de journaleux. Annuellement, dans le cadre de sa chronique consacrée aux champions de la course, Nono se faisait une joie tout autant qu'un devoir de gonfler quelques anecdotes pour alimenter la saga d'Elian Toussaint. Depuis neuf ans, Elian remportait la victoire ; il était à la fois l'ancien vainqueur, le possible gagnant, l'Indétrônable et l'Homme à Abattre. Chaque année, Nono se défoulait, tranchait et taillait sans merci dans l'armée des métaphores et des superlatifs, les couchait raides morts sur le papier au bout de sa plume, et en bon intercesseur fanatique les présentait à longueur de colonnes en offrandes propitiatoires.

— Mais pourquoi cette course ? demanda Violet.

— La course, ou bien la fête ? cria Nono dans le dos d'Elian.

— Les deux. La course et la fête.

Ils avançaient à pas réguliers, encordés, eût-on dit, par le lien invisible de la cadence. Le seul des trois qui semblait ne prêter qu'une attention distraite aux paroles d'Elian était Elian lui-même qui ne cessait de jeter des regards perçants en direction des taillis du sous-bois.

— La course, dit-il, j'en sais trop rien. À vrai dire, j'en sais même rien du tout, comment que c'est venu la première fois. J' peux pas dire non plus que je l'ai toujours vu pratiquer, ce serait mentir, et y a bel et bien une époque où ça n'existait pas. Mais il y avait déjà la fête. J' sais pas qui le premier a eu l'idée de cette course. J' saurais pas l'dire, non… Elle s'est ajoutée à la fête, et maintenant ça déplace beaucoup plus de monde que la fête en elle-même, vous allez voir ça. La fête, c'est juste un manège forain pour les p'tits enfants, un stand ou deux, avec un tir à la carabine, et pis deux ou trois marchands de tartes et de beignets, un « bal monté » le soir, et un bon paquet de viande saoule, le matin suivant. Mais la course, vous allez voir ça. On n'est pas trente, et on déplace les foules. Demandez à Nono.

— Certainement, oui, dit Nono.

— Mais la fête, le principe de la fête, son origine ? demanda Violet. C'est étonnant.

— J' vois pas c' qui est étonnant là-dedans, dit Elian. En tout cas pour nous autres. L'étonnant, ce serait plutôt de voir autant de gens que ça étonne... La course, c'est simple : nous v'là sur des vélos, et en avant ! On a cinq étapes, c'est des bistrots. À chaque étape, chaque ligne d'arrivée franchie, on boit un coup de vin de groseille. Autant dire qu'avec la chaleur y a pas que les kilomètres qu'on a dans les jambes : faut résister à ça. On n'est pas obligé d'en boire des litres. Faut savoir ce qu'on veut : faire le malin pendant les deux premières étapes ou alors à l'arrivée finale. Faut savoir.

— Mais la fête ? lança Violet par-dessus son épaule.

— J'y viens, à la fête, m'sieur Violet. C'est la fête des Charbonniers.

— Parce que c'étaient des charbonniers qui occupaient la vallée, il y a longtemps, dit Nono.

— Comment ? fit Violet.

Elian poursuivit :

— Des gens qui venaient d'ailleurs, d'Autriche, de Germanie, et de Suède aussi. C'est c' qu'on dit. Ils faisaient du charbon de bois dans les forêts d'ici, du charbon de bois pour les mines. Y avait des mines également, du fer, du cuivre, on peut encore trouver des vieilles galeries sous la montagne... au fait, plutôt que des cailloux de Gaulois, ça vous dirait rien, m'sieur Violet, des galeries de mine ?

— Hé-hé, fit Violet, pour signifier que c'était concevable.

Elian poursuivit :

— Et ces gens-là qu'étaient nos lointains ancêtres, je parle des charbonniers, étaient aussi plutôt des durs. À c' qu'on dit, il valait mieux pas s'aventurer dans les bois de c't' époque, vous voyez ? Un temps, on comptait davantage d'habitants dans cette vallée-ci et celle de la Goutte qu'au village proprement dit. On avait beau être un écart, on était plus important qu'en bas. On avait une école, on avait une chapelle, des tas de commerces, oui. L'école est fermée, la chapelle je m'en fous, les magasins y en a plus qu'un, et le nombre d'habitants… Bref, les gens d'ici faisaient partie du village, mais ils ne frayaient pas beaucoup ensemble. Après la Révolution, il paraît, on a découvert que les gens d'ici, nous autres, avaient des espèces de privilèges qui leur avaient été accordés loin dans le temps, quand ils étaient charbonniers…

— Privilèges accordés par les ducs de Lorraine, dit Violet.

Elian fronça les sourcils. Essuya rudement, du dos de la main, une goutte de sueur au bout de son nez. Ses sourcils restèrent froncés.

— Hé là, dit-il. Vous connaissez l'histoire et vous me faites réciter ma leçon, ou quoi ?

Violet assura que non, mais non mais non, que simplement il faisait des recoupements et des supputations. Elian dit :

— Bon. Et alors, voilà. On a voulu supprimer les privilèges ancestraux, qui, entre nous, devaient pas être bien terribles, et les gens d'ici qu'aimaient déjà pas trop qu'on touche à ce qu'ils ont, eh ben ils ont tout simplement proclamé la « République indépendante des Charbonniers ». Ils se sont révoltés. Paraîtrait que ça a duré une semaine, après quoi les pandores et p't' être même les soldats sont venus et ont attrapé les meneurs. Et pis voilà. Tous les ans, au 15 août, on fête la République libre des Charbonniers.

— Fabuleux, dit Violet. C'est une belle histoire.

— Ouais, approuva négligemment Elian.

— Une histoire étonnante et intéressante. Mais toute l'Histoire, avec une majuscule, de cette région du Sud lorrain est très intéressante, et totalement méconnue.

— Les gens d'ici se sentent moins lorrains que vosgiens, dit Nono. Pas vrai, 'Lian ?

— Ouais.

— Les racines de l'arbre, dit Violet. Mais également le tronc, et le feuillage. Rien ne va l'un sans l'autre.

— J' me sens d'ici, là où que je marche, dit Elian. Et je vais vous dire : j'ai pas marché bien loin en dehors d'ici, dans ma vie, mais j'ai fait des kilomètres quand même. La différence avec ceux qui font le tour du monde en avion, j' la vois clairement : c'est mes kilomètres à moi qui font le plus de distance, parce que je suis sûr de les avoir dans les jambes.

— Très juste ! approuva Violet.

Elian s'arrêta net — Nono, qui faillit le percuter, dit « oups-là ! » en posant sa main au centre de son dos.

— Vous dites « très juste » mais vous le pensez pas, dit Elian doucement.

Il scrutait alentour, les yeux mi-clos.

Un bout de roche lamentablement anonyme et archibanale s'élevait à un mètre, informe, au-dessus des bruyères, parmi les touffes d'épines noires ; un ergot granitique si peu celtique à l'évidence que tout ce qui avait jamais dû être offert à une divinité quelconque à cent mètres à la ronde ne pouvait être que des giclées de crottes de chevreuil, et cependant Nono insista pour prendre une photo d'Elian et Violet, chacun d'un côté de la pierre. Ils finirent par s'y résoudre, comme on finit toujours plus ou moins par capituler devant le caprice d'un enfant. Mais Nono ne put obliger Elian à sourire, ne put en aucune manière le forcer à ne pas faire la gueule. « J'espère que vous n'écrirez rien de définitif au sujet de ce malheureux caillou, mon ami », dit Violet, qui parlait à un jeune collègue, compagnon de la vaste fratrie enseignante, mais aussi au journaliste. Lequel rassura, ou déçut, en trouvant amusant de dire qu'il n'écrirait peut-être rien sur rien du tout — puis, ayant noué son mouchoir détrempé aux quatre coins, il s'en coiffa, le retira aussitôt et l'utilisa comme chasse-mouche pour éloigner une guêpe.

Elian se disait que peut-être Cinq-Six-Mouches était venu traîner par ici quand il avait été piqué. Puis il révisa l'hypothèse : c'était beaucoup trop loin, c'était presque le fond du val, à cinq cents mètres à peine de la Baraque-des-Gardes. Existait-il une seule bonne raison pour que le gamin eût décidé de venir se cacher ici ? une seule bonne raison qui expliquât ce qu'il avait fait ? D'autant que, nom de Dieu de bois, qu'avait-il fait exactement ? Que faisait-il ?

Était-il au moins en train de faire *encore* quelque chose ?

— Non merci, dit Elian. J'ai pas très faim. Par cette chaleur, je mange pas le midi.

Mais il accepta une gorgée d'eau, et rendit la gourde à Violet.

Nono avait interviewé Elian sur tout ce qui l'intéressait, concernant la course, tout en marchant. Il semblait satisfait. C'était à peu près certain qu'il utiliserait ses clichés en illustration de l'histoire des pierres celtiques qu'un « touriste locataire de notre champion Elian Toussaint se proposait de tirer de l'oubli » et nul n'y pouvait rien. « Sauf que d'ici là il aura peut-être autre chose de sacrément plus dramatique à se mettre sous la dent ! » songeait Elian. Et lui non plus n'y pouvait rien, ne pouvait refouler ce genre de pensée morbide.

Quand Violet invita son « jeune collègue à partager son en-cas avant de s'en retourner sur ses pas », le jeune collègue accepta sans hésitation, recoiffa son mouchoir et dit : « On peut même s'asseoir là ! » en désignant une tache d'ombre au pied d'une touffe d'aubépine, où Violet, donc, s'assit. Elian les y accompagna, et s'y accroupit, se fit petit pour que la tache d'ombre contienne également sa tête. Au bout de trois minutes dans cette position, et comme aussi bien Violet que Nono semblaient décidés à prendre leur temps, il se laissa aller à s'asseoir lui aussi, jambes tendues, écartées, dans les brimbelliers aux feuilles déchiquetées par le passage des cueilleurs massacreurs à la riflette.

— Qu'est-ce que c'est que cette histoire avec Colidieux ? demanda Nono en enfournant une bouchée de pain impressionnante.

Il adorait lancer une conversation par « Qu'est-ce que c'est que cette histoire de… » et faisait partie de ces gens qui ne peuvent supporter une minute de silence quand ils se trouvent en compagnie, sans se croire offensés ou offensants.

— Il y a une histoire avec Colidieux ? dit Elian.

Nono mâchait bouche ouverte, sans qu'une seule miette lui tombât des lèvres. Quand il eut terminé sa bouchée, Elian ferma la bouche de conserve et avala sa salive. Les sauterelles et les grillons faisaient un raffut de cinq cents diables. Nono dit :

— Il raconte qu'il est venu te voir dimanche, et que tu lui as tendu une embuscade. En fait, c'est sa femme qui le raconte. Elle dit aussi que tu as essayé de tuer ses petits-fils, les fils de sa fille qui sont en vacances.

— Je serais bien étonné d'avoir voulu tuer les petits-fils de Colidieux et qu'on ne m'ait pas enfermé chez les fous, ou avec les criminels, à c't' heure. D'autant que je savais même pas qu'il avait des petits-fils pareils avant qu'il me l'apprenne.

— Personne n'a voulu tuer personne, voyons, dit Violet sur le ton de la blague. Et j'étais là quand ce tas de bois, dont nous étions précisément en train de vérifier la stabilité, s'est effondré. J'en suis même peut-être un peu responsable, je dois dire. M. Toussaint lui-même a bien failli être emporté.

— Mouais, dit Elian, plissant les yeux et ne regardant rien de particulier… Et le dimanche, voilà Colidieux qui s'amène et qui me dit : « Bon Dieu, Elian, est-ce que tu l'as fait exprès ? » et je dis « Quoi donc ? » et il me dit : « D'envoyer ces deux toises de bois sur mes petits-fils qui s'amusaient dans le ruisseau sans faire de mal à personne avec leur chien », et je dis : « C'était pas trois toises, juste deux », et lui : « J'ai pas dit trois non plus ! » et je vois qu'il ne rigole pas, alors je dis : « Je savais sacrément pas que t'avais des petits-fils aussi cons, Henri ! », et ça ne le fait pas rire non plus, alors je dis : « Mets-toi donc à l'ombre et buvons un coup, Henri, et on va s'expliquer », et c'est exactement ce qu'on a fait. C'est sans doute ce que sa femme, qu'est pas autre chose qu'une sacrée grosse vache d'emmerdeuse, excusez-moi m'sieur Violet, appelle une embuscade ? Est-ce que je mens, m'sieur Violet ?

— Certainement pas !

— M'sieur Violet était là, Nono. Tu peux lui d'mander, pour peu que tu promettes de pas écrire ça dans ton journal — encore que personnellement je m'en foute, mais je tiens pas à voir des clients tremper dans ce genre d'histoires à la con. Excusez-moi, m'sieur Violet... Bref, donc, c'est ce qu'on a fait, Colidieux et moi. À l'ombre, on s'est expliqués. Colidieux serait pas l'imbécile qu'on dit qu'il est si sa bonne femme était mariée avec un autre. J' lui ai fait comprendre que c'était pas prudent pour des gamins de la ville habillés propres comme ils le sont de v'nir jouer de la sorte dans un ruisseau qui leur a rien fait. C'est quand même étonnant c' que les enfants et les ruisseaux peuvent toujours être en train de faire comme conneries ensemble. Colidieux en a tout à fait convenu, parce qu'il était tout seul, et il oublie facilement quel imbécile il est, quand il est tout seul… J' pensais pas qu'à son âge y pouvait encore avoir le droit de conduire une auto, vu la façon qu'il est reparti…

Nono aspirait bruyamment entre ses dents et on aurait dit qu'il souriait ; Violet se tartinait du pâté de foie ; Elian continuait de ne pas avoir l'air de s'amuser sans rien regarder de particulier.

— N'empêche qu'ils sont pas revenus, les petits-fils, et le grand-père non plus, conclut-il en cueillant une branchette de brimbellier qu'il se mit à éplucher. Maintenant, dit-il, s'il accepte que sa grosse raconte des histoires d'embuscades qu'on lui aurait tendues chez moi, je peux toujours dire c' qu'il a bu, et c'est pas Anjo qui l'a entraîné ni accompagné, c'est pas m'sieur Violet non plus, et c'est sûrement pas moi, vu que tout le monde sait que je bois plus depuis belle lurette. C'est personne qui l'a forcé à avaler cette gnole en plein dimanche après-midi d'un mois d'août comme on en a un cette année. J'ai pas de fusil pour forcer les gens en leur mettant les canons dans l' dos. Si des gens savent pas ce qu'ils doivent faire, c'est de ma faute ?

Ils se retrouvèrent seuls, et regardèrent un instant Nono-du-journal qui s'éloignait, de sa démarche sautillante, sur le sentier, son mouchoir noué sur la tête et ses deux mains posées sur l'appareil photo pendu à la sangle, contre son estomac, pour lui éviter les secousses. Violet remballa dans son sac rose ce que le « journaliste » n'avait pas mangé ou bu : la gourde en plastique vide, les deux boîtes de pâté de foie vides, les deux boîtes de filets de sardines vides et la boîte de camembert vide.

— Vous avez eu bien raison de ne pas vous bourrer l'estomac, m'sieur Violet, dit Elian. On a encore à faire une belle trotte, si on veut avoir une petite chance de trouver par hasard ces pierres que je pense — et c'est pas certain que je les retrouve. On a assez perdu de temps à pique-niquer.

— Vous craignez qu'elles ne s'envolent sans nous attendre ? plaisanta Violet.

Cette belle trotte annoncée par Elian les conduisit bien au-delà du repère de la Baraque-des-Gardes, là où finissait le val de la Goutte-Cerise, au cul-de-sac qu'on appelait également le Creux-de-la-Goutte. Le sentier s'était progressivement effacé derrière eux, et les fougères qui couvraient cette partie du versant jusqu'en lisière des bois atteignaient pratiquement deux hauteurs d'homme. Ils s'y enfoncèrent comme dans une jungle, Elian ouvrant la frayée ; il écartait, fauchait, pliait tiges et frondes à grands coups d'avant-bras, il écrasait et pilonnait sous les semelles épaisses de ses rangers, soufflait rauque, régulièrement, sur un rythme mécanique, et savait apparemment où aller. On n'y voyait pas à deux mètres, il régnait une odeur d'humus et de moisissure, des bourdonnements de mouches tournoyaient. Les fougères étaient vertes, souples, dressées et élastiques, ou alors jaunes, craquantes, fanées et traîtresses aux chevilles. Des toiles d'araignée se plaquaient aux mains, entre les doigts et sur le visage, tous les quatre pas. Violet commença par cracher comme un beau diable en éructant des exclamations assourdies et écœurées ; mais il comprit très rapidement l'inutilité de ces petits énervements et cessa de râler.

Les fougères, comme un des visages impassibles de la végétale immuabilité du temps, évocatrices de passé immobile, l'inspirèrent-elles ? Il se mit à parler. Les premières phrases laissaient craindre quelque fâcheux déballage de pédanteries universitaires, mais il n'en fut rien. C'est un véritable panégyrique de la région que proclama le professeur (de mathématiques au demeurant, et auvergnat) avec, qui transparaissait dans le ton, une étonnante sincérité. Freinant sa fougue, cependant, il s'abstint d'évoquer les heureux temps du carbonifère et de ses retombées anecdotiques que furent les plissements hercyniens, il négligea le déluge, les âges des pierres diversement bricolées par la main de l'homme : il ne prit son élan qu'à celui du bronze et du cuivre d'importation celtique — entre moins 1100 de notre ère et maintenant, il lui restait beaucoup à dire.

Sur les talons de son guide, il raconta à en manquer de souffle, comme s'il en éprouvait l'impérieuse obligation, comme on chante pour se donner du courage et pratiquement comme on se saoule pour aller se battre ; il raconta avec une étrange et furieuse conviction enfantine. Il dit l'arrivée des peuplades celtiques d'Europe centrale, leur installation suivie par le déferlement d'autres peuplades guerrières, nomades, submergeant les populations locales, l'installation finale des Leuques (Celtes, dit-il, devenus Gaulois), Médiomatrices, Rauraques, Triboques et autres Lingons.

Il savait probablement tout ce qu'il y a à connaître de Remiremont et son Histoire, par conséquent l'Histoire de la vallée de la Moselle jusqu'à sa source. Ce qu'Elian connaissait, lui, de Remiremont, c'était la grand-rue aux arcades (Violet aurait donné l'année de leur construction) et la rue de l'hôpital, pour s'être rendu nécessairement dans l'une et dans l'autre quelquefois dans sa vie…

Ils quittèrent les fougères pour se retrouver presque sans transition sous les grands épicéas de la lisière. Les rayons de soleil tombaient à l'oblique et on eût dit qu'ils traversaient une légère fumée bleutée, ou encore une eau vieillie deux jours dans un vase ; des myriades d'insectes y voletaient comme des confettis de lumière.

— Écoutez ça, dit Elian, un doigt levé.

Violet garda la bouche ouverte et laissa filer son regard en biais, ce qui était censé, à l'évidence, lui aiguiser l'ouïe. Il avait le chapeau, les épaules, le sac à dos constellés de minuscules débris de fougères, ses genoux étaient griffés. À son oreille gauche pendait sans qu'il s'en aperçût, au bout d'un fragment de sa toile arrachée, une petite araignée toute verte, d'un vert qui rappelait curieusement le *vert* du blouson de Cinq-Six-Mouches. Elian observa l'araignée en essayant de deviner si elle allait monter ou descendre.

Il n'y avait rien à entendre, sinon l'immense pesanteur impressionnante du silence. Il y avait à écouter… L'endroit paraissait bizarrement écarté des couloirs coutumiers du vent… Rien que ce bourdonnement des insectes, comme si la lumière bleue, en dégringolant, crissait le long des écorces.

— Bon sang, dit Elian abruptement. Comment que vous pouvez connaître autant de choses sur cette vallée ? Si vous en connaissez autant sur vot' pays de Haut'-Loire, vous devez pas dormir beaucoup, m'sieur Violet.

L'araignée descendit.

— Oh..., dit Violet. J'ai rencontré un jour un collègue originaire d'Épinal, et qui faisait des recherches, qui étudiait l'Histoire de son département. Je crois qu'il m'a transmis comme un virus. Je l'ai aidé, puis je me suis intéressé à la région, comment dire, pour moi-même. Je suis venu deux ou trois fois à Épinal... Toutes ces coutumes et anecdotes sont très intéressantes, vous savez. Cette République libre des Charbonniers, dont vous parliez tout à l'heure...

— Coutume ? dit Elian. J' vois pas ça comme une coutume. Tous les 15 août, c'est comme ça, et c'est tout. En fait, sûrement que c'est une coutume, mais je l'entends pas comme vous... Quand je vous entends dire ce mot-là, j'ai presque l'impression d'être déjà mort et d'avoir vécu dans une contrée sauvage que le reste du monde connaîtrait pas...

— Je ne voulais pas vous vexer, monsieur Toussaint.

— J' suis pas vexé. Essayez donc de pas toujours m'appeler « monsieur ».

Violet fit « oui » de la tête. L'araignée verte remontait vers son oreille ; il la repéra du coin de l'œil et s'en débarrassa d'un revers de main négligent.

— Allez, dit Elian. On y va, m'sieur Violet.

— Essayez, alors, de ne pas m'appeler « monsieur » également…

Elian secoua la tête.

— Non. Moi, j' peux pas.

Ils avançaient sur une couche épaisse d'aiguilles qui amortissait leurs pas et les réduisait à un simple attouchement ; ou bien ils traversaient des flaques de mousse tendre, des éclaboussures jaunes de chanterelles et de pieds-de-mouton. Elian s'étonna en lui-même de la présence de ces champignons par une telle chaleur. Dans les trouées de coupes anciennes, la repousse avait été sauvage, le taillis et la ronceraie s'élevaient plus haut que les fougères, impénétrables. Ils poursuivirent leur progression le long de la lisière.

— Moi aussi, dit soudain Elian, je peux vous raconter une histoire. On l'a encore jamais écrite dans un livre, alors vous pouvez pas la connaître. Est-ce que vous avez entendu parler de Bibi Fuillard ?

— Non… Non, dit Violet.

— Ha. Parce que vous auriez pu le lire, le journal, si vous êtes déjà venu dans le coin… Bibi Fuillard, Bernard, que c'était son vrai prénom, je crois bien. On lui disait « Bibi », tout l' monde l'appelait comme ça. Il avait dans les quarante. Pas meilleur type que Bibi, rendant service à l'occasion, si vous lui demandiez, sinon jamais à s'occuper de ce qui le regardait pas, non. J' crois pas que trois choses comptaient pour Bibi, pas trois, juste deux : sa famille et son boulot. Il était bûcheron. Un jour, il a failli y passer sur les coupes de cette forêt massacrée par une tornade d'il y a quelques années. Le tronc d'arbre qu'il a pris comme un coup de fouet l'a empêché de travailler au moins un an… Et puis il a repris, avec le gamin d'un ami de quand il était p'tit. Sont partis tous les deux, avec le gamin, un lundi matin, avec les outils, pour cette forêt d'Haute-Saône, de l'aut' côté du Ballon… Ce qui s'est passé, on l'a su plus tard. Bibi coupait pour un marchand qu'avait acheté les bois sur pied, mais c'étaient des bois qui avaient appartenu à des gens qui voulaient pas croire que la forêt était plus leur propriété. Des pauvres gens, des moins que rien, qui vivaient dans une ferme en presque ruine. Ces sauvages-là ont commencé par voler les tronçonneuses de Bibi — c'est le gamin qu'a raconté. Alors Bibi a été voir à la ferme pour les récupérer. Et vous savez ce qui lui est arrivé ? Ces sacrés sauvages l'ont fait prisonnier. Lui ont tapé dessus et fait subir Dieu sait quoi. Le gamin a pu s'échapper un premier coup, et quand il est revenu Bibi était devenu fou. Il a zigouillé la plupart des gens de la ferme à coups de fusil.

Ils traversaient une petite sapinière de sept ou huit ans. Elian marchait la hanche en avant et retenait les branches pour les empêcher de se rabattre violemment.

— Et c'est pas tout ! dit-il.

Il laissa se tendre le silence, ne le rompit qu'une fois sorti de la sapinière :

— Il a eu sans doute comme une espèce de pause, dans sa folie. Quand le gamin est revenu sur les lieux. Alors il est allé avec lui jusqu'au village le plus proche et il lui a dit d'aller à la gendarmerie pendant que lui il restait dans la rue à attendre. C'est là, dans c'te rue, qu'il s'est tué, pour se punir de ce qu'il avait fait, sans doute, parce qu'un type comme lui, trop gentil comme il l'avait toujours été, pouvait guère continuer de vivre, j'imagine, après un carnage pareil. Il s'est tué. Savez comment ? Nom de Dieu de bois, il s'est épinglé la tête au mur, m'sieur Violet. Y avait un crochet de volet en fer, là, et il s'est planté la tête dessus, c'est tout ce qu'il a trouvé.

Après quatre ou cinq pas, alors qu'aucun commentaire ne s'élevait en provenance de Violet, Elian lui adressa un coup d'œil par-dessus l'épaule. Il le vit rouge, suant, la bouche ouverte et le regard un peu flou.

— Ouais, dit-il.

Plus tard, Violet demanda :

— Pourquoi m'avoir raconté l'histoire malheureuse de ce bûcheron, monsieur Toussaint ?

Ils se tenaient à l'orée du bois, et s'épongeaient la face et le cou avec leur mouchoir, tout en regardant le val vers l'ouverture duquel ils étaient en train de remonter par l'autre flanc. Violet ne pouvait pas ne pas avoir remarqué l'itinéraire singulier : il n'avait pourtant posé aucune question à ce sujet, ni ne s'était étonné que le dénichage de mystérieux monolithes empruntât ce circuit de cueilleurs de champignons…

— Pourquoi, hein ? dit Elian. Parce que c'est pas une histoire qui date des Gaulois. Elle date de c't' année. Quelques mois. Maintenant. Vous avez l'air de dire que vous aimez ce coin, monsieur Violet. J'en suis content, bien sûr, mais j'aimerais autant que vous sachiez de quoi vous parlez… Y a moins d'un an, un jour qu'il pleuvait, le frère de Riquiqui — la ferme pas loin sur la route en dessous de la colonie de vacances — s'est tué avec un pistolet d'abattage, ces emporte-pièce de boucher. Il a tiré la goupille, s'est mis l'emporte-pièce au milieu du front, et crac ! il pouvait pas se louper. On saura jamais pourquoi il a fait ça. On peut toujours essayer, on dit ceci et cela... On saura jamais aut' chose que ça : il s'est tué un jour qu'il pleuvait, de la même façon qu'il avait tué beaucoup de vaches et de veaux avant lui, pas autrement, et il était né ici. C'est pour ça que je vous le raconte... Et comme on dit : le problème c'est pas tant que les femmes soyent toutes des putains, au fond, le problème vient de ce qu'elles font toutes comme si elles voulaient pas le savoir... J' dis pas ça en pensant à quelqu'un, bien entendu. C'est juste une manière de voir les choses. Comme une pensée...

Il attendit un court instant pendant lequel la réaction principale de Violet fut un manque de réaction (ce léger affaissement des lèvres accompagnant un petit mouvement de la tête n'était pas vraiment remarquable), puis il crut déceler une pâleur en périphérie des joues rubicondes ; alors, son regard dévia, non pour se défiler mais de la seule manière qu'il eût trouvée de s'en servir pour s'excuser, et il sortit d'une poche son premier demi-cigare de la journée, le tourna un peu entre ses doigts avant de le planter vigoureusement sous sa moustache sans l'allumer ; il se remit en marche et Violet le suivit.

Ni l'un ni l'autre ne prononça un mot supplémentaire durant ces interminables heures caniculaires qui se traînèrent en grésillant jusqu'au soir. La distance s'était un peu agrandie entre eux. Qu'il se déplaçât dans les taillis ou de nouveau, comme à présent, sur le chemin forestier, l'allure d'Elian était sensiblement la même, et pareille en fin de parcours qu'en son début ; quant à Violet, la pesanteur se remarquait davantage dans sa démarche, et, quelque part, à un moment donné de la pérégrination, les épaisses semelles de ses chaussures s'étaient changées en fonte…

Elian attendit Violet sur le bord du chemin. De l'autre côté du ruisseau, sur le versant opposé, il y avait encore une bonne demi-toise de rondins éparpillés dans le ravin, tandis que le tas reconstitué correctement cachait à la vue une partie de la cour. Si Anjo avait bougé ses fesses, comme il l'avait promis, pour chercher le gamin de ce côté-ci du val, il l'avait fait sacrément vite, il l'avait même sans aucun doute fait en courant et s'était dépêché de ne pas tomber sur Elian et Violet tout le temps que ces derniers avaient suivi le chemin forestier en revenant à la maison… On apercevait deux silhouettes assises sur le banc devant la maison ; l'une était Mme Violet — l'autre partiellement cachée par l'extrémité du tas de bois.

Rien n'empêchait Violet, maintenant, de se débrouiller seul : le risque de s'égarer avait disparu depuis un moment déjà. Il n'avait qu'à suivre le chemin et faire le détour par le pont au bas de la maison des vieux Tolet, ou alors couper tout droit, descendre au ruisseau, le traverser et remonter sur l'autre flanc de la taillée. Il vint se planter à côté d'Elian. Il avait deux piqûres de taon, comme des petits pois, sur le haut d'une joue ; de minuscules débris végétaux recouvraient ses vêtements, surtout le gilet pendouillant de ses reins et dont il n'avait pas dénoué les manches de la journée. En dépit de ses traits creusés, fatigués, son regard était plutôt vaillant, plutôt dur.

Elian supporta un moment sans broncher cette présence oppressante à son côté ; il finit par cracher droit devant le morceau de cigare non allumé, comme si trop de pression accumulée en lui éjectait brusquement ce méchant bouchon défectueux, disant :

— D'accord, m'sieur Violet. Allez-y donc.

— Pourquoi ne pas l'avoir dit franchement ? dit Violet.

— Quoi donc, m'sieur Violet ?

— Pour une raison que j'ignore, monsieur Toussaint, vous ne tenez visiblement pas à partager votre connaissance du terrain… avec qui que ce soit, sans doute, et certainement pas avec moi. Vous m'aviez parlé de ces pierres et, quand je m'y suis intéressé, vous avez, comment dire… rebroussé chemin, comme si cela n'avait pas de réelle importance. Votre neveu, ce matin, m'a dit que vous ne voyiez pas d'inconvénient à ce que je vous accompagne, il m'a dit que cela vous faisait plaisir d'essayer de retrouver et d'identifier ces pierres. Je n'ai rien demandé, monsieur Toussaint.

— Anjo vous a dit ça, hein ?

Violet poursuivit, imperturbable :

— Il est bien évident que, pour cette raison que j'ignore, vous avez changé d'avis. Tout au long de la journée, vous avez évité ce sujet quand nous l'abordions. Ne croyez pas que je ne l'aie pas remarqué… Ne croyez pas que je sois dupe, monsieur Toussaint… Mais j'aurais préféré que vous me disiez franchement que vous ne teniez pas à dévoiler ce que vous considérez peut-être comme… une propriété réservée aux gens du cru. Vous n'aimez pas qu'on aime ce que vous aimez, je crois… qu'on l'aime différemment, en tout cas, n'est-ce pas ?

Elian soutint le regard de Violet. Il soupira.

— Y a pas de pierres, dit-il.

Se retenant difficilement de ne pas hurler : « Et allez vous faire foutre avec vos conneries celtiques, m'sieur Violet ! J'ai perdu un petit garçon, bordel ! »

— Bien sûr, dit Violet, avec un sourire entendu.

Elian le regarda s'éloigner, le regarda lancer ses gros genoux griffés et ses grosses chaussures pesantes en avant. Le regarda descendre la pente — il avait choisi de couper au court — puis réapparaître plus tard de l'autre côté du ruisseau. Alors Elian se décida, et lui aussi descendit. Au ruisseau il s'arrêta. Violet avait disparu au sommet du ravin. « Une propriété réservée aux gens du cru ! songea Elian. Oh oui, nom de Dieu, les gens du cru… et je ne lui ai même pas parlé de sa fille ! J'avais pourtant tout le temps ! Pas un mot… J'aime pas qu'on aime ce que j'aime, nom de Dieu de bois, comme si ça voulait pas dire être jaloux ! Et moi je lui ai même pas posé une question sur sa garce de fille, et lui, entre deux sermons, il a bien évité de m'en dire un mot, le salaud. »

L'eau du ruisseau pénétra dans ses rangers, pardessus la tige. C'était d'une fraîcheur délicieuse. Elian traversa à hauteur des pierres éparpillées du barrage des petits-fils de Colidieux. Il se disait que Cinq-Six-Mouches n'était peut-être pas si loin, après tout, qu'il avait pu faire cette farce du billet et rester aux alentours de la maison. (Si Anjo l'avait lui-même suggéré, ce n'était pas seulement qu'il n'avait pas la moindre envie de se lancer à sa recherche mais c'était aussi que l'hypothèse n'avait rien de farfelu.) Une farce. Tout le monde avait l'air de se mettre à faire des farces. Jusqu'à Violet qui se croyait victime de... de quoi ? qui se croyait victime... qui avait décidé dur comme fer qu'il se trouvait au cœur d'un pays de vestiges... Seigneur !

Elian remonta par le ruisseau, jusqu'à l'emplacement du vivier. Plus il s'en approchait, sous la voûte protectrice des arbres et buissons, et plus il savait, naturellement, que l'espoir d'y trouver Cinq-Six-Mouches ne tenait pas debout. Et alors il fut à la hauteur du vivier dont le couvercle de pierre avait disparu, dont un des côtés avait été démantelé, dont les dizaines de truites qu'il contenait n'avaient même pas été braconnées, mais tuées, et rangées sur le gazon de la berge. Là, aux pieds de Cinq-Six-Mouches qui dit :

— C'est pas moi, Onc' Elian.

Parce que bien sûr ce n'était pas possible, le cœur d'Elian fit un bond sauvage.

Après quoi Cinq-Six-Mouches descendit dans le ruisseau — où Elian venait de s'asseoir, posément, en plein dans le courant, eut cette élégance plutôt que de s'écrouler vulgairement quand ses genoux le lâchèrent — et lui tendit la main.

Ç'avait été une rude journée pour tout le monde, Anjo le premier.

Il estimait que se retrouver avec Violet sur les bras était une bonne leçon… Elian, après tout, n'avait pas manigancé autre chose, la seule petite différence étant que cela se produisait avant qu'il y fût préparé.

Pas une seconde, Anjo ne pensait que la farce risquait d'éclabousser aussi un peu Violet… Il s'était persuadé que de toutes les façons celui-ci trouverait très agréable la balade en elle-même, quels qu'en fussent le prétexte et l'aboutissement.

Pendant un moment Anjo s'interrogea à propos de la nouvelle lubie du gamin. Il se disait depuis toujours que ce gosse devait avoir un grain. Il préférait Evie, ou même la petite — mais lui, Paul, le gamin, il devait avoir un grain, la tête pleine de mouches et pas seulement cinq-six. Il se demanda aussi dans quel pourcentage de probabilités cela pouvait-il être une blague d'Elian, une espèce de mise en scène complice — quelquefois, pour ce qui est d'avoir des idées loufoques, 'Lian s'entendait rudement bien avec le gosse… Il ne savait pas sur quel pied danser. Cette perplexité l'empêcha de divulguer à la ronde la disparition — réelle ou pas — de l'enfant.

Anjo ne fut pas long à se convaincre que le gamin *ne pouvait pas* s'être sauvé pour de bon ; que si c'était le cas, il ne *pouvait pas* s'être perdu et que tout finirait bien, probablement avant le soir et sans qu'il s'en mêle, par rentrer dans l'ordre. Et il se sentit un peu mieux, comme s'il respirait plus légèrement, en dépit de la chaleur et des lourdes odeurs de confiture de framboises qui s'échappaient par les fenêtres du premier étage et stagnaient sur la cour.

Il tourna un peu autour de la voiture de Nono, chassa d'un vigoureux « pssshhh ! » fusant entre ses dents le chat rayé de jaune qui s'était juché sur le toit brûlant. Le chat fila, alla s'asseoir sur le banc de lattes blanches, de ce côté-ci de la maison. Anjo inspecta la voiture sous toutes ses coutures, et, comme la portière n'était pas fermée, il lui fut même possible de déverrouiller le capot, qu'il souleva ; pendant une bonne demi-heure, il promena un vrai regard de professionnel dans les viscères caoutchouteux et métalliques du moteur. Il tripotait ici et là, tirait un peu sur ce fil, poussait sur cette cosse, vérifiait l'évolution de la sclérose sur l'égueulement d'une durite, après quoi il s'accoudait à l'aile de la voiture et laissait pendre ses mains au bout des poignets, tordant un peu les lèvres, puis il sifflotait quatre notes. Titi, au bout de sa chaîne, regardait tout cela d'un œil compatissant. Anjo rabattit le capot sans discrétion — de la fenêtre de la cuisine, à l'étage, jaillit un double cri de saisissement, au bout de quoi Mme Violet et Irène apparurent en même temps. « Mon Dieu, c'est toi ! » dit la mère. « Oui », dit Anjo.

Aux environs du café de Martinette, un peu plus haut dans la rue des cités ouvrières, un enfant s'arrachait la gorge à imiter une moto. Un autre — c'était au-delà de la colonie de vacances du carrefour — faisait de la balançoire ; on entendait grincer une articulation de fer — iiii-iou, iiii-iou, avec une régularité de métronome.

Anjo n'osa s'asseoir, l'air de ne rien faire qu'attendre, sur le banc de lattes blanches devenu territoire attitré des locataires estivants. Pas plus qu'il n'osait s'installer sur l'autre banc, celui de la cour de derrière, de crainte qu'elle ne le vît de la fenêtre de sa chambre et ne s'imaginât qu'il l'épiait. Aussi se décida-t-il à laver sa voiture dans le garage, d'où il avait l'œil sur l'entrée de la maison, et, quand il eut passé l'éponge d'eau savonneuse du pare-chocs avant au pare-chocs arrière, il se souvint que la dernière toilette du véhicule remontait à la veille, mais n'en continua pas moins avec ardeur : jamais la 104 n'avait craché de tels feux. Le seul bruit qui lui fit lever le nez était celui des perles de bois entrechoquées du rideau de la porte, et pour rien, sous l'effet de simples courants d'air qui, semblait-il, ne tournaient que dans la maison…

Ils mangèrent sur la toile cirée de la table en bastings créosotés, dans la cour de derrière ; et Mme Violet était invitée. Anjo se montra vaguement nerveux en aidant à mettre le couvert, puis redevint apathique et sans appétit quand Mme Violet dit que Mylène ne mangeait jamais le midi, d'autant plus que l'annonce de cette mauvaise habitude dont on accusait la jeune fille n'était qu'un mensonge : il avait vu plus d'une fois la jeune fille manger le midi en compagnie de ses parents. Il en conclut donc naturellement qu'elle ne tenait guère à se trouver en face de lui. Il écouta ce que Mme Violet disait d'elle (de Mylène) à sa mère ; en vérité bien peu de chose : qu'elle avait vingt ans, oui, vivait à Paris où ils étaient allés la chercher après l'avoir convaincue de venir passer une partie de ses vacances avec eux, car elle était « un peu dépressive » en ce moment. C'était leur fille unique ; ils n'étaient pas certains, M. Violet et elle, de l'avoir bien élevée, c'est-à-dire d'avoir su l'armer pour la vie ; elle était timide et même un peu sauvage ; une étudiante appliquée... Disant tout cela, et si peu, Mme Violet exprimait une profonde tristesse. La mère changea de sujet de conversation...

Anjo eut bien l'impression qu'elle lui avait déjà posé la question une fois, et il dit :

— Oui, avec 'Lian, je crois bien.

— Mon Dieu, dit Irène, on ne peut pas dire que cet enfant soit dans nos jambes quand il est ici. Il est comme un cabri, à sauter ici et là. Anjo était pareil...

Anjo sourit à Mme Violet qui le regardait comme si elle s'attendait qu'il fasse une démonstration.

— Ouais, dit-il. Ici c'est bon pour la santé, pour ceux qui ont des dépressions.

Il avait l'air de parler en connaissance de cause, pour son propre cas. Quoique plutôt en début de cure qu'à la fin.

Elian restait assis dans l'eau. Des petits remous et des chapelets de vaguelettes lui ourlaient la taille, les cuisses et les mollets, là où il dépassait du niveau. Il tenait la main de Cinq-Six-Mouches, qui avait tenté une ou deux fois de le relever, évidemment sans succès, et récitait une litanie de « nom de Dieu de bois ».

— C'est peut-être Anjo qui l'a fait, dit Cinq-Six-Mouches. C'est pas moi, Onc' Elian !

— Nom de Dieu de bois de nom de Dieu de bois de nom de Dieu, où que t'as donc été ! dit Elian sur un ton qui n'était pas vraiment interrogatif, assis dans son ruisseau.

Il faillit bien relaver la voiture, alors qu'il n'avait pas encore vidé le seau de la dernière eau de rinçage. Ce qu'il alla faire dans le ravin. Se mouvoir représentait un grand effort à soutenir… et même garder les paupières ouvertes. Anjo retourna son seau au pied du mur du garage, à côté du tonneau jaune d'Elian, s'assit dessus et somnola dès la seconde suivante. Du côté de la colonie de vacances, la balançoire couinait sans fin — iii-iou, iiiii-iou, iiii-iou.

Le bourdonnement d'un bavardage le tira de son demi-sommeil ; il vit que la mère et Mme Violet se trouvaient maintenant de ce côté-ci de la maison, avec le chat rayé de jaune qui s'était simplement déplacé d'un mètre, et dormait étalé de tout son long.

L'ombre de la maison couvrait juste cette moitié du banc occupé par les deux femmes.

Anjo traînassa, sans rien faire d'autre de ses dix doigts que les coincer dans la ceinture de son pantalon, et à un moment il en extirpa cinq avec lesquels il agaça le chat rayé de jaune. Il écoutait la mère qui parlait de son frère, Antonin Valaga, parti en Corrèze d'où il n'était jamais revenu, où il ne cessait d'inviter ses sœurs. L'oncle Antonin était parti cette année de la mort du second garçon. Anjo écoutait sa mère parler de la Corrèze comme si elle connaissait vraiment La Roche-Canillac autrement qu'à travers les lettres invariablement écrites à l'encre brune, et les cartes postales. Quand il eut réussi à faire filer le chat, Irène leva les yeux sur lui, et quand elle le regardait de cette façon-là, surtout après avoir parlé du second garçon mort ce jour d'hiver, on ne savait jamais qui elle voyait... Et voilà que Mme Violet avait à peu près la même expression. La mère lui demanda pourquoi il n'était pas allé avec les autres, il répondit à cause de son dos, et la mère dit « Ah, oui », c'est tout, et ne reprit point la conversation sur la Corrèze. Il fallut tout cela pour qu'Anjo comprenne qu'il n'était pas véritablement le bienvenu non plus.

Il s'était presque décidé à laver la voiture de Nono Mondi, pour lui faire une blague, et c'est alors qu'elle sortit de la maison, pratiquement sans faire de bruit en traversant les perles. Elle portait une courte jupe bleue, un maillot noir à l'encolure et aux emmanchures très échancrées, des chaussures basses, noires. Elle avait relevé ses cheveux en un chignon hâtif, la frange lui dévorant le front, deux mèches tombaient n'importe comment (avec, jugea Anjo, une grâce infinie) de ses tempes. Une cigarette allumée entre deux doigts, elle s'immobilisa quelques secondes sur la marche du seuil. Elle porta la cigarette à ses lèvres, aspira une bouffée qu'elle exhala par les narines. Puis elle se mit en mouvement, tandis qu'Anjo essayait de se rappeler ce qu'elle avait dit, se demandait si, après tout, elle avait dit quelque chose — et par contre l'entendit parfaitement adresser un mot à sa mère au passage.

Elle s'en allait, à pas roulants, portée par un déhanchement que les talons plats mettaient naturellement et joliment en valeur. S'éloigna. Derrière elle flottaient de petits lambeaux de fumée de cigarette. Les deux femmes sur le banc, elles aussi, la suivaient des yeux, leur conversation suspendue. Et lui, Anjo, en restait une fois de plus à se demander pourquoi elle lui avait adressé la parole le premier soir, comme si elle l'eût attendu, moulée dans ce peignoir rouge et brillant ; pour quelle véritable raison (autre que celle de savoir quel enfant monstrueux se tenait à la fenêtre au-dessus du garage) elle était sortie ; pourquoi elle avait voulu savoir s'il *pourrait l'aider*... l'aider à quoi, bon Dieu, ou contre quoi, contre qui ? Est-ce que tout cela tenait seulement debout ? Car elle avait bien peu l'air d'avoir besoin de quelque aide que ce fût. Assurément.

À cet instant se produisit un de ces événements dont la franche importunité pousserait facilement un esprit simple aux croyances clandestines, aux certitudes marginales et convictions maléfiques : Mylène descendait la pente du chemin ; on eût dit qu'elle s'enfonçait progressivement dans le niveau du sol, puis elle disparut ; dans les secondes suivantes, c'était une flamboyante chevelure rouge qui apparaissait, un visage, une silhouette grande, aux hanches rondes, approchant hardiment, et que les deux femmes assises sur le banc suivirent des yeux, avec ce mouvement de tête qu'elles avaient eu pour accompagner la sortie de Mylène, revenant à son point de départ. Mais seul Anjo reconnut l'arrivante.

— Qu'est-ce que tu fais là ? dit Annie, pour ajouter sans doute aux hermétismes du moment.

Elle avait peiné, sous l'implacable chaleur, dans la grimpée de la côte. La sueur brillait aux ailes de son nez et sur la peau dorée dans le décolleté de sa chemisette de garçon. Tandis qu'Anjo essayait de savoir ce qu'il faisait donc là, elle l'examinait d'un œil pour le moins circonspect.

Il ne trouva pas de meilleure réponse que :

— Comment, ce que je fais là ?

— Je pensais te trouver au lit, dit Annie. Je suis venue parce que…

Sa voix trembla sur les derniers mots, s'éteignit ; elle ne dit pas pourquoi elle était venue. Elle paraissait se rendre compte à retardement de la tangibilité de sa présence au milieu de cette cour, sous les regards avidement curieux des deux femmes sur le banc, et celui étrangement fané d'Anjo. Son regard à elle se troubla, et Anjo sentit qu'une chance lui était donnée de reprendre la situation en main…

— Nom de Dieu, dit-il en un souffle profond, sans vraie méchanceté.

Il la saisit par un coude et l'entraîna ; elle n'opposa aucune résistance. Dieu sait où elle croyait le suivre : ce fut dans la petite cour de derrière où le soleil qui avait tourné le coin de la maison rôtissait la toile cirée de la table de bastings créosotés.

Il ne l'invita pas à s'asseoir. Il ne lui proposa pas quelque chose à boire, il ne se pencha pas vers elle pour l'embrasser, il ne la prit pas dans ses bras, il n'ajouta pas un mot — il ne fit strictement rien de ce à quoi elle cessa donc très vite de s'attendre. Se borna à la scruter d'un regard devenu graduellement torve sous les paupières alourdies, si bien qu'elle finit par se composer une expression irritée, excédée, coléreuse. Au moins, Anjo l'écouta.

Et s'il fut ahuri au début, cela se transforma à la fin en effarement. L'ahurissement d'Anjo fut provoqué par des phrases telles que « Mme Martinette m'a dit que tu voulais me voir, parce que t'étais malade, alors je viens ! », et : « Elle a dit que tu t'étais tordu le dos, ou quelque chose comme ça », et « il paraît que ça te plairait que je sois là » ; son effarement, plutôt par les « C'est fou ce que tu as l'air content, oui ! Qu'est-ce que c'est que ce plan à la con ? » et : « Pour qui tu me prends, Jean-Joël Toussaint ? Qui c'est qui veut me faire marcher ? », et encore : « C'est pour me tirer cette gueule que tu m'as fait demander de venir, dis ? Qu'est-ce que je t'ai fait, mon salaud ? », et ensuite uniquement des mots que pourtant bien des habitués n'eussent pas utilisés sous une pareille chaleur. Enfin, Anjo participa à la conversation et dit : « Tu me fais chier, Annie ! », ce qui ne changea ni le débit ni la qualité des gros mots, obligeant Anjo à se répéter, et un peu plus tard tout cela devint très cassant quand Anjo se vit obligé de faire des phrases :

— Bordel de merde, Annie, maintenant tu m'emmerdes vraiment, t'as compris ? Personne t'a demandé de venir ici, en tout cas pas moi, et si c'est Martinette qui t'a dit ça, elle a dû se foutre de ta gueule, ou alors celui qui lui a demandé de le faire est un sacré mariole à la con — et je vois bien qui c'est ! et je me demande de quoi je me mêle un peu ! Et je me demande aussi ce que tu pouvais bien foutre là, à attendre je me demande bien quoi ! Et j'ai sûrement pas envie de te voir venir me faire chier chez moi ! Bordel de Dieu ! quelle patience ! acheva-t-il, excédé.

Annie ergota bien encore un peu pendant une demi-heure ; il y eut des hauts et des bas dans le ton, des silences, des propos ordinaires, châtiés, avec des flambées soudaines comme si les gros mots allumés auparavant continuaient de brûler, tel un feu de mousse parcouru d'embrasements brefs — puis il y eut des larmes — puis la grande fille rousse que, dans la seconde, tout autre qu'Anjo aurait eu envie de prendre dans ses bras pour la consoler longuement, dit :

— C'est cette fille aux boucles d'oreilles en toc, hein ?

Ce qui était d'une maladresse rédhibitoire, évidemment : la grande et belle fille rousse, qu'en dépit de cette beauté et de cette rousseur personne ne semblait avoir la plus petite intention de consoler ni de prendre dans ses bras, disposa pour s'en convaincre de plus de cinq minutes, pendant lesquelles elle renifla surtout, et s'efforça de ne pas laisser couler ses larmes plus bas que le milieu de ses joues, tandis qu'Anjo avait pris une apparence toute marmoréenne qu'il ne semblait pas près de quitter.

Et Annie dit :

— Alors, ramène-moi.

— Où ? expira-t-il.

— Chez moi ! Tu peux être sûr que je ne mettrai plus les pieds de sitôt dans ton bled pourri ! Ramène-moi !

— Sûrement pas, dit Anjo. Comme t'es venue, tu peux repartir.

Il était là, à peine moins marmoréen, juste quelques petites fissures du côté du regard et de la bouche : plus rien ne l'émouvait.

— Jean-Joël Toussaint, dit-elle (ne pleurant plus du tout) en assenant comme des coups les syllabes imbriquées dans les mots. Jean-Joël Toussaint, est-ce que tu sais ce que t'es ? Un salaud, voilà. Et tout le monde le dit, et je le savais avant aujourd'hui, je me priverai pas de le répéter si on me le demande. Non seulement t'es un salaud, mais tu es pire qu'un monstre, pour m'avoir fait venir ici uniquement pour m'envoyer paître. Et pour me faire voir l'autre grue, là, tout à l'heure, qui m'a croisée, avec ses boucles d'oreilles comme des roues de tracteur et la fumée de sa cigarette par les trous de nez, sans même me regarder, ou plutôt avec l'œil en coin…

— L'œil en coin ? dit Anjo.

— …pour bien me faire comprendre avant que je sois arrivée en haut de ta saloperie de côte. Alors tu vas me ramener chez moi, Jean-Joël, et pas plus tard que tout de suite, ou je vais dire aux deux bonnes femmes sur le banc, qu'une des deux c'est au moins ta mère, laquelle je sais pas, et l'autre je sais pas non plus, je leur dis que tu m'as tronchée sur le capot de ta voiture qui gondolait et pétait comme une tôle au soleil ! Et je leur dis que c'est sans doute comme ça que tu troncheras l'autre qui est dans cette maison, à moins que ce soit fait, déjà. Sur le capot ! Et la seule chose que tu lui auras demandée avant, c'est peut-être de retirer ses boucles d'oreilles, comme la seule chose que tu m'aies demandée ce coup-là ça a été de ne pas poser mes talons sur ton sacré putain de pare-chocs !

Anjo pinailla un peu, comme s'il voulait surtout la rendre enragée pour rire, sous prétexte qu'il lui serait probablement impossible de quitter la cour à cause de la voiture de Nono qui bloquait le chemin. Un argument particulièrement idiot, étant donné que la voiture n'était plus là depuis que Nono était rentré de sa promenade et s'en était allé pendant qu'Anjo somnolait sur son seau retourné, contre le mur du garage.

— Tu vas me ramener chez moi, Jean-Joël Toussaint, dit Annie. Ça fait trois jours de suite que des copines me conduisent jusqu'au bistrot où tu m'avais dit qu'on pouvait toujours te trouver, et où personne ne te voit plus, et depuis trois jours elles ne peuvent pas venir me rechercher avant minuit, et hier il a fallu que je descende à pied jusqu'au village et que je subisse la moitié du chemin avec un groupe de conscrits qui jouaient de la trompette ! C'est agréable !

Il dit que, bon, il allait la ramener.

Anjo fut absent trois quarts d'heure (il vit lui aussi un groupe de conscrits et conscrites en pleine « tournée aux œufs » qui firent mine de vouloir l'arrêter en occupant le milieu de la route : il n'avait même pas ralenti...). À son retour, les deux femmes avaient quitté le banc. Une fois la voiture au garage, Anjo chercha sa mère ici et là, monta boire le contenu d'une cruche d'eau sans reprendre souffle, redescendit, eut l'attention attirée par une conversation en provenance du jardin, et les aperçut toutes les deux qui se promenaient là-haut, rien qu'elles deux.

N'ayant aucun moyen de savoir si elle était toujours en promenade ou si, revenue, elle se reposait dans sa chambre, Anjo chercha un endroit où attendre. Il se décida pour le tonneau jaune d'Elian.

Et alors il l'aperçut, en bas, près du ruisseau, qui marchait lentement sur la berge, remontant le cours d'eau. Il la vit pénétrer dans les broussailles et sous les frondaisons. Il ne réfléchit pas, il entendait toujours la voix jalouse de la fille rousse qui prononçait les mots « regard en coin » ou quelque chose d'approchant, savait pertinemment qu'on ne trouve pas mieux qu'une fille — qui plus est rousse — pour savoir à quoi s'en tenir à propos d'une autre fille — il se précipita et dévala le ravin. Un véritable volcan d'énergie rouge lui ronflait au ventre, source brûlante tout à coup réveillée, instigatrice des pires priapées... et le geyser de lave noircit, fumant, éteint par un seul cri :

— Anjo !

Il avait fait un pas sous les arbres. Il recula. Leva la tête vers le haut du ravin où Cinq-Six-Mouches dans son blouson vert à vous crever les yeux agitait une main, et répétait : Anjo !

— Je lui ai dit ! cria Anjo comme une menace. J' l'avais dit que tu serais là avant ce soir !

Elian finit par se relever, mais sans vraiment s'aider de la main tendue et secourable du gamin ; il s'y était pourtant agrippé et ne la lâchait pas. Pendant un instant, il ne fit que dégouliner et regarder le gamin, qui soutint, nez en l'air, son regard plongeant. La fatigue d'une épreuve identique posait ses marques sur leur visage, à la différence qu'elles étaient plus profondes, creusées, froissées, sur celui d'Elian. Puis un sourire éclaira les yeux de l'homme, esquissa le haussement des moustaches et arrondit ses pommettes. Par contre, la gravité empreinte dans les traits de l'enfant ne changea pas d'un iota, comme pétrie une fois pour toutes, immuable — mais elle avait perdu toute trace du renfrognement hostile qu'on y lisait la veille, quand il était en train de « pondre » ses œufs.

— Où que t'étais, galichtré ? dit Elian.

Une expression de méfiance ombragea légèrement le regard du gamin. À l'évidence, il hésita entre l'énoncé véridique des faits et leur substitution par une version menteuse, brève et crédible. Il avait joué normalement la vérité avec Anjo, une fois, moins de deux heures auparavant, et la réaction de ce dernier ne l'encourageait guère à courir le risque de nouveau. Par chance, Onc' Elian se fichait visiblement d'une réponse immédiate, quelle qu'elle fût ; ses priorités allaient à la satisfaction, au soulagement, en un mot au bonheur d'avoir retrouvé Cinq-Six-Mouches en bon état — et il disait :

— Nom d'une sacrée bête en bois, mon garçon, je ne vais pas t'engueuler, mais quand même ! Faire des coups comme celui-là, est-ce que tu te rends compte ? J'en ai rien dit à ta tante et j' suis allé jusque chez toi pour savoir si t'avais bien écrit la vérité sur ton satané bout d' billet que j'ai là dans ma poche... Je suis rudement content de te revoir là, mon garçon, mais je suis pas près non plus d'oublier cette journée !

Elian exprima une série de jurons ravis ; puis il dit : « Oh », réalisant où il se trouvait et dans quel état ; de sa main libre qui n'était pas refermée sur celle du gamin, il tapota les cuisses de sa salopette, décolla le tissu de ses fesses, tapota encore par-ci par-là ; des petits gloussements d'hilarité s'égrenaient sous sa moustache.

— Nom d'une bête en bois, dit-il. Viens, mon gamin. Sortons un peu d'ici.

Tout ce que Cinq-Six-Mouches avait de trempé ne dépassait pas la hauteur de ses gros genoux osseux, étonnamment sales. Brusquement, l'expression d'Elian changea quand ils furent sur la rive. L'eau s'écoulait, après avoir jailli, des œillets de leurs chaussures. Il y avait exactement vingt-sept truites alignées sur le gazon, les ouïes béantes comme des plaies vives. Elian n'y toucha point. Il regardait les truites tuées et le vivier de pierre immergé, démoli, puis de nouveau les truites. Il s'accroupit, un genou en terre.

— Pourquoi que tu dis ça, gamin ? Pourquoi Anjo aurait fait une chose pareille ? Et qui a dit que ça pouvait être toi ?... Nom d'une sacrée pipe. Il faut être fou... Est-ce que les truites étaient bien rangées comme ça ?

Cinq-Six-Mouches confirma d'un balancement de tête. Il dit :

— Quand je suis rentré, j'ai vu Anjo ici, près du ruisseau. Il sortait de sous les arbres, alors... Et je l'ai appelé. Il avait pas l'air content... Alors j'ai été voir Tatirène...

... et Tatirène dit : « Eh bien, où sont les autres ? », ce à quoi Cinq-Six-Mouches ne comprit rien, ni qui étaient les autres, ni donc où ils pouvaient se trouver, ni pourquoi on le lui demandait à lui ; et comme personne (Tatirène et Mme Violet) ne paraissait s'étonner de le revoir là, il en déduisit que personne (les mêmes) n'avait probablement remarqué son absence, et Tatirène lui dit de venir chercher son goûter. Il vit que le billet laissé en évidence sur son lit avait disparu. Se dit qu'Elian au moins savait — et n'avait rien dit. Son goûter était une énorme tartine de mousse de confiture de framboises écumée à la surface de la bassine de cuisson. Il en redemanda une autre que Tatirène lui confectionna tout en poursuivant sa conversation avec Mme Violet. Cinq-Six-Mouches entendit parler de Corrèze et de l'oncle Antonin, ensuite Mme Violet prit un air plutôt sombre pour parler de quelqu'un qui « posait bien des problèmes ». « Allez, file ! » dit Tatirène. Il fila avec sa tartine.

Plus tard, il était grimpé dans sa tour de pneus entre les troncs de l'arbre et il était assis tout là-haut. Il prit soudain conscience de la rareté séduisante d'un instant comme celui-ci, essentiellement composé d'attraits tels que l'heure du jour, la clarté de la lumière, la chaleur sur l'herbe et dans ses vibrations au-dessus du sol, le goût du pain imbibé de cette fausse confiture trop sucrée, une espèce de drôle de bestiole (avec un corps à rayures orange et noires, comme un pyjama, qui venait de se poser sur l'écorce crevassée du tronc, qui remuait ses grandes antennes d'avant en arrière sans avoir complètement replié ses élytres) et la délicieuse odeur de caoutchouc chaud qui montait des pneus brûlants de soleil, surtout quand on en respirait l'intérieur. Il apprit trois secondes plus tard qu'une grande part de la valeur de cette sorte de bonheur tient à son intrinsèque précarité : Anjo sortait de sous les aulnes (où il était donc retourné après que Cinq-Six-Mouches lui eut adressé ce salut auquel il avait répondu par une giclée de mots incompréhensibles mais incontestablement hargneux), grimpait le sentier du ravin et venait se planter sous l'arbre.

— Salut, Anjo, dit Cinq-Six-Mouches.

Anjo n'avait plus rien d'un « redoutable rival », ni de quelqu'un occupé à devenir fou pour une cause aussi stupéfiante qu'une fille à la peau blanche et aux cheveux noirs, il ressemblait à n'importe qui sur le point de piquer une belle colère. Ce fut d'ailleurs à peu près ce qu'il fit, bien que ne braillant point ; il donnait l'impression de recracher des mots pleins de noyaux, ou bien mal digérés et qui lui emportaient amèrement la bouche comme des remugles. Il dit des choses étonnantes au sujet d'Elian, du gamin et de « leurs jeux à la con », et il répéta cent fois qu'il le savait bien… Quand Cinq-Six-Mouches voulut savoir où était Elian, la réponse d'Anjo fut un simple « Nom de Dieu », avant de reparler d'Elian et de ses manigances au sujet d'une certaine Annie…

En attendant qu'Anjo se calme, tournant et retournant sous l'arbre, il avala la dernière bouchée de tartine, après l'avoir longuement mâchée, et se lécha consciencieusement chacun des doigts de ses deux mains. Pour finir, Anjo se tut pendant une dizaine de secondes ; il reprenait souffle tout en regardant à droite à gauche comme s'il redoutait que quelque chose ne surgisse d'allez savoir où pour lui tomber dessus. Il leva les yeux — il avait de nouveau l'air de ce pauvre Anjo en train de devenir marteau —, demanda :

— Tu ne l'as pas vue ?

On ne pouvait pas ne pas comprendre de qui il parlait.

— J'étais pas là, dit Cinq-Six-Mouches. Je reviens juste de Haute-Saône, avec Bigboy qui m'a ramené.

… Comme s'y attendait Cinq-Six-Mouches (qui tenta pourtant de glisser l'information le plus subrepticement possible parmi un tas d'autres mots sur lesquels il appuyait davantage), la réaction d'Elian ne fut pas ordinaire, sans comparaison cependant avec celle d'Anjo… Car Anjo avait été frappé de stupéfaction, littéralement, bras ballants, mains pendantes, la tête levée vers le gamin sur ses pneus dans son arbre et la bouche grande ouverte ; graduellement, son regard était devenu très mauvais ; il n'avait pas dit un mot. Un bon moment plus tard il avait fermé sa bouche et s'en était allé, avait disparu (en vérité, Cinq-Six-Mouches n'avait pas osé descendre avant de voir arriver Elian et Violet sur le chemin forestier d'en face). Elian marqua le coup, secoua la tête de haut en bas tout en se débrouillant pour que son regard pointu ne quitte pas son axe d'un demi-centimètre.

— En Haute-Saône, dit-il.

— F'ui, aspira Cinq-Six-Mouches, en balançant la tête. Je voulais voir si je trouverais le nid de hérons près d'un étang, mais les hérons ne font plus leurs nids près des étangs, en tous les cas pas les étangs que j'ai vus.

— Bigboy ? dit Elian.

— F'ui. Il m'a ramené.

— Les hérons ne font pas leur nid près des étangs que t'as vus, hein ?

— Non, dit Cinq-Six-Mouches. C'est un scieur de bois qui me l'a dit, et il s'y connaissait. Je regrette de ne pas l'avoir pris en photo, lui. Mais j'ai pris l'étang. Et un hélicoptère.

— Un hélicoptère. Mouais. Pourquoi diable Bigboy t'aurait ramené ?

— J'en sais rien. J'ai pas pu l'éviter.

Elian scruta longuement Cinq-Six-Mouches, sans ciller. Loin, on entendit quelqu'un souffler malhabilement dans un clairon une sonnerie militaire.

— J’ai vu les conscrits, aussi, dit Cinq-Six-Mouches sur un drôle de ton. Ils font la tournée. Ils passent dans les maisons depuis dimanche, c’est Bigboy qui me l’a dit.

Elian fit « oui » de la tête, comme il savait le faire sans que ses yeux bougent.

— C’est pas Anjo, dit-il. Ça peut pas être Anjo, j’ peux pas l’admettre. Tout méchant qu’y soye devenu, s’il est devenu méchant et enragé comme on pourrait l’ penser, il aurait pas fait ça. Pourquoi qu’il me voudrait autant d’ mal, tu peux me le dire ?

Ce n’était pas vraiment Cinq-Six-Mouches, bien sûr, qu’Elian interrogeait ; son regard obliqua vers les truites alignées.

— De plus, c’est pas à moi qu’on a fait l’ plus de mal en détruisant ce vivier, et Anjo le sait bien… C’est pour son frère que je l’ai fait, ce vivier. Il avait un peu plus de la moitié de ton âge, nom de bois, et depuis il s’était pas passé un mois de bonne saison sans qu’il soit plein de jolies demoiselles comme celles-là… C’est pas Anjo, j’ peux pas y croire.

— Je l’ai juste vu sortir de sous les arbres, dit sourdement Cinq-Six-Mouches.

Elian produisit des bruits d’air aspiré entre ses dents. Il se mit à rassembler les truites que le massacreur avait alignées sur trois rangs ; elles étaient suffisamment visqueuses pour avoir subi leur sort depuis quatre ou cinq heures.

— J’ peux pas y croire. Bon Dieu, non. J’ peux tout simplement pas.

Pourtant, il ne croyait sans doute pas tout à fait non plus à son entière et indéniable innocence quand il les rejoignit le soir, dans la cour derrière la maison, et quand il déposa les six truites dans le panier d'herbes fraîches, sur la table — exactement comme Anjo ne croyait guère à l'innocence d'Elian dans cette histoire de Cinq-Six-Mouches et ce qui s'était ensuivi, principalement l'irruption de cette fille rousse à qui il devait certainement d'avoir gâché une belle chance auprès de Mylène Violet...

Le premier des deux à détourner les yeux fut Elian, qui ne semblait pas avoir perdu la joute pour autant, au contraire, et transformait par un soupir adapté cette renonciation en démonstration de sagesse. Il dit que les truites étaient pour les Violet (il avait placé les autres dans son congélateur, après les avoir vidées) et Irène assura qu'ils seraient ravis de l'attention, et Elian dit qu'il n'y avait pas d'attention là-dedans, sans que l'on comprît vraiment ce qu'il entendait par là, sauf Anjo, car cette fois il fut celui des deux qui détourna les yeux.

Irène dit que M. Violet paraissait très satisfait et Elian dit « ah ». Il avait changé de chemise et de salopette, s'était débarbouillé, avait lissé ses cheveux. Cinq-Six-Mouches, absolument éteint, avait lui changé de chaussures et de chaussettes, de short ; dans la lumière du soir, son blouson tournait au fluorescent.

Ils ne parlèrent — personne — ni de l'absence de Cinq-Six-Mouches, ni de la visite d'Annie la Rouge, ni du pillage du vivier, car chacun de ces sujets qui demandait pour être abordé l'entendement d'au moins deux d'entre eux risquait de provoquer le désarroi des autres, sans parler de ce que chacun savait, ou croyait savoir, ou croyait préférer savoir ou ne pas savoir, et ne tenait pas à divulguer ou partager…

Sauf Irène. Qui avait passé, dit-elle, une bonne journée.

Qui donc en parla — et c'était un plaisir de la voir ainsi, détendue, gaie, presque bavarde. Un plaisir, évidemment, de l'écouter dans les bruits du soir qui se mettaient en place… les rires et les cris au-dessus de la colonie… le grincement de la balançoire qui avait repris et sciait l'air chaud montant du sol… des crapauds récitaient le typique bréviaire anoure sur deux notes roulantes et monotones, et des insectes sans nom, cousins des cigales, peut-être, commençaient de craqueter dans les herbes… un tracteur passait sur la route invisible… des motos pétaradaient du côté du carrefour, devant chez Martinette.

À un moment, après avoir resservi une assiettée de hachis Parmentier à Cinq-Six-Mouches-le-dévoreur, Irène fit connaître en partage ce qu'elle avait appris (baissant un peu la voix) :

— C'est leur fille qui est malade, Mme Violet ne m'a pas dit quoi exactement, mais ce serait les nerfs, la tête, que ça ne m'étonnerait pas… Ils semblent bien contents qu'elle ait accepté de les accompagner ici. Ils voudraient bien trouver une maison dans la région. À acheter. Pour elle, surtout. Je veux dire : à cause d'elle.

Anjo leva un œil. L'œil allumé de celui qui vient de tout comprendre.

— C'est pour ça que tu parlais de Nonon Tonin, aujourd'hui ? Et de la Corrèze ?… C'est bien ce que tu devrais faire, dit-il. Aller le retrouver là-bas et vendre ici. Je pourrais rester dans le garage avec 'Lian. On se débrouillerait avec les locations d'un seul logement. Hein, 'Lian ?

Ce fut lui qui le dit. Allez savoir s'il y croyait ou non — allez savoir, derrière ce sourire carnassier, cette expression sournoise d'illuminé aux yeux fiévreux.

— Ouais, fit machinalement Elian, sous le coup de l'étonnement.

Car entendre tomber ces phrases de la bouche d'Anjo ne le déconcerta pas moins que s'il s'était dressé soudainement pour régurgiter son repas. Ensuite, mais cela prit encore du temps, leur signification le lapida.

Il ne descendrait pas chez Martinette ce soir, pour mille et une raisons, parmi lesquelles celle-ci : les trois ou quatre soirs précédant la course, c'était l'enfer dans la salle de café où toute la jeune et mâle (principalement) population de la vallée se bousculait pour jouer au billard, au flipper, aux boules électroniques, écouter la musique du robot musical et celle du juke-box, quand il ne se trouvait pas un accordéon de passage, danser, boire et s'agglutiner autour des concurrents de l'épreuve cycliste de qui le bistrot était devenu le Q.G., un peu parce que l'établissement était tenu par l'éternel second du classement, beaucoup parce qu'on espérait bien y rencontrer l'éternel premier, habitué des lieux et, de longue date, comme personne ne l'ignorait, petit ami secret de Martinette. C'était donc une des raisons. Il ne se sentait véritablement pas le courage, la force ni l'état d'esprit requis pour affronter ce soir l'épreuve des libations, des pronostics, des paris, des défis — en un mot, cette popularité que lui valaient ses exploits réitérés au cours de l'événement sportif annuel. De plus, il avait traversé, au cours des dernières vingt-quatre heures, un certain nombre d'épreuves psychologiquement difficiles, après que sa dernière visite à Martinette n'eut pas été des plus revigorantes et avant que les phrases imbéciles prononcées par Anjo produisent leur effet.

Et il avait retrouvé Cinq-Six-Mouches.

Et il avait dans les mollets plus de trente kilomètres de marche en forêt.

Violet lui aussi, à qui Elian adressa un signe de la main depuis sa fenêtre. L'homme n'était pas rancunier, à moins qu'au contraire totalement hypocrite : il répondit au salut d'Elian, avec un grand sourire en accompagnement, mima comiquement une lourdeur de démarche exagérée et se dirigea vers « son » banc, où sa femme l'attendait. L'instant d'avant la fille s'y trouvait aussi. Elle s'était levée, elle avait allumé une cigarette et s'était éloignée du côté du sentier au-delà du garage : deux secondes plus tard, Anjo traversait la cour et filait dans cette même direction, comme si quelque urgence l'obligeait à aller écouter par là son petit transistor qu'il tenait contre son oreille. La fille réapparut ; elle n'avait pas été absente une minute. Elle retraversa rapidement la cour, jeta sa cigarette dans les graviers avant d'entrer dans la maison… On entendit s'approcher et monter le son de la radio, puis se stabiliser : Anjo devait être assis sur le tonneau jaune.

— Il va finir par sécher sur pattes, dit Elian en quittant la fenêtre. Il va devenir archisec comme une sacrée vieille cosse d'haricot avec dedans les grains plus durs que des cailloux.

Ce n'était pas nécessaire de le nommer. Cinq-Six-Mouches vautré sur le lit d'Elian savait très bien de qui il s'agissait. Il balançait un pied nu et caressait le chat rayé de jaune qui les avait suivis, pour une fois.

La lampe n'était pas allumée, on y voyait encore très bien, et jusqu'aux volutes de fumée qui montaient du tiers de cigare d'Elian.

— Peut-être qu'il ne deviendra pas fou, dit Cinq-Six-Mouches. Qu'il s'arrêtera avant.

— Trop tard pour ça, on dirait bien.

Beaucoup trop de choses en désordre inquiétaient Elian quand il regardait Cinq-Six-Mouches, mais une surtout, et c'était l'imperturbable sérénité de son unique expression, depuis son retour. Ce calme de grand sage. Au point qu'on pouvait se demander sérieusement si tout ce qu'on avait pu supposer à l'origine de son départ ne relevait pas de la pure fabulation.

Ils écoutèrent la face A du disque de vieilles chansons, et contrairement à l'habitude le gamin ne demanda pas une audition bissée de *Margot la Ventouse*... Elian releva le bras et le déposa sur son support ; il éteignit l'antique tourne-disque, rejoignit Cinq-Six-Mouches sur le lit. L'enfoncement qu'il provoqua dans le matelas en s'asseyant fit glisser le chat vers lui et il assura la relève de Cinq-Six-Mouches pour les caresses ; en rien de temps il fut couvert de petits poils très fins couleur de paille qui voletaient au moindre souffle.

Le son de la radio d'Anjo, à faible volume, s'élevait toujours du même endroit. De loin en loin, M. et Mme Violet, sur le banc de lattes blanches, échangeaient deux phrases.

Le gamin recula de manière à s'adosser au pied du lit, tandis qu'Elian se tenait à la tête. Contre la cuisse d'Elian, le chat rayé de jaune, étiré de tout son long, sortait et rétractait ses griffes en cadence ; il ne ronronnait pas, n'avait jamais su, au lieu de quoi il produisait sporadiquement d'étranges bruits rhino-pharyngiens.

— Qu'est-ce que c'était, comme étang ? dit Elian.

Il crut que le gamin n'avait pas entendu, ou qu'il dormait, la tête appuyée contre son bras replié sur le rebord du lit, et il se préparait à répéter la question. Cinq-Six-Mouches dit :

— Un étang. Et gros… Je l'ai pris en photo, tu verras.

— Est-ce que la montagne se reflétait dedans ? dit Elian.

— Quelle montagne ?

— La montagne autour de l'étang.

— Y avait pas de montagne autour…

— T'es sûr de ça, galichtré ?

Cinq-Six-Mouches affirma qu'il était sûr et certain. Et même ajouta :

— Tous les étangs sont pas comme celui des Presles. Là-bas les montagnes ne sont pas tout près…

Elian le considéra longuement, laissant s'éteindre son cigare. En ce qui le concernait, les seuls étangs sérieux qu'il connût se trouvaient être celui de la vallée des Presles, à moins de dix kilomètres, disons sept, et le lac des Perches, et il connaissait aussi le nom de deux ou trois autres, mais situés en pleine montagne ; donc il eût été bien incapable de jurer que Cinq-Six-Mouches ne s'était pas rendu *effectivement* jusqu'à un lac de Haute-Saône, de l'autre côté du Ballon. Le chat rayé de jaune émit des bruits impatients à la limite du miaulement, et Elian reprit ses caresses.

— Ne va jamais raconter ça à ta mère, dit-il. Ou attends d'avoir mon âge pour le faire.

Cinq-Six-Mouches dit :

— Oui, mais pour les photos…

— Tu me donneras ça, ta pellicule, je me débrouillerai… Comment tu ferais si tu devais rester un jour entier sans avoir une nouvelle idée folle ?… Et, bon Dieu de bois vert, ne va surtout pas raconter que Bigboy t'a ramené de je ne sais trop où. Même quand t'auras mon âge, ne le dis pas… Qu'est-ce qu'il fichait aussi dans ces coins-là, celui-là ? Toujours partout, par monts et par vaux, à traîner du matin au soir, et sans parler de la nuit.

— Il m'a rien fait de mal. Il passait par là, et il s'est arrêté parce qu'il m'a reconnu, qu'il a dit. Il m'a demandé si j'avais peur et j'ai dit que non… mais j'avais un peu peur quand même.

— Et après ? C'était où ?

— Là-bas, dit Cinq-Six-Mouches. En Haute-Saône, de l'autre côté de la montagne. Je suis parti hier soir. Je voulais trouver les hérons. J'ai marché toute la nuit en passant par le chemin que je me rappelais. Un jour, avec 'Pa, on était passé par là pour aller rechercher des chiens de chasse qui s'étaient perdus, tu te rappelles ?

— Non… Qu'est-ce que t'es en train de raconter, gamin ?

Cinq-Six-Mouches soupira. Marqua un temps de réflexion.

— À la cabane forestière, dit-il, j'ai vu les conscrits. Des garçons et des filles… Alors je me suis caché et ce matin je suis reparti… Il y a un monsieur scieur de bois qui m'a fait monter dans son camion, je lui ai dit que j'étais un scout, et il m'a dit que les hérons venaient plus par ici. Il m'a laissé près de l'étang… C'est après que j'ai vu Bigboy et il m'a reconnu, et il m'a ramené. Je crois qu'il a trouvé vraiment bizarre que je sois là, mais il l'a pas dit. On a revu les conscrits à l'entrée du village, et j'ai reconnu celui qui portait le drapeau : je l'avais vu avec cette fille devant la cabane forestière, la nuit. Bigboy m'a dit de me cacher, qu'on me voie pas dans cette voiture avec lui.

— Ah oui ?… Pourquoi ça ? coassa Elian.

Cinq-Six-Mouches haussa mollement une épaule.

— Parce qu'il vaut mieux pas être vu avec lui. Il le sait bien, c'est lui qui me l'a dit. Evie aussi le dit… Alors, personne m'a vu. Il m'a laissé un peu avant le bas de la route.

Le sommeil flottait tout autour de lui, il se pressait à ses oreilles, aspirait les pulsations furtives de la nuit tombante. Les bruits de nez que produisait le chat rayé de jaune s'emballaient, se calmaient, reprenaient. Cinq-Six-Mouches avait fermé les yeux, avec ce sourire indéfinissable pareil à celui qu'ont les chats quand ils ferment les leurs. Voilà qu'il s'enlisait dans un autre de ces moments rares à la texture composée de plusieurs petits bonheurs d'une mystérieuse banalité, comme il en avait connu un déjà parfumé au caoutchouc et à la confiture au sommet de sa tour de pneus dans l'arbre.

— Peut-être que j'étais un peu fou, moi aussi, hein ? dit-il.

— Comment ça, fou ? dit Elian qui en était resté à Bigboy.

Cinq-Six-Mouches expliqua :

— Fou comme Anjo, peut-être un peu. C'est pour elle que je cherchais les hérons. Onc' Elian…

— Oui, gamin ?

— Mais je l'aime toujours bien, tu sais ? Mais je suis revenu et je suis plus fou comme avant.

Il prononçait « avant » comme si la dernière fois qu'hier était tombé remontait à six mois. Elian se sentit étrangement touché, en même temps qu'embarrassé, par la confidence du gamin à demi endormi.

— Tu comprends, Onc' Elian ?

Bien sûr que la pénombre et le demi-sommeil y étaient pour quelque chose d'essentiel…

— Oui, dit Elian.

— Je l'aime bien encore… Mais je suis plus presque fou. J'aime bien y penser… Tu crois que c'est ça ? que je suis devenu presque fou et que ça s'est arrêté à temps ?

— Sans doute, oui… Je sais pas si c'est réellement ce qui s'est passé, mais si t'appelles ça comme ça, c'est sans doute qu'il y a du vrai.

— Tu le diras à personne, hein ?

— Non. Tu peux être certain.

— Ça t'est déjà arrivé, quand t'étais jeune, Onc' Elian ?

— J' pense qu'on peut dire que oui.

— Avec Martinette ?

— Non.

— Oh…

— Non, dit Elian. C'était pas Martinette.

Un temps plus tard, Cinq-Six-Mouches marmotta d'une voix pratiquement éteinte .

— Tu t'occuperas de ma pellicule, Onc' Elian…

Elian ne répondit pas.

Les premiers symptômes de l'empoisonnement furent le silence. Puis les larmes, de désespoir et de rage, brillantes, sous les lourdes paupières, et plus rageuses que désespérées, séchées avant qu'elles ne coulent.

Cinq-Six-Mouches, seul témoin endormi, souriait.

Le chat rayé de jaune sauta en bas du lit, et manifesta son intention de quitter la pièce ; il fallut bien qu'Elian se lève pour lui ouvrir la porte.

Au milieu de la matinée, Elian quitta la lisière de la forêt et redescendit vers la maison à travers prés, dans une fournaise qui ne faisait pas de notable différence avec celle de la veille, et ce n'étaient pas les macules et bavochures salissant le bleu du ciel (pas même de vraies traînées nuageuses) qui y changeaient grand-chose. Trois millions de petites sauterelles brunes jaillissaient des herbes jaunies devant Elian, à chaque pas, retombant de part et d'autre.

À deux jours de la course, les années précédentes, Elian n'eût probablement pas gâché une demi-journée à la cueillette des champignons en lisière de forêt, mais personne (ni Irène ni Anjo) ne s'étonna, dans un premier temps, de ce changement dans le rituel. Les bruits selon lesquels Elian n'était pas en grande forme risquaient de se conforter et de s'amplifier : on pouvait compter sur les doigts d'une main le nombre de fois où on l'avait vu s'entraîner, sur les cinq kilomètres de trajet ou ailleurs, et il donnait tout simplement l'impression d'éviter les réunions de concurrents le soir, au café des *Charbonniers.*

On ne vit donc pas davantage Elian sur son vélo ce matin-là qu'on ne l'y avait vu la veille, sur aucune des routes ou chemins de la vallée. Certains ricaneurs, à leur tête Léon Dubreuil si facilement désobligeant, ne manquèrent pas d'y voir confirmation de leur théorie de la mauvaise condition physique du champion décanal, qui, à leur dire, savait ne pas résister au parcours et préférait donc se conserver en meilleure forme possible pour le jour de l'épreuve — sans compter qu'il s'était blessé d'un malencontreux coup de pédale et que c'était d'ailleurs depuis cet *accident* qu'on ne l'avait pas revu sur un vélo — d'autres, qui ricanaient différemment après avoir pris connaissance du journal, le surnommèrent derechef « Obélix » et décidèrent que cette toute nouvelle occupation de chercheur de menhirs était sans doute beaucoup plus intéressante…

Il se souciait peu, et n'imaginait pas, que les langues courussent déjà bon train. Mais l'eût-il su qu'après avoir posé son panier à moitié rempli sur la toile cirée de la table, pris le journal qui s'y trouvait, lu l'article de Nono Mondi et vu les photos d'illustration, pas un seul de ses gestes n'eût été différent. Il se fichait des cancaneurs et de tout ce qui pouvait se dire à son sujet. L'article de Nono délirait raisonnablement ; il avait su maîtriser ses tendances à l'emphase, et, au-delà du couplet habituel consacré à la « figure locale » qu'on découvrait une fois par an, la recherche des « pierres levées, témoignages de l'occupation gauloise dans nos montagnes », était évoquée dans un style à peu près neutre (pour la signature de Mondi). Les clichés représentaient, l'un

Elian et Violet debout à côté de ce morceau de rocher que Nono trouvait tellement photogénique, l'autre un gros plan d'Elian ; et les légendes disaient, celle-ci : *L'éternel vainqueur,* celle-là : *Elian Toussaint à gauche, M. Antoine Violet à droite.*

Elian replia et reposa le journal. Il s'assit sur le banc, contre le mur déjà chaud de la maison. À cette heure-là du matin, en cette saison, le soleil quittait la cour de derrière ; il y reviendrait un peu après trois heures en passant par l'autre coin. Elian posa ses mains à plat sur la toile cirée, l'air encore plus teigneux que sur les photos du journal. Il ne bougea pas plus que le chat rayé de jaune assis là-haut dans le jardin, guettant Dieu sait quoi dans la touffe de rhubarbe… et quand le chat rayé de jaune s'étira et s'en fut, Elian sortit de sa poche de salopette un bout de cigare particulièrement tordu.

Il nettoyait les champignons quand Violet apparut à l'angle de la maison, hésitant comme quelqu'un qui n'ose entrer dans une pièce dont il a trouvé la porte ouverte. Il tenait un exemplaire du journal en main, qu'il posa sur la table, à côté de celui d'Elian.

— Nous avons les honneurs de la presse, dit-il.

Il avait l'air de trouver à la chose une certaine cocasserie.

Elian avait nettoyé les deux tiers de ses champignons. Il épluchait le chapeau d'une bise cœur-de-pigeon dont la peau collait à ses doigts. Il dit :

— J' m'en veux de vous avoir fait faire cette promenade, et c'est vrai… Dans ce que vous m'avez dit en revenant, hier soir, y avait du faux mais y avait un peu de vrai aussi, j' pense. Et c'est vrai que j'ai déjà vu dans des coins de bois des cailloux qu'on sait guère comment ils sont venus là, et c'est vrai aussi que j' pourrais en retrouver certains les yeux fermés, d'autres jamais, p't'être bien. Seulement, j' crois pas que je vous y mènerai. J' m'excuse de vous le dire en face, m'sieur Violet.

Violet n'en était pas fâché et, pour bien le signifier, ne fit pas que grimacer aimablement : il prit place de l'autre côté de la table, croisa ses mains.

— J' crois pas que je le ferai, poursuivit Elian. Parce que c'est vrai, je pense, ce que vous avez dit. J'ai pas tellement envie qu'on vienne me dire avec des grands mots le pourquoi et le comment de c' que c'était ici y a deux mille ans ou plus. Ça m'intéresse pas... en plus, quand des gens vous disent comment c'était y a deux mille ans, c'est bien souvent qu'ils en profitent pour vous dire aussi comment que ça devrait être à leur idée, *maintenant.* Leur idée, c'est la bonne, naturellement. J'essaie pas d'être désagréable avec vous, m'sieur Violet.

— J'entends bien, rassura Violet sur un ton parfaitement sincère.

— Ça c'est une chose. L'autre, c'est que j'avais pas la tête à mon affaire, surtout. C'était pas des pierres que je cherchais, c'était le gamin.

Il lui dit que le gamin était allé faire une promenade comme ça lui arrivait souvent, qu'il n'était pas rentré — comme ça ne lui arrivait pas — et qu'il avait été très inquiet, prenant ce prétexte de la chasse aux menhirs pour effectuer une vraie battue. Voilà. Il demanda à Violet la faveur de garder cela pour lui, de n'en pas souffler mot « aux femmes ».

— J' vous devais la vérité, m'sieur Violet, dit-il. Vous venez ici, chez moi, en vacances, c'est pour être tranquille et sans soucis, c'est pas pour qu'on se moque de vous. Alors voilà…

Il se plongea dans le grattage et l'épluchage d'un cèpe de bouleau au long pied fibreux et tortueux.

Son comportement était celui d'un homme qui vient de faire ce qu'il estime être son devoir, et c'est tout, que le reste du monde en pense ce qu'il en voudra. En l'occurrence, le reste du monde incarné par Antoine Violet en pensait plutôt du bien, et le fit savoir :

— Soyez sûr que j'apprécie votre franchise, monsieur Toussaint. Cela dit, je pourrais vous parler tout un après-midi de l'Histoire de cette région, et cela ne signifierait pas que je veuille vous… coloniser intellectuellement, d'aucune manière, ni prétendre vous imposer un style de vie… Je vous demande à mon tour de me croire.

— Ouais, dit Elian. Sans doute que oui… Mais je pense pas que je pourrais tenir tout un après-midi à vous écouter me raconter l'Histoire de cette région, encore moins qu' l'Histoire d'une autre.

— Évidemment…, fit Violet en s'efforçant d'avoir toujours l'air d'apprécier la franchise d'Elian Toussaint. Je suis convaincu, dit-il, que le garçon ne s'est pas douté une seconde du tracas qu'il vous causait.

Ils parlèrent de Cinq-Six-Mouches pendant un moment. Elian dit quel genre d'enfant c'était (en résumé un « bon gamin »), pourquoi il l'avait surnommé ainsi, lui inventa une promenade nocturne dans les forêts environnantes à la recherche de feux follets…

Pour l'heure, Cinq-Six-Mouches jouait avec Titi : on l'entendait brailler des ordres qui s'adressaient plutôt à une armée de robots à lasers qu'à un vieux chien au poil rude, mais Titi, bonne pâte, aboyait quand même, heureux de toute façon que quelqu'un l'eût détaché et s'intéressât à lui.

Violet remercia pour les truites. Elian dit que ce n'était rien et lui offrit les champignons, achevant de peler la corolle d'une magnifique amanite rubescente.

— Je les aurais préparés pour moi, dit-il. J'en mangerai d'autres. Je suis le seul à aimer ça, dans cette maison. Si vous m'en voulez vraiment pas pour ce que je vous ai dit, prenez-les.

Violet finit par accepter. Un peu plus tard, Cinq-Six-Mouches-le-robot passant par là avec Titi-l'extraterrestre sur les talons, Elian le héla et lui demanda d'aller chercher la douzaine d'œufs de ferme qu'il avait mis de côté pour m'sieur Violet : le capitaine cyborg s'empressa d'obéir et plongea dans l'hyperespace.

Elian passa le reste de la matinée, jusqu'au repas de midi, en compagnie de Violet, et ce fut principalement lui qui parla. Il répondit à toutes les interrogations, toutes les questions que lui posa le petit professeur entiché de régionalisme et de curiosités locales, notamment à propos de la course folklorique du 15. Elian faisait preuve d'une amabilité et d'une patience toutes dévouées à la curiosité de l'estivant. La seule particularité qui ne fût pas franchement compatible avec l'affabilité de son comportement était ce regard un peu mort et un peu trop dur à la fois, qu'il ne posait *jamais* sur son interlocuteur…

Ils se séparèrent pour le repas de midi, qu'ils prenaient chacun sur son territoire d'un côté de la maison, dans la fraîcheur d'une ombre équitablement répartie pour le moment. Violet s'en fut avec ses œufs dans une main et le panier de champignons dans l'autre.

À table, Elian ne desserra les dents que pour ingurgiter quatre ou cinq bouchées. Les regards qu'il accorda à Irène ou Anjo étaient furtifs, biaisants. Deux ou trois fois, il interrompit sa mastication comme si une révélation secrète lui était communiquée télépathiquement, et il scrutait alors Cinq-Six-Mouches, le geste suspendu, mais ce n'était pas tant le gamin qu'il fixait de la sorte que le contenu de sa révélation télépathique. De son côté, Anjo passa une bonne minute à couver d'un œil éteint le petit tas de déchet de nettoyage des champignons, sur la feuille de journal, et si cela parut lui poser une énigme il ne demanda l'aide de personne pour la résoudre, et personne ne la lui proposa.

Il se produisit dans l'après-midi un certain nombre de faits, avant qu'éclate cette crise d'Anjo qui perturba irrémédiablement ceux et celles que l'onde de choc atteignit.

Le mutisme d'Elian pouvait naturellement se justifier par la concentration, la tension et le trac, à deux jours de l'épreuve, et Cinq-Six-Mouches essaya un moment de le détourner de ce qu'il croyait être des préoccupations d'athlète. Il amorça plusieurs conversations, la première quand ils virent Violet prendre le chemin pour se rendre au village (ou ailleurs), à pied.

— Ils n'ont pas de voiture ? constata interrogativement le gamin, comme s'il s'en apercevait seulement.

Violet avait expliqué à Elian qu'il avait choisi de passer ces vacances sans moyen de locomotion à portée de main, pour n'avoir même pas à repousser la tentation ; il ne voulait pas en être réduit à prendre sa voiture pour aller bêtement acheter un journal : en vacances, il tenait à s'astreindre aux efforts physiques salutaires… (Certes, il n'avait rien dit du rôle accessoire mais bien réel que jouait l'absence de voiture dans l'espérance qu'il avait de garder sa fille sous le même toit que lui pendant ces trois semaines à la campagne…)

— Non, dit Elian.

Ils regardèrent s'enfoncer et disparaître sous la ligne de déclivité du sol la calvitie rougeoyante du marcheur.

La seconde tentative de conversation lancée par Cinq-Six-Mouches se manifesta comme une retombée de cette hébétude qui pesa sans crier gare, au milieu de l'après-midi, sur la maison et ses alentours, alors que déferlaient, par *toutes* les fenêtres du rez-de-chaussée, eût-on dit, les pleurs de Mylène, ses cris de rage incompréhensibles, ses sanglots, finalement accompagnés de litanies apaisantes et consolatrices de Mme Violet. Personne ne se trouvait dehors, et personne ne s'y rendit — chacun entendit et écouta de derrière sa propre fenêtre.

— Qu'est-ce qu'elle a ? dit Cinq-Six-Mouches, quasiment défaillant et livide.

— J'en sais rien, dit Elian, totalement rébarbatif.

Il jeta au gamin un coup d'œil qui voulait adoucir la sécheresse de ton mais que Cinq-Six-Mouches n'intercepta même pas, dont il se passa complètement. Les pleurs et les cris tournèrent au centre du silence qui avait investi le monde. La troisième tentative de conversation fut une copie de la seconde et précédente : Cinq-Six-Mouches : « Qu'est-ce qu'elle a eu », Elian : « J'en sais rien, nom de Dieu de bois » sur un ton moins cinglant que l'original en dépit du juron exclamatif.

Des membres du comité des fêtes arrivèrent aux alentours de quinze heures, après la grosse chaleur, qui voulaient voir Elian au sujet de la course, afin de mettre au point, dirent-ils à Irène qui les reçut sur le seuil, des détails concernant les costumes et déguisements que devaient porter les concurrents. Il avait été décidé au dernier moment qu'un thème des Fables de La Fontaine rehausserait d'une heureuse pointe culturelle l'attifement vélocipédique. Les membres du comité des fêtes étaient quatre, trois hommes et une femme, épouse d'un de ces partisans du culturel au service de la rigolade, tous également rouges, excités par le projet et la perspective de son accomplissement, tous parlant en même temps, disant les mêmes phrases. La femme s'abandonnait ponctuellement à la vague déferlante d'un rire violent dont il était impossible de dire ce qui le provoquait.

Elian ne voulut point se montrer. Il faisait mine de lire un magazine ouvert à la même page depuis une demi-heure ; à Cinq-Six-Mouches vautré sur le lit et qui relisait vraiment, lui, en chantonnant, une pile d'anciens exemplaires du *Journal de Mickey*, il dit :

— Va donc traîner en bas. Et si on te demande où je suis, dis-leur que t'en sais rien, mais que je suis pas ici.

— Pourquoi tu veux pas les voir ? s'étonna Cinq-Six-Mouches.

La réponse tomba, marquée au sceau de l'irréfutable :

— Parce qu'ils me font chier.

La délégation du comité des fêtes finit par se retirer au bout d'un quart d'heure, qu'ils passèrent à redire et répéter tous ensemble leur projet à M. et Mme Violet. M. et Mme Violet semblèrent trouver cela intéressant ; Mme Violet ne ressemblait absolument pas à une mère dont la grande fille de vingt ans vient de piquer une crise de nerfs…

L'autre événement, typiquement du même ordre, fut la disparition de Cinq-Six-Mouches, comme par magie, lors de la visite des conscrits et conscrites, une heure plus tard. On les entendit venir de loin. Leur progression était repérable aux longues plaintes épuisées qu'ils parvenaient encore à tirer de leurs clairons, après quatre jours d'essoufflements. Le groupe comprenait une demi-douzaine de garçons et trois filles — ils en avaient « perdu en route » — l'une d'ailleurs n'était pas de cette « classe » mais trouvait amusant de passer quelques nuits d'été en compagnie de gaillards que l'initiative ne rebutait pas, dans un chalet forestier… Ils étaient nés dans le même village et la même année, profitaient de l'été et des vacances pour faire la tournée aux œufs qui les menait de maison en maison où ils recevaient de l'argent qu'ils enfournaient dans une tirelire en forme de cercueil. On leur offrait à boire — de la canette de bière au verre de vin, en passant par la bolée de gnole —, on leur demandait de qui ils étaient les fils ou les filles, et ils déclenchaient invariablement par leurs réponses des réflexions atterrées sur l'inflexibilité du temps qui passe.

On appelait ça la tournée aux œufs (dit Elian à Violet qui le lui demanda) parce qu'*avant* c'étaient des œufs que les conscrits ramassaient, de quoi se nourrir en complément de la goutte, pendant la durée de la bringue. À présent, si le rite de la boisson perdurait comme une manière d'initiation, les œufs étaient remplacés par l'argent, qu'ils collectaient aussi en organisant les bals, et avec quoi ils se payaient un voyage ou quelques gueuletons, au bout de l'année, devenus adultes...

— Et après, dit Elian, on se retrouve tous les cinq, tous les dix ans, pour un banquet. Au dessert, au bout d'un certain temps, on compte les absents, ceux qui le sont à l'occasion et ceux qui le sont définitivement.

De tout le temps que les jeunes gens et leur drapeau, leurs clairons, trompettes, leurs rires rêches, leurs voix graves, emplirent la cour, Cinq-Six-Mouches se tint recroquevillé tout là-haut, derrière la haie du jardin où il s'était réfugié. Il retenait Titi entre ses genoux — le chien ne cherchait d'ailleurs pas à fuir, craignant plutôt ces débordements d'exclamations, de couleurs et de cuivres.

Puis les conscrits, conscrites, ainsi que cette sorte de navigatrice solitaire volontiers recueillie, emportèrent leurs rires, leurs grivoises exclamations de jeunes gens un peu pompettes, leur drapeau, calots tricolores médaillés d'abondance, clairons et trompettes dans lesquels ils soufflaient lamentablement, comme s'ils ne pouvaient décemment pas se mettre en branle sans obéir au signal. Et Cinq-Six-Mouches rouvrit les yeux, et ce qu'il vit entre les basses branches du hallier fut la tache si claire du visage de Mylène, dans l'encadrement sombre de la fenêtre ouverte d'une chambre du bas, côté cour de derrière ; il frissonna, croyant une seconde que c'était lui qu'elle observait, mais tout ce qu'elle avait repéré n'avait probablement d'autre importance que le chat rayé de jaune assis, et guettant, au bord d'une de ces boîtes de conserve à courtilières, enterrées au bout du jardin ; il la vit porter la cigarette à ses lèvres, avant que son visage disparaisse derrière le nuage de fumée rejetée qui s'écartela et se déchira dans un grand silence environné des cris et des bruits des autres en train de se retirer, s'écartela et se déchira avant de se dissiper, et alors il pensa qu'il avait oublié de finir la pellicule de son appareil pour donner le rouleau à Elian qui avait promis de s'en occuper, il pensa qu'il devait le faire sans tarder, il en eut réellement l'intention, mais la suite des événements — indépendants de sa volonté —, directement liés à cette crise d'Anjo, en décida autrement.

Elian prétendit plus tard, ainsi qu'il le raconta à Martinette, qu'Anjo fut énervé par le clairon.

Ce fut l'explication qu'il donna, sans rire, bien qu'il n'y crût évidemment guère. Il n'ignorait pas, au fond, que toute explication sensée, quelle qu'elle fût, *ne pouvait* convenir à l'attitude d'Anjo. Sinon celle-ci, généreusement mâtinée de conviction intime : Anjo était devenu méchant, donc, d'une certaine manière, fou. Voilà tout. Méchant et enragé comme un pauvre malheureux chien dans sa niche, à qui une renarde vient tourner les sangs. Voilà tout. N'empêche qu'en plus il est très possible qu'il ait été énervé par le clairon.

Il sortit de la maison sans fracas. Pour un énervé, il se contenait remarquablement. Il émergea à travers le rideau de perles de bois, s'appuya d'une épaule à l'huisserie. Il portait son T-shirt préféré, avec la publicité pour la bière sur le devant et une grosse tache de ketchup et de sueur en plein dans les lettres ONEN en demi-cercle ; plus que jamais il flottait dans le maillot.

Il avait des joues sacrément creuses et des yeux sacrément enfoncés sous ses paupières gonflées ; il avait l'air, en vérité, de mener exactement le contraire de la vie qu'il menait. Il mâchouillait une allumette.

Elian, qui se trouvait avec les autres dans la cour de la maison, en train d'écouter s'éloigner les fêtards, lui glissa une œillade en coin, du calibre de celles qu'il lui avait déjà décochées pendant le repas de midi et dont il lui réservait apparemment l'exclusivité. Il *vit* Anjo, mais ne le *regarda* point. Bien sûr, il vit qu'Anjo, lui, le regardait.

— Il était là à me regarder, dit Elian à Martinette plus de vingt-quatre heures plus tard, tremblant encore des lèvres et des mains, prisonnier de certaines images, alors que d'autres s'étaient comme égrugées dans une atmosphère de vacarme jusqu'à la dissolution. À me regarder, nom de Dieu de bois, et je suis bien certain qu'il ne me voyait pas. Parce que tout ce qu'il voyait, c'était sa colère et sa méchanceté… Il voyait ce qui avait p't' être mis vingt ans à pousser dans sa tête et qu'était enfin sur le point d'être récolté… Seulement, non, moi, y me voyait pas vraiment, j' veux dire pas avec ses yeux.

— Ne pense plus à ça, dit Martinette. C'est pas sa faute, et tu le sais bien…

Elle avait bu, mais moins qu'on ne pouvait le redouter ; elle s'était fait violence, à cause de ce qui s'était produit la veille et pour ce qui se passerait demain. Au bout de cette journée tuante qui n'avait pas vu désemplir le café de l'ouverture à la dernière minute, Martinette produisait un effort considérable à écouter se lamenter quelqu'un, encore, sans le secours d'un verre…

— Pas sa faute ? dit Elian, comme si, vraiment, il éructait. Comment ça, pas sa faute ? Et de sa faute ou non, qu'est-ce que ça change ? Tout ce qu'il a dit, nom d'une bête en bois, c'est pas ce qu'il pense, peut-être ? C'est pas ce que tout le monde pense ? Et toi comme les autres, et Léon ! C'est pas vrai ?

Anjo se tint donc là, à regarder Elian sans le voir durant une grande minute, après quoi il passa à l'attaque.

— Qu'est-ce que tu fiches ici, 'Lian ? J' veux dire à cette heure-ci de la journée et l'avant-veille de la course ?

L'apostrophe aurait pu passer pour une de ces paradoxales rudesses hypocoristiques qui sont l'apanage des vieilles et solides amitiés, n'eût été le ton sec et tranchant qui résonna dans cette chaleur, tel un coup de hache sur un tronc gelé au cœur dur de l'hiver. Elian desserra les poings, comme pour laisser le choc s'égoutter au bout de chacun de ses doigts.

— Ha, ha, bon Dieu ! ricana Anjo d'une voix vilainement coassante. Pourquoi que tu t'es pas montré ? que t'as pas voulu leur parler ? Pourquoi que tu les as évités ? Les autres années, on ne te voit plus à la maison, de jour comme de nuit. Cette année, c'est dehors qu'on ne te voit quasiment plus... Qu'est-ce que t'attends, *là,* 'Lian ? de voir l'*effet que ça fera* ? T'attends de voir qui en *clabotera* et qui en sortira vivant ?

Les autres ne comprenaient pas encore. Elian peut-être, peut-être pas — comprenait en tout cas qu'Anjo était en train de piquer une crise qui, si elle ne ressemblait pas à ce qu'il avait provoqué sur une autoroute allemande avant d'être enfermé neuf mois, n'en promettait pas moins d'être spectaculaire et de faire du dégât.

— Anjo, dit-il sans le regarder. Me semble bien que t'as bu un peu trop, par cette chaleur.

— Anjo ! dit Irène.

M. et Mme Violet échangèrent un regard circonspect ; cette expression d'expectative qu'ils affichaient l'un et l'autre donnait une étonnante ressemblance à leurs visages si dissemblables…

« Si au moins elle n'avait pas été là ! dit plus tard Elian. S'il avait attendu que sa mère soit éloignée. Mais rien du tout. Il se fichait bien de sa mère comme du reste, et y avait pas deux choses qui comptaient. C'était son idée fixe et c'est tout ! » Il le dit plus de vingt-quatre heures plus tard à Martinette, et elle hocha la tête avec compassion, n'ayant pas suffisamment bu pour ajouter un mot sur ce sujet, et suffisamment pour qu'il fût impossible de juger sa mimique sincère ou équivoque. Elle avait déboutonné son chemisier, se tenait assise sur le lit, un verre à la main, la bouteille au sol.

Mais Anjo n'avait pas bu, non, pas même un tout petit peu trop. Rien.

— Au lieu de ça, cria-t-il, t'es allé cueillir des champignons ! Les autres années, à cette époque, il descend à peine de son vélo pour pisser et dormir ! C't' année-ci, il monte à peine dessus, et y pisse encore moins, y dort pratiquement plus ! Il va cueillir des champignons ! Les mangez pas, m'sieur Violet !… Vous y connaissez quelque chose, en champignons ?

Violet ne savait pas s'il devait rire ou pleurer. On le sentait sur le bord du malaise. Il fit « non » de la tête.

— 'Lian, lui, c'est un fin connaisseur, dit Anjo. Pas vrai, 'Lian ?… Il est allé cueillir ces champignons pour vous. Ici, personne n'en mange, on en a tous peur, y a beaucoup trop d'accidents ! Même ceux qui les connaissent bien arrivent à se tromper !

Personne ici n'en mange ! Sauf 'Lian... alors, il aurait eu tout à coup une envie de champignons, ce matin ? Un jour comme aujourd'hui qu'est certainement pas un jour de champignons, ça lui serait venu à l'idée, pas vrai ? Une envie si forte qu'il aurait laissé son entraînement de vélo, et tout ça pour finir par vous les donner, les champignons ? Hein ?

— Anjo ! dit Elian.

Quand bien même Anjo se serait arrêté là, c'était trop tard ; il en avait de toute façon dit plus qu'il ne fallait pour ensuite pouvoir se taire — et en avait irrémissiblement trop peu dit. Au prochain mot qui franchirait ses lèvres, le mécanisme destructeur irréversible s'enclencherait.

— Anjo ! appela Elian une seconde fois, sur ce ton de semonce qu'il avait bien peu souvent employé quand Anjo était gamin, Anjo ! — réalisant que cela ne le mènerait guère plus loin que le premier mur venu contre lequel il pouvait toujours se précipiter (Anjo ! Anjo !) pour se fracasser le crâne...

Ensuite il garda le silence un fameux moment. Il ne desserra pas les dents de tout le temps qu'Anjo piqua cette crise pendant laquelle il évoqua à lui seul une sorte de combat de chiens, avec tout ce que cela implique d'impossibilité d'intervention pour une personne extérieure... Anjo vociféra :

— Il veut vous empoisonner ! Vous empoisonner, m'sieur Violet ! Vous aussi, m'dame ! Et Mylène, oui, vot' fille aussi ! C'est tout ce qu'il cherche à faire. Qu'est-ce que vous croyez ? Que j' vous raconterais ça si j'en étais pas certain, et pourquoi donc, hein ? pour rigoler ? pour vous faire une blague ?

— Anjo, s'il te plaît, dit Irène.

Le sang s'était retiré de ses joues, de ses lèvres auxquelles elle avait porté la main. À présent, voilà que Cinq-Six-Mouches arrivait du jardin avec le chien, attirés par les cris. Irène fit un pas en direction d'Anjo, rien qu'un pas, comme si c'était tout ce que ses forces lui permettaient. Quant aux Violet, à qui s'adressait principalement Anjo, ils étaient là, bien sûr, mais quelque part hors limites de cette aura floue, tremblante, qui cernait le champ visuel d'Elian — et le champ visuel d'Elian ne cadrait que ce qui se trouvait droit devant lui, rien d'autre. Des « s'il te plaît » de sa mère autant que des « Anjo ! » de n'importe qui, Anjo s'en fichait bien.

— Je vous ferais pas une blague avec ça, parce que c'est trop grave. Pourtant, des, blagues et des farces, j'ai jamais été le dernier pour m'en amuser. J'étais même peut-être le premier, oui ! L'histoire des pierres d'hier, qu'est-ce que vous croyez que c'est, m'sieur Violet ? J' l'ai lu dans le journal d'aujourd'hui et j'en ai pas cru mes yeux, non, j'en ai pas cru mes yeux, j'ai pas cru qu'il irait jusqu'à laisser mettre ça dans le journal, et pourtant j'aurais pu m'en douter ! j'aurais pu m'y attendre, de la part de quelqu'un qui m'avait réveillé à trois heures du matin pour me proposer de participer à la farce… Et il a été jusqu'à inventer que Cinq-Six-Mouches, le gamin, avait disparu ! Et, aujourd'hui, c'est vous empoisonner qu'il veut ! Ça passera pour un accident, il s'en tirera sans mal, lui. Ce qu'il veut, c'est vous chasser d'ici. Il a plus envie de rire, il veut vous empêcher d'acheter la maison, si c'est jamais ce que vous avez eu dans l'idée de faire. J'ai entendu 'Man hier parler de tout ça, et de son frère chez qui elle irait. *Il veut pas qu'elle s'en aille !* Il veut pas que cette maison devienne celle de quelqu'un d'autre ! Il a la trouille parce que ça peut arriver du jour au lendemain et qu'il aurait pas le moindre mot à dire. Il aurait qu'à la fermer, parce que le seul endroit qu'il ait à lui, c'est son gourbi au-dessus du garage, ouais, c'est un malheureux garage ! La maison, c'était à mon père — elle a été la moitié à lui aussi, mais il a vendu sa part à mon père. La maison, c'est à ma mère et à moi. Et il a rien à dire ! Il a rien à dire ! Parce qu'il a laissé sa part à mon père qu'était son frère, il lui a laissé sa part !

— Voyons, Anjo, si vous permettez..., dit Violet.

— Mon Dieu, mon Dieu, dit Mme Violet.

Irène poussa un son étouffé, à la fois rageur et impuissant derrière les doigts de sa main ; elle leva l'autre main, qu'elle colla sur la première, paume vers l'extérieur.

— Et ce petit connard aussi, cria Anjo qui avait fait quatre ou cinq pas dans la cour et piétinait curieusement sur place en frappant ses talons nus sur le gravier.

Il désigna brutalement Cinq-Six-Mouches de son doigt brandi — de son poing tendu — et, comme le gamin trop stupéfait pour réagir se pétrifiait, Anjo marcha sur lui... ce qui ne fit pas davantage bouger l'enfant. Cette immobilité coupa net l'élan d'Anjo, pareil à un roquet qui doit faire face à des genoux alors qu'il avait visé des mollets. Il revint sur ses pas, faisant gicler le gravier sous ses pieds... tandis que le gamin se décomposait en réalisant à retardement ce à quoi il venait peut-être d'échapper.

— Ce petit connard était de mèche avec lui, parfaitement, gronda Anjo. Et, de plus, c'est lui qui maquille les œufs de ferme qu'il vous vend. Vous pensez que je débloque, hein ? Que je mens ? C'est quand je vois ce qui se prépare ici, oui, que je débloque ! Allez les regarder de plus près, les œufs qu'il vous a vendus, et faites-les cuire dans de l'eau, faites-les cuire avec la coquille, pour en faire des œufs durs. Cinq minutes. Nom de Dieu, qu'on me les coupe si l'eau n'est pas brune comme un Viandox ! Faites-le !

— Monsieur Anjo…, dit Violet.

— J' m'appelle pas « monsieur » ! s'exclama Anjo. J' m'appelle Anjo, ou bien Toussaint !… Il veut vous empoisonner parce qu'il a peur de vous, m'sieur Violet ! Et il a peur de vot' fille !

— Voyons, non… voyons, Anjo, dit la voix de Violet. Pourquoi M. Toussaint aurait-il p…

— Demandez-lui, cria Anjo — qui poursuivit sans laisser personne demander quoi que ce soit à quiconque. Il a peur que ma mère s'en aille retrouver son frère en Corrèze ! Ça lui plairait pas de se retrouver tout seul ici, avec moi ! avec moi qu'aurait le dessus de cette maison, et vous le rez-de-chaussée, et lui dans son garage qui n'est en fait même pas à lui, qui n'est jamais qu'un garage et pas une maison d'habitation, parce qu'il est censé habiter la maison, pas le garage ! Où qu'il irait, le pauvre ? S'il s'occupe si bien de nous tous au point qu'on peut croire que tout, ici, est à lui, c'est…

— S'il vous plaît, monsieur Anjo, dit Mme Violet — qu'Anjo n'entendit pas.

— ...c'est pas par bonté, c'est par *devoir* ! pour payer son loyer et sa nourriture !

— *Anjooo !* gémit douloureusement Irène derrière ses mains — mais Anjo n'entendit pas.

— Pour payer ! Son gagne-pain ! Le seul qu'il a jamais été foutu d'avoir, à part une pension de la scierie où qu'il s'est à moitié cassé le dos. Et s'il a donné sa part de tout à son frère — mon père — c'est pas par générosité, nom de Dieu, c'est parce qu'il s'est pas senti le courage de dire « non » à mon père et tu pouvais pas lui dire « non », 'Lian, après lui avoir tué mon p'tit frère !

Elian marcha sur Anjo.

— Il veut vous empoisonner pour se débarrasser de vous, dit Anjo. Pour que rien ne change ! Pour rester comme avant !

À deux pas d'Anjo il s'arrêta. Il avait les poings comme deux blocs de glace.

« Et comment est-ce que tu as pu ne pas l'étendre raide ? » demanda Martinette après avoir décidé de remplir son verre. « Comment que tu ne l'as pas tué d'un coup de quelque chose, comme n'importe qui l'aurait fait ? » C'était plus de vingt-quatre heures plus tard et tout ce qu'Elian avait fait de sa journée n'était pas grand-chose, à part une visite au père Renautval, puis essayer de dormir. Il ouvrit ses mains et les regarda. « Je l'ai jamais fait de ma vie sur personne, dit-il. C'est quand même pas sur Anjo qu' j'allais commencer ! »

— Si je suis un menteur, dit Anjo très vite, alors mange-les ! Mange-les, 'Lian, mange-les ! Fais-les cuire et bouffe-les !

Et on entendit parfaitement s'entrechoquer les perles de bois du rideau. Mylène prit cette même pose, appuyée d'une épaule contre le chambranle, qu'Anjo quelques instants auparavant. Elle fumait une de ses cigarettes mentholées qu'elle tenait entre deux doigts aux ongles violemment carminés. Elle était vêtue de noir : une jupe courte serrée sur ses hanches et qui découvrait haut ses longues cuisses, un T-shirt à encolure raglan et manches longues. Les anneaux métalliques de ses boucles d'oreilles étincelaient, comme à l'accoutumée.

À cet instant, selon toute vraisemblance, Elian put comprendre pourquoi un gamin de dix ans prend son sac à dos et s'enfonce dans la nuit à la recherche d'un nid de héron, comprendre (comme n'importe qui l'eût compris) pourquoi cette brûlure véritable traversa le regard d'Anjo quand il s'écria :

— Je vais les manger, MOI ! Vous verrez bien si je débloque ! Donnez-les-moi, je vais les manger ! Je veux les manger, vous entendez ?

S'il s'adressait à tous, il ne la quittait pas des yeux. Il fit quelques pas dans sa direction, avec, tout à coup, une telle expression hébétée écrasée sur son visage suant, que n'importe qui à la place de la jeune fille eût ressenti la même crainte et manifesté la même réaction de recul.

Elle dit simplement :

— Hé ?

Anjo se mit à psalmodier sans fin qu'il « voulait les manger »…

— Qu'il les bouffe donc ! jeta Elian en réponse (ou en pâture) aux regards inévitablement convergents et dont pas un ne se montrait *a priori* disposé à l'absoudre en confiance. Qu'il les bouffe !

Il les regarda, les écouta s'agiter et bruire. Il était le seul du groupe à demeurer immobile et silencieux… ce qui le faisait quasiment paraître, lui, extravagant. Il essaya de ne pas les voir et de ne plus les entendre. Au bout d'un moment, il s'aperçut que son attention s'était en quelque sorte stabilisée sur la jeune fille, qu'elle-même le regardait non plus avec cette distanciation glacée un peu craintive dont elle avait gratifié Anjo, mais avec une ombre de bienveillance — comme un étonnement.

Puis Elian fut de nouveau capable de bouger. De petites explosions silencieuses et noires lui traversaient les yeux, ouverts ou fermés ; une douleur plaquée sur un côté de sa nuque pulsait méchamment, il avait mal au dos, mais il était revenu à la vie… Il chercha un endroit où se cacher, pour réfléchir ou simplement attendre que d'autres à sa place le fassent et prennent une décision, et tout ce qu'il trouva comme endroit, en direction duquel il marcha instinctivement, était son tonneau jaune — quand il s'en rendit compte, il était assis dessus, les jambes coupées par la chaleur, trop fatigué pour en redescendre et chercher une autre cachette.

L'endroit ne devait pas être si mal choisi, car personne n'y vint l'ennuyer pendant un moment, exactement comme si le tonneau et lui dessus étaient invisibles. Personne, sauf Cinq-Six-Mouches et Titi. Encore qu'ils ne l'ennuyèrent pas tant qu'ils se contentèrent d'être là, avec lui, à regarder dans la même direction que lui — la pente du ravin avec ce qui subsistait des rondins « échampdiés » tout le long, comme on dit de ce côté-ci des montagnes, le ruisseau en bas sur le cours duquel plus personne n'essayait de dresser un barrage de cailloux… Mais l'ennuyèrent quand ils se mirent, surtout Cinq-Six-Mouches, à parler. Il avait une voix grave des plus judiciaires.

— Pourquoi il a dit ça ? Qu'est-ce que ça veut dire, que tu dois payer ? Pourquoi il a dit que tu avais tué le cousin Yvan et que tu veux pas que Tatirène s'en aille, et que t'as rien à toi ici ?

— Oh, nom de Dieu, dit Elian, qui souleva une fesse et lâcha un pet dans la caisse de résonance du tonneau pour bien montrer que ce genre d'interrogatoire entrepris par le gamin ne lui seyait pas trop… Nom de Dieu, Cinq-Six-Mouches !

Ce pet gueulard qui rebondit dans le tonneau avant de s'écraser largement au fond ne fit pas rire, pour une fois, le gamin. Et juste dresser l'oreille d'étonnement au chien.

— J'ai rien manigancé avec toi comme il a dit, attesta le gamin, comme si besoin était.

— Je sais, dit Elian.

Un étrange silence, lourd des inavouables pratiques exercées sous son manteau, pesait sur la maison. Elian ne voulait pas risquer un seul filet de regard dans cette direction — il suffisait largement qu'il ne puisse s'empêcher de les imaginer.

— Pourquoi tu n'as pas voulu manger les champignons, Onc' Elian ? demanda le gamin d'une voix adoucie.

— Sauve-toi de là, dit Elian.

Mais Cinq-Six-Mouches ne se sauva point, au lieu de quoi réitéra sa question, prêt à la répéter et la répéter encore jusqu'à ce que la nuit tombe ou qu'il obtienne une réponse. Violet s'approcha alors, faisant crisser les graviers sous ses semelles.

— Monsieur… Toussaint, dit-il, se raclant la gorge entre deux mots.

Il plaça un œuf dans la main d'Elian.

— Je suis désolé, dit-il.

Ne précisa pas de quoi — certainement de tout… ce qui, en cet instant, était bien concevable —, eut un petit sourire contrit. Il tapota, de l'ongle, l'œuf qu'il avait posé dans la paume d'Elian, et dit :

— Paul Lobe, n'est-ce pas ?… Ma foi, c'est la première fois que je remarque la signature du faussaire au bas de son travail.

On entendit s'éloigner ses pas sur le gravier. Au fond, il ne paraissait pas vraiment fâché. Mais désolé, oui.

Elian examina l'œuf. Les deux lettres, P.L., n'étaient pas gigantesques, aussi discrètes que les traces de paille très ordinaires sur la coquille, mais lisibles, indiscutablement lisibles. On ne lisait plus qu'elles une fois qu'on les avait repérées.

— T'es devenu fou, toi aussi ? murmura Elian sans la moindre conviction.

— Je voulais plus en faire, dit Cinq-Six-Mouches. Je t'avais prévenu.

— Et t'as rien trouvé de mieux que d'écrire quasiment ton nom dessus, comme si la poule qui a pondu ça avait appris à couver sur un alphabet ! T'es malade, dis ? Tu voulais pas les faire, bon, t'avais qu'à pas les faire, c'est tout, mais pas les faire quand même avec tes initiales en prime ! Quelle idée ?

— Pourquoi que t'as pas voulu manger les champignons, Onc' Elian ?

— À toi d'abord de répondre.

Cinq-Six-Mouches haussa une épaule de boudeur et dit :

— Je voulais plus les faire *en douce,* pour tromper les gens.

— Les gens ?... Ou bien « *une gens* » en particulier ?

Le gamin balança la tête de haut en bas.

— À toi, Onc' Elian.

— Hé là ? dit brusquement Elian, l'oreille tendue. Qu'est-ce qu'on entend, là ?...

Titi s'était couché comme s'il avait l'intention de dormir un peu. Absolument imperturbable, Cinq-Six-Mouches dit :

— Rien du tout, Onc' Elian.

— J'avais cru...

— T'avais rien cru du tout, dit Cinq-Six-Mouches. Pourquoi que t'as pas mangé les champignons vénéneux ?

— Vénéneux, nom de Dieu ! s'exclama Elian sourdement, les yeux écarquillés par un courroux débordant.

Plus de vingt-quatre heures plus tard, sans colère, il dit : « Même s'il pouvait pas s'empêcher de le penser, c'était automatiquement, pas méchamment... C'était sorti comme ça... Et je lui ai répondu. J' lui ai dit pourquoi. Nom de Dieu, je lui ai dit que c'était qu'une question de principes. Avec ce gamin-là, on peut toujours parler. »

« Et quand ce salaud d'Anjo est venu les manger sous ton nez, dit Martinette, c'était aussi une question de principes ? »

Il croisa les doigts ; il les décroisa. « Si on veut, dit-il. En quelque sorte. On peut également appeler ça de la connerie pure et simple. »

Cette fois au moins, Anjo se taisait, c'était déjà quelque chose. Il s'amena en tenant la poêle d'une main, sans même un chiffon, brandissant une cuillère — pas une fourchette — dans l'autre. Le trio Violet, Monsieur, Madame, la Fille, l'avait accompagné hors de la maison ; ils le suivaient des yeux depuis le seuil ; Mylène alluma une cigarette. À trois pas d'Elian, Anjo s'immobilisa en enfournant une première cuillerée de champignons, bouillie gluante, noire et grise et brunâtre, cuite à la va-vite dans quatre fois trop de graisse. Il mâcha comme s'il aimait ça. Avala « tout rond » ou presque les cuillerées suivantes. Il mangea toute la poêlée, beaucoup trop vite, goulûment ; il mangea en défiant Elian d'un regard de fou (alors qu'Elian s'était composé une expression de grincheux ensommeillé et dédaigneux), mangea (très malproprement) pour confondre Elian, fournir la preuve qu'Elian avait prémédité l'empoisonnement, sinon radical du moins dissuasif, de sa bien-aimée et de sa famille. Et, quand il eut terminé, jeta la poêle vide et la cuillère n'importe où, évitant simplement la direction d'Elian, et on entendit rebondir la gamelle longtemps après la cuillère sur la pente du ravin. Comme pour ne pas être en reste, Elian jeta son œuf — qu'on n'entendit pas rebondir — une malheureuse fois, qui s'envola et disparut avec les initiales de Cinq-Six-Mouches peintes sur sa coquille.

— Voilà ! dit Anjo.

Elian n'avait rien à répondre. Anjo s'en retourna vers la maison. On s'écarta pour le laisser passer.

— Est-ce que tu penses…, commença Cinq-Six-Mouches.

— Bon Dieu, gamin, laisse-moi maintenant, dit Elian.

Et le soir venu il était toujours assis sur son tonneau jaune, tandis que les autres n'osaient plus se montrer, restaient chacun chez soi, les uns au-dessus, les autres en dessous, sauf la fille, naturellement, qui trouva l'occasion trop belle et ne put résister au plaisir évident de faire les cent pas dans la cour en chantonnant du fond de la gorge et en fumant des cigarettes qui empuantissaient l'air d'une senteur de menthe, en attendant aussi qu'Elian lui adresse la parole, ce qu'il ne fit pas, et, donc, quand elle en eut assez, elle alla s'asseoir sur le banc de lattes blanches et continua de griller ses cigarettes jusqu'à ce que la braise s'aperçoive dans le soir.

Cinq-Six-Mouches, à un moment, sortit de l'ombre et dit :

— T'as pas faim ?

— Non, dit Elian. Ça va.

Cinq-Six-Mouches était tout seul. Il avait rattaché le chien.

— Tatirène veut que je reparte chez moi, annonça-t-il. Et que tout ce qui se passe ici…

— …n'est pas bon pour toi, dit Elian. Qu'est-ce que t'en penses ?

— J'aimerais bien mieux rester.

— Allez, va, dit Elian. Ça va se calmer. Va regarder la télévision, ou quelque chose comme ça.

— Il faudra attendre longtemps pour savoir, pour les champignons ?

— J'en ai sacrément pas idée !… J' vais venir… Allez, file.

Cinq-Six-Mouches s'éloigna, emportant son gros morceau de pain dans lequel était plantée une double barre de ce chocolat noir et aigre que Tatirène achetait tout au long de l'année, et pas uniquement pendant les vacances, parce que c'était le préféré d'Elian.

— 'Soir, Mylène, dit Cinq-Six-Mouches dans la pénombre froissée du soir.

— 'Soir, Cinq-Six-Mouches, renvoya Mylène.

Incompréhensiblement, les yeux d'Elian s'emplirent de larmes.

Dani le Rouge vint à onze heures. Il quitta la maison à onze heures et quart, traversa la rideau de perles et marcha droit sur Elian. Dani le Rouge avait une façon bien à lui de présenter sa main, n'importe comment, un peu comme un revers de claque au ralenti et interrompu à temps, en attendant qu'on la lui saisisse où on pouvait, par un ou deux doigts, et qu'on secoue — il appelait ça une poignée de main.

— Salut, Elian, dit-il.

Il envoya son revers mou, qu'Elian attrapa et secoua.

— Qu'est-ce que tu attendais pour me prévenir, dit Dani le Rouge.

— Et pourquoi ça ? dit Elian.

— Parce que tu sais très bien quels champignons tu ramasses en général, non ?

Elian garda le silence un court instant. Puis il se remit à respirer à un rythme régulier. D'une voix que la colère — ou quelque autre émotion sournoise — raucissait, il dit :

— Parce que toi, ça ne t'arrive jamais, de confondre une crise de paludisme avec une mauvaise grippe ?

Dani le Rouge à son tour garda le silence, puis reprit sa respiration normale un peu plus tard.

— Qu'est-ce que tu insinues, Elian ?

— Bon Dieu de bois, dit Elian. Il en a bouffé au moins un kilo en moins de trois minutes, à peine cuits, et avec presque le même poids de saindoux ! Et toi, monsieur le Docteur, tu viens me parler d'empoisonnement aux premières coliques ?... Il est content de lui, j'espère ?.

— C'était ma première année de pratique, dit Dani le Rouge. Je venais d'arriver dans ce pays de cinglés, et personne ne m'a seulement signalé qu'il était allé en Indochine et en Algérie. Personne ne m'a seulement parlé de palu. Ni toi ni personne. Même pas lui ! Même pas lui, Elian !

— Je sais bien, dit Elian, fatigué.

— Bon, dit Dani le Rouge. Et jusqu'à preuve du contraire, jamais Irène ne m'a tenu pour responsable de la mort de son mari.

— Je sais bien…

— *Bon !* Et moi je sais que tu es suffisamment malin pour *ne pas* cueillir des phalloïdes ou des tue-mouches. Mais tu connais tout aussi bien les bolets Satan ou les entolomes livides, et d'autres encore, qui sont susceptibles de provoquer des gastro-entérites carabinées, à vous faire cracher tripes et boyaux… Je ne veux pas savoir tes raisons, Elian, ni savoir pourquoi Anjo…

— Est-ce que ça ne peut pas être simplement une indigestion ? demanda posément Elian.

Dani le Rouge ne répondit pas. C'est vrai qu'il n'avait pas eu de chance la première année, en 1966, à une époque où il ne buvait pas un verre de vin en mangeant ; d'abord ce patient éclair qui s'était fait sauter la tête après qu'il lui eut appris qu'il était atteint d'un cancer de la vessie, et ensuite ç'avait été Bertrand Toussaint, emporté en deux jours par un accès pernicieux de paludisme, parce qu'il n'avait pas pensé, lui, le jeune docteur, à faire l'examen de la « goutte épaisse ». Pas de chance, et Bertrand Toussaint non plus. Dani le Rouge respirait à petits coups, comme oppressé. C'était un homme qui venait du Nord, natif de quelque part du côté de Lille. Depuis son installation à Vizentine, il avait pris une trentaine de kilos, perdu ses cheveux, et ne crachait absolument pas sur un kirsch ou une eau-de-vie de quetsche, ou une pomme, ou une mirabelle.

Il lança sa main molle vers Elian qui lui saisit deux doigts et secoua. Dani le Rouge s'en fut, silhouette imposante et accablée. Il avait également appris à ne pas essayer de comprendre, en utilisant les procédés ordinaires et courants de raisonnement, ce qu'on ne voulait pas à l'évidence qu'il comprît.

Après le départ de la voiture, Elian entendit fredonner la fille. Elle était toujours sur le banc. Une lame de bois grinçait doucement, et il comprit qu'elle devait bouger une jambe en cadence ; c'était le même genre de bruit que celui de la balançoire… Puis elle émit comme un rire, du fond de la gorge, un roucoulement bref. Ensuite, on n'entendit plus ni le fredonnement ni le couinement de la lame du banc ; les perles de bois du rideau s'entrechoquèrent un instant.

Anjo vomit à grand bruit jusqu'au petit matin.

Avant la pointe du jour, Elian monta chez lui au-dessus du garage, empoigna son vélo et redescendit, en prenant garde de ne pas réveiller le gamin qui dormait tout habillé en travers de son lit.

Un peu moins de vingt-quatre heures après qu'il eut poussé la porte de la chambre (il était trois heures et quart), c'était le vendredi, Martinette dit :

— Tu as laissé ta part à ton frère, hein ? Toute ta part, mon pauvre Elian Toussaint !

Elle saisit la bouteille qu'elle emporta avec son verre dans la salle de bains. Moins d'une heure auparavant, la soirée battait encore son plein dans la salle de café. Demain, ce serait indescriptible, du milieu de l'après-midi jusqu'au matin suivant. Martinette était montée et elle avait trouvé Elian sur cette chaise.

Il n'était sorti que « du temps de midi », pour enfourcher son vélo et grimper à la ferme Renautval. Au passage, devant l'ancienne école, il avait remarqué la banderole de l'arrivée de la dernière étape, déjà tendue, et l'installation des deux manèges pour enfants de la « fête foraine », et les baraques de tir à la carabine, les « confiseries » qui vendent des trompettes en matière plastique remplies de petits bonbons multicolores, ainsi que ces jouets en tôle peinte, introuvables ailleurs. Pourquoi Renautval ? Il n'en savait rien. Il n'avait rien à lui dire. Les hirondelles qui avaient fait leur nid dans le « charri » de la ferme étaient perchées sur l'abat-jour de la lampe, audessus de la fontaine. Les oisillons savaient voler et ils étaient partis la veille ; ne restait plus que le couple esseulé, comme deux trapézistes fatigués, sur le bord de l'abat-jour de fer-blanc.

Elian était rentré. Il n'était pas resté dans la salle de café où Millepertuis branlait du chef dans un coin. Et puis le regard de Léon ne lui convenait pas.

Montée dans le début de la soirée, elle l'avait trouvé déjà sur cette chaise, dans la pénombre étouffante, en train de ruminer. Il avait mangé deux bouchées de ce qu'elle lui avait apporté.

— Ils se sont pratiquement tous engueulés, ce soir, dit Martinette un peu fort, par la porte entrouverte. Et tu sais à cause de quoi ? À cause de cette histoire de thème pour les déguisements. Les Fables de La Fontaine. Il y a le camp des pour et le camp des contre. Dans quel camp tu es, toi ?

Elian quitta la chaise pour le lit. Il ne se déshabilla pas, quand bien même c'était encourir le risque d'une averse de réprimandes. À cet instant, il lui paraissait absolument inconcevable de se déshabiller encore dans cette chambre pour se glisser encore dans les draps de ce lit en attendant encore que la porte de la salle de bains s'ouvre sur Martinette en chemise de nuit — et le poids du nombre incalculable de fois où cela s'était produit l'écrasa. Le nombre de fois où il avait fait sauter les attaches métalliques des bretelles, où la bavette de la salopette était retombée sur son ventre, où le vêtement avait glissé sur ce ventre de plus en plus rond. Le nombre de fois où Martinette avait eu ce geste, relevant la chemise de nuit sur le genou qu'elle posait le premier sur le lit, si bien que ce genou avait maintenant le dur dessin des vingt années écoulées depuis qu'il l'avait vu se poser sur un lit la première fois, et bon Dieu, pensait maintenant Elian Toussaint avec terreur, cela pouvait signifier ce que ça voulait, en tout cas cela signifiait assurément *vingt ans,* et ces vingt ans étaient passés, c'est-à-dire consumés, fichus, c'était la seule certitude, ils étaient bien fichus. « Bon Dieu, se dit Elian. Et à cause d'un malheureux fichu genou ! » Mais il n'y avait rien de plus impitoyable, de plus irrémissible que vingt années fichues, parce que passées, dessinées sur un genou, au bord de ce geste-là.

Martinette éteignit la lumière de la salle de bains derrière elle.

Elle était en chemise de nuit. Démaquillée.

« C'était la seule fille capable de me suivre à la bière, bon sang, oui ! » se remémora Elian. Il se souvint qu'elle le stupéfiait, à l'époque. Il se rappela sa poitrine, et ses yeux qui se posaient sur lui. Martinette avait usé sa capacité à aimer pour un seul homme : Elian Toussaint. « Bon Dieu ! » se dit-il.

Elle posa ce genou terrible sur le lit.

Il se leva d'un bond, et fit plusieurs fois le tour de la table. Il allait et venait. Une autre nuit, elle lui aurait au moins demandé de retirer ses chaussures, par considération pour les clients — mais c'était la veille (et même le jour) de la course et la nervosité atteignait son point culminant. Elle se disait qu'Elian n'avait guère besoin de tous ces tracas supplémentaires. Ça n'avait jamais été par goût personnel qu'elle le suivait à la bière, en ce temps-là. Elle s'en souvint elle aussi, le regardant faire les cent pas, mais la coïncidence n'avait rien d'exceptionnel, rien de télépathique : en ce qui la concernait, elle y pensait chaque jour ou presque.

— Tout ce temps où on a rigolé, quand même, dit Elian. (Martinette commença un sourire.) Qu'est-ce qu'il croit ? Que c'est par *devoir* que je rigolais avec lui ? Que c'est pour gagner mon pain que je le faisais ?... Et s'il est allé dire que j'avais tué son frère, nom de Dieu, c'est qu'il le croit. Même devenu fou ! C'est qu'ils le croient. C'est qu'ils pensent que je suis responsable de ça !

— Viens essayer de dormir, dit-elle.

Elle avait achevé son sourire, après tout.

Il fit « oui » de la tête ; il réfléchissait. Il quitta la pièce d'un bond, traversa le couloir, poussa la porte de la chambre de Léon. Il lui demanda pourquoi, *vraiment,* il s'était suicidé ? si *vraiment* c'était parce qu'il croyait qu'une fois mariés Martinette et lui l'éjecteraient ? ou s'il avait peur de n'être plus chez lui, tout simplement ? Il était prêt à croire cette histoire, à cet instant, plutôt que la version selon laquelle Léon s'était intentionnellement loupé pour impressionner sa sœur et exercer un chantage.

Léon bien entendu s'imagina que l'irruption d'Elian faisait partie de quelque tactique de déstabilisation, un raid de la guerre des nerfs à sa manière — chaque année, Elian inventait des diableries.

— Bordel, Bien-Vivant, est-ce que tu vas me répondre ! hurlait Elian.

— Sacré nom de Dieu ! gronda Léon en le fusillant de son œil en fonction et de cette plaie rose comme un trou du cul de chien que découvrait l'absence de bandeau. Est-ce que tu vas descendre de mon lit, bougre de salaud de con ?

Ce qui ne répondait pas vraiment à la question.

Le départ prévu à quatorze heures trente fut donné une heure plus tard.

Les concurrents qui se trouvaient déjà à pied d'œuvre aux alentours de quatorze heures eurent toute latitude de faire les idiots et de s'échauffer, tandis que la foule grossissait le long des trottoirs pour les admirer et échanger avec eux les plaisanteries coutumières et boutades d'usage assorties aux déguisements.

Le thème des Fables de La Fontaine n'avait visiblement pas fait florès : la vieille tradition avait résisté victorieusement à la vague de ce « modernisme » prôné par d'aucuns, qui voulait que la fête ne fût plus tout à fait locale ni essentiellement gaillarde, péquenaude et fière de l'être ; on lui préférait un *bon ton* guyluxien dans le meilleur style, sous prétexte que les journaux et la télévision régionale officiaient, et que *des milliers* de personnes se déplaçaient pour suivre à pied la grimpée de la vallée par une poignée d'olibrius cyclistes. Ces quelques milliers de personnes se retrouveraient à l'arrivée finale avec six ou sept kilomètres de marche pénible dans les jambes, s'en récompenseraient d'un verre de vin et d'une part de tarte aux myrtilles ; ils attendraient sur le bord du manège que les enfants en fussent expulsés, avant de reprendre la route, six ou sept kilomètres encore, jusqu'à cet endroit où ils avaient laissé leur voiture. Mais, bref : la vieille coutume du déguisement pratiquée par les coureurs n'avait d'autre origine et de signification profonde que ce qui pousse un homme gai à coiffer le chapeau de sa femme à la fin d'un banquet ; les premiers à s'élancer dans cette ascension si peu compétitive avaient dû se dire « tant qu'à faire les andouilles, accoutrons-nous ! », et de retourner les malles au fond des greniers, dans le seul but de faire s'esclaffer les dames sur le bord de la route.

Depuis toujours, Elian était « une mariée ». Le déguisement archiconnu participait au succès populaire de son possesseur depuis dix ans, équivalent guipures-et-tulles d'un maillot jaune ; plus personne n'ignorait que ces mollets hardiment pédaleurs sous les froufrous troussés étaient ceux d'un champion — et qui n'en savait rien pouvait toujours l'apprendre en écoutant simplement piailler la foule ravie.

Martinette lui avait fourni la robe. Un soir, il avait parlé de se travestir pour la fête et la course ; Martinette avait dit « Ha, ha, ha », elle était montée au grenier, ou dans sa chambre peut-être, en était revenue avec ce carton grisâtre aux angles cassés qu'on avait tripoté souvent ; ils n'étaient que quelques-uns dans le café, dont Millepertuis sans doute dans un coin, suffisamment pour composer un public, et Martinette avait tellement fait l'idiote avec cette robe qu'elle en avait pleuré de rire, pleuré ! Elle dit que c'était la robe d'une tante, dont Léon ne se souvenait pas, une tante âgée et disparue, de toute façon. Bizarre comme la mode revenait tous les dix ou vingt ans, constata-t-elle avant d'inviter Elian à l'essayage au beau milieu de la piste de danse — ce qu'ils avaient pu rire, ce soir-là !... La course finie, Martinette récupérait la robe et la repliait dans son carton, après avoir changé les boules de naphtaline.

Ils étaient une quinzaine — dès qu'Elian se retrouva parmi eux, à pédaler des talons et à tracer des 8 sur la place, provoquant les rires et les saluts du public, il se sentit mieux. Les vélos redoutables se comptaient sur les doigts d'une main : Aimé Delarue, Léon Dubreuil, Jean-Luc Laventure et Ti Sylvain. Ces quatre-là ne ménageraient pas leurs efforts pour jeter Elian en bas de son piédestal. Ils avaient des machines à doubles plateaux de 49 à 46 dents, dix vitesses, cinq pignons, et des roues à boyaux. On voyait bien, aux engins rutilants dont les guidons de course évoquaient des béliers fonceurs, que leurs cavaliers n'étaient pas venus là *que* pour rigoler... Aimé Delarue, soixante ans, était « costumé en bûcheron », profession qu'il avait toujours exercée sans avoir jamais osé s'attifer de la sorte ; Léon Bien-Vivant Dubreuil, cinquante ans, en pêcheur : tenue de pluie en toile cirée jaune sous laquelle il devait crever de chaud, sur le dos une fausse bouée avec le nom TITANIC peint en lettres rouges, sur la poitrine une pancarte et la devise JE BOIS MAIS NE COULE PAS, et une bouée-canard autour du cou... le bandeau noir sur l'œil donnait à ce pêcheur une incontestable tendance pirate ; Ti Sylvain, quarante-neuf ans, désolidarisé de son frère, l'Aut' Sylvain, pour la compétition, le rejoignait dans l'inspiration ou son manque : tous deux formaient un couple de jumeaux parfaits pour la représentation annuelle du monde de la cloche ; Jean-Luc Laventure n'était déguisé en rien : il avait coiffé un vieux casque à boudins de cycliste sur son abondante chevelure crépue, et, dans ses T-shirt et pantalon battle-dress habituels, cela suffisait.

Parmi les autres, qui se moquaient bien de gagner quoi que ce fût sinon l'occasion de boire meilleur et davantage, on remarquait : un abracadabrant Martien en costume, probablement national, à base de couvercles de boîtes de conserve, sur un vélo entièrement construit en bois, dont le poids devait avoisiner celui d'une grosse moto, et sous le masque duquel vociférait le paisible (d'ordinaire) Georges Dourier ; juchée sur une sorte de faux grand bi, se distinguait dans le sillage du Martien la danseuse de flamenco que devenait chaque année Mosquito, l'Espagnol immigré pour qui Franco était mort une vie trop tard. On reconnaissait également Santos le Père, André Purlan, Joseph Pirier, Colin-Colin, Bec-en-Bois, et Albert Duchant en Chevalier Masqué Inconnu. Gros Michel, le boucher, prenait le départ sur le tricycle renforcé de son fils, en Boucher.

Durant ces heures de soleil accablant qui précédèrent le départ, des véhicules divers et étranges encombrèrent graduellement une bonne partie de la place. L'un des premiers fut le car de sonorisation, au micro duquel clabaudait le speaker et meneur de jeu occasionnel pour qui l'animation d'une foule se résumait à deux priorités : remercier les chers amis présents d'être venus si nombreux, et ne pas laisser le micro refroidir plus d'une minute, ce qu'on y racontait étant secondaire. Peu importait d'ailleurs tout autant aux « chers amis présents » ce qu'ils entendaient ; s'ils riaient, c'était surtout de voir l'homme emphatique et ravi assener avec un enthousiasme imperturbable de bonimenteur de foire les calembours appris dans son adolescence.

De l'ampli de la camionnette montèrent et se répandirent les ordres qui organisèrent quelques remarquables encombrements. Puis une dame responsable du syndicat d'initiative, à l'intonation adéquatement directive, vint prêter aide au speaker ; elle organisa un cafouillis de son cru particulièrement réussi, qui eut l'inconvénient de durer longtemps mais le mérite de ne pas essaimer.

Fort heureusement pour l'œil, tous ces embouteillages étaient constitués de véhicules agréablement originaux. Les chars étaient des camions généreusement prêtés par une entreprise de travaux publics, et des tracteurs remorquant des plateaux décorés de branches de sapin et de rubans ; ils voituraient au moins quatre harmonies municipales différentes, un accordéon-club, une société des cors de chasse, ainsi qu'un bataillon de majorettes qui avaient défilé au départ, défileraient à l'arrivée, et entre les deux lanceraient des confettis du haut de la plate-forme d'un transporteur d'engins de terrassement enguirlandé. Il y avait également le char du Football-Club Vizentinois, et enfin la camionnettebuvette conduite par ce gueulard de Maluret qui se faisait fort de secourir n'importe quel assoiffé en tout point du parcours.

Les « officiels » se pointèrent dans leur D.S. au toit décapité, customisée par le garage Voke qui entretenait l'engin tout au long de l'année pour cette unique sortie. C'était la « voiture d'État » de cette « République libre des Charbonniers » au souvenir ravivé pour un jour.

Trois maires se tenaient dans la voiture : deux des villages voisins amicalement invités, et leur hôte de Vizentine. Non seulement la fonction de ce dernier ne l'empêchait pas de commémorer la pseudo-existence de cette hérésie insurrectionnelle, mais elle le plaçait aux commandes un rien sacrilèges de cette célébration de la tentative sécessionniste. Il portait redingote, un chapeau haut de forme, et pas d'écharpe tricolore.

Le speaker passa de la camionnette de sonorisation à la voiture officielle. On lui tendit un second micro, dans lequel il donna le programme des festivités, déclara son amour à une grande gourde de spectatrice, puis il dit qu'on allait « voir les musiques et les *zharmonies* d'ici et de là », finit par réciter le règlement de la course : cinq étapes, pas de chronométrage, un classement et une moyenne finale, l'obligation (facilement tournée) de boire du vin de groseille aux « stations du chemin de croix ».

Un commissaire de course frénétique les fit se ranger le long de la ligne de départ tracée à la chaux en travers de la place.

La dame du syndicat d'initiative prit place dans la camionnette de la sono, empoigna le micro libéré par le speaker, et aboya la composition du défilé. S'ensuivit une aimable confusion. Les majorettes s'enchevêtrèrent un peu les unes dans les autres au démarrage soudain de leur camion. L'accordéon-club attaqua *Au plaisir des bois* juste un peu avant qu'une harmonie municipale se coltine avec une marche militaire, et les cors de chasse avec un quelconque hallali ; ils luttèrent un instant à qui aurait la dernière note, abandonnèrent tous ensemble. Le speaker raconta, pour faire diversion sans doute, la blague du jeune couple qui passe en fraude des montres à la frontière suisse, et dont la belle-maman pourrait cacher des horloges comtoises ; il la plaçait variablement en début ou fin de programme, chaque année.

L'Aut' Sylvain tomba de vélo.

« Nom de Dieu », se dit Elian.

Il crevait de chaud sous la perruque et l'accoutrement à falbalas relevé haut sur le ventre de sa salopette. Son maquillage, vigoureusement tartiné par Martinette, fondait, poisseux et sucré aux commissures des lèvres ; il avait déjà perdu son nez rouge. Il ressentit comme une douleur bizarre au creux de la poitrine ; ce n'était pas physique, ce n'était pas une douleur. Plutôt un manque, un vide retenu, quelque chose qu'il aurait repoussé et qui reparaissait.

Ce plaisir — ce contentement — qu'il avait retrouvé d'instinct, automatiquement, en compagnie des autres hurluberlus, n'était que chapardage. Une morsure, de vilaine dentée, s'était rouverte. La garce brûlait, ou plutôt ce qu'elle avait inoculé : cette pauvre rage des maudits qui mène à la déréliction fatale.

On tira le coup de pistolet. Il y eut des cris, des applaudissements ; une clameur d'encouragement monta de la foule tassée comme une haie mouvante et colorée le long des trottoirs. Elian poussa sur les pédales : cinq secondes plus tard, déjà en tête du peloton, déjà au milieu de la côte de l'église, il eut la certitude qu'il produisait ce type d'effort pour la dernière fois : il en fut terrorisé. Se dit qu'il allait donc, pour la dernière fois, leur en mettre plein la vue — et ce fut bel et bien ce qui arriva.

Au cours des préliminaires, tandis qu'il tournait ici et là en faisant le singe sur les fronts de la foule, Elian avait vaguement espéré apercevoir Cinq-Six-Mouches… Il l'avait même un peu cherché. Sans résultat. Il se demandait comment la journée de la veille s'était déroulée là-haut, comment ils avaient tous vécu la suite des événements après les révélations intempestives d'Anjo, sans parler de sa crise de folie. (Il ne parvenait pas à se faire une juste idée de l'état d'esprit dans lequel se trouvait Anjo quand il avait décidé d'avaler ces champignons, et il se demandait, au fond, quelle était la véritable conviction du garçon : savait-il pertinemment ne pas courir grand risque ? ou au contraire appelait-il la catastrophe de ses vœux pour que son numéro de mariole n'en soit que plus convaincant ? Elian n'avait pas de réponse satisfaisante. Il déplorait l'une ou l'autre de ces éventualités, preuve de toute façon que l'intelligence d'Anjo était tombée au niveau de celle d'une nouille.) C'était de la curiosité passagère. Ils pouvaient se débrouiller comme ils le voulaient, il s'en fichait. Il espérait néanmoins que Cinq-Six-Mouches n'avait pas été obligé de retourner chez ses parents et que ça ne s'était pas trop mal passé pour lui.

Et alors il les vit.

En plein dans cet effort de la montée. Il avait les oreilles et la tête remplies de cris, des bravos, des cliquetis et bruissements qui s'élevaient des vélos. Il les vit dans la foule, à droite, devant les grilles des anciens bureaux du tissage Bleck. Il ne tourna pas la tête vers eux, cela dura une fraction de seconde au plus et pourtant il les distingua avec la même netteté, la même précision que s'il s'était arrêté en face pour les dévisager : Irène, sa sœur Charlène à sa hauteur avec Georgette à califourchon sur sa hanche, plus loin Lobe avec Cinq-Six-Mouches grimpé sur ses épaules ; en retrait le groupe Violet, à côté de Lobe, Anjo au teint grisâtre ; quant à elle, Mylène, elle se tenait à l'autre extrémité du groupe, ne donnant pas l'impression, bien entendu, qu'elle pût en faire partie, bien que ce fût sa silhouette qui attirât l'œil d'Elian — la criante rougeur de son chemisier, la pâleur de son teint sous les cheveux relevés à la diable, et ces immenses lunettes noires. Et si elle était la plus remarquable, de son visage, en fait, il ne vit que ceci : la violence du contraste entre ces trois couleurs — noir, blanc et rouge.

Il fut certain qu'elle souriait ; comme il fut certain, et longtemps plus tard encore, du regard qu'elle avait *derrière* ses vastes lunettes opaques.

Il était au centre des rires et des applaudissements, le premier. Mais ni Irène ni les Violet ne riaient, bien qu'ils n'eussent regardé aucun des autres concurrents comme ils regardaient cette mariée folle et échevelée pédalant sauvagement en danseuse vers la première victoire d'étape.

Cinq-Six-Mouches riait-il ? Applaudissait-il ? Et le groupe familial se trouvait-il réellement là, sur le trottoir, devant les anciens bureaux Bleck ? Elle, en tout cas, s'y trouvait... Et s'il était ridicule, sous le regard impitoyable derrière les lunettes noires, combien de fois plus que tous les autres participants à cette mascarade ? combien de fois plus que les centaines et milliers de braves gens venus se tremper dans l'allégresse bon enfant ?

La première étape n'était qu'une mise en train. Cinq cents mètres à torcher. Il suffisait (comme le disait volontiers Elian) de bien prendre son élan dans les vingt premiers mètres, et hop ! Si vous étiez en tête au sommet de la côte, c'était gagné, il ne restait plus suffisamment de distance pour que les autres songent seulement à vous dépasser. Habituellement, Léon-le-deuxième qui n'était surtout pas Léon-le-grimpeur, lui concédait cinq ou six longueurs à hauteur du cimetière, à l'endroit d'où on apercevait la banderole de l'étape. Elian se retourna pour voir où en était Léon ; comme prévu, le pêcheur en ciré jaune naviguait à bonne distance au front du peloton bruyant et furieusement disparate. L'imprévu avait l'apparence têtue et le sourire ricanant de Jean-Luc Laventure, dont la chevelure laineuse jaillissait entre les boudins du casque...

Jean-Luc Laventure, pour son entrée en course, gagna facilement la première étape.

Elian se classa second, loin derrière. Quand on lui tendit la bouteille, il ne mit pas en pratique sa tactique éprouvée qui consistait à feindre l'absorption de deux ou trois gorgées, mais s'accorda une bonne rasade. Il en avait besoin. Dans cette compétition-là également, il se retrouva loin derrière Laventure qui, en trois gorgées, pouvait descendre un demi-litre, et le prouva.

La fête battait son plein. Le speaker, dans la voiture officielle, se tenait debout à l'avant, agrippé au pare-brise d'une main et à son micro baladeur de l'autre : il avait les joues rouges, et la bouche fendue jusqu'aux oreilles en permanence. On tapait sur l'épaule d'Elian, on lui demandait ses impressions, ce qu'il pensait de Laventure, et il répondit sur un ton théâtralement menaçant qu'il n'avait pas dit son dernier mot, on lui mit une autre bouteille dans les mains, le camion des majorettes s'ébranla une fois de plus en secouant sec tout son petit monde, une harmonie municipale jouait, la foule s'égrenait sans fin sur les deux côtés de la route, jusqu'à l'étape suivante du *Café Mairguerri,* et certainement déjà plus haut, devant l'arrivée de la troisième, au carrefour de chez Martinette ; le soleil cognait bleu et blanc...

On tira le coup de pistolet.

— Vas-y, Onc' Elian ! cria la voix rigolarde d'Evie jaillie d'un bouquet de rires juvéniles.

Onc' Elian « y alla » vigoureusement, taraudé par l'abominable certitude qu'il « y allait » pathétiquement.

Évidemment, Bertrand, lui, n'eût jamais de la vie participé à ce genre de réjouissance. Il était mort bien avant d'avoir atteint l'âge requis — et que par conséquent la question se posât. Sinon, qui aurait seulement eu l'idée de lui en faire la proposition ? Bertrand Toussaint, l'aîné de quatre ans, se battait en Indochine, il traversait la moitié du monde : c'était là son destin — à d'autres les glorioles de bouffon vélocipédique.

Le bouffon buvait sa sueur !

Bertrand avait traversé la moitié du monde. Qui sait s'il n'était pas décidé à s'occuper de l'autre moitié quand il avait appris sa prochaine paternité, après que ce pauvre imbécile d'Elian se fut cassé le dos à la scierie ? Bertrand avait traversé la moitié du monde, il était allé se battre en Indochine, et il était allé en Algérie également. Il en revenait dans un uniforme qu'on n'imaginait guère souillé par la boue des rizières ou la poussière des djebels. Il parlait des « niaks » avec l'intonation qu'il eût employée si, de retour d'Afrique noire, il avait raconté une chasse au lion ; il prononçait le nom de ces villes aux accents exotiques terriblement évocateurs de mystères dont il savait lever un coin de voile, juste un coin et juste assez pour rendre bizarre le regard des filles, et leur faire entrouvrir les lèvres quand elles reprenaient discrètement leur souffle.

Même les filles comme Irène, dont les lèvres avaient pourtant embrassé un vulgaire sagard. Avant.

La réalité, c'était qu'Elian avait toujours redouté de ne pas faire le poids, face à Bertrand. Il le craignait dès avant de recevoir ce tas de planches sur le dos —

il l'avait pressenti et, pouvait-on presque dire, ce tas de planches ne l'avait pas surpris.

Il avait bu comme un trou. Il avait bu comme un gouffre, en attendant. Et en ignorant ce qu'il attendait — sinon une chose, et il savait par contre que cette chose n'arriverait jamais, mais il attendait. Il avait bu en compagnie de Martinette qui s'était mise à attendre avec lui (au comptoir de ses parents, et puis au sien), mais pas la même chose — ou peut-être que si, d'une certaine façon : la même chose.

Attendre... et tout ce qui s'était passé...

Tout ce qui s'était passé, c'était que Léon s'était loupé d'un coup de fusil, parce qu'il avait peur d'être mis de côté — ce genre de peur — si Elian et sa sœur se mariaient, alors qu'Elian n'avait *jamais* exprimé à haute voix cette idée-là, même pour embêter Léon, Martinette ne l'avait jamais vraiment espéré, ce qui fait qu'après cela (le carton désastreux de Léon) Elian fut bien content du prétexte « Attention suicide » pour ne plus envisager une seconde l'éventualité d'une union légalisée, et Martinette elle-même l'utilisa (« Attention suicide ») comme alibi pour se disculper de son incapacité à faire aller un homme où elle eût bien voulu qu'il allât.

Tout ce qui s'était passé, c'était qu'il était saoul comme une grive quand il avait mis cette idée géniale de glissade dans la tête du petit Yvan ; le gamin n'en avait fait qu'une, qui avait fini droit dans le ruisseau, un ruisseau de janvier tout en eaux rugissantes et noires, quatre fois plus large que sa taille d'été, un ruisseau qui se jetait dans l'Agne, l'Agne dans la Moselle, la Moselle ici et là, en partie dérivée sur une estacade de canal menant à une turbine à eau, et c'était contre ce genre de grille qu'on l'avait finalement retrouvé, une semaine plus tard, serrant toujours dans sa main — c'était à peine croyable ! — le sac-poubelle qui lui avait servi de luge et glissait dix fois mieux. Comment pouvaient-ils songer une seule seconde que ce qu'il avait fait par la suite était commandé par le souci de *rembourser* cette mort accidentelle ? Comment oser le penser ? comment oser ne pas intervenir, comment ne pas s'insurger, quand on entendait proférer de pareilles abominations ?

Ce qui s'était passé, c'est qu'elle avait un jour, plus tard, mais pas longtemps après la mort de l'enfant — murmuré le mot « punition ». Ce mot-là. Le seul qu'elle ait jamais prononcé, d'une certaine manière, au sujet du gamin. Le seul mot qu'elle donna jamais en réponse à la question muette qu'il ne cessait de poser tout en la regardant depuis sept ans, sept ans et disons six mois, disons depuis que Bertrand avait annoncé la seconde grossesse — à partir de cet instant, il avait regardé Irène en posant la question muette, espérant et redoutant la réponse qu'elle ne donna jamais, sinon sous la forme d'un mot, le mot *punition,* une fois que l'enfant fut mort noyé au fond des remous glacés du torrent, et qu'elle répéta ce même mot, deux ans plus tard, une fois que son mari fut décédé à son tour d'une maladie qu'on attrape dans un de ces pays où il ne s'était jamais senti le droit de retourner, après en être revenu par inadvertance, à cause d'Anjo ; à partir de cet instant (l'annonce de la seconde maternité de sa femme par Bertrand Toussaint), Elian avait regardé Irène en essayant de deviner si elle se souvenait ou pas de ce jour-là de juillet où elle était venue frapper à sa porte du logement d'en bas, qui était encore *son* logement à l'époque dans la maison achetée pour les deux frères par les parents Toussaint ; ce jour où elle était venue lui demander de ne plus boire comme il avait commencé à le faire ; mais il n'avait jamais réussi à savoir si elle s'en souvenait comme il croyait et craignait de s'en souvenir, lui, ou comme il s'efforçait de s'en souvenir, et jamais elle n'eut d'autre réponse que le mot « punition », par deux fois, à la question muette qu'il ne posa même plus, ensuite, tout en la regardant. Elian, dont les relations avec Dieu n'étaient jusqu'alors que de voisinage toléré, cessa tout à fait de lui adresser la parole et ne prononça désormais son nom que sous la forme exclusive d'un combustible blasphématoire.

Bordel de Dieu ! oui ! il appuyait sur les pédales dans la roue de Jean-Luc Laventure qui lui montrait son cul — et tout ce qui s'était passé c'était que l'enfant était mort, emporté au bout de sa glissade sur ce sac-poubelle de vinyle, de matière plastique, le long de la pente du ravin recouvert de neige gelée, parce que Elian qui se serait fait tuer pour lui ou pour Anjo avait eu cette brillante idée ! Il était même disposé à leur en faire la démonstration, mais Anjo, à huit ans, était capable de remarquer à quel moment un ivrogne a dépassé la cote de sécurité, et il l'avait convaincu de rentrer chez lui… Tout ce qui s'était passé, c'était que Bertrand avait offert de racheter l'année suivante la part d'Elian sur la maison, afin de mettre le logement du rez-de-chaussée en location pour les touristes — parce que c'était un moyen de gagner un peu sa vie —, lui proposant en contrepartie l'aménagement de l'étage au-dessus du garage à construire, où il pourrait habiter. Il le lui avait proposé vingt fois en sept jours et à différents moments de la journée et de la nuit, se disant qu'il avait une honnête chance d'avoir tapé au moins un coup dans un moment proche de la lucidité ; il avait tapé vingt fois : l'habitude de l'alcool n'empêchait pas pour Elian la flottaison d'une certaine dose de vigilance : il entendit, comprit et fut d'accord. Et il avait déménagé, il habitait donc au-dessus du garage quand un docteur à peine de campagne (et certainement pas de campagne extrême-orientale) avait négligé de faire un examen dit « de la goutte épaisse » qui eût identifié l'accès pernicieux de paludisme sous l'apparence d'une méchante grippe. Et après que cela se fut produit, Elian cessa de boire. Il avait, dans cette discipline et pendant dix ans, battu des records que personne n'avait pris la peine d'homologuer, ni officiellement ni pour le plaisir. Martinette qui n'avait pas commencé pour les mêmes raisons n'avait pas non plus les mêmes pour s'arrêter — elle n'en avait pas.

« Et bon Dieu, pourquoi avoir arrêté ? » se demandait Elian. Se demandait-il en pesant de toute sa force sur les pédales, bien trop lourdement, sans la moindre souplesse ; se demandait-il en s'emmêlant les doigts dans les commandes du double dérailleur, tandis que ses cuisses devenaient comme des cordes nouées, que chacun des muscles de son dos le tiraillait et que ça le brûlait derrière les omoplates. Il avait les réponses. Au milieu des rires, des exhortations, des encouragements, salué par les mains agitées, filant entre deux haies de visages réjouis.

— Bien sûr que j' l'aurai ! leur répondit-il.

« Tu l'auras ! » criaient-ils. Et scandaient « Allez-E-lian ». Là-bas devant, il y avait Jean-Luc Laventure et ses cheveux comme des toupets d'étoupe qui flottaient hors du casque. Plus loin devant, c'était la voiture des officiels avec le speaker au bagout répétitif et à la gueule enfarinée comme jamais, les maires en gibus saluant la populace, l'aîné des frères Voke au volant (qui portait la même moustache qu'Elian, mais fausse) et pour une fois l'air éveillé. Et encore devant la ribambelle des chars, les camions, les tracteurs dans leurs jupes de branches de sapin, une clique qui jouait, les éclairs de soleil sur les pavillons des cuivres et les baudriers des musiciens... devant... devant...

Bien sûr qu'il avait les réponses. Première réponse — tandis que ce salaud de Laventure s'envolait : en s'arrêtant de boire, il se tenait prêt, apte, capable de saisir le signe qu'elle se déciderait peut-être un jour à donner.

Et Laventure franchissait la ligne de la seconde étape devant le *Café Mairguerri,* tandis qu'Elian se faisait coiffer sur le poteau par un Léon Dubreuil exultant, avec sa bouée TITANIC dans le dos, et la foule se refermait en vrombissant très fort. Comme pour mieux isoler et souligner la seconde réponse : et tout cela — la traversée de cette existence bizarre qui se réveille dans votre peau —, *tout cela* dans l'attente de quoi ? D'une mascarade pulsant aux cris de

« Allez-E-lian ! » pendant quelques heures sur une route dont le goudron fondait ; tout cela pour réaliser qu'Irène n'avait guère envisagé un autre signe que celui de l'au revoir, après avoir pratiquement vendu cette maison aux premiers venus qui la lui demandaient (s'ils n'avaient rien demandé, quelle différence ?) ; tout cela pour qu'Anjo devenu dingo utilise tous les moyens de se rendre intéressant aux yeux maladifs d'une étrangère évidemment inaccessible qui n'avait même pas eu à lever le petit doigt, même pas à tordre un tant soit peu le cul, tous ces moyens y compris celui d'avouer une haine et un mépris depuis… pratiquement toute sa vie ! que sans elle, cette garce silencieuse, il aurait probablement eu la patience de contenir et de cacher sous le rire jusqu'à ce que l'un des deux meure.

— Anjo…, prononça Elian.

Quelqu'un lui répondit qu'il ne l'avait pas vu.

— Je sais, dit Elian. Moi, je l'ai vu, mais ça fait un bout de temps.

Il but un verre de vin délicieusement fruité et frais. À cinq mètres, ce pauvre Léon qui s'y croyait déjà, leva son verre à l'adresse d'Elian.

— À la tienne ! cria Elian.

Au-dessus d'un remous, on apercevait la coiffure afro-boudins de Jean-Luc Laventure, très entouré. Elian troussa la jupe de son costume et bouchonna le fragment de traîne — il renoua le tout autour de sa taille. Son maquillage coulait. On prenait des photos, et il leva son verre lui aussi, et il but, lui aussi. Le Martien tintinnabulait, Ti Sylvain et l'Aut' Sylvain se lançaient des défis pour après l'épreuve (des défis de quoi ?), Mosquito avait déchiré les volants noirs de sa robe moulante qu'on tentait de raccommoder à l'aide d'épingles de sûreté... Colin-Colin abandonna... Gros Michel n'en finissait pas de tourner en rond sur son tricycle...

Jusqu'au carrefour de la Goutte-Cerise et l'arrivée de la troisième étape devant chez Martinette, il y avait huit cents mètres. Léon Dubreuil-le-pêcheur était donné grand favori par le speaker, en tant que « régional de l'étape »...

Quelqu'un tira le coup de pistolet.

Presque aussitôt, Léon et Jean-Luc Laventure s'envolèrent.

Elian ferma les yeux. Il pensa : « Bon. Voilà. Ce sera aujourd'hui, voilà tout. Ce sera cette année, et le compte ne fera pas dix. »

Il fut classé sixième. Au speaker qui parlait de « défaillance momentanée » et lui demanda ses impressions en tendant son micro, il dit :

— Toi, ne me fais pas chier, trou du cul !

Le speaker, hésitant malencontreusement entre la réplique digne et la repartie humoristique, oublia de retirer son micro. Dans un rayon de cinq cents mètres et plus, on entendit Elian Toussaint réclamer un canon, vérole de Dieu.

Ce n'était pas une défaillance, momentanée ou non, ce fut une déroute.

Le lendemain, Léon Bien-Vivant Dubreuil, de l'hôtel-restaurant *Les Charbonniers,* prétendit que cette troisième étape et l'impensable contre-performance d'Elian avaient déclenché la folie du champion déchu. Il disait que c'était là, à la troisième étape, que tout avait commencé.

Dans son commentaire explicatif, pour lequel il utilisait outrancièrement les méthodes de la prétérition, il se plaisait à « ne pas avoir à dire » qu'Elian, « pour ne pas le nommer », était de ces personnes qui n'admettent aucun revers et prennent très mal la plus légère pichenette à leur orgueil. D'après Léon, Elian n'avait pu supporter psychologiquement cette troisième défaite, et à plus forte raison dans cette étape quasiment symbolique où Léon n'était pas le seul à être le « régional », à plus forte raison encore quand le vainqueur se révélait être le *malchanceux* second de toujours. Emporté par l'élan, Léon se laissa aller à la perfidie facile et abracadabrante en accusant le pauvre vaincu d'avoir abandonné pour l'empêcher, lui, de gagner la course alors qu'il était en passe de le faire…

Au reste, il commença de formuler ses désagréables allégations dans son propre café, parmi tous ceux qui avaient choisi d'accompagner la défaite d'Elian, par solidarité de vieux fidèles autant que par curiosité, qui pressentaient l'imminence d'instants beaucoup plus extravagants et intenses que ceux qu'ils venaient de vivre, et qui fixaient d'un œil rond, en se pinçant, le héros déboulonné. En cette ambiance et compagnie, Léon déblatéra ; assurément victime, dans cette première phase, de sa raison tourneboulée, et quand il persista le lendemain, dans une seconde phase, de la rancissure de ses remords.

Elian était assis au bar, juché sur un tabouret, la robe troussée, les jambes de sa salopette roulées sous les genoux. Ses vieilles chaussures de tennis, délacées, bâillaient. De nouvelles taches de vin maculaient son corsage fripé, dont la partie droite du buste bourré d'ouate, tout aplatie, laissait échapper son contenu. Il avait perdu sa perruque et son voile : son maquillage de clown, chaleur et sueur aidant, ressemblait surtout à présent à un maquillage d'accidenté de la route. La ligne de fond de teint partageait son front en deux, à mi-hauteur ; des coulées blanchâtres s'insinuaient dans sa moustache.

Un instant, tout fut étonnement agréable pour Elian. Depuis vingt ans, il n'avait plus ressenti cette bienheureuse sensation de plongée dans un univers de légèreté où les gestes s'exécutent et les mots se prononcent avec une telle aisance ; il retrouva la sensation amie comme s'il l'avait quittée la veille : elle avait fidèlement attendu, patiente et loyale.

La course était repartie, et Elian se fichait bien de savoir depuis combien de temps. La cohue bigarrée avait poursuivi son ascension de la vallée ; le temps qui s'écoulait aux étapes permettait aux spectateurs piétons de prendre de l'avance, afin que le plus grand nombre fût en mesure d'assister à l'arrivée finale et ses manifestations annexes. Les chars et leurs flonflons, les harmonies municipales et les accordéon-clubs, les cors de chasse, les majorettes et leur nez que le soleil avait eu tôt fait d'assortir à la veste de leur uniforme, le speaker et son micro, tout cela s'était éloigné, s'était enfoncé derrière un autre vacarme éminemment plus sympathique : le brouhaha familier du café.

— Le vin de groseille ! clamait Elian (qui n'avait surtout pas l'intention, ni l'impression, de clamer : il cherchait simplement à se faire entendre, tenait à ce que tous sachent et comprennent bien), c'était ce sacré vin de groseille ! Pourquoi j'en ai bu trois canons à la première étape ? J'aimerais bien le savoir, mais, nom de Dieu, j'ai jamais eu aussi soif, et de voir Laventure claironner dans sa bouteille… Mais je regrette pas ! Je regrette rien !

Il portait le verre à ses lèvres et sirotait une gorgée tout en clignant de l'œil à la ronde — vraiment, il y avait beau temps qu'on n'avait vu dans ce café Elian Toussaint adresser des clins d'œil autour de lui en buvant du vin rouge. Tous semblaient trouver l'événement comique, ou s'attendaient qu'il le devienne immanquablement. Tous sauf Léon, agité dans son ciré jaune, le chapeau de pluie sur la tête et la bouée TITANIC toujours dans le dos.

Sauf Martinette.

Elle ne disait rien. Plus exactement, elle ne répondait rien à Elian, ne commentait aucune de ses déclarations, ni en bien ni en mal ; elle lui décochait des œillades qu'elle voulait au diapason de l'ambiance générale, mais qui cachaient maladroitement l'inquiétude, une expectative étonnée, presque douloureuse. Elle se servit un peu trop rapidement, à la suite, trois verres de blanc sec et, quand elle eut bu le troisième, ça n'avait pas l'air d'aller mieux.

Elian creusa les reins, se redressa sur le tabouret, pour se tasser aussitôt ; le mouvement fit déborder du verre un tiers de son contenu qui chut en plein dans son giron — et dont il ne se soucia pas, s'il s'en aperçut.

— Et mon dos m'a fait mal comme si on lui avait foutu une volée ! annonça-t-il à ses auditeurs les plus proches (dont Léon-le-pêcheur). Mon putain de dos qui m'a jamais rapporté qu'une pension de misère et le droit de ne pas travailler comme n'importe qui de normal ! Nom de Dieu ! Mon putain de dos, qui m'avait pas empêché pourtant, pendant quasiment dix ans, de... d'être le meilleur de tous ces connards...

— Hé ! dit Léon. Hé là !

— ... et je dis bien, ces connards ! et je dis bien : le meilleur, en dépit de mon putain de dos qui m'a jamais permis de faire beaucoup d'autres exploits. Je dis bien. Et aujourd'hui, c'est fini même pour le meilleur des connards...

— Hé là ! dit Léon qui ne pouvait pas faire un geste sans que son vêtement bruisse comme une carapace en cours de durcissement. Parce que t'es battu, tu trouves que tous les autres sont des connards, hein ?

— Y a pas plus connard que moi, dit Elian avec un accent convaincu qu'ils prirent tous pour de la sincérité d'ivrogne. Pas plus connard que moi, même si je suis plus le meilleur au classement général ! J' pourrais facilement dire pourquoi. Et Martinette pourrait le faire elle aussi.

— Laisse Martinette en dehors de ça !

— Laissez-moi en dehors de vos salades, s'il vous plaît, dit Martinette.

Elian la scruta d'un long regard un peu vacillant ; en conclusion duquel il dit :

— C'est exact.

Lui seul savait à quoi il faisait allusion, et Martinette s'efforça de ne pas soutenir son regard plus que nécessaire. Elian reposa son verre sur le zinc : le pied du verre se brisa inexplicablement ; il cacha sa main sous sa robe de mariée pour faire marcher ceux qui voulaient savoir s'il s'était coupé ou pas. Léon s'énerva, finalement, alors Elian aussi : il brandit sa main intacte.

— Est-ce que je saurais plus quand je me coupe ou quand je me coupe pas, nom de Dieu ? (Plissant les paupières, il fixa Léon.) Qu'est-ce que tu fous là, Bien-Vivant ? Qu'est-ce que tu fabriques de ce côté-ci du comptoir, comme un foutu client ordinaire, alors que t'es chez toi ?

— Et toi, Elian ? lança quelqu'un en manière de plaisanterie, pour participer à la conversation.

Léon enleva son chapeau, retira sa pancarte JE BOIS MAIS NE COULE PAS, détacha la bouée de ses épaules ; ayant posé le tout sur le comptoir, il demanda à Martinette une autre tournée.

À Elian, il dit :

— On peut toujours se crever le cul pour toi, hein, on est récompensé !

Elian le toisa :

— Ce qui signifie, *monsieur* ?

Cette poussée soudaine de vocabulaire affûté s'estompa aussi vite qu'elle était venue, au profit de la recherche d'efficacité :

— Léon, tête de con, pourquoi tu te crèverais le cul pour moi ? Et qu'est-ce que tu fous là, d'abord ? Qu'est-ce que tu fous ici du mauvais côté du comptoir, au lieu de pédaler hardi donc, hein, Léon-tête-de-con ? C'est le jeunot Laventure qui va gagner, Léon ! Bordel, ça aurait pas pu être toi, dis, pour une fois que je jette l'éponge ?

Léon n'apprécia certainement pas le « tête de con » ; il se raidit, c'est tout. Il dit :

— Ça m'intéresse pas de gagner si tu jettes l'éponge. (Expliquant pour la dixième fois à la cantonade :) Quand j'ai entendu annoncer qu'il abandonnait, je me suis dit : il s'est pété une artère et il est mort ! Ça m'a coupé les pattes aussi sûr que le vin de groseille ! (À Elian :) On m'a dit que t'avais jeté l'éponge, oui, et que t'étais ici, mal en point. Une défaillance…

— Nom de Dieu de bois, souffla Elian.

Sous les paupières lourdes et plissées, son regard exprimait un mélange de rouerie, de réflexion, de méchanceté latente aussi, prête à jaillir.

— Nom de Dieu de nom de Dieu, dit-il. Pauvre petit Léon... Qu'est-ce que t'as besoin de te faire éternellement du tracas pour tout le monde, pauvre Léon ? Pourquoi tu t'emmerdes donc, dis ? Qu'est-ce que t'attends pour t'acheter un vrai pistolet, hein ? et pour te faire sauter l'autre œil ? J' voudrais que tu me dises si t'as vraiment voulu te foutre en l'air à cause de moi. J' voudrais le savoir. C'est c' que Martinette prétend, mais j' voudrais le savoir... Parce qu'au fond j' me demande si elle a pas pris ça comme prétexte, elle. J' me demande si elle a pas toujours préféré qu'un pauvre connard dans mon genre soit pas à la tête de c't' affaire. Je me demande.

À l'évidence, ils étaient tous à se demander. Ceux qui n'avaient pas compris, ou pas entendu, ne furent pas sans remarquer la retombée des bruits ambiants ; ils ne furent pas sans remarquer les regards tournés vers la mariée délabrée et moustachue, au teint de vieux steak tartare, et le pêcheur cramoisi qui se faisaient face, chacun un verre à la main ; et, comme tout le monde, ceux qui n'avaient rien remarqué jusqu'alors retinrent leur respiration.

Quand il se mit à tenir de pareils propos, on commença de craindre qu'Elian ne fût tombé très bas, plutôt mal en point. Autre chose que simplement secoué par le vin de groseille. Le lendemain Léon Dubreuil dit que c'est à cet instant-là qu'il avait vraiment senti qu'Elian avait dérapé.

Sur le moment, il ne donna pourtant pas l'impression d'avoir établi l'élémentaire distanciation permettant de parler objectivement de l'état mental d'un ami. De cramoisi il vira au cadavéreux, puis au surnaturel avec trois quarts de cadavéreux et un quart de rougeaud aux pommettes. Son mouvement du bras droit pour déposer son verre sur le bar évoquait la mise en place de l'archet sur les cordes du violon, dans le robot musical — mais aucune espèce de musique ne s'éleva de Léon, juste les mots :

— Je ne veux pas faire de scandale chez moi.

Il le dit d'une voix sans vie, et ce fut inaudible pour ceux qui se trouvaient à plus de deux mètres, mais, par contre, même ceux qui se trouvaient à l'autre bout de la salle, vers le billard et les flippers, purent voir briller la gerbe d'eau quand Martinette balança le contenu du seau à glace sur Elian, et ils purent entendre rouler au sol les cubes de glace qu'elle n'avait pas pris la peine de retirer du récipient. Elle fit cela sans qu'un soupçon de passion gâte la beauté du geste. Puis elle reposa le seau vide et alluma une cigarette. Elle n'avait pas d'expression — elle dit, les paupières mi-closes et la cigarette tressautant au coin des lèvres :

— Tu peux garder le costume quand il sera sec, Elian Toussaint. Je ne pense pas que je devrai le repasser pour l'an prochain.

Elian n'avait pas lâché son verre, toujours rempli, mais plus de vin maintenant. L'eau s'écoulait, huileuse, eût-on dit, en gouttes épaisses dans les poils de sa moustache ; l'embrun glacé avait lissé ses cheveux en arrière, lui faisant la coiffure d'un gommeux des années 30. Il regarda son verre et son contenu, il regarda Léon. Soufflant l'eau qui tombait de sa moustache, il dit :

— Me semble que c'est ton ciré qu' j'aurais dû enfiler aujourd'hui... pas vrai ?

— On dirait bien, approuva Léon d'une voix redevenue à peu près normale.

Alors, on comprit qu'ils n'allaient pas s'entre-tuer dans l'immédiat, ni probablement jamais. En deux secondes, tandis qu'Elian s'essuyait et s'épongeait le visage avec la jupe de son costume empoignée à deux mains, s'éleva de nouveau ce type de brouhaha d'ambiance qui n'est rien d'autre que du silence en train de s'accorder.

L'impact glacé n'avait pas dégrisé Elian ; ce fut presque l'effet inverse qui se produisit, comme si le choc avait provoqué une accélération de la circulation sanguine, et donc de l'alcool charrié par ses globules vers son cerveau. Il s'ancra dans l'ivresse. Mais il cessa de proférer des abominations. Il n'ouvrit plus du tout la bouche, ni pour parler — son interlocuteur favori ayant fini par s'éloigner en emportant sa bouée TITANIC et s'étant installé à une table de terrasse avec un petit groupe de supporters — ni pour boire, car on oublia de remplir son verre.

Il se tut à un degré tel que c'en devint alarmant. Les œillades furtives que lui glissait Martinette n'étaient pas moins inquiètes que celles dont elle le gratifiait quand il bramait.

Il était assis là, dans son fagotage détrempé et souillé, attentif aux intermittences d'un fading qui, eût-on dit, lui embrouillait les idées au fond de la tête. Il se demandait ce qu'avait fait le groupe, Irène et les autres, et s'ils avaient assisté *de visu* à ses évictions successives, ou si on le leur avait appris, et, s'ils savaient, quelles avaient été leurs réactions — les réactions de chacun d'eux. Qu'ils ne fussent pas venus le voir pour prendre de ses nouvelles ne le surprenait pas. Ne le surprenait plus. Sinon de la part de Cinq-Six-Mouches. Dans l'état où il se trouvait, il ne fut pas long à se convaincre qu'on lui avait interdit de le rejoindre, qu'ayant appris sa défaite on ricanait sadiquement aux oreilles du gamin en psalmodiant : « Tu vois ? Tu vois ? Tu vois ? »

Sans crier gare, Elian descendit de son tabouret et quitta la salle.

Sur la terrasse, il retrouva la parole pour réclamer à grands cris son vélo, repéra l'engin contre la barrière avant qu'un seul de tous ces ébahis ne lui vînt en aide, franchit l'espace à grandes enjambées de mariée rescapée d'un séisme et pressée de rejoindre son cortège. Il sauta sur le vélo et prit, sous les applaudissements des consommateurs à la terrasse, le chemin de la Goutte-Cerise, de la maison, pas vraiment sa maison mais la seule dont il pût néanmoins dire qu'une pièce au-dessus du garage était chez lui, la maison où il les imaginait en train de torturer gentiment l'enfant, avec beaucoup d'amour, la maison où il pourrait se laver, dans laquelle il pourrait se cacher.

Le lendemain, Léon dit que, n'empêche, tout cinglé qu'il avait l'air malgré ce barbouillage qui empêchait plutôt qu'on lui trouve l'air de quoi que ce soit, et malgré ce qu'il avait bu, n'empêche, il roulait droit. Dit que, n'empêche, il ne s'était pas cassé la gueule, au moins sur ce trajet qu'on avait pu suivre des yeux. N'empêche.

La voiture d'Anjo se trouvait au garage, la porte du garage était comme d'habitude ouverte, et le volet de la fenêtre, au-dessus, partiellement baissé.

Titi aboya rageusement.

— Vas-y donc, clébard ! gronda Elian. Engueule-moi, toi aussi.

Ce qui permit au chien d'identifier la voix d'Elian ; il frétilla de la queue en poussant de petits gémissements, à la fois heureux de le revoir et confus de ne l'avoir pas reconnu dans ses atours de carnaval. Le chat rayé de jaune était assis sur la planche du tonneau jaune ; il avait l'air content, lui aussi, mais sans le manifester particulièrement.

— Tout le monde est là, dit Elian.

Tout le monde n'était visiblement personne, à l'exception de Titi et du chat. Rien qu'à regarder la porte de la maison fermée derrière le rideau de perles de bois, on devinait que la clef avait été tournée deux fois dans la serrure ; les volets de bois tirés montaient une garde vigilante sur le silence intérieur absolu, au rez-de-chaussée comme à l'étage. « Bon », se dit Elian. Cela signifiait donc qu'ils se trouvaient toujours à la fête, soit quelque part en un point du trajet entre le cœur du village et la troisième étape de chez Martinette, soit au-delà, entre la troisième étape et la cinquième. Ou encore en train de s'amuser déjà, là-haut, dans les odeurs de gaufres et les résonances enchevêtrées des déferlements musicaux... Avec une invariabilité confinant au rituel, Irène achetait chaque année aux boutiques foraines deux sachets de nougat certifié de Montélimar, un de dur et un de tendre, un sachet de cacahuètes grillées et un sachet de pralines roses. Elle commençait de grignoter les cacahuètes sur le chemin du retour. Cette année, elle en offrirait à Mme Violet… Elian supposa que le numéro révélateur d'Anjo, l'avant-veille, n'avait pas ébranlé conséquemment les soudures de l'entente cordiale. « Bon », se répéta-t-il — et sitôt après que toutes ces considérations lui eurent traversé l'esprit, il les oublia.

L'échelle lui parut trois fois plus haute que d'ordinaire. Arrivé finalement au sommet, émergeant de la trappe, il entendit — avec netteté — un bruit en provenance de son logement, à l'autre bout du grenier dont la porte était entrouverte. Entre le bord de la trappe et sa porte, son attention accaparée par la traversée de l'encombrement noyé dans la semi-pénombre, il oublia qu'il avait cru entendre un bruit.

L'étonnement fut aussi grand pour lui que pour elle. Elian ne s'attendait pas le moins du monde à la trouver là, dans cette posture ; quant à Mylène, elle ne l'attendait pas du tout en plein après-midi et dans cet accoutrement sorti en ligne droite d'une explosion, avec cette tête assortie. Ils eurent le même réflexe : s'asseoir — Elian sur la chaise à portée, Mylène sur le lit.

Elle serrait à deux mains contre sa poitrine la bouteille de limonade extraite du carton, à ses pieds, qu'elle avait tirée de sous le lit. L'odeur flottant dans l'atmosphère n'était pas une odeur de limonade. Tout ce qu'Elian parvenait à penser ne dépassait pas « Sacré nom de Dieu » en attendant de trouver mieux ; ce qu'elle avait l'air, elle, de penser hargneusement était : « Le premier qui essaye de me piquer cette bouteille, je la lui mets en travers de la gueule ! »

Elian dit :

— C'est de la framboise de 85. Et pas trafiquée. Elle vient de la ferme d'un vieux copain à moi.

— Là où vous vous fournissez en œufs ? dit Mylène.

— Ouais… Exactement… Qu'est-ce que vous croyez donc, m'zelle, que je vais manger des saloperies de supermarché, peut-être ?

Elle fronça les sourcils et l'observa avec une acuité toute particulière pendant un moment ; réalisant qu'il n'était pas dans son état normal — ce qui parut la soulager d'un énorme poids — elle soupira, se décrispa visiblement. Elle s'installa plus confortablement sur le lit, bougeant une fesse, puis l'autre. Ses genoux ronds se trouvaient à hauteur du regard d'Elian, qui se dit qu'à sa place Anjo en serait tombé quatre fois malade, et qui, en ce qui le concernait, réalisa que la contenance d'un verre à moutarde *au minimum* manquait dans la bouteille d'eau-de-vie. Il se mit à observer la jeune fille avec, lui aussi, une acuité toute particulière pendant un instant ; il lui trouva d'ailleurs meilleur teint qu'il ne lui avait jamais vu.

— Je ne vous crois pas capable de manger la moindre saloperie, dit Mylène sur un ton enjoué. Même pas celles que vous cueillez.

Elle affichait une expression très angélique, ainsi qu'une agréable silhouette au-dessus de ses genoux ronds et de la partie de ses cuisses découverte par la « courtesse » de sa jupe. Il se dit que les éclaboussures sur son corsage ne représentaient certainement pas la valeur d'un verre à moutarde d'eau-de-vie ; il fallait bien que le contenu de ce verre à moutarde eût fini quelque part. « C'est à peu près, songea-t-il, ce qu'a avalé ce Colidieux avant d'avoir les yeux brillants. Mais c'était de la spéciale… »

— Et ça ? dit Mylène, en brandissant la bouteille qu'elle cessa de bercer. Vous en vendez aux touristes ?

— Non, dit Elian. Pas celle-là… Pour les touristes, j'en ai à part, et c'est jamais qu'un ou deux verres de ce que vous achetez dans le commerce pour un litre d'alcool coupé de n'importe quoi… Celle-là, *là,* c'est pour les amis.

Elle semblait s'amuser de plus en plus, en vérité. Il eut envie de s'amuser aussi — et de goûter la framboise, pour se remémorer. La question qui le turlupinait tomba pratiquement d'elle-même hors de sa bouche :

— Nom d'une bête en bois, m'zelle, qu'est-ce que vous foutez chez moi ?

— Oui ? Et d'après toi ? dit-elle.

Elle porta le goulot de la bouteille à ses lèvres et avala une lampée, sans le quitter du coin de l'œil — un œil qui rigolait.

Était-ce le tutoiement ? Ou cette pose absolument délicieuse de Mylène tétant à la bouteille ?… Elian se sentit chaviré par deux envies, qu'il eût été en peine d'assouvir, cependant, l'exécution de l'une, quelle qu'elle fût, annihilant l'autre : l'embrasser et l'étrangler. L'étrange ardeur du désir ambivalent le troubla. Il se leva — il avait les jambes molles comme s'il ressentait seulement dans ses muscles les effets des deux kilomètres cinq cents de grimpette douce —, s'approcha d'elle d'un pas hésitant. Il s'appuya à la table, au passage.

— J'en boirais bien un coup, moi aussi, dit-il.

Elle n'y trouva pas d'inconvénient. Il vit ses yeux de près. Il avait cru qu'elle riait, mais c'étaient des yeux vides, il n'y avait rien dedans — pourtant ils riaient en surface. Il prit la bouteille et toucha ses doigts, furtivement. Après une gorgée, il décida d'une autre, pour s'emplir et se fruiter la bouche.

— Je croyais que tu ne buvais pas, dit-elle, en le scrutant avec une sorte de méfiance, comme si elle attendait les conséquences forcément spectaculaires de cette absorption d'alcool. Je pensais que tu étais un bon vieux brave type dans ton coin — je pensais vraiment ça avant tout ce cirque.

— Ah ouais ? fit Elian.

— Ouais... Et j'ai entendu Irène le dire, que tu ne buvais pas.

Elian pensa des choses tournant aux proches alentours de terribles blasphèmes. Il se tenait jambes solidement écartées pour résister à cette vague de chaleur, flux et reflux mêlés, qui grandissait en lui.

— Pourquoi est-ce que tu ris ? demanda-t-elle.

— Je ris pas. Elle a dit que je buvais pas ?... Et pourquoi elle aurait été dire une chose pareille ?

— Oh… pour répondre à ma mère, évidemment. Parce qu'elles parlaient de ça. Irène en convenait… que la boisson, les drogues, tout ça, étaient un bien triste fléau… Elles parlent souvent ensemble, sur le banc… Un banc ou l'autre. Il suffit de se tenir derrière une des fenêtres, n'importe laquelle, pour entendre. Elle a dû dire que toi, Dieu merci, tu ne buvais pas. Je crois. Sinon, pourquoi je me serais mis ça en tête ?

— Sinon pourquoi, c'est bien vrai.

— Elle dit souvent « Dieu merci ». C'est une expression qu'elle emploie volontiers, j'ai remarqué. Non ? Je ne pense pas qu'il y ait de quoi.

— Je pense pas non plus, dit Elian.

Il tendit la main, elle lui donna la bouteille. Il ne but qu'une gorgée.

— Tu as perdu ? dit-elle.

Il dit que oui, qu'il avait perdu. Et elle :

— Tu n'es pas allé jusqu'en haut, à l'arrivée. Tu as abandonné, c'est ça ?

Il dit que c'était ça. Il choisit de l'écouter, plutôt que de parler ; c'était bien plus facile. Juste écouter et dire : « Hé ho, là, stop ! » quand on relevait une erreur — ce qu'il fit. À chaque fois qu'il lançait « Hé ho, là, stop ! » elle riait, elle donnait vraiment l'impression de rire. Elian se sentait proche d'une certaine forme de bien-être, car faire rire est une forme indiscutable d'existence. Faire souffrir aussi. Ou encore aimer, comme ils disent.

Mylène leva le coude. Elle ne soutenait pas la bouteille à deux mains, comme l'eût fait immanquablement une femme inexpérimentée, mais d'un coup de poignet vaillant, elle y allait franco : ce geste-là, Elian ne l'avait guère vu si bien troussé par une autre main aux ongles peints que celle de Martinette.

— Tout le monde a abandonné le parcours, on dirait bien, tu ne crois pas ? dit-elle.

— J'en sais sacrément rien, dit Elian.

— Moi et toi. Toi et moi.

— Oui. Ça on croirait bien.

— Ha ! Ha ! On croirait bien ! dit Mylène.

Elle lui tendit rudement la bouteille qu'il bloqua au creux de sa paume. Elle descendit du lit et marcha jusqu'à la fenêtre ouverte — elle dit :

— Si j'étais venue à cette fenêtre quand j'ai entendu le chien aboyer, je t'aurais vu arriver.

Ce devait être une réflexion drôle ; elle rit. Mais non, car le rire ne lui appartenait pas, il était très plat, il faisait songer à quelque chose qui se dévide, une bobine qui tourne et quelque chose qui se déroule, sans que l'on sache quoi. Elle s'appuya à l'angle de la fenêtre puis se peigna les cheveux à pleines mains, les releva et les laissa retomber. C'était joli. Elle était si pâle, bien qu'une roseur discrète soutînt le dessin de ses pommettes.

Elian ne cilla pas avant que les boucles d'oreilles métalliques en forme d'anneaux cessent de bouger.

Elle dit :

— Il ne faudrait pas qu'ils reviennent et nous trouvent ensemble, tu ne crois pas ? Moi je crois.

— Qui ça, ils ? dit Elian qui savait parfaitement.

— Mes parents. Le professeur de mathématiques amateur d'Histoire. Les parents uniques de la fille unique qui leur est venue tardivement. Ils m'aiment, tu sais ? Ils sont venus me chercher à Paris pour me sauver la vie et me surveiller à leur aise, parce qu'ils m'aiment. Et moi je les aime. Ça n'a rien à voir, tu comprends ?... Ils me surveillent pour mon bien, et à la première occasion, vilaine que je suis, je file, je leur glisse entre les doigts... Je me suis enfoncée dans la foule, un peu avant ce bistrot... Même le grand et beau mangeur de champignons n'a pas réussi à me mettre la patte dessus. Mais ils vont sans doute revenir et nous trouver ensemble. Lui, et Irène, et mes parents, et Cinq-Six-Mouches.

— Qu'est-ce que Cinq-Six-Mouches a dit de me voir perdre ces étapes ?

— Je suis revenue ici parce que je me doutais qu'il y avait bien à boire quelque chose, quelque part. Et c'est mieux que rien.

— Mieux que rien quoi ?

— Rien.

— Qu'est-ce que c'est que cette maladie ? demanda Elian.

Elle regardait droit devant elle, en plein dans le volet à demi baissé, tout en faisant des bruits incongrus avec ses lèvres. Les bruits frappaient le volet et rebondissaient à l'intérieur de la pièce.

— Je pense que tu ferais bien de retirer cette robe ridicule, dit-elle. Et aussi, tu devrais te débarbouiller.

— Je ne vois pas pourquoi, dit Elian.

Elle haussa une épaule et lui dit qu'il avait raison, finalement, après quoi il se mit à lui raconter comment on peut se décider à vendre sa maison à des touristes, avec les meubles et un vieux type en prime. Elle n'en croyait pas ses oreilles. Il lui en donna toutes les preuves qu'il avait réussi à rassembler — et pour lesquelles il n'avait pas eu grand effort à fournir. La plupart des preuves se résumaient au comportement d'Anjo qui était pourtant comme un fils, un frère, un ami, un copain, le second doigt d'une main qui n'en eût compté que deux, Anjo qui était un fameux complice avant qu'elle arrive et qu'il en devienne dingue ce soir-là où elle lui avait demandé s'il pourrait l'aider, où elle l'avait regardé, et ensuite il n'avait plus attendu que cette occasion de se rendre utile, il ne savait même pas comment, l'occasion de lui prouver qu'il pouvait l'aider, probablement, et qui, nom de Dieu de bois, était devenu carrément une ordure, un Judas, qui était devenu un traître et n'hésitait pas, *lui aussi,* à voir d'un bon œil cette possibilité de vente, puisqu'il avait ainsi une chance de ne pas la perdre, et qui n'hésitait pas davantage à massacrer toutes les truites d'un vivier sacré dans le ruisseau où son frère était mort. Ce n'était pas une preuve, sans doute, cette attitude ?

Et que lui restait-il, à cause d'elle ?

Elle dit :

— Le jour des truites, j'ai vu rôder les deux garçons et leur chien près du ruisseau.

— C'est pas une preuve, hein, peut-être, cette merde qu'il est devenu ? dit Elian.

— Quelle merde ? Qui est devenu une merde ?

— Tu le sais ! Tu le savais avant moi ! depuis longtemps… Vous le savez toujours avant tout le monde, et c'est même pour ça que vous pouvez demander à un pauvre type de vous aider, ou d' se tenir prêt. Vous pouvez le demander, à peine arrivées dans sa maison, vous pouvez toutes faire ça !

— C'est vrai, dit-elle. J'ai dû croire qu'il pourrait me trouver au moins ça (elle désigna la bouteille dans les mains d'Elian). J'ai horreur de la façon dont ce type me couve des yeux. Ce pauvre type.

— *Ce pauvre type* s'appelle Anjo ! dit Elian.

Mylène se pencha un peu, et sa chevelure fit écran, cachant son profil. Elian ferma les yeux ; il essaya de se rappeler des paroles qu'elle avait dites, qu'il avait failli relever mais qui lui avaient finalement échappé. Il était certain d'avoir négligé quelque chose d'important, et certain qu'il ne retrouverait jamais plus quoi si elle ne lui venait pas en aide.

— Elian ! dit-elle.

Il rouvrit les yeux. Elle lui faisait signe d'approcher, agitant la main doucement, toujours penchée à la fenêtre et regardant dehors par l'entrebâillement du volet. Quand il fut à côté d'elle, elle lui arracha la bouteille d'eau-de-vie, se redressa, but une gorgée rageuse, reposa durement la bouteille sur l'appui de la fenêtre ; elle ne regardait plus l'extérieur, et ne le regardait pas davantage.

— Je ne le supporterai pas, dit-elle.

Et lui, rien. Il essayait de mettre le doigt sur ce qu'il était certain d'avoir laissé filer — plus il cherchait, et plus il était convaincu d'avoir laissé filer pas mal de choses. Le plus curieux, c'était que lorsqu'il fermait les paupières, ça grésillait dans ses oreilles. Il se concentra pour vérifier que le grésillement s'éteignait quand il rouvrait les yeux — et c'était vrai. « Nom d'une bête en bois ! » se dit-il. Il lui apparut qu'il y avait de quoi avoir peur, et il eut effectivement un peu peur.

Elle répéta qu'elle ne tenait pas à ce qu'on les retrouve ensemble. Il était d'accord, tout à fait d'accord.

— Bien sûr, on pourrait se foutre par cette fenêtre, dit-elle. Tu le crois pas ?

— Bien sûr, dit Elian.

— Mais elle n'est pas assez haute. Il faudrait trouver un endroit plus élevé, beaucoup plus haut, tu ne crois pas ?

La suggestion ne manquait pas d'intérêt. Elian comprit qu'elle ne cherchait pas à lui proposer autre chose, depuis le début.

Il se voyait mal réussir encore à la faire sourire — non pas qu'il en fût incapable mais parce qu'il n'en avait pas le désir. « Il faudra tout de même que je finisse par l'étrangler », se dit-il.

Il ressentit le furieux besoin de commettre d'irrémissibles sacrilèges, avant *de se quitter* pour devenir un autre dont il faudrait bien qu'on s'occupe. Une terrible soif.

Il la suivit, heureux de regarder se balancer ses fesses sous la jupe, et scintiller l'alcool dans la bouteille à son poing, heureux comme un jeune homme, dans le passé, avant qu'il se tale, heureux pour un instant d'éternité... Il regrettait si fort, déjà, le moment où il lui faudrait se résoudre à l'étrangler.

Anjo laissait toujours les clefs sur le tableau de bord.

Elle savait naturellement conduire ; Elian, lui, où aller.

Il la crut victime d'un malaise soudain quand elle s'affala en avant, sur le volant, la tête entre les mains, juste dans la sortie d'un virage.

— Ho la ! dit-il.

Mais c'était un fou rire, pas un malaise. Elle releva la tête au bon moment, les pneus crièrent un peu dans le virage suivant et Elian se retrouva projeté contre elle. Elle essayait de refréner son rire, le seul résultat, pendant un moment, fut son visage douloureusement crispé et tordu ; l'hilarité se communiqua à Elian et en fin de compte ils pleuraient tous les deux. Ils eurent beaucoup de chance de ne rencontrer aucun véhicule à cette heure-là, roulant normalement à droite… Ils se calmèrent en vue de la place de l'église. Elian dit :

— Et voilà ! C'est ici !

Après la cohue et le tapage qui régnaient quelques heures auparavant, la place vide paraissait quatre fois plus vide, constellée de confettis et gribouillée de serpentins, jonchée de rameaux d'épicéa et de sapin, le monument aux morts de la dernière guerre plus pompier et idiot que jamais dans son remarquable esseulement. Une seule table de la terrasse du *Café de la Place* était occupée par un couple silencieux buvant des Schweppes-citron.

Deux voitures et trois mobylettes étaient garées plus loin. Un air de musique en provenance du juke-box s'échappait par la porte grande ouverte.

Elian fit le tour de la voiture, ouvrit la portière de Mylène. Il se pencha et posa la main sur son épaule. Elle eut un sursaut de véritable répulsion.

— On ne me touche pas ! dit-elle.

— Ouais, fit Elian, sans prendre ombrage de ce réflexe de répugnance qu'il avait provoqué. Mboui-boui-boui. C'est le meilleur endroit, venez.

Il s'était aperçu dans la voiture qu'il préférait la vouvoyer. Mylène prit la bouteille et but un peu. Il l'examina à travers le verre et le clapotement de l'alcool ; elle baissa la bouteille et il continua de la regarder un instant.

Elle lui rendit la bouteille, disant qu'elle ne voulait pas rentrer dans une église en sa compagnie, qu'elle ne mettrait certainement pas les pieds dans une église avec lui tant qu'il serait attifé de la sorte.

— Bon Dieu, dit Elian, c'est pas dans l'église qu'on va, c'est dans le clocher.

Il jeta un coup d'œil au niveau d'alcool dans la bouteille et n'en revint pas.

— Allez, dit-il. Dépêchez-vous ! Ils vont fermer.

L'argument fantaisiste porta.

Elian raconta que, lorsqu'il était enfant de chœur, ils étaient montés, lui et un autre, jusqu'en haut. Ils avaient poussé la petite porte d'accès à l'escalier, sans y croire une seconde, et elle s'était ouverte, ce qui ne pouvait logiquement se produire que quand l'organiste répétait — or ce jour-là l'organiste n'était pas là, on ne l'entendait pas, c'était lui qui avait omis de refermer la porte à clef. Etc. Elian raconta tout en grimpant. Il parlait surtout pour écouter sa voix résonner d'une façon particulière dans la cage spiralée de l'escalier ; elle résonnait également dans sa tête, d'une autre façon particulière... Les marches de l'escalier en colimaçon s'élevaient, hautes, en pente raide, mais la cage était étroite, presque étranglée, d'une largeur d'épaules d'homme moyen : ceci annulant le danger de cela. Mylène marchait devant. Le jeu des muscles de ses jambes était très étonnant dans la lumière rousse que diffusaient les ampoules fichées dans le mur toutes les cinq ou six marches. Elian s'aperçut qu'il ne parlait plus, que sa gorge était sèche et qu'il était essoufflé.

Ils débouchèrent sur un palier très étroit, avec une porte à droite, qu'Elian désigna du cul de sa bouteille :

— C'est là qu'est l'orgue.

Mais cette porte était fermée. Ils poursuivirent leur ascension, non sans avoir puisé un peu de carburant au goulot, l'un après l'autre.

— En avant ! cria Elian pour tester l'écho de sa voix.

Ils se retrouvèrent dans un lieu étrange, chargé de mystère et très exactement conservé tel qu'Elian en avait gardé le souvenir : cette partie du clocher située à hauteur de la première grosse cloche. Le sol était de poutres, assemblées en solide caillebotis, encombré d'ardoises en tas et de feuillures de cuivre, d'outils, de planches, de cordages, de ceintures, de harnais et de casques. Le garde-fou autour du puits de la cloche était une simple corde fixée à des tiges de fer scellées par des tire-fond dans les poutres du sol. À droite de ce chemin de ronde, une ouverture — un passage — donnait sur toute la longueur des combles de la nef jusqu'au bout de l'abside. Une chaleur véritablement suffocante régnait sous la toiture. Le soleil qui pénétrait par les baies dépourvues de leurs abat-sons, en raison des travaux de réfection, tranchait en bandes larges dans lesquelles flottaient des poussières dorées.

— Qu'est-ce que vous dites de ça ? dit Elian.

Il vacillait sur ses talons, la tête rejetée en arrière, bouche ouverte, regard perdu dans la fuite des poutres de la flèche. La passerelle autour du puits comprenait un second niveau, à hauteur des deux petites cloches, d'accès momentanément interdit par un entassement de planches et de vieilles ardoises.

— Qu'est-ce que vous dites de ça, hein ? répéta Mylène en écho.

Il baissa la tête ; sa bouche se referma d'elle-même, avec un clappement. Mylène se tenait près du bord du puits, sa hanche touchait la corde du garde-fou. Elle était plus pâle qu'il ne l'avait jamais vue, avec de profonds cernes sombres sous les yeux. Elle planta ses mains dans sa chevelure, qu'elle aéra, secoua, puis elle laissa retomber lentement les bras. Sa main droite se referma sur la corde. Elle passa plusieurs fois sa langue sur ses lèvres et déglutit avec difficulté ; Elian s'apprêtait à lui tendre la bouteille, mais elle ne demanda rien. Elle transpirait abondamment. Il s'aperçut qu'il était lui-même trempé. L'atmosphère était celle d'une véritable étuve, aucun souffle ne passait par les baies ouvertes.

Mylène fit un pas sur sa gauche — du bon côté de la passerelle.

— C'est ce que je demande, dit Elian. Qu'est-ce que vous dites de ça ?

— On crève !

Elle passa devant lui, et marcha jusqu'à la baie la plus proche. Elle s'appuya au rebord, jeta un coup d'œil à l'extérieur — elle se retourna vivement vers Elian, un mauvais sourire choqué sur les lèvres. Il la rejoignit, et regarda à l'extérieur à son tour. Contre le mur, derrière la baie, il y avait un premier niveau d'échafaudage, par lequel on en gagnait un second, plus haut, et un troisième, plus haut encore, sur la flèche. Entre les bastings de l'étroite plate-forme, Elian vit le sol, la route comme un mince ruban, les arbres comme des brocolis, les maisons comme des boîtes d'allumettes… et, sur la place, des voitures, des gens pas plus gros que des insectes… Il tourna le dos au gouffre.

Mylène avait déboutonné cinq boutons de son chemisier — au débraillé béant sur ses seins humides, dans le soutien-gorge de dentelle blanche — mais n'était pas venue à bout du dernier, en bas. Elle retira ses chaussures plates qu'elle poussa dans le puits et qui frappèrent le manteau de la cloche avec un petit bruit dérisoire.

— Et alors ? dit-elle avec un regard torve pour Elian. Qu'est-ce que vous avez tous à me reluquer ?

Sa frange était collée sur son front. La sueur brillait dans le creux de ses clavicules, coulait des tempes sur ses joues et tombait à grosses gouttes sur son chemisier rouge. Elle s'essuya la bouche d'un revers de main, dit :

— Donne-moi la bouteille. Vite.

Son élocution s'était alourdie. Il éprouva une certaine difficulté à se décoller du mur. Le temps qu'il y parvienne et se mette à marcher vers elle, elle avait dégrafé sa jupe et la descendait sur ses hanches, la faisait couler le long de ses cuisses. Elle se redressa et la jupe tomba à terre, avec son slip ; elle enjamba le petit tas de vêtements avec prudence, en s'agrippant à une poutre verticale à portée. Les pans du chemisier atteignaient le dessous de son nombril, juste le haut de ses fesses.

Elian continua d'avancer vers elle ; les hésitations de sa démarche étaient pareilles quand il s'était décollé de la margelle de la baie et deux mètres plus tard. Cette distance dérisoire avait suffi pour que l'érection étranglée par son pantalon se lève jusqu'à la douleur — et retombe aussitôt. Elle avait la plus belle touffe pubienne, noire et fournie, qui se puisse assortir à de tels genoux.

— Ça me plairait bien aussi, ma foi, de voir votre cul, m'zelle, dit Elian, qui oublia de regarder son visage et l'expression qu'elle arborait quand elle pivota lentement et le lui montra, et se pencha même un peu afin de le lui présenter mieux.

— Nom de Dieu ! gronda Elian.

Elle lui fit face de nouveau. Cette fois, il observa son visage et n'y décela aucune expression qui fût en rapport avec son geste — le contraire. Il y trouva une colère analogue à celle qui pétrifiait ses propres traits sous le barbouillage liquéfié. Il entendit crier son nom. Il regarda couler les gouttes de sueur sur le visage de Mylène, les *sentit* couler en travers des siennes, chatouilleuses, corrosives. N'empêche, il se disait qu'un homme à qui n'est jamais donné le privilège de contempler au moins une fois dans sa vie un tel cul de fille de vingt ans peut tout aussi bien attraper la lèpre dès sa naissance et crever — car un homme sur qui pèse une pareille malédiction ne meurt pas, il crève.

— La bouteille, demanda-t-elle.

Tandis qu'elle buvait une terrible gorgée, il ne regardait pas son visage. Il remarqua incidemment le niveau d'alcool dans la bouteille, quand elle laissa retomber son bras, et se demanda comment il n'était pas encore assommé à terre, surtout après une abstinence quasi totale de presque vingt ans — et il se dit qu'elle était assurément très atteinte, très ravagée, pour supporter comme elle était en train de la supporter l'ingestion d'un bon demi-litre de gnole. Elle pressa la bouteille contre son ventre. Elian dit, rudement :

— Qu'est-ce que vous imaginez ? Que ça va durer ? Nom de Dieu, m'zelle, je vous l' dis : y a deux choses. Deux choses ! Ne pas attendre — ça fait une — et ne pas se souvenir — ça fait deux !

— N'essayez pas de m'avoir, dit-elle.

— Vous avoir, quoi ? Comment ça, vous avoir ? Ne me parle pas de ça, pauvre fille, ne viens pas me parler de ces choses… Rappelez-vous juste ce que je viens de dire. (Il ânonna :) Il y a deux choses…

— Je ne suis pas venue ici pour me rappeler quoi que ce soit, dit Mylène. Désolée.

Elle était adossée à la poutre verticale, au bord du soleil poudré qui pénétrait par la baie voisine ; elle faisait rouler sa bouteille sous ses paumes, contre son ventre. C'était joli à voir. Elle avait la peau si blanche et laiteuse qu'elle en avait l'air irréelle. « Une apparition », se dit Elian. C'était juste l'idée qu'il se faisait d'une apparition. « Et c'est foutrement le bon endroit pour une apparition ! » se dit-il. On apercevait la tache sombre d'un mamelon à travers la dentelle détrempée, à la lisière d'un pan du chemisier rouge — c'était joli à voir : oui, si on oubliait le pli de sa bouche et la lumière noire dans ses yeux. « Bon Dieu de bois, de quelle couleur ils sont ? » se demanda Elian.

Il crut de nouveau entendre des voix qui l'appelaient depuis le dehors. Il avait brusquement un million de raisons d'être irrité ; elles pétillaient devant ses yeux et couraient sous sa peau comme autant de petites brûlures ; le seul problème était qu'elles dansaient trop vite pour qu'il pût les identifier, criaient trop fort et toutes à la fois, ce qui rendait totalement incompréhensible leur complainte.

— Vous allez finir par laisser tomber ce qui reste, dit-il.

Il se retrouva au bord de la baie, à regarder vers le bas, et à se demander ce qu'il fichait là. À se dire que la journée durait depuis sacrément longtemps, en essayant de se remémorer ce qui s'était passé depuis le matin — à s'interroger sur la place exacte du matin dans le cours d'une journée. Il s'appuyait, les deux mains à plat sur le rebord de cette baie du clocher débâillonnée de ses abat-sons.

— Elian ! fais pas le con ! dit la voix, proche, qui ne s'élevait pas du sol au-dehors, mais provenait de derrière cette porte de l'escalier contre laquelle des coups furent frappés.

Elian y jeta un coup d'œil : il vit les planches et les madriers, entassés pour bloquer le panneau. Quand avait-il fait cela ? L'avait-il fait ? Lui ou elle ?

On l'appelait d'en bas aussi — de bien faibles voix. Le nombre des insectes avait sensiblement augmenté. Il y avait au moins trente ou quarante voitures, le long de la rue et autour de la place, formant, vues de là-haut, comme une barrière pour empêcher les insectes de s'échapper…

— Est-ce que vous ne pouvez pas me foutre la paix, aujourd'hui ? cria-t-il.

Les petites brûlures d'irritation qui lui couraient sous la peau se fondirent en une vraie colère qui le submergea. Ils criaient derrière la porte, frappaient, et lui ne voulait pas les écouter. Il se préparait à hurler — pour ne pas les entendre, eux — quand il se rappela ce qu'il était venu faire ici — et juste à ce moment-là elle l'écarta de la baie en l'attrapant par le milieu du dos. Il entendit craquer les coutures de son déguisement.

Elle voulait grimper sur le rebord de la baie sans lâcher la bouteille. Il la regarda avec grand intérêt lancer plusieurs fois de suite sa jambe, son genou, sur la margelle ; il regardait se creuser et se nouer les muscles de ses fesses à chaque fois que la jambe retombait.

— Vous allez jeter cette bouteille, maintenant, bordel ! dit-il.

Elle projeta la jambe, et la main — précisément — qui tenait la bouteille ; elle s'accrocha. Se hissa.

Il se rappelait ce qu'il était venu faire ici. En réalité, c'était un service qu'il rendait ; elle avait voulu un endroit plus haut, plus élevé que sa fenêtre, et il n'en connaissait pas de plus élevé. Ça l'arrangeait vraiment bien — se disait-il — qu'elle veuille avec autant d'acharnement se jeter d'un endroit élevé — ça l'intriguait un peu en même temps. Est-ce qu'ils ne pouvaient pas s'arrêter un peu de gueuler ? Et le laisser se concentrer ? On aurait vraiment dit qu'ils tenaient à ce qu'elle tombe n'importe comment.

Mylène passa de l'autre côté de la baie, sur la plate-forme de l'échafaudage. Le soleil faisait briller la sueur sur ses cuisses ainsi que le tissu soyeux de son chemisier ; il étincelait à travers l'eau-de-vie clapotant dans la bouteille. Elian grimaça en s'écartant du mur. Elle lui avait fait mal au dos en le repoussant. Il voulait voir quel effet cela produisait sur les insectes d'en bas. La lumière dorait le très fin duvet sur ses cuisses et lui allumait comme un feu noir dans l'entrejambe, au bas de la raie sombre des fesses.

— Fous le camp, dit-elle. Enlève-toi de là !

Il y avait une corde en guise de garde-fou à la plate-forme, la même que celle qui suivait le périmètre du puits à cloche. Mylène fit un pas de côté, un autre, et elle se plaqua dos au mur. L'échafaudage vibrait de ce tremblement qui prenait naissance dans les cuisses de la fille.

Derrière la porte barricadée, ils n'en finissaient pas de crier, criaient toujours, ils appelaient et cognaient. Ils allaient finir par défoncer le panneau et faire voler le barrage de bastings ! En bas... ils ne disaient rien. Pas un mot. Ils étaient cinquante, les yeux levés et la gueule béante. La colère tourna et tonna dans la tête d'Elian.

— Ha ! Ha ! nom de Dieu ! cria-t-il. On va leur pisser dans le bec, pas vrai ? Donnez-moi la bouteille, m'zelle !

Il se hissa sur la margelle de la baie et fit basculer ses jambes à l'extérieur. Posa ses pieds sur la plate-forme de l'échafaudage, qui grinça et trembla. Il se dressa sur ses jambes — dans un mouvement décidé, sa tête frôla le linteau de la baie — et s'appuya fermement à la corde du garde-fou comme s'il se fût agi d'une rambarde de bois solide. Le vide le caressait doucement et faisait voleter les fanfreluches décousues, falbalas en lambeaux de sa robe.

— Qu'est-ce que vous regardez ? cria Elian aux visages levés et muets. Vous allez vous tordre le cou !

Sa voix traversait tout le ciel, à hauteur du soleil déclinant, en face.

Des voitures qui descendaient la rue s'arrêtèrent. Elian voyait les visages sans traits ni regard apparaître aux portières et se tourner, se tendre, vers la fille et lui : il vit des bras se braquer dans leur direction. Il vit un minuscule cyclomotoriste remonter la rue comme une fusée.

— C'est ce qui va vous arriver ! cria Elian. Vous allez vous tordre le cou ! D'où que vous sortez, comme des mouches ? Qu'est-ce que vous regardez ? Reculez-vous, que ça vous éclabousse pas ! Pourquoi que vous restez là, à me reluquer, je suis tellement intéressant ? Vous m'avez pas reconnu ? J' m'appelle Elian Toussaint. Vous voulez que j' vous dise ? Y a deux choses : pas attendre, et pas se souvenir, voilà c' que je vous dis ! Et il y en a une troisième aussi, c'est qu'on n'a pas besoin d'être au cimetière pour être mort ! Ça vous étonne ? C'est moi qui vous l' dis, parce que vous êtes p't'être tous autant que moi dans un cimetière depuis longtemps !

Attendez pas qu'on vous le fasse comprendre ! Nom de Dieu de bois, qui que vous êtes donc ? Les macchabées ou bien les fossoyeurs ?

Serrés sur la corde, ses poings crispés vibraient. Les parties de son visage que le fond de teint ne recouvrait pas avaient pris une couleur grisâtre.

— Fossoyeurs ! cria-t-il. Qu'est-ce que je suis ? Et qu'est-ce que vous êtes, vous ? Combien que vous êtes à louer vos maisons et à penser qu'ils nous font bien de l'honneur de venir s'y réfugier ! Faites gaffe, seulement, qu'ils vous en foutent pas à la porte un beau matin ! Ils ont les sous, et nous les mains tendues ! J' sais de quoi j' parle !

Sa voix flottait et retombait en planant. Elle jaillissait de sa gorge telle une expiration naturelle, la sensation était très agréable, qui faisait naître des picotements sous son cuir chevelu.

— J'ai une sacrée soif, dit Elian, à l'adresse de la fille.

Il tourna la tête vers elle et s'aperçut qu'elle le regardait, que son visage exprimait une totale stupéfaction. Une fascination. Il lui fallut un temps avant de se rendre compte qu'il n'y était strictement pour rien. Elle avait les yeux d'un brun bleu-mauve, une couleur comme il n'en avait jamais vu ; il n'avait jamais vu la couleur de la terreur.

Au bout d'un temps infini, il parvint à desserrer sa main droite de la rambarde de corde ; ce temps infini coulait pourtant à une vitesse folle ; il tendit la main vers Mylène et lui saisit le poignet, et serra. La bouteille qu'elle tenait toujours cliqueta contre le mur.

Il pensa « Attends ! Je tombe avec toi ! ». Il l'aurait probablement dit à voix haute et forte si ses cordes vocales n'avaient été serrées en un solide double nœud — il ne fit que le penser, c'est tout, parce qu'il suffit de moins de deux minutes pour qu'il dessoûle implacablement et s'éveille dans la couleur brun bleu-mauve et le cliquetis spasmodique d'une bouteille martelant la pierre.

Il aurait voulu pouvoir retirer son déguisement pour en draper Mylène afin qu'elle arrive en bas, sous les regards de tous les curieux, dans une tenue décente.

Il se demanda s'il était préférable ou non de respirer au cours de la chute.

Dans les jours qui suivirent le changement de lune, le temps se modifia.

Le vent réveillé portait des odeurs d'eaux grasses en provenance de la colonie de vacances, surtout dans la soirée. Le ciel se couvrit de bancs entiers de petits nuages floconneux qui se métamorphosèrent en gros nuages franchement opaques. Le bruit de la pluie sur les toits, un soir, fut accueilli avec joie et soulagement ; les enfants les plus fous — il n'y eut pas que des enfants — filèrent sous l'averse pour danser et faire les pitres.

Il plut durant cinq jours et à peu près sans discontinuer, du 21 à la Saint-Louis, le lundi suivant. Les sources qui alimentaient les habitations des hauts retrouvèrent la parole pour bientôt la cracher violemment, au point que les chambres de fontaines débordèrent. Au troisième jour de pluie, certains touristes qui bavardaient volontiers au bureau de tabac parlaient de vacances gâchées — ils partaient le surlendemain.

Ensuite ce fut le froid. Il vint de nuit. Il se glissa comme une bête, profitant de ce que le vent était parti tourner ailleurs, il rampa en silence sous la lune et les étoiles dures — il savait y faire ! — et, quand on l'entendit enfin craquer dans les toitures, c'était trop tard, il était là, installé, il n'y avait plus qu'à frissonner. Le froid resta dans le pays pendant deux jours, et du matin au soir ne fit rien d'autre que montrer son ventre blanc au soleil. Puis le vent revint, et les feuilles jaunies des bouleaux que le manque d'eau, l'excès de pluie, le froid enfin, avaient bien éprouvées, tombèrent comme en automne.

Le jeudi de la Saint-Augustin, pratiquement à la fin du mois d'août, une sorte de nouvelle phase de beau temps s'installa, qui préfigurait un peu ce visage épanoui qu'arbore en général la plus belle des saisons. Il s'en fallait pourtant d'un mois que l'automne aux joues rouges descendît de son train en route vers le nord. Le ciel était fréquemment nuageux, toutefois clair, avec des gris d'argent et des blancs de mercure ; les montagnes s'étaient éloignées derrière une brume bleutée.

Des silences particuliers retombèrent, débarbouillés des rumeurs estivales qui accompagnaient la marée des envahisseurs en vacances ; des silences qui évoquaient la poussière après le passage de quelque horde, sur un chemin de terre désormais revenu aux habitués ; c'était la mélodie, la ponctuation retrouvée d'un accent ; les silences appelant d'autres bruits cachés, les forêts, prés, pierres, les ruisseaux comme la rivière, les friches, les essarts, les vieux pacages, les « envers » et les « derrières », les hauts, les bas, retrouvèrent avec circonspection d'abord, puis une fougue de « tertelles », l'usage de leur vernaculaire.

Les matins étaient plus longs à s'éveiller, les soirs au contraire plus vite endormis ; les nuits oscillaient entre douceurs nostalgiques et fraîcheurs pimpantes, quelquefois parvenaient à concilier les deux.

Les feuilles or et bronze des bouleaux tombaient.

Le premier lundi de septembre, Cinq-Six-Mouches arriva bien avant quatorze heures, qui était l'heure convenue. Pourtant, il ne craignait pas qu'Anjo l'oubliât... mais il serait venu dès le petit matin si cela n'avait tenu qu'à lui, ce qui lui eût permis de passer sa fébrilité ici, plutôt que la ravaler chez lui, comme il avait dû le faire, avec pour conséquence d'énerver considérablement Evie que la rentrée en cinquième, dans trois jours, mettait sens dessus dessous.

Cinq-Six-Mouches arriva avant quatorze heures, avec un paquet de *Femme actuelle* dans un filet à provisions, de la part de 'Man pour Tatirène. Anjo était seul à la maison. Tatirène était partie pour la filature — qu'on appelait toujours « la filature » mais qui était surtout un tissage — où elle était d'équipe d'après-midi ; elle avait repris le travail depuis une semaine déjà, et depuis une semaine on avait décidé le « rapatriement » de Cinq-Six-Mouches chez ses parents, puisqu'il n'y aurait donc plus personne ici — Anjo, bien que toujours théoriquement en arrêt prolongé de maladie, estimait préférable d'attendre la guérison sur les autres chemins, ce qui n'était de toute façon pas la question car on n'envisageait certainement pas qu'Anjo pût tenir compagnie à un enfant de dix ans, son cousin ou non.

— Pose ça là, dit Anjo, parlant des journaux. T'es sur ton trente et un, pas vrai ?

Cinq-Six-Mouches posa le filet à provisions sur un coin de la table qu'Anjo débarrassait de son couvert. Il ne sut que répondre, car ce n'était pas souvent qu'Anjo vous adressait un compliment — ce n'était pas souvent qu'Anjo donnait seulement l'impression de vous voir.

— Qu'est-ce que tu fais ? dit Anjo. Tu m'attends ici, ou dehors ? Il faut que je me lave, que je me prépare.

— Ben dehors, alors, dit Cinq-Six-Mouches.

— D'accord.

Anjo lui adressa même un clin d'œil.

Cinq-Six-Mouches descendit l'escalier, traversa le petit bout de couloir du rez-de-chaussée vide. Après le départ des Violet, comme si pour elle la chaleur était forcément finie puisque les locataires de l'été partis, Tatirène avait décroché le rideau de perles ; il y avait désormais une porte à ouvrir et refermer chaque fois qu'on franchissait le seuil. Il ouvrit et referma la porte. Il fit trois pas ici, quatre là.

Le banc et la table qu'on plaçait de ce côté-ci de la maison avaient été rangés. Anjo s'était décidé (malgré son dos…) à remonter le tas de rondins en haut du ravin, et Colin-Colin Boldi était venu avec sa scie ; restait maintenant à brouetter vers le hangar un monceau impressionnant de bois coupé aux dimensions du foyer des fourneaux. Cinq-Six-Mouches se dit qu'il proposerait son aide à Anjo. La rentrée des classes n'avait lieu que mardi. Le chat rayé de jaune était assis sur la planche du tonneau d'Elian ; Cinq-Six-Mouches eut l'impression que le chat tenait déjà ce poste la dernière fois qu'il l'avait vu. Il se dit qu'il n'en avait peut-être pas bougé, qu'il occupait peut-être ses journées à surveiller l'entour comme le faisait Onc' Elian avant — le chat avait pris la relève, maintenant que l'Onc' Elian n'était plus là.

Il alla présenter ses civilités à Titi qui frétillait de la queue, prit garde que le chien, dans ses démonstrations, ne salît pas son jean tout neuf et son blouson flamboyant, de ce vert étonnant pour un vêtement de petit garçon.

Durant ce temps entre le départ — rapide — des Violet et la reprise du travail de Tatirène, Cinq-Six-Mouches avait continué d'« habiter » dans la pièce d'Elian au-dessus du garage. Personne ne semblait avoir trouvé le temps de dénicher une bonne raison pour l'en empêcher ; personne n'avait estimé épouvantable qu'il continuât d'y passer ses nuits — et Cinq-Six-Mouches non plus. Il regardait les programmes de l'été à la télévision, il faisait jouer le disque de vieilles chansons, il arrosait les deux ou trois trucs qui poussaient dans des pots ici ou là parmi le bric-à-brac, il surveillait la montée de la figue ou des grains de raisin à la surface du bocal de kéfir dont il transvasa trois fois le contenu dans des litres qu'il porta à Tatirène. Il avait, depuis la fenêtre, assisté à la convalescence d'Anjo sur qui la *guérison* tomba avec une foudroyante implacabilité en tout point similaire à la foudroyante implacabilité de la *maladie.* Mais Cinq-Six-Mouches, qui savait combien on peut trouver un jour essentiel de courir après un héron et le lendemain vital de rentrer à la maison, comprenait.

Anjo recommençait de regarder les gens autrement que comme s'ils étaient des fumées irritantes pour la cornée ; il était monté rejoindre Cinq-Six-Mouches au logement d'Elian, s'entraînait avec l'aide du gamin à apprendre par cœur les panneaux, cas de figure, exemples et bonnes réponses aux questions du code de la route : il envisageait sérieusement de passer l'examen du permis de conduire, pour la troisième fois depuis qu'on lui avait retiré celui qu'il avait décroché pendant sa courte période de service militaire, après ses performances sur cette autoroute en Allemagne qui lui avaient valu, en outre, neuf mois d'incarcération. Il disait depuis toujours qu'une fois ce permis (poids lourds) en poche il ne resterait plus longtemps ici à se coltiner des meubles et des frigos jusqu'à des quatre ou cinquième étages de H.L.M. ; il avait prévu de devenir chauffeur international, ce qui leur en boucherait un coin à tous, et passerait sa vie sur les routes. Et n'avait pas l'air d'avoir oublié cette résolution.

Résolution à laquelle Cinq-Six-Mouches, d'ailleurs, ne croyait pas vraiment. Il continua d'appliquer la méthode secrète de l'Onc' Elian, consistant à faire apprendre à Anjo, phonétiquement, des « bonnes réponses » si subtilement décalées qu'elles ne lui laissaient que la chance pure en atout pour décrocher *quand même* son permis. À moins qu'il ne choisisse de savoir lire un jour, victoire qu'il n'était jamais parvenu à remporter en plusieurs années de scolarité. (« Je ne veux pas le voir finir au fossé avec son semi-remorque, tu comprends ? » avait dit Elian à Cinq-Six-Mouches tout en repassant au stylo, pour qu'il comprenne, les mots des réponses détournées. « Quand il ne conduit qu'un camion emprunté, faut déjà voir ce qu'il réussit à en faire. Qu'est-ce qu'il inventera avec le sien ? »)

Ce fut après une de ces séances de répétition — au cours de laquelle Anjo récita sans se tromper une fois une tirade qui lui vaudrait sans bavure un joli recalage à l'examen — qu'ils se mirent à parler. Cinq-Six-Mouches eût été incapable de dire, maintenant, qui avait proposé l'idée. Parfois, il croyait bien que c'était lui et qu'Anjo avait pris la balle au bond, mais le plus souvent il trouvait cette idée si bonne, évidente, au bas mot irrésistible, qu'il doutait franchement que sa tête de linotte eût pu l'engendrer. Anjo avait fixé le moment au premier jour où Tatirène travaillerait les après-midi. Pas plus que Cinq-Six-Mouches, il n'avait oublié…

Il se demandait ce qu'était devenu le kéfir.

La montagne d'en face pâlissait derrière une brume lumineuse qui tamisait les couleurs. Une grosse guêpe maçonne vrombissait au-dessus du tas de bois et le chat rayé de jaune la suivait des yeux depuis son tonneau. Le volet de la pièce de l'Onc' Elian était baissé.

Cinq-Six-Mouches serait volontiers grimpé dans sa tour de guet de l'arbre aux trois troncs, mais il craignait de se salir dans les pneus. Il était certain de se salir.

Anjo fut enfin prêt. Il avait passé un T-shirt propre, un de ceux qu'il affectionnait, avec une publicité de bière sur la poitrine. Il avait mouillé son peigne pour se coiffer, et mâchait une allumette comme dans les films.

— Allez zou ! dit-il.

Il jeta son blouson de toile sur la banquette arrière de la voiture où trônait encore le carton à dessin que Cinq-Six-Mouches avait déjà vu et qui n'appartenait pas à Anjo. Ils roulèrent un petit moment en silence avant que Cinq-Six-Mouches se mette à dire n'importe quoi, et Anjo de même, pour briser cette sorte de trac qui les avait gagnés. Anjo en était à la six ou septième allumette.

Avant qu'il soit trop tard, c'est-à-dire que les circonstances s'y prêtent moins que maintenant, Cinq-Six-Mouches demanda :

— Tu crois qu'elle guérira, toi ?

Ils en avaient parlé une fois, déjà, cet après-midi où ils avaient eu l'idée. En fait, Cinq-Six-Mouches n'avait pas été surpris d'entendre Anjo prononcer son nom *calmement* — il avait été surpris de l'entendre prononcer son nom tout court. Après tout, il le prononçait bien, lui. Mais l'humeur d'Anjo comme son opinion sur certains sujets pouvaient différer d'une heure à l'autre...

Les premiers jours, Cinq-Six-Mouches s'était dit, à propos de la bobine de pellicule : « Je demanderai à Anjo plus tard. »

Et plus tard, quand il avait eu l'occasion de le faire, il s'était aperçu qu'il n'en avait plus envie. Il fallait donc poser les questions avant qu'elles deviennent inutiles, ou qu'elles s'effacent comme des souvenirs qui s'étiolent.

Anjo ne parut pas contrarié. Il fit craquer l'allumette entre deux canines, et dit :

— Si j'affirmais que j' le sais, je serais un menteur, Paul. C'est une drôle de saloperie, on dirait.

Il réfléchit (donna l'impression de le faire) et comme Cinq-Six-Mouches se taisait toujours, dans l'attente d'une opinion plus étoffée, il dit :

— C'est comme les poivrots, les picoleurs, je pense… Sauf que si c'était qu'une histoire d'alcool, j'imagine, ses vieux n'en auraient pas eu honte à ce point. Honte à pas vouloir en parler, et… Bref. Ça doit être plus difficile pour elle que si c'était simplement de l'ivrognerie, mais je pense quand même que c'est du même topo… Il y a des désintoxications qui marchent, d'autres pas. Après, le truc, c'est de pas repiquer, tu vois ?

Non, Cinq-Six-Mouches ne voyait pas vraiment, et ce langage-là n'était pas le meilleur choisi pour l'éclairer sur le sujet.

— C'est quoi, une *désintoxcation ?* demanda-t-il.

— C'est te dégoûter de ce que t'aimais un peu trop, en somme, dit Anjo.

Cinq-Six-Mouches se tenait enfoncé dans le siège, les jambes tendues raides, et il poussait sur la ceinture de sécurité avec son menton, à petits coups. Quand il eut réfléchi ce qu'il devait, il dégagea son menton de la ceinture et, de sa voix grave, assena :

— Alors, on dirait bien que c'est ce qu'on aime un peu trop, ou le plus, qui fait le plus de mal, dans la vie.

Il lui semblait qu'on occupait fâcheusement la plupart de son temps, entre les cures de désintoxication, à la recherche de nouveaux et meilleurs moyens de se faire allégrement, le cœur en fête, toujours plus de mal. Il n'en dit rien.

Quand ils arrivèrent à l'hôpital — sauf que ce n'était pas un hôpital, que ça en avait juste l'apparence imposante, les arbres taillés et les allées d'accès bordées de pierres rondes — Cinq-Six-Mouches regretta de n'être pas grimpé dans sa tour de pneus une dernière fois, et il eût été bien en peine de dire pourquoi il avait la certitude, frappé comme par un éclair, que c'était là un jeu qui ne l'intéresserait plus très longtemps... Anjo cracha son fragment d'allumette, qu'il ne remplaça point. Il prit son blouson, l'enfila, lissa correctement le col. La voiture était garée à l'entrée du parking des visiteurs.

Et Anjo fit une chose impensable : il prit la main de Cinq-Six-Mouches dans la sienne, avec un tel naturel que tous ces gens en pyjamas ou robes de chambre, accompagnés dans leur promenade par d'autres gens normalement vêtus et en liberté, tous pouvaient penser en le voyant qu'il ne se déplaçait jamais sans ce moutard en blouson acide trottant au bout de son bras. Le brave Cinq-Six-Mouches fermait la bouche et avalait sa salive pour la première fois depuis qu'il s'était fait empoigner lorsqu'ils se retrouvèrent devant cette porte fermée au milieu d'un couloir rempli d'échos, après qu'Anjo eut demandé quatre fois son chemin. Anjo poussa la porte et ils entrèrent. Cinq-Six-Mouches savait que 'Man et 'Pa étaient venus au moins une fois ; Evie avait manifesté le désir de les accompagner, tremblant d'épouvante à l'idée qu'on le lui permît (Evie est folle !) ; Tatirène, il ne savait pas. Pour Anjo, c'était également la première visite.

Ils le trouvèrent assis sur cet unique siège de la chambre, mi-fauteuil mi-chaise, près de la fenêtre donnant sur la cour — une fenêtre au rez-de-chaussée et munie de barreaux. Lui n'était pas en pyjama ni en robe de chambre, bien que possédant l'un et l'autre depuis son internement, mais vêtu d'une de ses salopettes noires et d'une chemise — ce que Cinq-Six-Mouches prit plutôt pour un signe de bon augure.

Il n'était pas très différent d'avant, sinon que la salopette et la chemise resplendissaient d'une propreté exemplaire, et qu'il était chaussé de charentaises neuves, et que cela faisait un peu bizarre, ou drôle, de le voir si tranquillement assis sur cette chaise, les mains en rond comme s'il tenait un chat dans son giron, mais le chat était parti. Il avait le teint un peu gris, surtout à cause de la barbe de trois ou quatre jours. Sa barbe était-elle si blanche, avant ? avant qu'il se taise définitivement et vous regarde sans plus vous voir, quand ils eurent réussi à défoncer la porte et quand ils le tirèrent de ce clocher où ils étaient restés tous deux près de trois quarts d'heure, tétanisés par la peur, l'alcool, le vertige, le manque d'autres poisons et ce qui était donc une folie possédant un nom savant que Dani le Rouge, quand il fut là, n'avait pas hésité à prononcer — il n'avait pas ces yeux-là, il n'avait pas ces cheveux dressés qui le marquaient de ce stigmate volontiers hirsute de la folie…

— Salut, 'Lian, dit Anjo.

— Bonjour, Onc' Elian, dit gravement Cinq-Six-Mouches dont le cœur à peine remis du chamboulement provoqué par l'attitude d'Anjo se lançait dans une autre chamade.

Anjo tendit la main, puis, comme elle tremblait, il la mit dans sa poche. Il s'écarta d'un pas.

— 'Jour, Onc' Elian, répéta Cinq-Six-Mouches.

Il l'embrassa sur une joue, s'étant bêtement attendu qu'il soit plutôt froid, disons frais, mais non. Il recula et regarda Anjo.

— J' vois que tu vas bien, 'Lian, dit Anjo.

Les docteurs (un certain nombre avaient fondu leurs avis en un seul qu'on avait ensuite communiqué à la famille) affirmaient qu'il pouvait entendre, ne souffrait pas de lésions, qu'il s'était *simplement retiré.* Il refusait. Une partie de son existence avait été rejetée. Son mutisme n'était pas total, et il lui arrivait d'exprimer des grommellements, de petits rires. Par exemple, il entendit certainement la remarque empruntée et maladroite d'Anjo car une lueur excédée traversa son œil gris fixé sur le carreau — et il se racla longuement la gorge.

On voyait par la fenêtre tous ces gens en pyjamas ou robes de chambre qui se promenaient en compagnie d'autres personnes habillées en visiteurs du dehors. C'était, apparemment, le spectacle immuable qu'Elian avait contemplé depuis quinze jours, auquel il avait dû participer occasionnellement. Un spectacle *éternellement* recommencé, quotidien.

— On n'y arrivera pas, dit Cinq-Six-Mouches.

Anjo sursauta. Il se massa la nuque pendant quelques secondes, prit son air buté. Il se pencha sur Elian, saisit son fauteuil par les accoudoirs et le tourna vers l'intérieur de la pièce avec Elian dessus qui se retrouva en train de fixer la boucle de ceinturon d'Anjo. Anjo s'accroupit.

— Vas-y. Mets-toi contre la porte, dit-il à Cinq-Six-Mouches.

Le cœur du gamin piqua un nouveau galop — ce rôle à jouer avait son importance, dans le plan. Il alla prendre position contre la porte, bien au centre, les mains à plat ; il avait l'air d'attendre une charge fantastique, persuadé qu'il la contiendrait. C'était Anjo qui avait prévu que si quelqu'un entrait, infirmier, fille de salle, n'importe qui, la porte butant contre le gamin comme par inadvertance causerait la légère diversion qui lui permettrait, à quelque moment que ce fût de l'exécution du plan, de se ressaisir et de faire l'innocent… Mais il avait prévu aussi qu'Elian serait couché, voire en camisole de force, ou dans un état de prostration lamentable, à l'image de ces barjots qu'il avait vus dessinés dans *Tartine Mariolle* ou *Mortadelle et Philémon*…

Dans cette position accroupie, le regard d'Anjo se trouvait juste à la hauteur de celui d'Elian — comme deux plis circonflexes et gris.

— Même si tu veux pas me voir, dit Anjo, je suis là. À mon avis, tu peux pas me manquer.

Il avança une main en direction de celles d'Elian posées sur ses cuisses, mais ne fit qu'esquisser le geste. Il glissa un coup d'œil vers la porte.

— Vas-y, Anjo ! dit sourdement Cinq-Six-Mouches.

— Je crois bien que t'entends, 'Lian, dit Anjo. J' pense que t'entends, de même que tu vois quand tu veux, c' que tu veux. C'est ce qu'on dit, en tout cas. Que t'entendes ou pas, j' m'en fous, 'Lian... Je veux dire que j' vais de toute façon dire c' que j'ai à dire. Si t'entends pas cette fois, ce sera pour plus tard... On n'a pas beaucoup de temps, Paul et moi. Tu l'as vu, tu l' vois, Paul ? Cinq-Six-Mouches, comme tu dis. Il est là avec moi et on a décidé d' faire c' qu'on fait. Tu l'as vu ?

— Dépêche-toi, Anjo, dit Cinq-Six-Mouches.

— Alors, voilà, 'Lian. Écoute bien, parce que je recommencerai pas... Plus tard, on aura tout l' temps, mais pas maintenant. J' vais donc te dire le principal, en gros, et faudra que tu fasses avec. J' sais pas si quelqu'un t'a dit, Lobe ou tante Charlène, j' sais pas. Ce que j' vais te dire pour que t'aies les idées claires, 'Lian, c'est à son sujet, d'abord. J' sais pas comment que t'en es arrivé à finir sur ce clocher avec elle, et si un jour tu veux l' raconter, tu le feras, pour le moment j'en sais rien.

— Dis-lui ce qu'on doit lui dire, conseilla Cinq-Six-Mouches, tendu. Je suis sûr qu'il entend.

Anjo eut un mouvement d'irritation de la tête, en direction de Cinq-Six-Mouches, pour le faire taire.

— Et ce que je suis en train de faire, c'est pas lui dire ce que je dois lui dire, sans doute, d'après toi ? Qui c'est qui m'interrompt sans arrêt ?

Cinq-Six-Mouches accusa le coup en serrant les lèvres.

— Ce que je disais, reprit Anjo pour Elian, c'est que je sais pas comment que tu t'es retrouvé avec elle là-haut. J'ai jamais compris non plus comment qu'elle avait pu me filer sous le nez comme elle l'a fait, et pourtant j' la perdais pas de l'œil. Elle s'est évaporée d'un coup, et j' crois que j'étais trop mal foutu, encore, pour lui courir après dans cette populace. Ils disent que t'es parti tout seul de chez Martinette… La gnole que vous aviez, c'est la nôtre, et on a bien retrouvé le carton tiré de dessous ton lit, après, le gamin et moi. Bref. Quand on a su que t'étais devenu… que t'avais cette cuite, là, j' l'ai pas cru, mais j'y suis allé quand même avec les autres. J' t'en veux pas, 'Lian, d'avoir fait ce que t'as fait avec elle. Je sais même pas quoi exactement. Quand j' l'ai vue là-haut, qui s' montrait comme elle le faisait, bon Dieu, quand j' l'ai vue, quand j' vous ai vus… c'est drôle, 'Lian, mais ça aurait dû me rendre enragé, eh ben non. Ça m'a fait le contraire, comme une fièvre qui s'en va d'un coup. En fait, elle ressemblait pas à c' que… elle était pas c' que j' savais d'elle, c'était pas la même, c'était pas celle…

Cinq-Six-Mouches s'agita contre la porte et dit :

— J'entends des gens, Anjo.

— J' suis venu te dire ça d'abord, 'Lian. Que j' suis remis. Les Violet sont partis dans les deux jours, le temps des paperasses pour la transférer dans un hôpital de chez eux, pour les drogués comme elle, où qu'ils pourront bien la cacher. J' sais bien qu'on les reverra plus, ni eux ni elle. Y a pas de danger qu'ils achètent par ici, 'Lian, t'en fais pas. Ni eux ni d'autres, j' crois bien. J' suis venu te dire que ça va, maintenant. Nom de Dieu, 'Lian, j' me rends compte de c' que… On n'a pas le temps pour le dire, tout d' suite, mais j' me rends compte…

Il tendit de nouveau la main qu'il posa sur le genou d'Elian. Elian n'eut pas de réaction ; ses yeux qui regardaient en direction d'Anjo brillaient sous les paupières.

— C'est pour ça qu'on est là, dit Anjo. D'un sens (il sourit et pressa ses doigts sur le genou d'Elian), c'est pas plus mal que tu sois pas capable de répondre, sinon je suis bien sûr que tu t' mettrais déjà à râler… Mais voilà, on te demande pas ton avis, 'Lian. On est venu te chercher. On va t'emmener avec nous, Paul et moi, 'Lian. J' parie que tu comprends. (Anjo adressa une grimace à Cinq-Six-Mouches :) Y a son œil qu'a brillé, on dirait bien. (Puis, poursuivant pour Elian sur les genoux duquel il s'appuyait maintenant des deux mains :) Va pas croire que c'est pour te faire faire des économies de pension ! 'Lian, nom de Dieu… on aura tout not' temps pour discuter, et même si ça prend des années avant que l'envie t'en revienne, j' m'en fous, j'attendrai, mais je suis sûr que ça r'viendra. Tu vas venir avec nous. On rentre chez nous, 'Lian. Y a tout l' monde qui t'attend, Titi, l' chat, et tout le monde… Y a Paul et y a moi… On a trop rigolé pour que ça s'arrête comme ça, non, 'Lian ? On a encore d'autres rigolades en vue, et même un fameux paquet, tu penses pas ? Tu peux pas rester là à pourrir comme une vieille courgette au fond du panier. Comment que t'as fait pour regarder cette cour pendant quinze jours sans devenir f… Voilà. Faut que tu reviennes,

'Lian, faut que tu rentres. C'est ce qu'on a décidé, Paul et moi. J' te demande de pas faire le con, de pas résister, au cas où t'aurais tout compris et que tu serais pas d'accord, parce qu'alors ça finirait mal et ça me gênerait pas de t'en coller un bien carré sur le coin du museau pour que tu te tiennes tranquille. Parce que si c'est c' que tu veux, je veux dire être assis derrière une fenêtre à regarder dehors, y a bien assez de fenêtres chez nous pour ça, et notre dehors, c'est quand même aut' chose que çui d'ici. On changera ton échelle, on fera un vrai escalier… Tu seras sur ton tonneau, confortable, si t'aime mieux, quand il fera beau. Qu'est-ce que tu pourrais foutre ici d'intéressant pendant tout l'automne qui vient ?

— Dépêche-toi, dit Cinq-Six-Mouches. Onç' Elian, s'il te plaît.

— Bon. Allez zou !

Anjo se redressa et saisit Elian par les coudes, il le fit se lever du fauteuil. Elian n'opposa aucune résistance. Il ne quittait pas Anjo des yeux.

— Nom de Dieu ! s'exclama Anjo. Regarde ça ! Il veut bien venir ! J' te l'avais dit qu'il voudrait bien !

Un grand sourire élargit le visage de Cinq-Six-Mouches.

— Ses godasses, Anjo !

— On s'en fout, de ses godasses ! Il est pas pieds nus. On va pas s'emmerder avec ses godasses… Allez, amène-toi, 'Lian. En avant la musique !

Cinq-Six-Mouches ouvrit la porte et jeta un coup d'œil ; il leur fit signe que la voie était libre…

Le gamin marchait devant, puis venaient Elian et Anjo, celui-ci tenant délicatement celui-là par le bras, bien que celui-là n'eût pas spécialement la dé marche de quelqu'un qui a besoin d'être soutenu. Ils quittèrent l'hospice en adressant des sourires à tous, le plus âgé des trois dans ses charentaises, le jeune homme mâchonnant une allumette avec entrain, et le gamin à l'allure décidée dans son blouson d'un vert étonnant. On leur sourit en retour.

Ils montèrent dans la voiture et personne ne les en empêcha, personne ne se mit en travers de leur chemin.

À la sortie de la ville, Anjo, incapable de se contenir plus longtemps, poussa des cris incohérents et des éclats de rire brefs en rafales.

— Nom de Dieu, 'Lian, te voilà entre bonnes mains ! s'exclama-t-il.

— Il faudrait lui boucler sa ceinture, recommanda Cinq-Six-Mouches.

Elian aplatit de la paume les épis de cheveux qui lui faisaient une expression caractéristique de zozo. Il dit d'une voix rauque :

— J' veux juste savoir une chose, Anjo…

Cinq-Six-Mouches poussa un cri, et Anjo faillit se décrocher la mâchoire de stupéfaction. Il s'en fallut de peu qu'il ne percute une caravane roulant en sens inverse (les Hollandais, eux aussi, rentraient dans leur pays).

— 'Lian ! brailla Anjo.

— Onc' Elian n'est plus fou ! clama Cinq-Six-Mouches.

— Rien qu'une chose, dit Elian — il poursuivit en parlant vite et en regardant la route comme s'il avait tout oublié de la conduite ordinairement sportive d'Anjo : Dis-moi que t'as pas saccagé ce vivier que j'avais construit pour ton frère.

— 'Lian ! je te le jure, 'Lian ! (Anjo tendit la main par la portière et cracha par-dessus son bras — sur son bras.) Quand je les ai vues étalées, rangées comme ça sur le gazon, je me suis dit que c'était p't' être bien elle qui… Bon Dieu, parce que je l'avais vue s' faufiler sous les arbres, et que…

— Les p'tits-fils de Colidieux sont revenus ce jour-là, dit Elian.

Il parut soulagé de l'avoir annoncé.

— Ils sont retournés chez eux, 'Lian, dit Anjo. On s'en fout, maintenant.

— Ils reviennent chaque année, qu'il paraît, depuis qu'ils sont en âge d'être cons, dit Elian. Si c'est une cure et qu'ils espèrent guérir, on les reverra tous les ans jusqu'à la fin des temps.

— On les reverra peut-être même aux vacances de Noël, dit Anjo.

— Peut-être même à la Toussaint, renchérit Elian. (Il poussa un énorme soupir et dit :) C'est sacrément agréable de pouvoir reparler en bonne santé. Nom d'une bête en bois, je me demandais si c'était bien la bonne solution, et j'étais bel et bien en train de le devenir, et vous m'avez sauvé la vie, tous les deux… Gardez ça pour vous, mais je commençais de me le demander pour de bon ! Je me demandais ce qu'il faudrait que je trouve bientôt, sans blague, et je trouvais rien, rien de rien, et j'étais en train de le devenir… et vous v'là tous les deux !

— T'étais pas fou ! T'étais pas fou ! claironnait Cinq-Six-Mouches.

— Nom d'une bête en bois, comment ça, j'étais pas fou ? s'insurgea Elian en se tournant vers lui pour le fusiller de son regard de métal froid… qui riait.

Anjo lança à l'intention du gamin :

— Le voilà guéri, Paul ! Nous v'là tous en pleine forme comme y a pas si longtemps, nom de Dieu de merde ! Ça fait tellement plaisir que j' pourrais réciter des noms de Dieu comme ça jusqu'à ce que la nuit tombe ! Qu'est-ce que tu dis de ça, Cinq-Six-Mouches ? On avait sacrément raison !… c'était la bonne méthode, ha !… (Et il commença de réciter comme s'il visait vraiment la tombée du soir.)

— Je l'étais bel et bien ! disait Elian. Et je vois vraiment pas ce qui me restait d'autre comme solution ! Et je vois toujours pas, au bout de quinze jours, sauf qu'aujourd'hui, je veux dire, j'ai plus les mêmes raisons de penser les mêmes choses… J' veux dire…

Anjo fit silence pour le laisser parler, mais Elian ne parvenait plus à retomber sur ses pieds, emberlificoté dans sa phrase.

— Nom d'une bête en bois, dit-il, je suis rudement content qu'on soit venu m'arracher à c'tendroit. C'est pas mieux qu'une tombe et j' pensais pourtant bien que c'était le seul endroit où… où que je…

Sa voix se brisa.

— Hé, dit Anjo après un temps. Qu'est-ce qu'on entend ? (Il singeait l'un d'entre eux qui détournait ainsi volontiers le sujet d'une conversation gênante.) Qu'est-ce que c'est que ce bruit ? Hein ? (Il ajouta, de son cru :) Qui c'est qui a pété ?

Cinq-Six-Mouches explosa de rire, se laissa aller les quatre fers en l'air sur la banquette, terrassé par cette indicible sensation — absolument nouvelle — qui vous embrase délicieusement pour peu que vous participiez à l'élaboration d'un miracle.

Mais il eut peur de rentrer tout de suite ; c'était trop brutal et soudain ; c'était, à l'exemple d'un bonheur qui passe, à la fois incroyable, étouffant, douloureux, insaisissable. Il avait à penser. À se remettre, comme il dit, la caboche à l'endroit.

Anjo comprenait ça, n'y voyait évidemment pas d'inconvénient — il prit la première route à droite, roula pendant quelques kilomètres et, quand la montée devint par trop pénible pour la voiture, s'arrêta. Il laissa Elian descendre ; il cligna de l'œil à l'adresse de Cinq-Six-Mouches, par-dessus son épaule, comme pour lui signaler un petit moment de patience à venir — puis tous deux le rejoignirent sur le bord du talus, où ils attendirent encore un instant, un peu en retrait ; alors Elian cessa de renifler et tourna vers eux un sourire qui ressemblait au leur, sous sa moustache aux extrémités humides et brillantes.

Assis de l'autre côté du fossé, ils cueillaient des brins d'herbes sèches qu'ils effilochaient entre deux ongles. Elian avait retiré ses chaussons et chaussettes ; il remuait ses orteils blancs dans la lumière.

Ils gardaient le silence ; probablement pensaient-ils à ce qu'ils avaient reçu en partage, à une douleur durable et agaçante, à de terribles merveilles, de délicieux poisons, à la fragilité des instants de verre qui tranchent comme de l'acier. Ils contemplaient la vallée à travers une trouée de forêt ; ils pouvaient voir le morceau de ciel qui pendait sur le couchant, ils pouvaient se dire qu'au moins ce soir, encore, après tout, les souris seraient bleues.

DU MÊME AUTEUR

Aux Éditions Denoël

CE SOIR, LES SOURIS SONT BLEUES (Folio nº 3312)
LES CAÏMANS SONT DES GENS COMME LES AUTRES
HANUMAN
LE BONHEUR DES SARDINES
FŒTUS-PARTY
CANYON STREET
LA GUERRE OLYMPIQUE
MOURIR AU HASARD
LES HOMMES SANS FUTUR
UNE JEUNE FILLE AU SOURIRE FRAGILE
UNE AUTRE SAISON COMME LE PRINTEMPS
NOIRES RACINES
LA NUIT SUR TERRE
SOUS LE VENT DU MONDE
I. QUI REGARDE LA MONTAGNE AU LOIN (Folio nº 3031)
II. LE NOM PERDU DU SOLEIL (Folio nº 3313)
III. DEBOUT DANS LE VENTRE BLANC DU SILENCE

Aux Éditions du Seuil

LE RÊVE DE LUCY
LA NUIT DE L'ENFANT TUEUR

Aux Éditions Verticales

LA FORÊT MUETTE

Aux Éditions Pétrelle

LA PISTE DU DAKOTA

COLLECTION FOLIO

Dernières parutions

2951.	Amos Oz	*Toucher l'eau, toucher le vent.*
2952.	Jean-Marie Rouart	*Morny, un voluptueux au pouvoir.*
2953.	Pierre Salinger	*De mémoire.*
2954.	Shi Nai-an	*Au bord de l'eau I.*
2955.	Shi Nai-an	*Au bord de l'eau II.*
2956.	Marivaux	*La Vie de Marianne.*
2957.	Kent Anderson	*Sympathy for the Devil.*
2958.	André Malraux	*Espoir — Sierra de Teruel.*
2959.	Christian Bobin	*La folle allure.*
2960.	Nicolas Bréhal	*Le parfait amour.*
2961.	Serge Brussolo	*Hurlemort.*
2962.	Hervé Guibert	*La piqûre d'amour* et autres textes.
2963.	Ernest Hemingway	*Le chaud et le froid.*
2964.	James Joyce	*Finnegans Wake.*
2965.	Gilbert Sinoué	*Le Livre de saphir.*
2966.	Junichirô Tanizaki	*Quatre sœurs.*
2967.	Jeroen Brouwers	*Rouge décanté.*
2968.	Forrest Carter	*Pleure, Géronimo.*
2971	Didier Daeninckx	*Métropolice.*
2972	Franz-Olivier Giesbert	*Le vieil homme et la mort.*
2973.	Jean-Marie Laclavetine	*Demain la veille.*
2974.	J.M.G. Le Clézio	*La quarantaine.*
2975.	Régine Pernoud	*Jeanne d'Arc.*
2976.	Pascal Quignard	*Petits traités I.*
2977.	Pascal Quignard	*Petits traités II.*
2978.	Geneviève Brisac	*Les filles.*
2979.	Stendhal	*Promenades dans Rome*
2980.	Virgile	*Bucoliques. Géorgiques.*
2981.	Milan Kundera	*La lenteur.*
2982.	Odon Vallet	*L'affaire Oscar Wilde.*

2983.	Marguerite Yourcenar	*Lettres à ses amis et quelques autres.*
2984.	Vassili Axionov	*Une saga moscovite I.*
2985.	Vassili Axionov	*Une saga moscovite II.*
2986.	Jean-Philippe Arrou-Vignod	*Le conseil d'indiscipline.*
2987.	Julian Barnes	*Metroland.*
2988.	Daniel Boulanger	*Caporal supérieur.*
2989.	Pierre Bourgeade	*Éros mécanique.*
2990.	Louis Calaferte	*Satori.*
2991.	Michel Del Castillo	*Mon frère l'Idiot.*
2992.	Jonathan Coe	*Testament à l'anglaise.*
2993.	Marguerite Duras	*Des journées entières dans les arbres.*
2994.	Nathalie Sarraute	*Ici.*
2995.	Isaac Bashevis Singer	*Meshugah.*
2996.	William Faulkner	*Parabole.*
2997.	André Malraux	*Les noyers de l'Altenburg.*
2998.	Collectif	*Théologiens et mystiques au Moyen Âge.*
2999.	Jean-Jacques Rousseau	*Les Confessions (Livres I à IV).*
3000.	Daniel Pennac	*Monsieur Malaussène.*
3001.	Louis Aragon	*Le mentir-vrai.*
3002.	Boileau-Narcejac	*Schuss.*
3003.	LeRoi Jones	*Le peuple du blues.*
3004.	Joseph Kessel	*Vent de sable.*
3005.	Patrick Modiano	*Du plus loin de l'oubli.*
3006.	Daniel Prévost	*Le pont de la Révolte.*
3007.	Pascal Quignard	*Rhétorique spéculative.*
3008.	Pascal Quignard	*La haine de la musique.*
3009.	Laurent de Wilde	*Monk.*
3010.	Paul Clément	*Exit.*
3011.	Léon Tolstoï	*La Mort d'Ivan Ilitch.*
3012.	Pierre Bergounioux	*La mort de Brune.*
3013.	Jean-Denis Bredin	*Encore un peu de temps.*
3014.	Régis Debray	*Contre Venise.*
3015.	Romain Gary	*Charge d'âme.*
3016.	Sylvie Germain	*Éclats de sel.*
3017.	Jean Lacouture	*Une adolescence du siècle : Jacques Rivière et la* N.R.F.
3018.	Richard Millet	*La gloire des Pythre.*

3019. Raymond Queneau — *Les derniers jours.*
3020. Mario Vargas Llosa — *Lituma dans les Andes.*
3021. Pierre Gascar — *Les femmes.*
3022. Penelope Lively — *La sœur de Cléopâtre.*
3023. Alexandre Dumas — *Le Vicomte de Bragelonne I.*
3024. Alexandre Dumas — *Le Vicomte de Bragelonne II.*
3025. Alexandre Dumas — *Le Vicomte de Bragelonne III.*
3026. Claude Lanzmann — *Shoah.*
3027. Julian Barnes — *Lettres de Londres.*
3028. Thomas Bernhard — *Des arbres à abattre.*
3029. Hervé Jaouen — *L'allumeuse d'étoiles.*
3030. Jean d'Ormesson — *Presque rien sur presque tout.*
3031. Pierre Pelot — *Sous le vent du monde.*
3032. Hugo Pratt — *Corto Maltese.*
3033. Jacques Prévert — *Le crime de Monsieur Lange. Les portes de la nuit.*
3034. René Reouven — *Souvenez-vous de Monte-Cristo.*
3035. Mary Shelley — *Le dernier homme.*
3036. Anne Wiazemsky — *Hymnes à l'amour.*
3037. Rabelais — *Quart livre.*
3038. François Bon — *L'enterrement.*
3039. Albert Cohen — *Belle du Seigneur.*
3040. James Crumley — *Le canard siffleur mexicain.*
3041. Philippe Delerm — *Sundborn ou les jours de lumière.*
3042. Shûzaku Endô — *La fille que j'ai abandonnée.*
3043. Albert French — *Billy.*
3044. Virgil Gheorghiu — *Les Immortels d'Agapia.*
3045. Jean Giono — *Manosque-des-Plateaux* suivi de *Poème de l'olive.*
3046. Philippe Labro — *La traversée.*
3047. Bernard Pingaud — *Adieu Kafka ou l'imitation.*
3048. Walter Scott — *Le Cœur du Mid-Lothian.*
3049. Boileau-Narcejac — *Champ clos.*
3050. Serge Brussolo — *La maison de l'aigle.*
3052. Jean-François Deniau — *L'Atlantique est mon désert.*
3053. Mavis Gallant — *Ciel vert, ciel d'eau.*
3054. Mavis Gallant — *Poisson d'avril.*
3056. Peter Handke — *Bienvenue au conseil d'administration.*
3057. Anonyme — *Josefine Mutzenbacher. Histoire*

	d'une fille de Vienne racontée par elle-même.
3059. Jacques Sternberg	*188 contes à régler.*
3060. Gérard de Nerval	*Voyage en Orient.*
3061. René de Ceccatty	*Aimer.*
3062. Joseph Kessel	*Le tour du malheur I : La fontaine Médicis. L'affaire Bernan.*
3063. Joseph Kessel	*Le tour du malheur II : Les lauriers-roses. L'homme de plâtre.*
3064. Pierre Assouline	*Hergé.*
3065. Marie Darrieussecq	*Truismes.*
3066. Henri Godard	*Céline scandale.*
3067. Chester Himes	*Mamie Mason.*
3068. Jack-Alain Léger	*L'autre Falstaff.*
3070. Rachid O.	*Plusieurs vies.*
3071. Ludmila Oulitskaïa	*Sonietchka.*
3072. Philip Roth	*Le Théâtre de Sabbath.*
3073. John Steinbeck	*La Coupe d'Or.*
3074. Michel Tournier	*Éléazar ou La Source et le Buisson.*
3075. Marguerite Yourcenar	*Un homme obscur — Une belle matinée.*
3076. Loti	*Mon frère Yves.*
3078. Jerome Charyn	*La belle ténébreuse de Biélorussie.*
3079. Harry Crews	*Body.*
3080. Michel Déon	*Pages grecques.*
3081. René Depestre	*Le mât de cocagne.*
3082. Anita Desai	*Où irons-nous cet été ?*
3083. Jean-Paul Kauffmann	*La chambre noire de Longwood.*
3084. Arto Paasilinna	*Prisonniers du paradis.*
3086. Alain Veinstein	*L'accordeur.*
3087. Jean Maillart	*Le Roman du comte d'Anjou.*
3088. Jorge Amado	*Navigation de cabotage. Notes pour des mémoires que je n'écrirai jamais.*
3089. Alphonse Boudard	*Madame... de Saint-Sulpice.*
3091. William Faulkner	*Idylle au désert* et autres nouvelles.
3092. Gilles Leroy	*Les maîtres du monde.*

3093.	Yukio Mishima	*Pèlerinage aux Trois Montagnes.*
3095.	Reiser	*La vie au grand air 3.*
3096.	Reiser	*Les oreilles rouges.*
3097.	Boris Schreiber	*Un silence d'environ une demi-heure I.*
3098.	Boris Schreiber	*Un silence d'environ une demi-heure II.*
3099.	Aragon	*La Semaine Sainte.*
3100.	Michel Mohrt	*La guerre civile.*
3101.	Anonyme	*Don Juan (scénario de Jacques Weber).*
3102.	Maupassant	*Clair de lune* et autres nouvelles.
3103.	Ferdinando Camon	*Jamais vu soleil ni lune.*
3104.	Laurence Cossé	*Le coin du voile.*
3105.	Michel del Castillo	*Le sortilège espagnol.*
3106.	Michel Déon	*La cour des grands.*
3107.	Régine Detambel	*La verrière*
3108.	Christian Bobin	*La plus que vive.*
3109.	René Frégni	*Tendresse des loups.*
3110.	N. Scott Momaday	*L'enfant des temps oubliés.*
3111.	Henry de Montherlant	*Les garçons.*
3113.	Jerome Charyn	*Il était une fois un droshky.*
3114.	Patrick Drevet	*La micheline.*
3115.	Philippe Forest	*L'enfant éternel.*
3116.	Michel del Castillo	*La tunique d'infamie.*
3117.	Witold Gombrowicz	*Ferdydurke.*
3118.	Witold Gombrowicz	*Bakakaï.*
3119.	Lao She	*Quatre générations sous un même toit.*
3120.	Théodore Monod	*Le chercheur d'absolu.*
3121.	Daniel Pennac	*Monsieur Malaussène au théâtre.*
3122.	J.-B. Pontalis	*Un homme disparaît.*
3123.	Sempé	*Simple question d'équilibre.*
3124.	Isaac Bashevis Singer	*Le Spinoza de la rue du Marché.*
3125.	Chantal Thomas	*Casanova. Un voyage libertin.*
3126.	Gustave Flaubert	*Correspondance.*
3127.	Sainte-Beuve	*Portraits de femmes.*
3128.	Dostoïevski	*L'Adolescent.*
3129.	Martin Amis	*L'information.*

3130.	Ingmar Bergman	*Fanny et Alexandre.*
3131.	Pietro Citati	*La colombe poignardée.*
3132.	Joseph Conrad	*La flèche d'or.*
3133.	Philippe Sollers	*Vision à New York*
3134.	Daniel Pennac	*Des chrétiens et des Maures*
3135.	Philippe Djian	*Criminels.*
3136.	Benoît Duteurtre	*Gaieté parisienne.*
3137.	Jean-Christophe Rufin	*L'Abyssin.*
3138.	Peter Handke	*Essai sur la fatigue. Essai sur le juke-box. Essai sur la journée réussie.*
3139.	Naguib Mahfouz	*Vienne la nuit.*
3140.	Milan Kundera	*Jacques et son maître, hommage à Denis Diderot en trois actes.*
3141.	Henry James	*Les ailes de la colombe.*
3142.	Dumas	*Le Comte de Monte-Cristo I.*
3143.	Dumas	*Le Comte de Monte-Cristo II.*
3144		*Les Quatre Évangiles.*
3145	Gogol	*Nouvelles de Pétersbourg.*
3146	Roberto Benigni et Vicenzo Cerami	*La vie est belle.*
3147	Joseph Conrad	*Le Frère-de-la-Côte.*
3148	Louis de Bernières	*La mandoline du capitaine Corelli.*
3149	Guy Debord	*"Cette mauvaise réputation..."*
3150	Isadora Duncan	*Ma vie.*
3151	Hervé Jaouen	*L'adieu aux îles.*
3152	Paul Morand	*Flèche d'Orient.*
3153	Jean Rolin	*L'organisation.*
3154	Annie Ernaux	*La honte.*
3155	Annie Ernaux	*«Je ne suis pas sortie de ma nuit».*
3156	Jean d'Ormesson	*Casimir mène la grande vie.*
3157	Antoine de Saint-Exupéry	*Carnets.*
3158	Bernhard Schlink	*Le liseur.*
3159	Serge Brussolo	*Les ombres du jardin.*
3161	Philippe Meyer	*Le progrès fait rage. Chroniques 1.*
3162	Philippe Meyer	*Le futur ne manque pas d'avenir. Chroniques 2.*

3163 Philippe Meyer — *Du futur faisons table rase. Chroniques 3.*
3164 Ana Novac — *Les beaux jours de ma jeunesse.*
3165 Philippe Soupault — *Profils perdus.*
3166 Philippe Delerm — *Autumn*
3167 Hugo Pratt — *Cour des mystères*
3168 Philippe Sollers — *Studio*
3169 Simone de Beauvoir — *Lettres à Nelson Algren. Un amour transatlantique. 1947-1964*
3170 Elisabeth Burgos — *Moi, Rigoberta Menchú*
3171 Collectif — *Une enfance algérienne*
3172 Peter Handke — *Mon année dans la baie de Personne*
3173 Marie Nimier — *Celui qui court derrière l'oiseau*
3175 Jacques Tournier — *La maison déserte*
3176 Roland Dubillard — *Les nouveaux diablogues*
3177 Roland Dubillard — *Les diablogues et autres inventions à deux voix*
3178 Luc Lang — *Voyage sur la ligne d'horizon*
3179 Tonino Benacquista — *Saga*
3180 Philippe Delerm — *La première gorgée de bière et autres plaisirs minuscules*
3181 Patrick Modiano — *Dora Bruder*
3182 Ray Bradbury — *... mais à part ça tout va très bien*
3184 Patrick Chamoiseau — *L'esclave vieil homme et le molosse*
3185 Carlos Fuentes — *Diane ou La chasseresse solitaire*
3186 Régis Jauffret — *Histoire d'amour*
3187 Pierre Mac Orlan — *Le carrefour des Trois Couteaux*
3188 Maurice Rheims — *Une mémoire vagabonde*
3189 Danièle Sallenave — *Viol*
3190 Charles Dickens — *Les Grandes Espérances*
3191 Alain Finkielkraut — *Le mécontemporain*
3192 J.M.G. Le Clézio — *Poisson d'or*
3193 Bernard Simonay — *La première pyramide, I : La jeunesse de Djoser*
3194 Bernard Simonay — *La première pyramide, II : La cité sacrée d'Imhotep*

3195 Pierre Autin-Grenier	*Toute une vie bien ratée*
3196 Jean-Michel Barrault	*Magellan : la terre est ronde*
3197 Romain Gary	*Tulipe*
3198 Michèle Gazier	*Sorcières ordinaires*
3199 Richard Millet	*L'amour des trois sœurs Piale*
3200 Antoine de Saint-Exupéry	*Le petit prince*
3201 Jules Verne	*En Magellanie*
3202 Jules Verne	*Le secret de Wilhelm Storitz*
3203 Jules Verne	*Le volcan d'or*
3204 Anonyme	*Le charroi de Nîmes*
3205 Didier Daeninckx	*Hors limites*
3206 Alexandre Jardin	*Le Zubial*
3207 Pascal Jardin	*Le Nain Jaune*
3208 Patrick McGrath	*L'asile*
3209 Blaise Cendrars	*Trop c'est trop*
3210 Jean-Baptiste Evette	*Jordan Fantosme*
3211 Joyce Carol Oates	*Au commencement était la vie*
3212 Joyce Carol Oates	*Un amour noir*
3213 Jean-Yves Tadié	*Marcel Proust I*
3214 Jean-Yves Tadié	*Marcel Proust II*
3215 Réjean Ducharme	*L'océantume*
3216 Thomas Bernhard	*Extinction*
3217 Balzac	*Eugénie Grandet*
3218 Zola	*Au Bonheur des Dames*
3219 Charles Baudelaire	*Les Fleurs du Mal*
3220 Corneille	*Le Cid*
3221 Anonyme	*Le Roman de Renart*
3222 Anonyme	*Fabliaux*
3223 Hugo	*Les Misérables I*
3224 Hugo	*Les Misérables II*
3225 Anonyme	*Tristan et Iseut*
3226 Balzac	*Le Père Goriot*
3227 Maupassant	*Bel-Ami*
3228 Molière	*Le Tartuffe*
3229 Molière	*Dom Juan*
3230 Molière	*Les Femmes savantes*
3231 Molière	*Les Fourberies de Scapin*
3232 Molière	*Le Médecin malgré lui*
3233 Molière	*Le Bourgeois gentilhomme*
3234 Molière	*L'Avare*
3235 Homère	*Odyssée*

3236 Racine	*Andromaque*
3237 La Fontaine	*Fables choisies*
3238 Perrault	*Contes*
3239 Daudet	*Lettres de mon moulin*
3240 Mérimée	*La Vénus d'Ille*
3241 Maupassant	*Contes de la Bécasse*
3242 Maupassant	*Le Horla*
3243 Voltaire	*Candide ou l'Optimisme*
3244 Voltaire	*Zadig ou la Destinée*
3245 Flaubert	*Trois Contes*
3246 Rostand	*Cyrano de Bergerac*
3247 Maupassant	*La Main gauche*
3248 Rimbaud	*Poésies*
3249 Beaumarchais	*Le Mariage de Figaro*
3250 Maupassant	*Pierre et Jean*
3251 Maupassant	*Une vie*
3252 Flaubert	*Bouvart et Pécuchet*
3253 Jean-Philippe Arrou-Vignod	*L'Homme du cinquième jour*
3254 Christian Bobin	*La femme à venir*
3255 Michel Braudeau	*Pérou*
3256 Joseph Conrad	*Un paria des îles*
3257 Jerôme Garcin	*Pour Jean Prévost*
3258 Naguib Mahfouz	*La quête*
3259 Ian McEwan	*Sous les draps et autres nouvelles*
3260 Philippe Meyer	*Paris la Grande*
3261 Patrick Mosconi	*Le chant de la mort*
3262 Dominique Noguez	*Amour noir*
3263 Olivier Todd	*Albert Camus, une vie*
3264 Marc Weitzmann	*Chaos*
3265 Anonyme	*Aucassin et Nicolette*
3266 Tchekhov	*La dame au petit chien et autres nouvelles*
3267 Hector Bianciotti	*Le pas si lent de l'amour*
3268 Pierre Assouline	*Le dernier des Camondo*
3269 Raphaël Confiant	*Le meurtre du Samedi-Gloria*
3270 Joseph Conrad	*La Folie Almayer*
3271 Catherine Cusset	*Jouir*

Composition Floch.
Impression Société Nouvelle Firmin-Didot
à Mesnil-sur-l'Estrée, le 24 décembre 1999.
Dépôt légal : décembre 1999.
Numéro d'imprimeur : 49240

ISBN 2-07-041171-0/Imprimé en France.